GOLDMANN

Buch

Ein Killer ist auf der Jagd nach Claire Parker, Detektivin beim Morddezernat in Vancouver. Der Spezialist des Todes ist angeheuert und aus L. A. eingeflogen worden, um die Ermordung der Polizistin zu planen. Die Ahnungslose geht währenddessen zusammen mit ihrem Kollegen Jack Willows ihrem Beruf nach: Das Polizisten-Gespann versucht, den Mord an einer jungen Frau zu klären, die von einem Wagen aus erschossen wurde. Die Tat erscheint zunächst ohne Sinn, und der einzige Zeuge, der vietnamesische Freund des Opfers, ist ausgesprochen wenig kooperativ. Erst ein weiterer Toter führt auf eine heiße Spur: Die Jagd nach einem Doppelmörder ist eröffnet. Doch hinter den Ermittlungen lauert das Attentat auf die Polizistin, lauert der Tod...

Autor

Laurence Gough lebt als freier Schriftsteller mit seiner Frau und zwei Kindern in Vancouver/Kanada. *Jäger und Gejagte* ist sein fünfter Kriminalroman, in dessen Mittelpunkt das klassisch gezeichnete Detektiv-Duo Willows und Parker steht.

Außerdem als Goldmann-Taschenbuch

Bewegliche Ziele (5081)
Die Tote am Haken (5080)
Der goldene Schuß (5133)
Gefrorener Lotus (5167)

LAURENCE GOUGH

JÄGER UND GEJAGTE

Kriminalroman

Aus dem Amerikanischen von Caspar Holz

GOLDMANN VERLAG

Deutsche Erstausgabe

Die Originalausgabe erschien unter dem Titel »Accidental Death«
bei Victor Gollancz, London

Umwelthinweis:
Alle bedruckten Materialien dieses Taschenbuches
sind chlorfrei und umweltfreundlich.
Das Papier enthält bereits Recycling-Anteile.

Der Goldmann Verlag
ist ein Unternehmen der Verlagsgruppe Bertelsmann

Made in Germany · 1. Auflage · 8/93

Umschlaggestaltung: Design Team München
Umschlagfoto: Balmelli, Zürich
Satz: IBV Satz- und Datentechnik GmbH, Berlin
Druck: Elsnerdruck, Berlin
Krimi 5814
Lektorat: Ulrich Genzler
Redaktion: Ursula Walther
Herstellung: Ludwig Weidenbeck
ISBN 3-442-05814-7

1. Kapitel

Frank borgte sich von dem rothaarigen Typen am Empfang einen Kugelschreiber mit dem eingravierten Namenszug des Hotels. Der Typ sprach mit Akzent. Wenn er etwas sagte, schienen die Worte aus seinem Mund zu strömen – flüssig, silbrig, wie Musik. Man hätte meinen können, er hätte Flußkiesel statt Zähne, eine Sandbank statt einer Zunge. Frank hielt ihn für einen Iren, wie sich herausstellte, war er jedoch Italiener. So war das in Vancouver – jeder Bewohner der Stadt schien von irgendwo anders her zu kommen.

Frank probierte auf einem Papierfetzen, ob der Stift schrieb, dann ging er an die Hotelbar, die für diese Tageszeit erstaunlich bevölkert war.

Die Serviererin sah aus, als hieße sie Heidi und als hätte sie ihre beste Zeit bereits hinter sich, aber ihr Lächeln wirkte warm und Frank mochte ihren Akzent. Er bestellte einen Wodka Martini on the Rocks mit ein bißchen Zitrone. Als sie gehen wollte, berührte er ihren Arm, ganz leicht, und fragte sie, ob er eine zweite Serviette haben könnte, er hätte sein Notizbuch auf dem Zimmer liegen lassen. Wieder das Lächeln. Kein Problem. Es war diese Art Hotel, teuer und freundlich.

Während er wartete, malte Frank ein komisches Gesicht auf seinen Daumen. Er konnte ganz gut zeichnen – vielleicht war es an der Zeit, über einen Berufswechsel nachzudenken. Leute umbringen war etwas ganz anderes, als ihnen den Arm zu brechen. Dauerhafter. Weniger Spaß. Es gab eine Menge Einzelheiten, die gut durchdacht sein wollten. Man konnte nicht einfach losziehen, seinen Job erledigen, nach Hause gehen und Zeitung lesen. Franks Problem war, daß er neu in dem Job war. Er brauchte einen Plan, mußte die Risiken abschätzen und überlegen, wie man sie ausschalten konnte.

Diese Art Vorbereitung lag Frank nicht; dafür fehlte ihm die Geduld. Er dachte mit Unbehagen an die bevorstehende Aufgabe. Als sein Drink kam, bat er die Bedienung, ihm in fünf Minuten den nächsten zu bringen. Er fischte die Zitronenscheibe aus dem Glas, schob sie sich in den Mund und zerkaute sie. Der Martini ging runter wie eine Auster – in einem langen Schluck.

Frank kritzelte mit seinem neuen Schreiber auf der Serviette herum. Er schrieb tatsächlich, er mußte nur aufpassen, daß er nicht zu fest aufdrückte, sonst zerriß das Papier. Na gut, damit ließ sich leben. Was jetzt? Er beobachtete den Barkeeper, der gerade seinen nächsten Martini zu Tode schüttelte. Der Typ sah herüber und grinste. Frank kaute an seinem Stift.

Frank plante einen Unfall mit Fahrerflucht. Also brauchte er einen fahrbaren Untersatz, das war klar.

So... der erste Punkt, der geklärt werden mußte, war, welche Art Auto er stehlen mußte.

Wenn er seinem Instinkt gefolgt wäre, hätte er einen normalen, verläßlichen und vollkommen unauffälligen Wagen geklaut. Und groß sollte er sein. Also vielleicht einen Volvo. Im Augenblick jedoch sah er keinen Sinn darin, wie ein achtunddreißigjähriger Ex-Sträfling zu denken. Er war ein junger Bursche, der eine Spritztour plante, und solche Typen überlegten nicht. Die brüllten und machten sich gegenseitig Mut. Scheiß auf die Zukunft, selbst wenn sie hinter der nächsten Ecke auf einen wartete.

Frank beschloß, etwas Schrilles und Schnelles zu knacken.

Sein zweiter Martini kam. Diesmal ließ er sich Zeit; er brauchte ganze fünf Minuten, um die Zitrone zu essen und das Glas zu leeren. Schluß mit der Grübelei! Er setzte seinen Namen unter die Rechnung, fügte die Zimmernummer hinzu und schlenderte aus dem Hotel. Draußen trafen ihn die Hitze und das grelle Sonnenlicht wie ein Schlag. Im selben Augenblick wäre er fast von einem Fahrradboten auf einem Mountainbike umgefahren worden. Er blieb mitten auf dem Gehweg stehen und rieb sich den Ellenbogen, wo ihn der Lenker gestreift hatte. Wie mußte es erst sein, wenn man von einem tonnenschweren Auto über den Haufen gefahren wurde?

Unglaublich schmerzhaft! Au, verdammt!

Frank lief auf der Georgia Richtung Osten bis zum Bay-Passage, fuhr mit dem Aufzug in den dritten Stock und schlenderte durch die Abteilung für Damenmoden, die Snack-Bar und den Blumenladen, anschließend ging er durch die Überführung ins Parkhaus. Der nächste Aufzug brachte ihn zum obersten Parkdeck. Von dort arbeitete er sich auf der Suche nach seinem neuen Wagen bis nach unten.

Eine halbe Stunde später saß er hinter dem Steuer eines mitternachtsschwarzen Corvette mit Color-Windschutzscheibe, weißen Ledersitzen und einem Viergang-Schaltgetriebe, in dem man rühren konnte wie in einem Eimer Schweinescheiße. Für seinen Geschmack war der Wagen so protzig und häßlich, daß er einem Blinden Kopfschmerzen bereiten mußte. Leider auch den Cops. Frank schob den Schalensitz so weit es ging nach hinten, um Platz für seine Beine zu schaffen, dann fuhr er in einer langen Serie von Geraden und Spiralen nach unten.

Vor der Kasse hatte sich eine Schlange gebildet. Er suchte auf dem Armaturenbrett, hinter der Sonnenblende und im Handschuhfach. Kein Parkschein. Der Besitzer des Schlittens hatte ihn offenbar mitgenommen. Hurensohn. Frank mußte die Höchstgebühr bezahlen. Acht Dollar. Er gab dem Mann an der Kasse einen Zehner und sagte, er könne den Rest behalten, wenn er ihm eine Quittung über die Gesamtsumme ausstellte. Die Bedingungen, zu denen er diese Geschichte für Newt erledigte, lauteten: die Hälfte im voraus, und die andere Hälfte plus Spesen nach *Vertragserfüllung*. Hübsches Wort. Es bedeutete, daß Frank, bevor er voll bezahlt wurde, Newt eine Zeitungsüberschrift oder eine Todesanzeige vorlegen mußte, aus der hervorging, daß er die Polizistin Claire Parker umgelegt hatte. Frank steckte die Quittung in seine Brieftasche, legte den ersten Gang ein und gab Gas.

Frank stellte den Wagen in ein unterirdisches Parkhaus ungefähr sechs Blocks vom Hotel. Er parkte rückwärts ein und riß das vordere Nummernschild ab. Später wollte er von einem anderen Wagen einen Satz Schilder klauen und sie austauschen. Den Corvette zu benutzen war riskant, aber so wie er die Dinge sah, barg alles, was man im Leben tat, ein gewisses Risiko – schließlich waren schon Leute an einem Bissen Steak erstickt, oder? Sollte man deswegen vielleicht aufhören zu essen? Nein, man mußte eben sein Fleisch besser kauen und durfte nichts übereilen. Vorsicht war sein Motto.

Frank hatte vor, nicht mehr als drei Meilen mit dem Wagen zu fahren. Immer schön die Verkehrsregeln einhalten. Bei Rot stehenbleiben, und was sonst dazugehörte. Jeden Zentimeter so fahren wie ein Großvater.

Er ging auf der Robson bis zur Burrard und bog rechts ab. Das Hotel war ziemlich groß – dreihundert Zimmer. Der Haupteingang befand sich auf der Hornby, aber auf der Robson gab es einen Seiteneingang. Frank war ein paar Jahre nicht in der Stadt gewesen, aber an die Straße erinnerte er sich noch gut. Hornby war heller und freundlicher als früher. Das alte Gerichtsgebäude – jetzt eine Galerie – stand ein gutes Stück von der Straße zurückgesetzt und war nur ein paar Stockwerke hoch. Und während der Mittagspause hockten gewöhnlich ein paar Sekretärinnen aus den umliegenden Büros auf den weißen Granitstufen, oder sie lagen auf dem Rasen, um sich zu sonnen. Die Frauen waren meist jung und attraktiv, und von der Sorte, die ihre Freizeit damit verbrachte, Yoghurt zu essen, zu rauchen und das Nettoeinkommen der Männer, denen sie begegneten, einzuschätzen.

Am Fuß der Treppe zur Galerie stand ein weißes BMW-Cabrio. Es wurde von einem anständigen Burschen bewacht, der hinter einem Tapeziertisch auf einem Metallklappstuhl saß und Lotterielose verkaufte.

Frank ging zu dem Wagen und versuchte, die Tür zu öffnen. Auf dem Tisch stand ein handgeschriebenes Schild – der Erlös der Lotterie sollte zum Erwerb eines neuen Clubhauses für den örtlichen Rugbyverein beitragen. Die Lose kosteten fünfunddreißig Dollar. Der Typ hinter dem Tapeziertisch fragte Frank, ob er an einem Los interessiert sei.

Frank sagte: »Warum sollte ich so viel Geld bezahlen, wenn es so einfach ist, einen zu klauen?«

Das Lächeln des Burschen bekam einen Knacks, verlosch aber nicht ganz. Frank reiste gern ohne Gepäck. Er war mit nichts als dem, was er auf dem Leib trug, in die Stadt geschneit, in die nächste Ralph-Lauren-Boutique spaziert und hatte ungefähr einen Tausender auf Newts Kundenkreditkarte verpulvert. Er war gar nicht so scharf auf den Ralph-Look, aber der Laden lag günstig, also hatte er dort eingekauft. Und jetzt schien ihn dieser Schafskopf nicht ernst zu nehmen.

»Du glaubst, ich mache Spaß?« fragte Frank. »Paß auf.« Er knackte das Schloß mit einer Nagelfeile. Es dauerte vielleicht drei Sekunden. Dem Schafskopf blieb der Mund offenstehen. Frank rutschte hinters Steuer. Mit dem Nagelknipser legte er ein paar Drähte blank. Er hielt die Drähte zusammen, und der Motor des BMW sprang an. Er stieg wieder aus. Knappe fünfzehn Sekunden. »Nicht schlecht, was?«

Der Junge schluckte. »Sind Sie 'n Bulle?«

»Werk- und Personenschutz. Meist im Industriesektor. Ist 'ne Wachstumsbranche. Bist du schon mal überfallen worden?«

Der Junge schüttelte den Kopf.

»Das ist schlecht. Ob du es weißt oder nicht, du hast mir jedenfalls gerade verraten, daß du nichts besitzt, was sich zu klauen lohnt.« Frank machte sich auf den Weg. Der Junge wollte noch wissen, wie man den Motor ohne Schlüssel abstellt, aber Frank ignorierte ihn.

Wieder im Hotel ging er auf sein Zimmer, wusch sich den Nummernschilddreck von den Händen, legte sich auf das Kingsize-Bett, sah etwas fern und versuchte, nicht allzuviel an die Sekretärinnen zu denken, die Yoghurt verschlangen und ihre Röcke hochschoben, um ihre Beine bräunen zu lassen. Nach einer Weile döste er ein. Als er aufwachte, war es nach sechs. Der Jetlag? Von Los Angeles? Wohl kaum. Der Flug dauerte kaum drei Stunden, außerdem lagen die beiden Städte in derselben Zeitzone. Frank zog sich aus und ging unter die Dusche. Dann rasierte er sich, fönte sich die Haare trocken und zog seine braunen Hosen an, darüber ein Hemd mit einem Muster aus, wie es schien, welkem Laub, dann eine rostfarbene Krawatte und seine

Bass Weejuns. Auf einer Party hätte man ihn vielleicht für einen Kunstlehrer gehalten, und nicht für einen Kerl, der Leute zusammenschlug, bis sie versprachen, sofort ihre Schulden zu bezahlen. Er sah nach, ob er seine Brieftasche und seinen Kamm eingesteckt hatte, dann schloß er die Tür ab und fuhr mit dem Aufzug in die Bar.

Am Klavier saß eine dicke Frau mit blauen Haaren. Ihre Billie-Holliday-Nummer war gar nicht mal schlecht, wenn man bedachte, daß die beiden praktisch nichts miteinander gemein hatten. Frank lehnte sich gegen die Bar und bestellte einen Paulie Girl. Der Barkeeper, der seinen Elf-Uhr-Martini gemixt hatte, war nicht mehr da. Seine Ablöse, die Nachtschicht, war größer und sah besser aus. Er trug eine enge, schwarze Hose und ein frisches, weißes Hemd, darüber rote Hosenträger und eine rote Fliege, die er wohl noch von Weihnachten übrig hatte. Auf dem goldenen Plastikrechteck auf seiner Brust stand der Name *Jerry* in schwarzen Buchstaben. Alterskrank, wie er sich bewegte. Er trug sein glattes, schwarzes Haar nach hinten gestriegelt, und das Haargel hatte seinen Kragen gelblich verfärbt. Über seinem linken Auge trug er eine schwarze Klappe, und er hinkte.

Aber auch mit nur einem Auge hatte Jerry genug gesehen, um Frank nicht warten zu lassen.

Das Bier kam. Frank setzte die Flasche an seine Lippen und nahm einen vorsichtigen Schluck.

Jerry benutzte ein kleines weißes Geschirrtuch, um die Bar mit engen, schnellen Kreisbewegungen zu polieren. Die Fliehkraft trug ihn rasch in sichere Entfernung.

Frank schnupperte am Flaschenhals. Er hob seine Stimme ein wenig und fragte: »Hast du einen Rolling Rock, Jerry?«

»Tut mir leid.«

»Wieso nicht?«

Schulterzucken. Das Namensschild blitzte in der Beleuchtung auf. »Wird zu selten verlangt, nehme ich an.«

Frank sagte: »Komm doch einen Augenblick her.«

Jerry kam widerwillig auf ihn zu. Der Kerl hinkte tatsächlich.

»Kannst du mir ein bißchen Stoff besorgen, Jer?«

Der Barkeeper zuckte zurück. »Wer hat Ihnen denn das erzählt?«

»Niemand. War nur 'ne Frage.« Frank mußte grinsen. Er hatte ein nettes Grinsen und Zähne wie Zuckerwürfel. »Du siehst aus, als ob du dich auskennst und mir vielleicht helfen könntest.«

»Ich kann Ihnen helfen, wenn Sie Durst haben. Wenn Sie ein anderes Problem haben, kann ich nichts für Sie tun.«

»Für 'n Fünfer«, sagte Frank. »Ein paar Joints...« Grinsend sagte er: »Ich bitte dich doch nicht um einen Sack voll Koks. Komm schon, sei vernünftig.«

Jerry sah nach rechts und links.

Frank klappte seine Brieftasche auf und zeigte Jerry seinen New Yorker Führerschein, der auf den Namen Bobby Costello ausgestellt war. Der Barkeeper warf einen flüchtigen Blick darauf und konzentrierte sich auf Franks dickes Geldscheinbündel.

»Da ist ein Page, er müßte jetzt Dienst haben... er heißt Roger. Kleiner Kerl, so um die Fünfzig. Graues Haar, sehr kurz geschnitten...«

Frank ließ zwei Zwanziger auf die Theke fallen.

Jerry schüttelte den Kopf. »Nein, danke. Roger wird Ihr Geld nehmen, ich nicht.«

»Für das Bier.«

»Das geht aufs Haus.«

Frank zuckte mit den Schultern und steckte das Geld wieder ein. Er ging zum Empfang und sagte dort, er wolle Roger sprechen. Links vom Empfang stand in einer Glasvitrine eine funktionierende Dampfmaschinenminiatur. Frank tat, als hielt er sie für ein Wunder der Technik. Er benutzte das Glas, um Rogers Haltung und Gang zu beobachten, als er sich von hinten an ihn heranschlich. Frank war der Ansicht, daß man eine Menge über einen Menschen sagen konnte, wenn man seine Körperhaltung und Bewegungen beobachtete. Er wirbelte herum, als Roger ihm gerade auf die Schulter klopfen wollte. Roger war überrascht, erholte sich aber schnell.

»Kann ich Ihnen helfen, Sir?«

Roger trug einen schnieken, grauen Anzug mit blauen Besätzen, aber ohne Goldborte. Seine Augen waren dunkelbraun. Während er sprach, wich er ein, zwei Schritte zurück, bis er gerade außer Reichweite war. Jetzt wartete er; seine weichen Hände hingen seitlich herab. Frank lächelte. Roger war gerissen genug, das Lächeln nicht zu erwidern.

»Ich habe mit Jerry an der Bar gesprochen. Er meinte, Sie könnten mir vielleicht helfen«, sagte Frank.

»Jerrys Freunde sind auch meine Freunde. Sie wohnen im Hotel?«

Frank nickte.

Roger sagte: »Wenn Sie mir dann Ihre Zimmernummer geben würden, kommt sie sofort zu Ihnen.«

Frank schnippte Asche auf den Teppich und blies etwas Rauch aus der Nase. »Ich suche keine Frau.« Frank hob die Arme, als erwartete er, durchsucht zu werden. »Schlagen Sie zu.«

»Wie bitte?«

»In den Magen. Los, machen Sie schon.«

Roger sah sich in der weitläufigen Empfangshalle um. Dann verpaßte er Frank einen spielerischen Hieb.

»Nein, richtig fest.«

»Eigentlich sollte ich dafür bezahlt werden«, sagte Roger und versetzte ihm einen rechten Schwinger. Ein anderer Page hörte den Schlag und sah sich verwundert um. Er sah, wie Roger sich die Hand rieb, und Frank lächelnd dastand, die Zigarette im Mundwinkel.

»Donnerwetter!« Roger saugte an seinen Knöcheln und ließ sein Handgelenk vorsichtig kreisen.

»So bin ich überall«, sagte Frank. »Hart wie ein Stein. Und Sie halten mich für einen Typen, der für seinen Spaß bezahlen muß? Oder irre ich mich?«

»Mann, einige Leute verlangen Sachen, da würde es ihnen nichts nützen, wenn sie Gary Grant und Mel Gibson in einer Person wären, es würde immer noch verteufelt weh tun und verdammt viel Geld kosten.«

Franks breite Stirn verzog sich. Er dachte nach. »Was für Sachen?«

»Vergessen Sie's. Wenn Sie keine Frau suchen, was wollen Sie dann?«

»Drogen«, sagte Frank.

»Koks? Ich kann ein paar Lines besorgen. Nichts Großes. Wir sprechen hier über nicht mehr als ein, zwei Gramm. Ich könnte Ihnen allerdings vielleicht auch eine Telefonnummer geben und Sie mit den richtigen Leuten zusammenbringen.«

»Ein paar Joints, mehr interessiert mich nicht«, sagte Frank. »Für 'n Zehner, was auch immer.« Seiner Ansicht nach waren Leute, die sich ernsthaft mit Drogen abgaben, nicht mehr ganz ernst zu nehmen.

»Ich kann Ihnen eine Viertelunze besorgen.« Roger hob ein Bein. Wie er dastand, erwartete Frank fast, daß er den Reißverschluß öffnen und auf den Stuhl pinkeln würde. Statt dessen polierte er nur die Spitze seiner glatten schwarzen Schuhe an seinem Hosenbein und betrachtete den Glanz.

Frank sagte: »Also gut, einverstanden.«

»Hundert Dollar. Kommt zu Ihnen aufs Zimmer. Es wird schneller da sein als Dominos Pizza.«

Von Franks Zigarette fiel Asche auf den Teppich. »Wem gebe ich das Geld?«

»Der Betreffende klopft an Ihre Tür. Kann ich sonst noch etwas für Sie tun? Wollen Sie ganz bestimmt keine Frau? Oder vielleicht etwas Jüngeres?«

»Werden Sie nicht ekelhaft.« Frank grinste. »Ich wohne in 518. Unmöglich zu verfehlen. Es ist gleich neben dem Eisautomaten und dem Zimmer mit dem zu lauten Fernseher.« Dann ging er quer durch den Empfang zu der Reihe von Aufzügen. Roger mußte machen, daß er aus dem Weg floh, sonst hätte Frank ihn glatt in den Teppich gewalzt. Seit der dritten Klasse war Frank größer gewesen als alle anderen, und er hatte schnell gelernt, seinen mächtigen Körper einzusetzen, um andere einzuschüchtern oder runterzuputzen, ohne ihnen auch nur ein Haar zu krümmen oder den Anschein zu erwecken, er hätte derartiges auch nur im Sinn. Allein die unbefriedigende Erkenntnis, daß Frank sie nicht einmal registrierte, verunsicherte die meisten und ließ ihnen das Mark in den Knochen gefrieren. Frank war gute einsneunzig und brachte über hundertzwanzig Kilo auf die Waage. Wo er ging, war nie Gedränge. Wenn er Durst hatte, gab es an der Bar immer einen Platz. Vor ein paar Jahren hatte er um die hundertfünfzig Kilo gewogen, war fett gewesen und immer fetter geworden. Eine verirrte Kugel aus einer .45er hatte ihn auf Flüssignahrung gesetzt, anschließend gab es sechs Monate Krankenhauskost. Seitdem hatte er keine Schwierigkeiten mehr, sein Gewicht zu halten. Wollte man es unbedingt positiv sehen, könnte man sagen, daß hinter jeder Wolke die Sonne schien, auch wenn man das nur an dem kupferfarbenen Rand sah.

Er nahm den mit sandgestrahltem Aluminium verkleideten Aufzug bis zum fünften Stock, schob das Plastikdreieck ins Schloß und öffnete die Tür. Er hatte den Fernseher und sämtliche Lichter angelassen, die Klimaanlage sowie die Heizung und Entlüftung im Bad. Zweihundertfünfzig pro Nacht, aber damit waren sämtliche Nebenkosten abgedeckt, und außerdem bezahlte Newt die Rechnung. Frank lockerte seine Krawatte und ließ sich aufs Bett fallen. Draußen heulte eine Sirene das einzige Lied, das sie kannte.

Frank vertrieb sich die Zeit mit Fernsehen und der Verfeinerung der Kunst, einen kleinen Rauchring durch einen größeren zu blasen. Nach einer Weile klopfte es diskret an der Tür.

»Die Tür ist auf. Kommen Sie rein.«

Sie war vielleicht fünfzehn und hatte die perfekte Figur einer Fünfzehnjährigen – ein bißchen zaghaft, aber unglaublich feminin. Was man von ihrer Haut sehen konnte, war weiß und makellos wie ein Blatt Papier. Ihr Haar war wasserstoffblond und hochgesteckt. Sie trug einen hautengen Lycrabody, neonblau mit pinkfarbenen Streifen. Um den Hals trug sie ein Goldkettchen mit einem Kreuz, und die plumpe Herrentauchuhr wirkte besonders schwer an ihrem Handgelenk. Eine verspiegelte Fliegersonnenbrille beherrschte ihr Gesicht. Ihr Mund war breit und sinnlich, ihre Lippen hatten die Farbe einer überreifen Kirsche.

Frank war neugierig geworden und setzte sich auf, um sie besser sehen zu können. Sie schaltete das Licht ein und zog die Vorhänge zu. Da der laufende Fernseher lief, spendete er genügend Licht.

»Wo kommst du denn her?« fragte Frank.

»Roger schickt mich.« Sie legte ihre Sonnenbrille mit theatralischer Geste ab. Ihre Augen waren blaßblau wie ein Gletscher. Sie trat mit ihren weißen, blau gestreiften Leder-Nikes Größe vier gegen die Tür, knallte sie zu und lächelte.

»Nimm's nicht persönlich, aber ich habe Roger gesagt, daß ich nur ein bißchen Stoff will. An einer Nummer bin ich nicht im geringsten interessiert.«

»Wie heißt du?«

»Frank.«

Das Mädchen kam mit wiegenden Hüften über den Teppich und setzte sich auf den Rand des riesigen Bettes. Sie zog Frank einen Bass Weejun aus und begann, sanft seinen Fuß zu massieren. Selbst durch seine verschwitzten grauen Socken hindurch fühlten sich ihre Finger kühl und angenehm an.

»Ich habe dich unten in der Halle gesehen«, sagte sie.

Frank wartete. Warten hatte er gelernt. Im Gefängnis mußte man das können, auch wenn man für Newt arbeitete.

»Ich fand dich irgendwie niedlich«, fuhr das Mädchen fort.

»Niedlich. Aha.«

»Ich steh' auf große Kerle.« Sie lächelte und gab ihm zu verstehen, daß sie ihn nur neckte, wozu auch immer das gut sein sollte. Sie zog ihm die Socke aus, beugte sich vor und küßte seinen großen Zeh. »Wie groß bist du?«

Frank sagte es ihr. Sie zog ihm den anderen Schuh und den anderen Socken aus.

»Fühlt sich gut an, nicht?« fragte sie.

»Vielleicht, wenn ich in Stimmung wäre.«

»Entspann dich, das kommt schon.«

Das Telefon auf dem Nachttisch trällerte leise. Frank hob ab. »Alles in Ordnung bei Ihnen?« erkundigte sich Roger.

»Wie heißt sie?«

»Lulu. Lassen Sie mich mit ihr reden.«

»Erst will ich das Zauberwort hören, Rog.«

»Bitte.« Roger schaltete schnell.

Frank reichte ihr den Hörer. Lulu sagte Hallo, nickte und meinte: »Mach dir keine Sorgen deswegen, du machst nur deinen Schrittmacher kaputt.« Sie gab Frank den Hörer zurück. »Roger will dir noch ein paar Worte sagen.« Auf dem Hörer war Lippenstift. Frank wischte ihn am Kopfkissen ab.

»Was gibt's?« fragte er.

»Seien Sie nett zu ihr. Bitte«, flehte Roger.

»Warum sollte ich? Bist du sicher, daß sie das überhaupt will?« fragte Frank.

Es entstand eine kurze Pause, dann sagte Roger: »Wenn Sie sagt, daß sie Sie mag, Frank, dann können Sie ihr das glauben. Sie meint das wirklich ernst.«

»Woher wollen Sie das wissen?«

»Das Mädchen ist zufällig meine Tochter. Sie ist sogar mein einziges Kind.«

»Gehen Sie mir nicht auf die Nerven«, fauchte Frank und knallte den Hörer mit solcher Wut auf die Gabel, daß Roger im Empfang zusammenzuckte und sich duckte, als wollte er einem tödlichen Schlag ausweichen.

2. Kapitel

Sieben Betonstufen führten auf eine offene Veranda von einem Meter zwanzig im Quadrat. Die Tür hing in den Angeln. Der Boden der Veranda war braun gestrichen und mit Mörtelbrokken übersät, voller Holzsplitter, Glas und einer Menge Blut.

Die Leiche des Mädchens lag quer über der Schwelle. Im Wohnzimmer saß Cherry Ngo zusammengesunken in einem aus dem Leim gehenden Sessel vor einem kalten, offenen Kamin. Auf seinem Schoß saß eine Siamkatze – ihre riesigen blauen Augen waren weit aufgerissen, sahen aber dennoch nichts: ein Schrapnellsplitter hatte sie aller neun Leben gleichzeitig beraubt.

Detective Jack Willows vom Morddezernat sagte: »He, Cherry, kommen Sie zu sich. Sprechen Sie mit mir.«

Willows' Partnerin, Detective Claire Parker, sagte: »Er steht unter Schock, Jack. Der Arzt meint, wir verschwenden unsere Zeit.«

»Wir werden sehen.«

Fünf Minuten zuvor hatte sich Willows bei Cherrys Players Lights bedient, sein Wegwerffeuerzeug angezündet und dem Jungen die Zigarette in den Mundwinkel gesteckt. Die glühende Zigarettenspitze war nur noch einen Zentimeter von Cherrys Banditen-Schnurrbart entfernt, aber ihm schien das nichts auszumachen. Seit fünf Minuten war ihm der Rauch kräuselnd in die Augen gestiegen. Gezwinkert hatte er bis jetzt noch nicht.

Dreißig Sekunden später hörte man ein Knistern, und es stank nach versengtem Haar. Parker zog Cherry die Zigarette aus dem Mund und warf sie in den Kamin. »Zufrieden, Jack? Oder sollen wir noch etwas anderes ausprobieren – ihm gut zureden oder die Fingernägel mit einer Zange ausreißen?«

Als Mordzeugen kamen nur zwei Personen in Frage – Cherry Ngo und sein jüngerer Bruder Joey.

Willows und Parker gingen in den Keller, vorbei am Heizraum, der Waschküche und einem weiteren Raum, der einen Satz Gewichte und einen gesprungenen, wandhohen Spiegel enthielt. Joey Ngos Zimmer war gerade groß genug für eine Kommode, ein schmales Bett und zwei Cops in Uniform.

Willows mußte sich bücken, um durch die Tür zu kommen. Die Sprungfedern quietschten, als Joey sich aufsetzte. Er wandte sein Gesicht ab und wischte sich die Tränen aus den Augen.

Parker sagte: »Wir wissen, wie Sie sich fühlen, Joey, aber wir müssen mit Ihnen reden. Das ist leider nicht zu ändern.«

»Ich habe nichts gesehen.« Schwer zu sagen, wie alt Joey war. Zwanzig vielleicht. Sein Haar war sehr kurz geschnitten. Er war knapp einssiebzig groß und wog bestimmt nicht mehr als sechzig Kilo. Sein Gesicht war glatt und rund, nichtssagend, leer. Er hatte ein schwarzes T-Shirt und verblichene schwarze Jeans an. Seine Füße waren nackt. An der linken Ferse klebte ein Pflaster.

»Nur ein paar Fragen.« Parker lächelte. »Es dauert nicht lange.«

»Wie geht's meinem Bruder?«

»Er steht unter Schock«, sagte Willows, »aber er wird schon wieder. Erzählen Sie uns, was passiert ist.«

Joey schneuzte sich. Steckte sich eine Zigarette an. Dieselbe Marke wie sein großer Bruder. Das Fenster war schwarz gestrichen. Willows stieß es mit seinem Kugelschreiber auf.

Joey sagte: »Wie ich den anderen Cops schon erzählt habe, ich war hier unten, als es passiert ist. Ich hab' geschlafen.«

»War das Fenster auf oder zu?

»Zu.«

»Die Hitze macht Ihnen nichts?«

»Wovon reden Sie? Heiß ist es hier erst, seit Sie hier sind.«

»Sie haben die Schüsse gehört. War es so? Die Schüsse haben Sie geweckt?«

»Das erste, was ich gehört habe, war Cherry. Er hat gebrüllt wie am Spieß.«

Parker sagte: »Und dann?«

»Ich hab' mir was angezogen und bin nach oben gerannt.«

»Sie haben die Sachen angezogen, die Sie jetzt tragen?« fragte Willows.

»Ja.«

»Arbeiten Sie, Joey?«

»Ja, ich habe einen Job. Speedy Autozubehör, drüben auf der East Eighth.«

»Sie sind Vietnamese, Joey?«

»Ich bin Kanadier.«

»Wann sind Sie eingewandert?«

»Sechsundsiebzig.«

Parker fragte: »Mit Ihren Eltern?«

»Mit meinem Vater, aber er ist vor ein paar Jahren gestorben.«

»Wann fängt Ihre Arbeit an?«

»Um acht.«

»Hat Cherry einen Job?«

»Nicht, daß ich wüßte.«

»Was hat Ihr Bruder zu Ihnen gesagt, als Sie nach oben kamen?« sagte Parker.

Joey schloß die Augen und sog den Rauch tief in die Lungen. Ein paar Augenblicke später machte er die Augen wieder auf, drehte den Kopf und blies den Rauch aus dem offenen Fenster.

»Zuerst hat er gar nichts gesagt. Er stand an der Tür. Sie war fast zu, und ich konnte sie nicht sehen. Cherry hat versucht, die Tür ganz zu schließen, aber das ging nicht. Dann hab' ich gesehen, warum. Ihr Bein ragte ins Wohnzimmer. Deswegen ging die Tür nicht zu, wegen ihrem Bein.«

Joey schnippte den Zigarettenstummel aus dem Fenster und steckte sich die nächste an.

Parker sagte: »Konnten Sie nach draußen sehen?«

»Nein, keine Spur. Es war stockdunkel. Das Licht auf der Veranda war zerschossen.«

»Wie kommt das Blut an Ihre Füße, Joey?« fragte Willows.

»Das ist Emilys Blut, das meiste jedenfalls. Ich habe mich geschnitten, aber es ist nicht schlimm.«

»Sie hieß Emily Chan?«

»Ja.«

»Sie war Cherrys Freundin?«

»Ja.«

»Erzählen Sie uns, wie das Blut an Ihre Füße kam.«

»Ich bin hingegangen, hab' Cherry auf die Seite geschoben und die Tür aufgemacht. Haben Sie sie gesehen?«

»Ja, wir haben sie gesehen.«

»Was für eine Waffe macht so etwas?«

»Darüber sprechen wir später.«

»Ein Schrotgewehr?«

»Haben Sie sie angefaßt?«

»Ich werd' mich hüten.«

»Aber Sie sind auf die Veranda gegangen, das stimmt doch?«

»Ich hab' mir den Fuß am Glas zerschnitten.«

»Haben Sie jemanden gesehen?«

»Die Frau aus dem blauen Haus gegenüber. Sie kann Cherry und mich nicht ausstehen. Macht rassistische Bemerkungen. Sie stand in der Auffahrt neben ihrem Wagen.«

»Haben Sie etwas zu ihr gesagt?«

»Mach' ich nie.«

Parker sagte: Haben Sie sonst noch jemanden gesehen?«

»Nein.«

»Wie lange waren Sie auf der Veranda?«

»Keine Ahnung, kann ich nicht sagen. Vielleicht eine Minute. Fragen Sie die Frau aus dem blauen Haus. Sie weiß mehr über mich als ich selbst.«

»Sind Sie sicher, daß Sie Emily nicht angerührt haben?«

»Ja, ganz sicher. Verdammte Scheiße, klar bin ich sicher.«

»Also schön. Sie sind wieder zurück ins Haus. Was dann?« fragte Willows.

»Cherry hat immer noch gebrüllt. Ich hatte keine Ahnung, was ich tun sollte, wie es weitergehen sollte. Sehen Sie die Tür? Er hat sie glatt aus den Angeln gerissen. Mit bloßen Händen, wie Superman. Plötzlich packt er mich, und ich krieg' auf einmal ungeheure Angst, weil er mich anstarrt, ohne mich zu sehen. Wissen Sie, was ich meine?«

Parker nickte.

»Dabei schreit er immer noch, dann hört er plötzlich auf, schüttelt mich wie wild und sagt: ›Jemand hat Cindy erschossen‹ – so leise, daß ich kaum was verstehe. Dann setzt er sich in den Sessel und sackt zusammen. Sitzt er immer noch da, in dem Sessel?«

Willows sagte: »Cindy ist die Katze, richtig?«

Joey fing an zu weinen, sein schmächtiger Körper schüttelte sich vor Verzweiflung. Willows wartete. Joey putzte sich die Nase am Bettlaken ab und zog an seiner Zigarette. Er hatte Mühe, sich zusammenzureißen.

Parker sagte: »Ich möchte nicht, daß Sie sich Sorgen machen, aber wir werden Ihren Bruder ins Krankenhaus bringen. Eine reine Vorsichtsmaßnahme. Sie sollten wissen, daß ihm nichts fehlt. Vielleicht behalten sie ihn über Nacht dort, wahrscheinlich werden sie ihn sich aber nur kurz ansehen, ihm ein Beruhigungsmittel verschreiben und ihn nach Hause schicken. Möchten Sie mitfahren? Er könnte Gesellschaft gebrauchen.«

Joey schüttelte sich und seufzte. Dann sah er zu Willows auf und sagte: »Ja, Sie haben recht. Cindy ist die gottverdammte Katze.«

3. Kapitel

Lulu nahm Franks Zigaretten und das Feuerzeug vom Nachttisch. Sie zündete eine an, steckte sie Frank in den Mund und sagte: »Ich nehme an, das war Rogers Getue. Hat den besorgten Vater gespielt, stimmt's?«

»Ich habe schon üble Maschen gesehen, aber das schießt den Vogel ab.«

»Er ist mein Daddy, und ich bin sein einziges Kind. Was erwartest du von ihm, daß er mich links liegen läßt?«

»Um dahinterzukommen, daß die Sache stinkt, reicht ein Verstand aus Corned beef.«

»Ich werde tun, was du verlangst, und ich werde es besser machen, als es dir je eine andere gemacht hat. Aber eins mußt du begreifen: Ich bin kein Profi, und Rog ist nicht mein Zuhälter.«

Frank blies Rauch gegen die Decke. Er starrte sie an; sie starrte ebenso zurück. »Wie alt bist du?«

»Zweiundzwanzig.«

»Blödsinn.«

»Für wie alt hältst du mich?«

»Fünfzehn, vielleicht sechzehn.«

Lulu mußte lachen. Eine interessante Erfahrung, irgendwie. Sie hatte perfekte Zähne. Ihre Zunge war rosig und sah gesund aus. Sie hätte ein Gespenst sein können, so blaß war sie. Frank unterdrückte ein Grinsen. Gerade hatte er daran gedacht, daß er durch sie hindurchsehen könnte, wenn er sich nur Mühe gäbe.

»Ich achte auf mich«, sagte sie. »Daran ist nichts Geheimnisvolles. Viel frisches Gemüse, Sport, Schwimmen im Hotelpool. Joggen.« Sie lächelte. »Und keine Sonne, das ist das Wichtigste.«

»Wieviel?« fragte Frank.

»Fünfhundert für die Nacht. Vielleicht kostet es dich auch keinen Penny – wer weiß?«

»Und für eine halbe Stunde?«

Sie lächelte. »Vergiß es, du würdest nicht wollen, daß ich gehe.«

Frank zappelte mit den Füßen. »Keine Ahnung, warum es so sexy wirkt, aber es stimmt.«

»Wie war das, Schätzchen?«

»Saug noch ein bißchen an meinem Zeh herum.«

»Na schön. Was immer du willst.«

»Und...« Frank wurde rot.

»Kein Problem«, sagte Lulu.

Frank sagte: »Aber zuerst gehe ich mich duschen – wegen der Hygiene.«

Lulu nickte. »Stimmt, Sauberkeit kommt gleich nach Gottesfurcht. Besonders heutzutage, fürchte ich.«

»He«, sagte Frank. »Damit hat das nichts zu tun. Ich bin den ganzen Tag in der Stadt herumgelaufen und hab' mich umgesehen. Es ist heiß. Ich bin verschwitzt.«

Lulu glitt vom Bett. Ihre Bewegungen waren grazil und fließend, als hätte sie keine Knochen. Sie war biegsam wie eine Schlange. Als sie aus dem blau- und pinkfarbenen Lycrabody schlüpfte, entstand ein schlürfendes Geräusch, wie von jemandem, der sich in weiter Ferne mit einem Strohhalm über den Rest eines Milkshake hermacht.

Unter der Dusche bekam Frank sanft, aber bestimmt gesagt, wie er sich hinzustellen hatte. Er hielt die Beine gespreizt und stützte die Handflächen gegen die Kacheln, während Lulu ihn von Kopf bis Fuß einseifte. Sie hatte die Wärmestrahler angelassen, das Neonlicht aber ausgeschaltet. Im Bad war es wie in einer Sauna, und im Licht der Strahler verwandelte sich der Wasserdampf in einen rosigen Nebel, der etwas Romantisches hatte. Frank legte den Kopf in den Nacken, während Lulus glatte, seifige Hände in langsam größer werdenden Kreisen die harten Muskeln seines Bauches massierten.

»Das gefällt dir, stimmt's?«

»Ja.« Franks Stimme klang heiser. Es fiel ihm schwer, still zu stehen und das Gleichgewicht zu halten.

Lulu stellte sich auf die Zehenspitzen, küßte ihn auf den Hals und begann an seiner Haut sachte zu knabbern. »Das gefällt dir auch, stimmt's?«

»Ja«, sagte Frank zum zweiten Mal. Er lächelte in den Sprühregen, dann verblaßte sein Lächeln, wurde von dem schaurigen Gedanken fortgespült, das Wasser, in dem er stand, könnte viel tiefer sein, als es schien.

»Stimmt was nicht, Baby?«

Frank sagte: »Jetzt bist du dran. Gib mir die Seife.«

Sie war wie ein Fluß; sacht und süß, vorhersehbar und doch verblüffend. Frank gab sich alle Mühe, seine riesigen, ungeschickten, schwieligen Hände sanft wie Federn über ihren Körper gleiten zu lassen. Sie war so winzig und perfekt geformt, so zerbrechlich. Ihre Knochen waren wie die eines kleinen Vogels. Er hatte Angst, er könnte sie verletzen, wenn er nicht vorsichtig war.

Sie rang nach Atem und schmiegte sich an ihn.

»Alles in Ordnung?« fragte Frank.

»Kannst du das noch mal machen? Bitte!«

»Klar«, sagte Frank.

Nach dem Duschen fragte Lulu, ob er ein sauberes Hemd habe. Eins hing noch im Kleiderschrank, auf einem dieser Kleiderbügel, die man nicht klauen und mit nach Hause nehmen konnte. Die Suite kostete zweihundertfünfzig Dollar pro Nacht, und die Hotelverwaltung sorgte sich, daß man sie um einen Kleiderbügel erleichtern könnte. Moderne Zeiten. Frank gab ihr das Hemd. Es reichte ihr bis zu den Knien und machte sie noch ein paar Jahre jünger. Jetzt sah sie ungefähr aus wie zwölf. »Wo ist dein Zimmerschlüssel?«

»In meiner Hosentasche.«

Lulu setzte ihre Sonnenbrille auf und blickte auf ihn herab. Im Doppelspiegel der großen Gläser tauchten zwei halb erregte Franks auf. Sie sagte: »Holst du ihn mir? Bitte!«

Frank kramte in seiner Hosentasche, bis er das Plastikrechteck gefunden hatte. Als er ihr den Schlüssel hinhielt, nahm sie seine Hand und führte ihn zur Tür. Er öffnete die Tür und folgte ihr nach draußen auf den Gang. Die Tür fiel mit einem Seufzen des hydraulischen Türschließers hinter ihnen ins Schloß. Das leise Klicken klang so endgültig, als hätte ihm jemand unwiederbringbar ein Stück aus seinem Leben gebissen. Frank stand splitterfasernackt da und spürte bereits ein leichtes Frösteln.

Was, zum Teufel, wurde hier eigentlich gespielt?

Ungefähr fünfzehn Meter weiter ging eine Tür auf, und ein ältliches Ehepaar kam heraus. Der Mann rüttelte an der Tür, um sich zu vergewissern, daß sie abgeschlossen war, dann spazierten er und seine Frau untergehakt mit dem Rücken zu Lulu und Frank den Gang entlang.

Lulu flüsterte: »Ich wette, die machen ihre zweite Hochzeitsreise. Sie sind so süß. Küß mich, Frank.«

Frank nahm sie in die Arme und küßte sie lange und leidenschaftlich.

»Perfekt.« Sie sprang hoch und zwang ihn, sie zu halten. Instinktiv nahm Frank die altbekannte Haltung eines frisch gebakkenen Ehemannes an, der seine Braut jeden Augenblick über die Schwelle tragen wird. Endlich dämmerte ihm, warum sie sein weißes Hemd hatte haben wollen – es war das einzige, was sich als Hochzeitskleid eignete. Er schloß die Tür auf und trug sie zurück ins Zimmer und dann ins Bett.

»Ach, Frank«, sagte sie. »Ich weiß, es wird dir schwer fallen, das zu glauben, aber auf dich habe ich mein ganzes Leben lang gewartet.«

Das Hemd schien eine Million Knöpfe zu haben. Es gelang Frank, ein paar davon aus dem Weg zu räumen; er beugte sich vor und küßte ihre Brüste.

»Ich bin verrückt nach dir, Frank.« Sie drehte den Körper ein wenig zu ihm hin, damit sie leichter zu nehmen war.

Frank wollte gerade etwas sagen, besann sich aber eines Besseren.

Lulu fragte: »Was?«

»Nichts.«

»Nein, du verschweigst mir etwas. Das spüre ich.«

Frank war immer noch mit den Knöpfen beschäftigt. Es war

sinnlos, Zeit zu vergeuden. »Es ist eigentlich nicht so wichtig, aber mir wäre es lieber, wenn du dir die Haare nicht färben würdest.« Er strich ihr sanft mit den Fingern über den Bauch. »Besonders hier unten. All die Chemikalien sind bestimmt nicht gut für dich.«

»Ich bleiche mir die Haare nicht, Frank.« Sie setzte die Sonnenbrille ab. »Sieh mich an.«

Frank gehorchte und blickte in die kalten Tiefen und eisigen Untiefen der blaßblauen Augen seiner Geliebten.

»Sieh dir meine Haut an. Siehst du die Adern? Ich habe eine Hautfarbe wie ein gottverdammter Gletscher.« Sie setzte sich auf und rückte ein wenig von ihm ab. »Ich bin ein Albino, Frank.«

»Ein Albino?«

»Das gibt es bei Krähen, Nilpferden, Menschen ... es ist angeboren. Es gibt nichts, was man dagegen tun könnte. Es wird durch einen Pigmentmangel in Haaren und Haut hervorgerufen. Ist dir aufgefallen, wie blaß meine Augen sind? Dabei trage ich schon getönte Kontaktlinsen. Ohne sie wären meine Augen noch blasser. Das ist keine Eitelkeit, Frank. Das getönte Plastik filtert das Licht. Stell dir das mal vor: das Licht tut mir weh.«

Frank küßte sie auf den Mund.

»Das tut gut, Frank. Das gefällt mir; küß mich genau so. Können wir ein kleines Experiment machen?«

»Was denn?« sagte Frank.

»Mach die Augen zu. Stell dir vor, du wärst blind, nur für einen Augenblick. Du könntest nichts sehen.« Lulus Stimme klang sanft wie Himbeeren. Frank schloß die Augen.

»Versuch dir vorzustellen, daß du immer schon blind warst und daß es dein ganzes Leben lang nichts anderes als Finsternis gegeben hat.« Sie wartete einen Augenblick, dann fügte sie hinzu: »Du hast dein ganzes Leben allein in deinem Zimmer verbracht. Ich bin die erste und einzige Frau, die du je berührt hast. Du weißt nicht, ob du je wieder mit mir zusammen sein wirst. Küß mich, Frank. Küß mich und küß mich und küß mich. Nimm mich in deine Phantasie auf, enthülle alle meine Geheimnisse. Sieh mich, wie ich wirklich bin, in völliger Dunkelheit.«

Frank war achtunddreißig Jahre alt. Aus diesem oder jenem Grund hatte er es nie für nötig gehalten, sich zu verlieben. Vielleicht, weil er viel herumkam. Außerdem wollten sich die Frauen, die er kennenlernte, meist aufs nichts einlassen. In der Vergangenheit war ihm das gerade recht gewesen. Obwohl er die Frauen mochte. Während der Jahre, die er im Knast verbracht hatte, hatte er sich nie für jemanden vornübergebeugt und das auch von niemandem verlangt. Sex war für ihn wegen seiner langen Enthaltsamkeitsperioden nie so eine wahnsinnig große Sache gewesen – es war so etwas wie einen Drachen fliegen lassen; man tat es, wenn der Wind günstig und man in der richtigen Stimmung war.

Diesmal war es anders.

Frank hatte bislang immer nur mit passiven Frauen Erfahrung gemacht, die in der aktiven Rolle nicht besonders gut gewesen waren. Lulu, das dämmerte ihm allmählich, war in dieser Hinsicht einzigartig, sie fand Gefallen an beiden Spielarten.

Frank beschloß, mitzumachen und den küssenden Blinden zu spielen. Er machte langsam und ließ sich Zeit. Nach einer kleinen Weile verging das Unheimliche an der Situation, und er vergaß alles über sich, wer er war. Es war, als hätte er sein Selbst abgelegt, es von sich gestoßen und wäre einfach weitergegangen. Irgendwie hörte er auf, Frank Wright zu sein – er verwandelte sich in einen völlig anderen.

Aber in wen? Das war es, was er nicht einmal in Ansätzen verstand.

Er labte sich am Nektar ihres Körpers. Da seine Augen geschlossen waren, konnte er nicht sehen, daß sie überall dort, wo er sie küßte, zartrosa erblühte. Aber deutlich spürte er die von ihrem Körper aufsteigende Hitze und daß sie sich für ihn erwärmte. Er machte weiter, wurde heftiger, bis sie plötzlich seinen Kopf in ihre Hände nahm, sich ihm entgegenwarf, aufschrie und ihn von sich stieß.

Er öffnete die Augen und stellte zu seiner Bestürzung fest, daß sie weinte. Er bot ihr einen Zipfel des Lakens an. Sie achtete nicht auf ihn. Er zündete sich eine Zigarette an. Die Sonne ging unter, und das Fenster sah aus wie ein schwarzes Rechteck, in dem willkürlich Staubpartikel aufleuchteten. Frank sog den Rauch in seine Lungen.

Fünfhundert Dollar. Kein Wunder.

Lulu schniefte und gewann ihre Fassung zurück. Sie seufzte zufrieden. »Müde, Süßer?«

»Ein bißchen vielleicht.«

»Wie lange bleibst du in der Stadt?«

»Nur noch eine Nacht. Ich habe etwas zu erledigen.«

»Was?«

»Keine Fragen.«

Lulu schmiegte sich an ihn und legte den Kopf auf seine Brust. Er streichelte ihr hauchfeines Haar. »Etwas Ähnliches habe ich mir gedacht. Daß du irgend etwas machst, worüber du nicht sprechen kannst. Etwas Schlechtes«, sagte sie.

»Jetzt mach aber mal 'nen Punkt.«

»Sofort als ich dich sah, wußte ich alles über dich. Hast du bei mir nicht das gleiche gespürt?«

Frank dachte darüber nach und sah zu, wie sich der Rauch seiner Zigarette in der Luft kräuselte. Als er der Ansicht war, die richtigen Worte gefunden zu haben, sagte er: »Als du durch die Tür kamst, sagte ich mir, selbst wenn wir den Rest des Lebens miteinander verbringen sollten, würde ich nicht das geringste über dich erfahren.«

Lulu mußte kichern. »Weißt du was?«

»Was?«

»Du hast recht.«

Er schien ihr großen Spaß zu machen. Frank fragte sich, wieso. Sie wälzte sich auf ihn und setzte sich mit ihren langen, weißen Beinen rittlings über ihn. »Jetzt bin ich dran. Aber es gibt ein paar neue Regeln. Du kannst dich nicht bewegen, nicht das kleinste bißchen. Und du darfst nichts sagen. Keine Anweisungen, keine Bitten. Und kein Stöhnen oder so albernes Zeug. Meine Aufgabe besteht darin, herauszufinden, was du magst. Wenn ich es richtig anstelle, brauche ich keine Andeutungen. Verstehst du, was ich damit sagen will, Frank?«

»Das will ich doch hoffen.« Er zog ein letztes Mal an seiner Zigarette, dann drückte er sie im Aschenbecher aus.

Sie küßte ihn auf den Mund.

Frank lag vollkommen still. Durch das Hotelfenster fielen die letzten Sonnenstrahlen des Tages schräg ins Zimmer. Überall waren Schatten, doch ihr verblüffend bleicher Körper blieb in Licht getaucht. Es war, als würde das Licht direkt durch sie hindurchgehen und sie vollkommen durchdringen.

Frank versuchte, sich fallenzulassen, sich zu verlieren, zu jenem seltsamen Punkt zurückzukehren, an dem er sich selbst nicht mehr kannte und er noch so viel zu lernen hatte. Ihr Atem fühlte sich kühl und feucht an auf seinem Gesicht.

Er hätte ebensogut tot sein können. Er schwebte über seinem Körper und blickte nach unten. Sie küßte seine Augen. Er zwinkerte nicht einmal.

4. Kapitel

Das Zimmer für das Verhör war ungefähr so groß wie ein Aufzug. Irgendein Polizist hatte einmal gesagt, es sei so klein, daß selbst eine Spinne Platzangst bekäme, und fast stimmte das auch. Wenn sich zwei Detectives und ein Verdächtiger dort hineingequetscht hatten, mußten alle gleichzeitig Luft holen.

Die Wände waren in neutralem beige gestrichen. Der Teppich war grau. Es gab drei Stühle mit Chromgestell und beigefarbenen Polstern, die um einen winzigen Tisch gruppiert standen. Der Tisch war leer – weder lag dort ein Kalender, der die Gefangenen an die Vergänglichkeit der Zeit erinnern konnte, noch gab es einen Aschenbecher, mit dem sie um sich werfen konnten, wenn sie durchdrehten. Tatsächlich war das Rauchen in allen sechs Stockwerken des Gebäudes verboten. In dem Zimmer regelte sich dieses Problem ohnehin von selbst – jeder, der verrückt genug war, sich bei geschlossener Tür eine anzuzünden, mußte innerhalb von Minuten an Sauerstoffmangel zugrunde gehen.

Der mittlere der drei Stühle war mit einem Mikrophon auf einer biegsamen Halterung aus rostfreiem Stahl bestückt. Eine Kamera hoch oben an der gegenüberliegenden Wand war ständig auf ihn gerichtet.

Eine Tür links vom Haupteingang führte in einen noch kleineren Raum. Die Tür war in derselben Farbe gestrichen wie die Wände, damit sie mit ihnen verschmolz und keinerlei Aufmerksamkeit auf sich zog.

Cherry Ngo lümmelte auf dem Stuhl mit dem Mikrophon. Er war ungefähr einsfündundsiebzig und sehr dürr, wog vielleicht gerade fünfzig Kilo. Er trug eine glänzende schwarze Lederjacke und schwarze Jeans, billige schwarze Turnschuhe, keine Socken. In seinem linken Ohrläppchen hingen sage und schreibe fünf Diamantohrringe. Um seinen Knöchel schlang sich ein dickes Goldkettchen. Auf den rechten Handrücken hatte er sich einen roten Adler tätowieren lassen. Sein Haar hing rechts und links neben seiner nach oben gerichteten Nase und seinem verkniffenen Mund herab.

Parker fragte sich, wie er die Haare so tragen konnte, ohne dabei wahnsinnig zu werden. Käme es zu einer Keilerei, würden sie ihn als erstes dort packen. Sie würde sich seine Matte schnappen und ihn damit quer über das Trottoir schleifen. Damit ihm endlich dieses dämliche Grinsen verging.

Sie sagte: »Erzählen Sie mir noch mal, wann genau Sie zum erstenmal gehört haben, wie der Wagen vorbeifuhr.«

»Keine Ahnung. Spät.«

»Wie spät?«

Cherry Ngo zuckte mit den Schultern. »Irgendwann zwischen Mitternacht und vielleicht drei, halb vier?«

»Was geschah dann?«

»Hab' ich Ihnen doch schon gesagt, nichts. Also bin ich wieder reingegangen.«

»Nein, so ist es nicht gewesen. Denken Sie noch einmal genau nach. Der Wagen kam ein zweites Mal vorbei, stimmt's?«

»Ja. Ja, doch.«

»Und Sie haben wieder draußen auf der Veranda gestanden?«

Allmählich begann Cherry sich für diese Polizistin zu interessieren, die so viel Geduld aufbrachte und niemals die Stimme hob oder ihn schief ansah. Sie hielt sich für zäh und hartnäckig, sah aber viel zu gut aus, als daß es hätte funktionieren können. Er mochte ihre Haare, die glatt und schwarz waren wie seine eigenen, und ihre dunkelbraunen, leuchtenden und bodenlosen Augen. Die Polizistin hatte außerdem eine ziemlich tolle Figur, war schlank und hatte lange Beine. Cherry Ngo grinste und ließ dabei ein Gebiß sehen, von dem Zahnärzte träumten – kaum Zahnschmelz und reichlich Gold. »Ja, richtig, Lady. Der Wagen kam zurück, und ich bin wieder auf die Veranda gegangen.«

»Detective.«

Ngo begriff nicht.

Claire Parker sagte: »Nicht ›Lady‹, Detective. Haben Sie das Licht auf der Veranda angemacht?«

»Sehe ich so blöd aus?«

Parker hielt es für besser, die Bemerkung zu übergehen. »Wer hat das Licht eingeschaltet, Cherry?«

»Emily.«

»Emily Chan. Ihre Freundin.«

Cherry Ngo lächelte. Sein zartes Gesicht legte sich in Falten wie ein getrockneter Apfel, und seine teure schwarze Lederjacke knarzte leise, während er auf dem Stuhl eine andere Stellung einnahm. Er legte den Kopf auf die Seite, und seine Ansammlung von Diamantensplittern funkelte im Licht. »Meine Ex-Freundin«, sagte er. »Mit toten Mädels gehe ich nicht aus.« Dabei sah er Parker auf eine Art an, die deutlich zu verstehen gab: Ich bin im Augenblick zu haben, hättest du nicht Interesse?

»Also schön. Emily hat das Licht angeknipst. Und dann?«

»Der Wagen stand mitten auf der Straße. Er stand einfach da, genau vor dem Haus. Er hatte kein Licht an, aber man konnte den Motor hören. Kein Tuckern, wie man es aus den alten Filmen kennt. Eher eine Art Säuseln.« Dabei schob Cherry den Reißverschluß an seiner Jacke so schnell es ging hoch und runter, so daß er ein schrilles Geräusch von sich gab. Der dünne Wasserfall aus glänzendem Haar schwankte vor seinem Gesicht und fiel ihm vor die Augen.

Parker fragte: »Was war das für ein Wagen?«
»Er war schwarz.«
»Es war ein schwarzer Wagen?«
»Ja. Schwarz. Oder vielleicht blau, keine Ahnung. Es war dunkel draußen. Hab' ich vielleicht Laseraugen?«
»War es ein großer Wagen, ein kleiner...«
»Ja, irgendwo dazwischen. Mittelgroß. Genau kann ich das nicht sagen.« Cherry setzte sich etwas aufrechter hin. »Warten Sie mal. Jetzt fällt es mir wieder ein. Komisch, wie das Bild plötzlich wieder ins Gedächtnis springt. Ich sehe Ihr glänzendes schwarzes Haar – meine Lieblingsfarbe – und ganz plötzlich sehe ich einen Honda vor mir. Einen schwarzen Honda CRX.«
»Wie viele Leute saßen in dem Wagen?«
Cherry Ngo zuckte mit den Schultern und spielte mit seinen Haaren. »Die Fenster waren getönt.«
»Aber irgend jemand muß ein Fenster heruntergekurbelt haben. Oder haben sie durch die Scheibe geschossen?«
»Das Fenster ging ganz schnell runter. Elektrische Fensterheber. Dann habe ich nur noch das Mündungsfeuer gesehen.«
Cherry Ngo machte eine Pistole aus seiner Hand und zielte damit auf Parker. »Peng! Peng! Peng! Der ganze Lärm, überall flogen die verdammten Kugeln herum. Und ich steh' mitten im Licht. In der Wand ist ein Einschußloch. Ich sage mir, rühr dich nicht, Cherry. Nimm es wie ein Mann!« Er beugte sich vor und grinste. »Eins müssen Sie mir erklären. Wie kommt es, daß diese Typen mit Schnellfeuerwaffen und solchem Scheiß rumlaufen, und ihr Cops habt nur mickrige 38er?«
»Hatte der Wagen besondere Merkmale? Beulen oder Kratzer, irgend etwas?«
»Er war wie aus dem Laden. Sah wirklich gut aus.«
»Haben Sie die Nummernschilder gesehen?«
»Eigentlich nicht.«
»Also schön, Cherry. Sie haben geschossen. Was geschah dann?«
»Emily ging rein und in Deckung. Zumindest dachte ich das. Jetzt wissen wir mehr, stimmt's?«

Cherrys dunkle Augen forschten in Parkers Gesicht. Sie ließ sich nichts anmerken, absolut nichts.

Cherry rutschte ein wenig tiefer auf den Stuhl. »Ja, was geschah dann? Nicht viel. Der kleine schwarze Wagen fuhr weg. Die Cops kamen. Hat jemand aus der Gegend sie über Notruf geholt?«

»Ein besorgter Bürger.«

»Tatsächlich? Ich dachte, die wären längst ausgestorben.«

»Ihre Freundin wurde erschossen, und Sie reißen Witze.«

Cherry Ngo starrte an die Decke. Er schlug die Beine übereinander und zerrte am Reißverschluß. Parker biß die Zähne aufeinander. Dann sagte sie: »Was ist los mit Ihnen, berührt Sie das überhaupt nicht?«

»Lachen ist die beste Medizin. Außerdem hat sie mindestens drei Dinger abbekommen, wie ich gehört habe. Sie starb aufrecht. Mann, so würde ich auch gern abdanken. Schnell und schmerzlos.« Er grinste. »Guter Name – klingt fast wie für ein Kettenunternehmen, was?«

»Wie alt war Emily?«

»Zu jung zum Sterben vermutlich. Aber stellen Sie sich vor, sie wäre durchgekommen. All die Narben, sie wäre häßlich gewesen, elend und einsam. Dann ist es so doch vielleicht besser, oder?«

Parker sagte: »Ihr Unterleib war voller blauer Flecken. Haben Sie sie geschlagen?«

Cherry grinste. »Ihr was?«

»Haben Sie sie geschlagen?«

»Sie ist ständig gegen irgendwas gelaufen. Ungeschickt. Warum sollte ich sie schlagen?«

»Rühren Sie sich nicht von der Stelle. Ich bin in einer Minute zurück. Keinen Mucks«, befahl Parker.

Cherry Ngo sagte: »Nehmen Sie das nicht persönlich, *Detective*, aber in dieser Stadt gibt es jetzt schon viel zu viele häßliche Frauen. Eine mehr oder weniger lohnt dann doch wohl kaum die ganze Aufregung.«

Parker ging ins Nebenzimmer und schloß die Tür hinter sich.

Sie mußte sich alle Mühe geben, sie nicht zuzuschlagen. Jack Willows saß vor einem niedrigen Tisch, auf dem ein Hitachi-Farbfernseher stand, ein Spulentonbandgerät und zwei Beta-Videorekorder. Das Bild auf dem Monitor war zweigeteilt; das große Bild zeigte Ngo von der Hüfte an aufwärts; eine Nahaufnahme seines Gesichtes befand sich in einem kleinen Fenster in der oberen rechten Bildschirmecke. Der geteilte Bildschirm erlaubte es dem, der die Kamera bediente, sich auf die Gesichtsreaktion eines Verdächtigen zu konzentrieren, während er verhört wurde.

Das Problem war, daß Ngo sich etwa so lebhaft wie eine Ziegelmauer verhielt. Was Willows aufgezeichnet hatte, hätte er ebensogut mit einer Fotokamera aufnehmen können. Ngo hatte einen schwarzen Honda CRX gesehen, und das war's. Sonst nichts. So weit er wußte, hatte er keine Feinde, jedenfalls niemanden, der seinen Tod wollte. Für Emily galt dasselbe. Willows hatte keine Ahnung, wieso jemand ein ganzes Magazin 45er Geschosse auf einen der beiden hätte abschießen wollen. Und was Parker anbelangte, wenn Cherry sagte, der Wagen sei klein und schwarz gewesen, würde sie ihr Geld darauf verwetten, daß es sich um eine überlange weiße Limousine gehandelt hatte.

Parker setzte sich auf die Tischkante. »Was jetzt?«

»Du machst deine Sache gut.«

»Er lacht doch über uns, dieser kleine Mistkerl.«

»Aber nicht laut«, sagte Willows mit einem Lächeln.

»Hast du eine Idee?«

»Laß ihn laufen. Dann haben seine Bosse Gelegenheit, ihn sich vorzuknöpfen. Vielleicht bringen die uns auf eine Idee.«

»Banden.« Parker sprach das Wort aus, als wäre es etwas, das man sich von der Schuhsohle kratzen mußte.

Willows holte eine Kassette heraus und sah nach, ob noch genügend Platz auf dem Band war. Er traute dem Zählwerk nicht. Eine Frage der Einstellung. Er hatte sein ganzes Erwachsenenleben als Polizist gearbeitet. Vertrauen, ganz gleich, ob er es mit Maschinen oder Menschen zu tun hatte, war nicht seine starke Seite.

Parker machte sich am Joystick des Hitachi zu schaffen und stellte das Bild so ein, daß Cherrys Gesicht mit den vollkommen flachen Augen das kleine Kästchen auf dem geteilten Bildschirm füllte. Cherry spielte mit seinem Haar und zerrte am Reißverschluß.

Willows stellte den Ton leiser. »Dieses Mädchen, Emily. Wenn wir ihm mit ihr auf den Leib rücken, ihn vielleicht ins Leichenschauhaus bringen, damit er sich von ihr verabschieden kann... meinst du, das bringt etwas?«

»Sie ist ihm vollkommen egal. Wahrscheinlich ist er sogar froh, weil er sich nicht zu sorgen braucht, daß sie den Mund aufmacht.«

Um seine Uhr zu schonen, warf Willows einen Blick auf die große elektrische Uhr an der Wand über dem Fernseher. Sie zeigte 4:37 Uhr. Cherry Ngo stieß das Mikrophon zur Seite. Er sank noch etwas tiefer und schloß die Augen.

»Wir können ihn ebensogut nach Hause gehen lassen«, meinte Willows. »Dann kann er anfangen, die Einschußlöcher in seiner Wand zu stopfen.«

»Und du kannst irgendwo zu Abend essen und kommst immer noch rechtzeitig zum Spiel, hab' ich recht?«

»Welches Spiel?«

»Das Fußballspiel. Inspektor Bradley hat dir zwei Freikarten besorgt.«

»Wer hat dir das erzählt?«

»Er selbst.«

»Und, willst du mitkommen?«

»Vielleicht.«

»Vielleicht was?«

»Vielleicht ja, vielleicht nein. Hättest du mich gefragt, wenn ich nicht selbst davon angefangen hätte?«

Willows mußte lächeln. Er sah ziemlich gut aus in seinem grauen Anzug, seinem frischen, weißen Hemd und der passenden Krawatte. »Ja, ich hatte vor, dich zu dem Baseballspiel einzuladen. Allerdings wollte ich dir verschweigen, daß ich die Karten umsonst bekommen habe.«

»Wolltest du mir etwa die Karte verkaufen?«

»Du hättest mich dafür zum Essen einladen können.«

»Sehr gut, Jack. Du hast wirklich Stil.« Die Uhr an der Wand zeigte 4:39. Sie brauchte eine Stunde, um in ihr Appartement zu fahren, zu duschen und sich umzuziehen. Dann ungefähr anderthalb Stunden für das Essen, dann noch etwa dreißig Minuten Fahrt bis zum Stadion. »Bearbeiten wir Cherry bis fünf, dann lassen wir ihn laufen«, schlug sie vor.

»Wir werden nichts aus ihm herausbekommen, Claire. Das weißt du genauso gut wie ich.«

Parker dachte darüber nach, zuckte mit den Achseln. Sie ging zurück in das Verhörzimmer, um Cherry die gute Nachricht zu überbringen. Er schien beschlossen zu haben, ein wenig zu schlafen. Sie ging neben ihm in die Hocke. Sein Atem war tief und regelmäßig. Eine Ader in seinem Hals schwoll an und ab.

Parker ging zurück in das andere Zimmer, um die Videokassetten und Willows zu holen. Sie verschlossen die Tür zur Videoausrüstung und schlichen leise an Cherry Ngo vorbei. Die Tür zum Verhörzimmer ließen sie weit offen.

Cherry Ngo war nicht der einzige, der bei einem Nickerchen überrascht wurde.

Detective Eddy Orwells Hand hielt ein Käsesandwich umklammert, aus dem ein großer Halbmond gebissen war. Er saß hingestreckt auf seinem Stuhl, sein Mund stand weit offen. Er sah aus, als wäre er beim Ansetzen für den nächsten Bissen eingeschlafen.

»Frisch verheiratet«, sagte Farley Spears über Orwells Schnarchen hinweg. Vorsichtig schnitt er mit einer riesigen Schere aus rostfreiem Stahl einen langen, dünnen Streifen aus dem braunen Papier, in das sein Mittagessen eingewickelt war.

»Und du, Farley?« fragte Parker. »Wie lange bist du schon verheiratet?«

»Lange genug, um mich nicht mehr um meinen nächtlichen Schlaf sorgen zu müssen.« Die Schere blinkte im Licht. Spears war voll konzentriert und entschlossen, seine Sache gut zu machen. Er sah kurz zu Dan Oikawa hinüber, der verstohlen mit einem einsatzbereiten Warmhalte-Styroporbehälter vor den Fenstern der Kommandozentrale patrouillierte. »Wie sieht es aus, Dan?« erkundigte sich Spears.

»Immer noch nichts.«

Parker fragte: »Was habt ihr zwei denn vor?«

»Dan ist auf Fliegenjagd.« Farley legte mehrere weitere Papierstreifen auf seinen Schreibtisch. Jeder Streifen war etwa anderthalb Zentimeter breit und fünfzehn Zentimeter lang.

»Wieso gibt es in diesem gottverdammten Loch keine Fliegen?« brummte Dan Oikawa.

Willows sagte: »Vielleicht hat Eddy sie schon alle aufgefressen?«

Oikawa grinste. »Du hast schon immer schnell begriffen, Jack. Wie kommst du mit deinem Kronzeugen zurecht?«

»Er gibt sich alle erdenkliche Mühe. Leider ist er taub und blind, wie sich herausgestellt hat.«

»Das behältst du für dich, okay?« meinte Spears.

Das Telefon läutete. Willows hob ab. Er hielt die Hand über den Hörer und sagte: »Judith ist dran. Sie möchte Eddy sprechen.«

»Einen Augenblick«, sagte Spears. »Dan, wie sieht es aus?«

»Keine einzige Fliege in diesem Loch, weder tot noch lebendig. Spinnen hab' ich auch noch keine gefunden.«

»Also schön. Dann werden wir wohl mit dem auskommen müssen, was wir haben.« Spears schlich sich an Orwells Schreibtisch, hebelte sein Käsesandwich auseinander und schob ein Dutzend brauner Papierstreifen dazwischen. Dann rüttelte er Orwell sachte an der Schulter. »Eddy, wach auf. Ein Anruf für dich.«

Willows fügte hinzu: »Apparat drei.«

Orwell gähnte ausgiebig und rieb sich den Schlaf aus den Augen.

Spears schnappte sich Orwells Apparat, drückte auf einen Knopf und hielt ihm den Hörer vor die Nase.

»Es ist deine Frau, Judith.«

»Ich weiß selbst, wie meine Frau heißt«, sagte Orwell verdrießlich. Er nahm einen Bissen von seinem Sandwich. Ein Papierstreifen klebte zwischen seinen Lippen. Er sog ihn ein wie eine verirrte Spaghetti und sagte: »Hallo, Schatz, ich bin's.«

Oikawa verdrehte die Augen und sah Spears an.

Orwell sagte: »Nein, so etwas würde ich nie tun!« Der nächste Riesenbissen verschwand in seinem Mund.

»Erstaunlich«, kommentierte Oikawa.

»Erstaunlich, aber wahr. Zehn Dollar, Danny, mein Junge. Los, raus damit«, forderte Spears.

Orwell stopfte sich den Rest seines Sandwiches in den Mund und leckte sich die Finger ab.

Willows lehnte sich zurück. Judith schrie so laut, daß er beinahe verstehen konnte, was sie sagte.

Parker meinte: »Auf der Cambie, kurz vor der Sechzehnten gibt es ein nettes Lokal. Romero's.«

»Ein Italiener? Weiß, mit grüner Dekoration?«

Parker nickte. »Wie wär's mit Lasagne und Salat, dazu eine Flasche Rotwein.«

»Großartig. Abgemacht.«

»Um halb sieben, oder ist das zu früh?«

»Nein, geht in Ordnung.«

Willows räumte seinen Schreibtisch auf und vergewisserte sich, daß die Schubladen verschlossen waren.

Spears sagte: »Warte doch einen Augenblick. Wenn Eddy mit dem Telefonieren fertig ist, wollen wir ihm verraten, welche zusätzlichen Ballaststoffe in seiner Nahrung waren.«

»Das werde ich mir entgehen lassen müssen, Farley.« Willows deutete mit dem Daumen auf das Verhörzimmer. »Bevor du gehst, weck den Mistkerl und schick ihn nach Hause, ja?«

»Geht in Ordnung, Jack.« Spears wandte Parker seine Aufmerksamkeit zu. »Ich setze fünf Dollar, daß Vancouver mit drei Homeruns gewinnt. Interessiert?«

»Woher weißt du, daß ich mir das Spiel ansehe?«

»Aus der gleichen Quelle, aus der ich auch wußte, daß Eddy eine braune Papiertüte essen und sich nach jedem Bissen die Finger lecken würde.«

Parker wartete.

»Weil ich bei der Polizei bin«, erklärte Spears, während Dan Oikawa ihm einen Zehndollarschein reichte. Spears ließ das Geld in seiner Tasche verschwinden, holte einen Fünfer heraus und gab ihn Orwell.

Orwell, der immer noch Judith zuhörte, faltete den Schein ohne hinzusehen zusammen und stopfte das Geld in seine Hosentasche.

»He«, sagte Oikawa, »Augenblick mal.«

»Die Wette lautete ›Vertilgt Eddy eine brauen Papiertüte oder nicht‹«, sagte Spears. »Und das hat er getan. Daß er wußte, was er tat, hat nicht das geringste damit zu tun. Der Fall wäre abgeschlossen.«

Oikawa funkelte Spears wütend an. »Komm mir nicht mit juristischen Haarspaltereien, Mann. Ihr Jungs habt mich reingelegt.«

Orwell legte auf. »Ganz recht«, sagte er und rülpste dabei laut. Er sah Parker breit grinsend an, dann blickte er an ihr vorbei; das Lächeln verblaßte, sein Blick wurde kalt. »Was, zum Teufel, willst du hier, Bursche?«

Cherry sagte: »Ich müßte mal telefonieren, bitte.«

»Hast du 'n Vierteldollar?«

Cherry Ngo kramte in seiner Hosentasche und reichte ihm eine glänzende, neue Münze.

»Leg das Geld auf den Schreibtisch!«

Der Vierteldollar kreiselte auf der metallenen Tischplatte, flatterte und lag still.

Orwell schob ihm das Telefon über den Schreibtisch. »Beeil dich, Kleiner.«

Cherry tippte sieben Ziffern ein und sagte rasch etwas auf vietnamesisch.

Orwell drehte sich zu Oikawa und hob eine Braue. Oikawa zuckte mit der Schulter. Chinesisch, Japanisch, Vietnamesisch. Orwell war nicht von seiner Vorstellung abzubringen, all diese Sprachen seien mehr oder weniger gleich.

Cherry lauschte einen Augenblick, dann sagte er wieder etwas

– kurz, aber mit Nachdruck – und knallte den Hörer auf die Gabel.

»Mach mir das Telefon ruhig kaputt, dann breche ich dir die Knochen«, sagte Orwell.

»Kann ich jetzt gehen?« fragte Cherry Parker.

Parker sagte: »Laß mir ein paar Minuten Vorsprung, bis ich draußen bin, Dan. Dann bringst du ihn runter und zeigst ihm, wo es rausgeht, ja?«

Oikawa nickte. »Du bist schon weg?«

»Schon lange«, sagte Parker bereits auf dem Weg zur Tür.

Parker wohnte im dritten Stock eines dreistöckigen Blocks auf der West Eleventh, kurz hinter der Ecke Burrard. Die Straße war schmal, und um Verkehrsstaus zu vermeiden, war das Parken nur auf der Südseite erlaubt. Parker setzte ihren zerbeulten Volkswagen einen Block entfernt in eine enge Parklücke, schloß ab, schulterte ihre Handtasche und eilte über die Straße.

In ihrem Appartement war es heiß und stickig. Sie hatte die Vorhänge nicht vorgezogen, und die Spätjulisonne hatte den ganzen Tag über in die Wohnung geschienen und sie in einen Glutofen verwandelt. Sie hatte ihre Hand schon am Fenstergriff, um ein wenig frische Luft hereinzulassen, als ein kastanienbrauner Ford vorbeirollte – ein wenig zu langsam. Der Fahrer war tief über das Steuer gebeugt, sie war jedoch hoch genug, um einen recht guten Blick auf ihn werfen zu können. Er trug eine Sonnenbrille, dennoch hatte Parker den Eindruck, als hätte er sie für den Bruchteil einer Sekunde angesehen. Dann beschleunigte der Ford rasant und verschwand aus dem Blickfeld. Parker konnte gerade noch einen rotweißen Aufkleber auf der hinteren Stoßstange sehen. Sie schob das Fenster hoch, so weit es ging, atmete in der frischen Luft einmal durch und ging dann zurück in das einzige Schlafzimmer der Wohnung und zog sich aus. Sie trug eine glatte weiße Bluse und eine konservativ geschnittene Jacke mit einem dazu passenden Rock. Unter ihrer Arbeitskleidung verbarg sich ein seidenes Spitzenhemd, ein schwarzer Spitzen-BH und ein dazu passender Slip. Warum trug sie solche femininen Sachen? Wieso machte sie sich diese Mühe eigentlich?

Offenbar tat sie es für sich, denn sonst gab es niemanden. Nackt ging sie ins Bad und stellte sich lange unter die heiße Dusche; etwas, an das sie schon den ganzen Tag gedacht hatte.

Eine Stunde später saß Parker an einem ausgezeichneten Tisch am Fenster von Romero's. Sie beobachtete die vorbeiziehende Menschenmenge, spielte mit ihrem Weinglas und erzählte Jack Willows von dem kastanienbraunen Ford. Sie beschrieb, wie sich der Fahrer tief über das Lenkrad gebeugt hatte, seine Sonnenbrille und seinen buschigen Schnurrbart, der ausgesehen hatte, als wäre er angeklebt.

»Du hast ihn nicht erkannt, aber seine merkwürdige Körperhaltung hat dich an etwas erinnert, richtig?«

Parker zuckte mit den Schultern. Sie war alles andere als sicher, worin das Problem bestand, wenn es überhaupt eins gab. Sie war Polizistin, und das schon seit fünf langen Jahren. Während dieser Zeit hatte sie eine Menge Leute hinter Gitter gebracht, und die meisten waren darüber nicht allzu glücklich gewesen. Einige hatten ihr gedroht. Das gehörte dazu. Man durfte seine Zeit nicht darauf verschwenden, darüber nachzudenken, nicht wenn man einen klaren Kopf behalten wollte. Aber gelegentlich überkam einen doch Angst. Vielleicht war es auch nur der Rest des unbehaglichen Gefühls, den Nachmittag mit solchem Abschaum wie Cherry Ngo verbracht zu haben.

Vielleicht.

Sie hielt ihr Glas vor das Fenster. Der Wein färbte eine Frau, die auf dem Trottoir vorbeilief, blutrot.

Willows brach ein knuspriges Brötchen entzwei, wollte nach der Butter greifen, entschied sich aber dagegen.

»Hast du etwas von den Kindern gehört?« fragte Parker.

Willows füllte erst ihres, dann sein Glas nach. So wie sich die Dinge entwickelten, und wenn die Lasagne nicht bald kam, würden sie eine zweite Flasche brauchen und die ersten zwei oder gar drei Innings verpassen.

»Es geht ihnen gut. Sie sind ein bißchen besorgt, weil sie den ganzen weiten Weg von Toronto hierher allein fliegen müssen, aber das werden sie schon schaffen.«

Parker nickte, nippte an ihrem Wein und überlegte, was sie Intelligentes sagen könnte. Hätte sie auch nur einen Funken Verstand gehabt, hätte sie von dem Thema wohl gar nicht erst angefangen.

Willows Frau hatte ihn vor etwas weniger als einem Jahr verlassen und ihre beiden Kinder, Sean und Annie, auf einem einfachen Flug nach Toronto mitgenommen. Dreitausendfünfhundert Meilen entfernt. Das machte die Sorgerechtsregelung ein wenig schwierig, wie auch die Besuche am Wochenende. Die Übereinkunft besagte unter anderem, daß Willows die Kinder jeden Sommer im Monat Juli oder August für sich haben konnte. Dieses Jahr hätte es der Juli sein sollen. Sheila hatte ihm jedoch eins ausgewischt und den Besuch im Bewußtsein, daß Willows Gerichtstermine und eine Million anderer Verpflichtungen hatte, im letzten Augenblick auf den August verschoben, wohl in der Hoffnung, er könne sich auf die Änderung nicht einstellen.

Die Kellnerin kam und brachte die Salate. Einen Gartensalat für Parker, einen Caesar für Willows. Parker sah, daß Willows außerdem noch eine nette Soße zum Stippen bekam sowie einen kurzen Blick in ihren Ausschnitt, falls er sich die Mühe machte, hinzusehen. Ein gutaussehender Junge, dieser Jack.

»Worüber denkst du nach, Claire?«

Parker fuhr zusammen und wich zurück. Sie verbarg ihre Röte hinter ihrem Glas und sagte: Über den Nachtisch, Jack. Was dachtest du denn?«

5. Kapitel

Als Frank Parkers Volkswagen im Rückspiegel entdeckte, sah er sofort auf die Uhr im Armaturenbrett des Mietwagens. 5:37. Er notierte die Zeit auf der Rückseite eines Briefumschlages. Für eine Polizistin schob die Lady einen ziemlich regelmäßigen Dienst. Vielleicht war es eine ruhige Woche.

Inzwischen hatte er ausgetüftelt, wie er den Job erledigen wollte.

Die Straße war zu beiden Seiten von dreistöckigen Appartementgebäuden gesäumt. Bis ungefähr gegen fünf oder kurz davor gab es reichlich Parkmöglichkeiten, dann füllte sich die Straße. Die Leute kamen von der Arbeit.

Wenn er früh genug da war, den Corvette gegenüber ihrer Wohnung abstellte und startete, sobald er sie kommen sah, dann etwa dreißig Meter die Straße hochfuhr und in einer der Einfahrten wendete, müßte es in etwa hinkommen. Sie würde auf dem Platz parken, den er gerade verlassen hatte, genau dort, wo er sie haben wollte. War sie langsam, konnte er sich Zeit lassen, war sie schnell, mußte er Gas geben. Wie auch immer, es dürfte kein Problem sein, alles so zu timen, daß er sie beim Überqueren der Straße zu ihrer Wohnung erledigen konnte.

Er hätte sie schon dieses Mal kaltmachen können, wenn er den Corvette gefahren hätte. Aber trotz der deftigen Unfall-Zusatzversicherung war es höchst unwahrscheinlich, daß der Typ von Hertz – fett, mit schiefsitzender Krawatte und Unmengen von Haaren in der Nase – auf Schadenersatz verzichten würde, wenn es um Fahrerflucht ging.

Nein, am besten nahm er den Corvette. Vielleicht sollte er den Mietwagen ein oder zwei Blocks weiter parken. Sie überfahren, den schnittigen, glänzenden schwarzen Angeberschlitten in einer Nebenstraße abstellen und auf den Ford umsteigen.

Was dann? Zurück zum Hotel? Oder war es besser auszuziehen, sein neues Gepäck im Kofferraum des Ford zu verstauen, bevor er sich an die Arbeit machte, und gleich zum Flughafen durchzustarten, nachdem er die Polizistin überfahren hatte?

Frank hatte in seinem Leben unter anderem die Erfahrung gemacht, daß es höllisch weh tat, von einem Auto angefahren zu werden. Er würde sein Bestes geben, um es richtig zu machen, trotzdem war es irgendwie schade, daß er es überhaupt tun mußte. Parker war eine wundervolle Frau – eine richtige Augenweide. Das schwarzglänzende Haar, das ihr feines, herzförmiges Gesicht einrahmte. Phantastische Haut. Tolle Beine, schöner Hintern. Das Beste an ihr waren wahrscheinlich die Augen. Aber was Frank am meisten anmachte, war die Art, wie sie sich gab, ihre Haltung bei jedem Schritt, die selbstbewußte weibliche Art, wie sie auf das Leben zuging.

Drüben in Kalifornien hatte Newt stundenlang von ihr geschwafelt und Frank eine Million Fragen gestellt, wie er den Bauchschuß abbekommen hatte. Parker war damals dabei gewesen. Und natürlich hatte sie Jahre zuvor auf Newt geschossen. Seltsam, wie wählerisch Franks Erinnerungsvermögen war, wenn es um die Nacht ging, in der er angeschossen wurde. Bestimmte Dinge waren ihm noch lebhaft und klar in Erinnerung. An manche andere Einzelheiten erinnerte er sich überhaupt nicht mehr. Als es darauf ankam, war Parker jedenfalls dabeigewesen. Als die Schießerei begann, war sie sofort hinzugeeilt. Genau besehen, war sie ungefähr das einzige, was Newt und er gemeinsam hatten. Pech für sie. Pure Verschwendung, wie es so schön hieß.

Vancouver war eine große Stadt. Verhältnismäßig groß. Eins Komma vier Millionen inklusive Vororte. Der Typ bei Hertz hatte ihm erzählt, daß am Flughafen jeden Tag etwa dreihundert Flüge abgefertigt wurden, mit über achtzigtausend Menschen oder mehr. Die Flugzeuge kamen aus dem ganzen Land, aus Europa, dem Mittleren Osten.

Die örtliche Polizei konnte unmöglich jeden überprüfen, der die Stadt auf diesem Wege verließ.

Aber er hatte noch nie jemanden aus dem Morddezernat ausgeschaltet, also hatte er keine Vorstellung, was sie alles in Szene setzen würden. Hinzu kam, daß sie eine Frau war, die einzige im Morddezernat.

Frank steckte sich eine Zigarette an. Sie würden alles aufbieten, was sie hatten, um seinen Arsch an die Wand zu nageln. Darauf konnte er wetten. Damit mußte er rechnen oder die Rechnung bezahlen. Er blies das Streichholz aus und ließ es fallen. Zwei Dinge gefielen ihm an Mietwagen – man konnte den Wagen fahren wie ein Berserker; wenn die Karre auseinanderfiel – Scheiße, na und? Und man konnte den Wagen in einen Mülleimer verwandeln, ohne daran denken zu müssen, hinterher wieder sauberzumachen.

Frank suchte Parkers Fenster im dritten Stock mit seinem

Fernglas ab. Das Sonnenlicht auf den Fensterscheiben färbte sie glühend orange. Nichts. Er drehte den Zündschlüssel und legte einen Gang ein. Es war sinnlos, herumzuhängen und Aufmerksamkeit zu erregen. Er fuhr los. Hinter ihm bog ein mit Rostpikkeln übersätes Cadillac-Cabrio auf zwei Rädern um die Ecke. Der Wagen hatte Heckflossen, die einen Wal neidisch gemacht hätten. Ein Kondensstreifen aus blauem Dunst hing in der Luft. Mit kreischenden Bremsen stieß der Wagen in die Lücke, die Frank nur Augenblicke zuvor geräumt hatte. Na schön, soviel zu Plan A. Frank steuerte den Ford zurück zum Hotel, parkte und schloß ab – heutzutage wurde ja praktisch alles geklaut – und fuhr nach oben in seine Suite. Seine winzige weiße Hoffnung wartete an der Tür auf ihn mit einem frisch eingeschenkten Bier in einem beschlagenen Glas.

Sie sagte: »Na, überrascht?«

Frank leerte das Glas. »Wieso willst du das wissen?«

Lulu zuckte mit den Achseln. »Weiß nicht.« Sie trug wieder Lycra, ein schickes goldenes Teil mit frechen schwarzen Diagonalstreifen, die dort, wo sie flach war, schnurgerade verliefen, sich über ihren Brüsten und Hüften jedoch zu sanften Bögen der Verderbnis krümmten. Frank starrte die schwarze Strähne in ihrem Haar an.

»Das kann man auswaschen, Frank. Ich kann es sofort machen, wenn du willst.«

»Nein, es ist großartig...« Ein bißchen düster, genaugenommen. Aber sie war eine Frau. Sie hatte ein Recht auf ihre Launen.

Auf dem Tisch am Fenster stand ein großer Kübel mit Eis und Flaschenbier. Frank hatte die Wahl zwischen Asashi Super Dry, Beck's, Heineken, Tsingtao, Steinlager und einem halben Dutzend heimischer Sorten. Er schnappte sich eine Dose Kokanee Glacier Light und ließ den Ring knacken. Er mochte die Reklame im Fernsehen, den süßen, kleinen weißen Köter, den sie zum Camping mitgenommen hatten, und der sein Herrchen schief von unten ansah, als der Typ merkte, daß er das Bier zu Hause vergessen hatte, der dann den ganzen Tag und die ganze Nacht durch den Wald hetzte, sich durch den Stadtverkehr schlängelte, schließlich durch ein offenes Fenster oder was auch immer, ins Haus gelangte, die Kühlschranktür aufriß, mit den Zähnen einen Sechserpack schnappte, dann den ganzen Weg zum Lager zurückwetzte, nur um angeblafft zu werden, warum er so lange gebraucht hatte, und der schließlich gutmütig in die Kamera linste mit einem Blick, der fragen sollte, was er bloß getan hatte, um bei einem solchen Blödmann zu landen.

Frank rülpste, entschuldigte sich.

»Magst du Hummer?« fragte Lulu. »Gerade ist eine Kiste frisch aus Halifax eingeflogen worden. Der Typ in der Küche hat es mir erzählt, und ich habe ihn gebeten, uns sechs Große auf die Seite zu legen und sie um sieben raufzuschicken. War das in Ordnung?«

Frank nahm noch einen Schluck. Hummer waren ihm ein Rätsel, hauptsächlich deswegen, weil er nicht sicher war, wie man an das Fleisch rankommen sollte, und er bislang noch keinerlei Lust verspürt hatte, sich in aller Öffentlichkeit zum Narren zu machen. Jetzt wurde ihm die Entscheidung aufgedrängt. Welche Teile konnte man essen, und bei welchen würde er über sein neues Ralph-Lauren-Outfit kotzen? Er beschloß, Lulu die Führung zu überlassen, alles zu tun, was sie auch tat, es sie aber als erste machen zu lassen. Er grinste. Das war so ziemlich genau die Methode, die er auch beim Sex angewandt hatte, und das schien recht gut geklappt zu haben.

»Was ist denn so komisch?«

»Das Leben«, sagte Frank. »Wenn alles gut läuft.«

Lulu sah auf ihre Uhr, eine dünne, dunkelblaue mit Diamanten besetzte Goldscheibe. »Das Essen wird in ungefähr einer Dreiviertelstunde hier sein. Das reicht gerade noch für eine Dusche und...«

»Und was?« fragte Frank.

»Gebrauch deine Phantasie. Mal sehen, was dir einfällt, okay?«

Während er unter der Dusche stand, das Wasser auf ihn niederprasselte und einen Teil der Spannung herunterwusch, die er beim Heranpirschen an Claire Parker aufgebaut hatte, dachte

Frank darüber nach, wie lange das noch gutgehen konnte. Er hatte in den vergangenen zwanzig Jahren ziemlich viel herumgevögelt. Nie war er lange genug an einem Ort geblieben, um etwas Ernsthaftes anzufangen. Lulu war jedoch bemerkenswert anders als das, was er gewöhnt war. Sie schien ihn tatsächlich zu mögen. Er verspürte keine Lust, lange darüber nachzudenken, warum das so sein mochte. Irgend etwas wollte sie von ihm, daran bestand kein Zweifel. Wenn er Glück hatte, war es so simpel und unkompliziert wie ein Haufen Bargeld. Er hielt sein Gesicht in den Wasserstrahl. Mehr konnte er eigentlich nicht erhoffen – daß ihre Bedürfnisse vorhersehbar und leicht zu erfüllen waren.

Er zuckte zusammen, als Lulu den Duschvorhang auf die Seite riß und in die Wanne stieg.

»Habe ich dir einen Schrecken eingejagt?«

»Das geht schnell bei mir.«

»Trainierst du, Frank?«

»Ja, gelegentlich.«

»Wo? In einem Sportstudio?«

»Wo ich gerade bin«, sagte Frank.

»Heb' deine Arme.« Sie drehte ihren Kopf zur Dusche und ließ sich das Wasser in den Mund laufen, sprühte und spülte ihn ab mit einem etwas dämlichen Grinsen, das sich legte, als ihr Blick an seinem Körper herabwanderte und das faltige Narbengewebe auf seinem Bauch entdeckte. Es war offensichtlich, daß die Wunde sie bedrückte, aber wenn sie ihn hätte ausfragen wollen, hätte sie es längst getan. Das gefiel Frank an ihr; sie konnte neugierig sein und trotzdem den Mund halten. Vielleicht waren Frauen in diesen Dingen besser als Männer. Die konnten auch kaum schlimmer sein. Er beugte sich herüber und stellte die Dusche ab. Ein paar Tropfen tröpfelten klatschend zu Boden.

Sie aßen im Bett, saßen mit übereinandergeschlagenen Beinen auf dem Laken und vertilgten den Neuschottland-Hummer mit den Fingern. Dazu gab es wilden Reis, junge Karotten und ein würziges, grünes Gemüse, das Frank nicht besonders schmeckte, das er aber trotzdem mit geheuchelter Begeisterung verschlang, weil er keine Lust hatte, unnötigen Ärger zu machen. Was immer es war, er spülte es mit schnellen Schlucken eiskalten Champagners hinunter.

Nach dem Abendessen zeigte Lulu Frank ihr Familienalbum. Es war in verschlissenes rotes Leder gebunden, Schloß und Angeln waren aus Messing. Das Buch hatte die Größe eines kleinen Koffers. Sie schleppte es zum Bett und ließ es darauf plumpsen.

Frank mußte sein Knie einziehen, um Platz zu schaffen. Den Schlüssel hatte Lulu verloren, also mußte sie das Schloß mit dem Hotelkorkenzieher knacken. Auf der ersten Seite waren sechs winzige Schwarzweißfotografien mit wellig verziertem Rand, die an den Ecken mit Dreiecken aus schwarzem Papier befestigt waren.

Das erste Foto zeigte ein nacktes Kleinkind auf einer Decke vor einem Kamin.

Das zweite zeigte das Baby in einem Korbwagen mit großen Rädern.

Auf dem dritten saß das Baby weinend in einem Kinderbettchen.

Auf dem vierten Schnappschuß wurde das Baby getauft.

Auf dem fünften Bild schmiegte sich das Baby in die Arme eines riesigen Schneemannes mit Kohlen als Augen und einer Mohrrübe als Nase und einem Kußmund aus einer Scheibe roter Bete.

Auf dem letzten lag es in Windeln ausgestreckt auf der Haube eines TR 4 Cabrios.

»Bist du das?«

»Sexy, was?«

»Was ist das, ein zweiundsiebziger Triumph?«

»Daddy hat ihn in einer Lotterie gewonnen. Er hatte ihn eine Woche lang, dann hat ihn der Junge von nebenan, Trevor White hieß er, aus der Garage gestohlen. Er nahm seine Freundin mit auf eine Spritztour zu den Docks, verlor die Kontrolle und raste mit hundertsechzig Sachen seitlich in einen Güterzug. Sie sind beide verbrannt. Eine Tragödie.«

Frank nickte, hörte aber nicht richtig zu. In Gedanken war er damit beschäftigt, auszurechnen, wie alt sie war.

»Trevors Eltern haben einen einflußreichen Anwalt engagiert und Klage erhoben. Die Eisenbahngesellschaft ebenfalls. Sie waren der Meinung, Daddy hätte den Schlüssel nicht in der Zündung stecken lassen dürfen. Er war unschuldig, aber die Gerichtskosten verschlangen unsere gesamte Habe. Ich war vier Jahre alt, als er davonlief. Seitdem habe ich ihn nicht mehr gesehen, und das werde ich wohl auch nicht mehr.«

»Augenblick mal. Du hast mir erzählt, Roger sei dein Vater.«

»Mein Stiefvater, gewissermaßen. Nummer sechs. Mummy verschlang die Männer wie Kartoffelchips. Vermutlich konnte sie nicht den Richtigen finden.« Lulu sah Frank so offen und direkt an, daß es ihm die Luft aus den Lungen zu saugen schien. »Im Gegensatz zu mir«, sagte sie leise und blätterte um.

Ein Typ auf einer BSA. Ein Bein über den Tank gelegt, die Arme vor seiner schwarzen Lederbrust verschränkt.

»Daddy Nummer zwei«, erklärte Lulu. »Joseph. Er arbeitete auf eigene Faust als Crash-Pilot. Er suchte sich eine kleine Stadt an einem Fluß, baute eine transportable Rampe mit einer überdachten Tribüne auf und flog auf seinem Motorrad über den Fluß ans andere Ufer. Man konnte entweder umsonst zuschauen, oder ein paar Dollar für einen Sitzplatz anlegen, dann bekam man auch noch ein signiertes Foto. Ungefähr einmal pro Woche machte er Bruch, absichtlich. Angeblich, damit die Zuschauer immer wieder kamen. Mum war jedoch überzeugt, er tat es, weil es ihm einfach Spaß machte. Es war mein erster richtiger Dad, der erste, von dem ich noch etwas weiß, meine ich. Mum hat mir die Geschichte mit Trevor und dem Zug erzählt. Ich war fünf Jahre alt. Walter hatte sich tags zuvor den Hals gebrochen, und ich verkaufte Motorradschlüsselanhänger auf der Tribüne.«

»Es hat ihn erwischt, oder?«

Lulu nickte und blätterte um. Hochzeit im Spiegelkabinett.

Frank sagte: »Was ist das denn?«

»Das ist meine Mutter. Sie war sehr schön, findest du nicht? Aber ein bißchen verschroben.«

Frank verstand nicht.

»All die Spiegelbilder«, sagte Lulu. »Welches ist das richtige?

Wer kann das schon sagen? Stell dir vor, du gehst abends essen. Du bist mit der Frau zusammen, und sie mit dir. Aber vielleicht seid ihr beide in Wirklichkeit ganz woanders.«

Frank nickte. Jetzt verstand er. Meistens, egal wo er sich gerade befand, war er überhaupt nicht richtig da. Als er zum Beispiel auf diesen Typen von Hertz mit den Haaren in der Nase gewartet hatte, um seinen Mietwagen zu bekommen, mußte er an einen Film denken, den er vor kurzem gesehen hatte, und durchlebte eine Szene noch einmal. Gene Hackman stand mit einem hübschen Ding und ihrem Freund auf einem Parkplatz. Irgendwelche Schläger waren hinter ihnen her. Gene balgte sich mit der Kleinen und ihrem Freund herum und schrie die beiden an. Er versuchte herauszufinden, wieso diese Typen auf sie schossen. Frank hätte die Situation anders gehandhabt. Wen interessierte in einem solchen Augenblick das Motiv? Wenn jemand auf dich schießt, mach, daß du wegkommst. Schon auf sechs Meter ist eine Pistole in der Hand eines durchschnittlichen Schützen fast nutzlos. Das wußte er aus eigener Erfahrung und von gemeinsamen schnappschußreifen Situationen mit Cops und Typen aus dem Knast. Frank kannte einen Schwarzen aus Toronto, den jemand in einer Toilettenkabine hatte umlegen wollen. Kaum Platz, um auf den Abzug zu drücken, trotzdem hatten sie sechsmal auf den Jungen gefeuert, und der einzige dabei entstandene Schaden war, daß er sich am Mündungsfeuer versengt hatte.

Andererseits...

Es war, als hätte sie seine Gedanken gelesen. Oder vielleicht hatte er auch die Hand gehoben... die Narbe war für ihn so etwas wie ein Talisman geworden, ein Heiliger Christopherus, etwas, an das er sich in kritischen Augenblicken wandte.

»Das ist eine Schußwunde, stimmt's?«

Frank zuckte mit den Achseln. »Man hat nie eine Kugel gefunden – es war, was man einen glatten Durchschuß nennt. Aber es hat tatsächlich jemand auf mich geschossen. Er hat eine Pistole auf mich gerichtet, abgezogen, und ich ging zu Boden. Ja, man könnte durchaus sagen, daß es eine Schußwunde ist.«

»Und da auf dem Rücken hast du auch eine.« Sie strich ihm

über die harte Bauchmuskulatur. »Und noch eine in deinem Bauch. Du bist dreimal angeschossen und für tot liegengelassen worden. War es so?«

Seltsam, es störte ihn überhaupt nicht, daß er sich in ihr getäuscht hatte, daß sie jetzt doch nach den Narben fragte.

Frank erzählte Lulu von den Schießereien, jenen drei voneinander unabhängigen und extrem einschneidenden Situationen in seinem Leben, als jemand auf ihn abgedrückt hatte. Die Brustwunde stammte von einem Cop, der lediglich seinen Job gemacht hatte. Der Fall war abgeschlossen. Auch gefühlsmäßig. An die Wunde unten am Rücken erinnerte er sich am besten von allen, obwohl es schon vor langer Zeit passiert war und er nicht einmal mitbekommen hatte, wie es überhaupt dazu gekommen war. Er hatte an einem Cribbagespiel unter Freunden teilgenommen, bei dem hoch gespielt wurde. Irgendwelche Trottel waren auf die Idee verfallen, ein paar schnelle Dollars zu verdienen. Zum ersten Mal in seinem Leben lief es beim Kartenspielen gut für Frank. Vor ihm lagen fast achttausend Dollar, und jeden einzelnen Cent davon hatte er wieder verloren. Nicht, daß er etwas gesagt hätte. Er legte die Hände auf den Kopf und rührte sich nicht, genau wie sie es ihm gesagt hatten. Das Problem bestand in seiner Größe, wie groß und hart er wirkte. Die Mistkerle bekamen es mit der Angst und verpaßten ihm eine, nur um sicherzugehen.

»Und diese hier?« Sie berührte ihn am Bauch.

»Meine Geschichte als unschuldiger Passant. Das ist vor ein paar Jahren passiert. Eine Frau hat auf mich geschossen.« Frank lächelte. »Falls du wissen willst, ob das Tatmotiv Leidenschaft war, die Antwort lautet nein. Sie zielte auf dieses einflußreiche Arschloch, für den ich zu der Zeit arbeitete, Gary Silk hieß der Typ. Sie beging einen ziemlich großkalibrigen Irrtum und schoß statt dessen auf mich.«

Frank skizzierte sein Leben in der Sklaverei, erzählte Lulu alles über Gary und darüber, wie er Frauen behandelte und was aus dem armen Trottel am Ende geworden war.

»Wie konntest du für einen solchen Scheißkerl arbeiten?«

»Ich brauchte das Geld.« Frank blätterte um. Ein Schwarzweißfoto von Lulus Mutter mit Kappe und Sonnenschirm, wie sie auf einem Hochseil balancierte. Er grinste und sagte: »Daher bist du also so beweglich.«

Lulu wurde rot. Frank hatte es bis dahin mit noch keinem Albino zu tun gehabt, der rot wurde. Es war eine einzigartige Erfahrung. Es erinnerte ihn an eine seltsame Sache, die seine Mutter gelegentlich gemacht hatte – sie schnitt langstielige Geranien aus dem Nachbargarten, wo sie durch den Zaun wuchsen, und stellte sie in eine Vase mit frischem Wasser. Dann fügte sie Lebensmittelfarbe hinzu, bis sich das Wasser rot färbte. Nach mehreren Tagen verfärbten sich die weißen Blumen rosa. Genau dasselbe geschah mit Lulu, nur daß es beträchtlich schneller ging.

Lulu schlug die Seite um und blätterte weiter. Es gab eine Menge toter Stiefväter. Sie waren bei Nummer fünf angelangt, als das Telefon neben dem Bett trällerte wie ein stark betäubter Kanarienvogel. Frank war zuerst am Apparat, aber Lulu sagte: »Das ist für mich«, und riß ihm den Hörer aus der Hand, wischte sich ihr gespenstisch weißes Haar aus dem Ohr und sagte: »Was ist jetzt schon wieder?« Und das in einer Stimme, auf der man hätte Käse raspeln können.

Frank nippte an dem Champagner und bekam etwas Kohlensäure in die Nase. Sofort hielt er sich die Nase zu, damit er nicht niesen mußte.

Lulu sagte: »Sind Sie sicher?« Eine kurze Pause.

»Nein, ich bin nicht im geringsten interessiert. Ich glaube auch nicht, daß sich daran je etwas ändern wird.«

Sie reichte Frank den Hörer. »Es ist für dich. Hoffentlich bist du in der Stimmung, dich mit einem Schleimer aus Kalifornien zu unterhalten.«

»Hallo, Newt«, sagte Frank.

»Frank, ich bezahle das Gespräch. Leg deine gottverdammte Hand über die Muschel, wenn du die Tussi nicht daran hindern kannst, mich zu beleidigen.«

»Nett, daß du anrufst, Newt.«

Im Hintergrund konnte Frank Verkehrsgeräusche hören. Antohupen, quietschende Reifen. Newt rief aus einer öffentlichen Telefonzelle an, was bedeutete, daß er wieder mal befürchtete, sein Anschluß könnte angezapft sein.

Newt fragte: »Wie sieht's aus?«

»Nicht schlecht. Hatte Neuschottland-Hummer zum Abendessen. Schmeckt ungefähr wie Huhn.«

»Ist das die Kellnerin, die den Hörer abgenommen hat?«

»Ich denke, ich bin morgen gegen Abend zurück. Vorausgesetzt, es klappt alles.«

»Morgen abend?«

»Wenn es keine Schwierigkeiten gibt.«

»Ich will für alles eine Quittung, Frank. Glaub nicht, du könntest mir hundert Dollar für ein Abendessen mit Hummer berechnen, und dich dann zu McDonald's rüberschleichen und einen Burger mit Fritten essen. Ich bin nicht so alt, wie ich aussehe, andererseits bin ich auch nicht von gestern. Hast du kapiert?«

»Ich bin nicht sicher.«

Das Fräulein vom Amt unterbrach. Newt sagte, er hätte kein gottverfluchtes Kleingeld mehr. Schätzchen. Die Leitung wurde unterbrochen.

Frank schmiß das Telefon aufs Bett.

Lulu sagte: »Ich werde nicht auflegen, für den Fall, daß er noch mal anruft.«

»Was hat er zu dir gesagt?«

»Ich kann mir nicht vorstellen, daß du willst, daß ich mir das ein zweites Mal anhöre.«

»Möchtest du weiter Fotos ansehen?«

Lulu wischte die Reste ihres Essens mit dem Handrücken vom Bett und räkelte sich.

»Gefällt dir die Stellung?«

»Hübsch«, sagte Frank.

»Und diese hier?

»Noch besser. Dreh dich um.«

Das Lycrading war nahtlos und undurchdringlich. So eng und geschmeidig-glatt, daß man es kaum zu fassen bekam. Irgendwo mußte doch ein Reißverschluß sein, aber wo?

6. Kapitel

Newt liebte den endlosen Sonnenschein, das leichtverdiente Geld und die leichten Frauen und den Ozean zu bestimmten Tageszeiten. Aber das war es auch schon – was ihn anging, konnte alles andere in Südkalifornien eintrocknen und krepieren. Der Smog machte ihn fertig. All die Hunderttausende von Menschen auf den Schnellstraßen, die Abermillionen Liter Benzin verpulverten und die Atmosphäre verdreckten. Jetzt machten sie schon Witze darüber, daß sie sich unwohl fühlten, wenn sie nicht sahen, was sie einatmeten. Irrsinnig. Er schaltete in den zweiten runter, ließ den Motor des Porsche aufheulen und hielt am Randstein.

Zuerst vergewisserte er sich, daß der Münzfernsprecher funktionierte, dann schlenderte er über die Straße zu einem Spirituosenladen, um sich ein paar Vierteldollarmünzen zu besorgen. Der Verkäufer meinte, er hätte kein Kleingeld, das er entbehren könnte. Newt blinzelte ihn an und schnappte sich eine Flasche Wild Turkey Kentucky Bourbon aus dem Regal. Die Rechnung belief sich auf neunzehn Dollar und fünfundachtzig Cent. Er warf einen Fünfziger auf die Theke. Der Verkäufer gab ihm drei Zehner, ein Zehn- und ein Fünfcentstück zurück.

»Also schön, ich bin ein rechtmäßiger Kunde«, sagte Newt. Du hast etwas verkauft, und jetzt gib mir für fünf Dollar gottverdammte Quarters, Arschloch.«

Der Verkäufer starrte ihn an.

Newt hielt dem Verkäufer eine Zehndollarnote vor die Nase. »Mach schon, beweg dich, ich muß telefonieren!«

Der Verkäufer zeigte auf die Tür. »Drei Straßen weiter ist eine Bank. Vielleicht sind es auch fünf oder sechs, oder noch mehr. Sie sehen sie gleich links. Oder rechts. Sie können sie gar nicht verfehlen. Oder vielleicht doch.«

Newt raffte seinen Zehner und die braune Papiertüte mit dem Wild Turkey von der Ladentheke. Er hielt die Flasche am Hals nach unten.

Der Verkäufer ging leicht in die Hocke und griff unter die Theke, packte den 45er und drückte den Hammer mit dem Daumen zurück. Er würde glatt durch die billige Spanfaserplatte unter der Ladentheke feuern. Das Aufwischen des Blutes, das Wegfegen der Splitter, ein paar Klebestreifen und eine neue Farbschicht über den Schußlöchern würde ihn nicht mehr als eine halbe Stunde kosten. Eine halbe Stunde, und niemand käme mehr darauf, was sich hier abgespielt hatte.

Newt sah den Ausdruck in den eng stehenden Augen des Verkäufers und erkannte, daß er tief im Schlamassel steckte. Er hatte es mit einem Kerl zu tun, der sechs Dollar die Stunde verdiente, seine Klamotten bei Sears kaufte und überzeugt war, Herr der Situation zu sein. Wie kam der Typ auf diese Idee? Es konnte sich höchstens um einen schießwütigen Psychotiker mit einer Knarre handeln. Aber wie standen die Chancen? Wie viele schießwütige Psychotiker mochte es geben? Newt ging rückwärts aus der Tür, trat in die smoggerötete Sonne und war aus dem Laden. Er grinste und zeigte dem Verkäufer den Finger.

Der Verkäufer seufzte. Der dürre kleine Scheißkerl kannte das Gesetz. Wenn er ihn jetzt noch abknallte, würden die Cops seinen Arsch bis vors Gericht schleifen. Vorsichtig schob er den Sicherungshebel wieder vor, legte den Revolver weg und griff zu einem Kugelschreiber.

Newt hatte sein satanschwarzes Porsche-Cabrio neben dem Münztelefon geparkt. Er kletterte hinein, trat das Gas durch und ließ die Kupplung kommen. Der Wagen machte einen Satz und entfernte sich vom Straßenrand. Der Verkäufer kam aus dem Laden gerannt, kritzelte sich die Autonummer auf den Handrükken, ging zum Münztelefon und wählte 911.

»Auf der Mulholland raste ein schwarzer Porsche Richtung Osten. Mit Stoffverdeck. NEWT steht auf dem persönlichen Nummernschild. Ganz recht, Sie haben richtig gehört, NEWT. Das Arschloch ist krank im Kopf, ein Säufer. Hat mit 'ner Kanone rumgefuchtelt.«

Eine körperlose Stimme bat um seinen Namen und die Telefonnummer.

Der Verkäufer kannte die Regeln.
Er hängte ein, und zwar schnell.

7. Kapitel

Willows schaufelte Kaffeebohnen in die Mühle, knirschte mit den Zähnen und drückte auf den Knopf. Die Klingen aus rostfreiem Stahl mahlten die Mischung aus Kolumbianer und dunklem Franzosen zu einem feinen Pulver. Er schüttete den Kaffee in den Filter, schob den Filter in die Maschine und schaltete sie ein. Der Toast wurde ausgeworfen. Er bestrich beide Scheiben dünn mit Butter, streute eine Mischung aus Zucker und Zimt darüber und goß einen Schuß Milch in seinen Kaffeebecher – dadurch brauchte er keinen Löffel schmutzig zu machen.

Angewohnheiten eines Junggesellen. Er trug sein Frühstück auf die Sonnenterrasse und ließ sich in einem altmodischen Liegestuhl aus Ahornholz und verblichenem, gelb-rot-grün gestreiften Segeltuch nieder. Er stellte den Becher vorsichtig auf die Lehne und nahm den Teller mit den Zimttoasts auf den Schoß. Der Himmel war hell und klar, aber es war noch früh. Die Sonne stand tief über dem Horizont, und noch war es kühl, sechzehn, siebzehn Grad. Zu dieser Jahreszeit, im Hochsommer, konnte die Temperatur leicht auf dreißig Grad steigen, bevor der Tag zur Neige ging. Willows biß in den Toast.

Die Siamkatze des Nachbarn strich durch das ungemähte Gras. Ein Eichelhäher kreischte entsetzt, als er die Katze von seinem Ansitz hoch oben in einem Pflaumenbaum bemerkte, und ein dickes, schwarzes Eichhörnchen, den buschigen Schwanz zum Gewichtsausgleich gesenkt, hüpfte frech über die Hochspannungsdrähte, die parallel zur Straße verliefen.

Der Nachbarshund trottete die Straße entlang, schnupperte am Fuß eines Telegrafenmastes und setzte seinen Weg fort.

Stadtwildnis.

Willows hätte liebend gern im Landesinnern oder auf Vancouver Island bis zur Hüfte im klaren Wasser gestanden und Jagd auf eine zwei Pfund schwere Regenbogenforelle gemacht. Es war Ende Juli, und er hatte seinen Urlaub für die drei letzten Augustwochen geplant. Zum Fischen würde er allerdings nicht kommen. Seine Kinder kamen aus Toronto. Er würde sie zum ersten Mal seit Weihnachten wiedersehen. Sean war gern draußen, Annie jedoch war durch und durch ein Stadtmädchen.

Willows nippte an seinem Kaffee. Das Eichhörnchen ging in die Hocke, machte von der Stromleitung einen Satz durch die Luft und verschwand im dichten Grün einer Plantane.

Sieben Uhr morgens an einem wunderbaren Tag, der einzige Schönheitsfehler in der blaßblauen Unendlichkeit des Himmels war ein winziges Wölkchen, das die Sonne bald aufgezehrt haben würde.

Willows aß seinen Toast auf, trank seinen letzten Schluck Kaffee und ging ins Haus, um sich noch einen Becher einzuschenken. Die Zeitung landete mit einem dumpfen Schlag vor der Haustür.

Als er wieder auf die Sonnenterrasse trat, sah die Katze die zusammengerollte Zeitung in seiner Hand, flitzte zwischen den Zaunlatten hindurch und brachte sich in ihrem eigenen Zuhause in Sicherheit. Willows warf einen Brotkrumen in den Garten. Der Eichelhäher neigte seinen schwarzblauen Kopf zur Seite, stieß tief herab, pickte den Krumen mit seinem Schnabel auf und saß so schnell wieder in seinem Pflaumenbaum, als hätte er sich nicht bewegt.

Der Leitartikel handelte von dem Tod einer Prostituierten aus der Gegend – der achtzehnte ungelöste Prostituiertenmord in der Stadt in den vergangenen acht Jahren. Eine andere Prostituierte, eine Freundin der Toten, war offenbar der Ansicht, die Polizei würde sich mehr Mühe geben, die Verbrechen aufzuklären, wenn Ärzte abgeknallt würden.

Schon möglich. Andererseits liefen Ärzte auch nicht auf der Straße herum, verkauften ihren Körper und gaben sich mit zu Gewalttätigkeiten neigenden Typen wie Drogendealern und Zuhältern ab, also der Sorte Abschaum, die bar zahlen mußten, wenn sie Liebe haben wollten.

Das Telefon läutete.

Willows hatte seine Uhr im Bad liegenlassen, aber wenn er sich in seinem Liegestuhl nach hinten lehnte, konnte er durch die offene Tür die elektrische Uhr am Herd sehen. Viertel nach sieben. Das Telefon klingelte erneut, schrill und fordernd. Seltsam, wie der Ton des Läutens sich mit der Tageszeit veränderte.

Ihm fiel ein, es könnte seine Frau, Sheila, sein, die aus Toronto anrief, wo es bereits Viertel nach zehn war. Er ging in die Küche und nahm ab.

Parker sagte: »Jack, ich habe einen Platten. Kannst du mich in die Stadt mitnehmen?«

»Du hast einen Platten und willst, daß ich dir den Reifen wechsele. Wenn du das willst, dann sag es auch, Claire.«

»Das habe ich nicht gemeint, Jack. Ich habe gesagt, daß ich einen Platten habe. Und der Reservereifen ist übrigens auch platt.«

»Ich bin in ungefähr einer Dreiviertelstunde da. Kurz nach acht.«

»Ich hab' noch eine Menge Schreibkram zu erledigen. Um die Wahrheit zu sagen, ich hatte gehofft, etwas eher im Büro zu sein.«

»Wenn du es so eilig hast, rufst du dir vielleicht besser ein Taxi.«

»Ein Taxi kostet mich zehn Dollar. Und du kommst auf deinem Weg zur Arbeit genau bei mir vorbei.«

»Kurz nach acht«, sagte Willows. »Wir treffen uns Ecke Burrard und Elfte.«

Parker dachte oft, daß weibliche Detectives, Bankangestellte und vielleicht noch Rechtsanwältinnen in den gleichen Geschäften einkaufen mußten, denn die dürftige Auswahl an Kleidung, die für Frauen in diesen Berufen in Frage kam, war praktisch identisch.

Heute trug sie ein leichtes, dunkelblaues Popelinkostüm mit weitem Rock, damit sie die Beine heben konnte, für den Fall, daß sie einen Verbrecher in vollem Galopp verfolgen mußte. Eine weiße Bluse. Dunkelblaue Schuhe mit stabilen Absätzen. Eine schwarze Handtasche. Ihre Waffe, eine kurzläufige 38er Special, trug sie in einem flachen Sicherheitshalfter, das mit einem Clip über dem Kreuz an ihrem Rock befestigt war.

Parker saß am Küchenfenster, trank Kaffee und sah untätig aus dem Fenster auf die Straßenlandschaft, als sie Willows Oldsmobile entdeckte, der auf eine Lücke im Verkehr wartete, bevor er am Ende des Blocks einbog. Sie leerte ihre Tasse in das Spülbekken, schnappte sich ihre Handtasche und eilte aus der Wohnung. Willows und sie kamen zum Teil deswegen so gut miteinander aus, weil sie beide immer in Eile waren; beide mochten es nicht, wenn man sie warten ließ.

Willows hatte im Olds Gurte anbringen lassen. Parker schnallte sich an und drehte dann das Radio leiser, das auf einen Nachrichtensender eingestellt war. Sie sagte: »Ich habe heute morgen einen Anruf bekommen.«

»Jemand möchte deine Teppiche reinigen.«

Parker lächelte und schüttelte den Kopf.

»Chimney?«

»Cherry Ngo. Zumindest klang es so. Ich bin ziemlich sicher, daß er es war.«

Willows bremste vor einem Stopschild, legte den ersten Gang ein. Ein Cop auf einer Harley tuckerte über die Kreuzung. Willows verfolgte, wie er vorbeifuhr. Auf einem dieser Biester würde er ihn nie einholen. Er trat aufs Gas, bog ab und folgte dem Motorrad. Die Harley kroch mit steten fünfundvierzig Stundenkilometern dahin. Willows setzte den Blinker, schwenkte auf die nächste Fahrbahn und schoß vorbei. Der Cop achtete nicht auf ihn.

»Terry O'Brian«, sagte Parker. »Er hat den Wagen erkannt und sich wahrscheinlich gedacht, du willst ihn reizen, damit er dich anhält.«

»Erzähl mir von dem Anruf.«

»Ich stand unter der Dusche. Der Anrufbeantworter war eingeschaltet. Er hat nicht gesagt, wer er ist, er sagte nur, er hätte etwas, über das er sprechen wollte, und würde noch mal versuchen, mich im Büro zu erreichen.«

»Interessant.«

Parker nickte. »Ja, nicht?« Wie praktisch alle bei der Polizei hatte auch sie eine Geheimnummer.

Farley Spears saß als einziger Detective im Morddezernat an seinem Schreibtisch, als sie den Einsatzraum im dritten Stock betraten. Auf Eddy Orwells Telefon blinkte ein rotes Lämpchen. Farley starrte darauf, machte aber keinerlei Anstalten, dranzugehen.

»Wo ist das Problem?« fragte Willows.

»Es ist Judith. Sie muß eine automatische Rufwiederholung haben. Sie treibt mich in den Wahnsinn.«

»Schreib auf, was sie will.«

»Guter Rat, Jack, aber das habe ich schon getan. Sie hängt einfach nicht ein, sie ist skrupellos. Sobald ich hinschaue, sehe ich das rote Blinken und muß drangehen.«

»Wo steckt Eddy?«

»Wahrscheinlich ist er auf halbem Weg nach Mexiko. Die Flitterwochen sind jedenfalls vorbei, soviel steht fest. Die Rosen sind verwelkt, und der Champagner ist schal.« Spears sah zu Parker herüber. »Ich habe keine Ahnung, was er ihr angetan hat, aber was immer es gewesen sein mag, er wird es nie wieder tun.«

»War irgendein Anruf für mich?«

»Ein einziger. Ein junger Typ. Wollte mir seinen Namen nicht verraten. Sagte, er ruft wieder an.« Spears lächelte Parker an. »Hübsches Outfit.«

»Danke.«

»Ich war am Wochenende bei der Bank. Mußte mit der Managerin über ein kleines Problem wegen meinem Konto sprechen, ein Tippfehler, nichts Wichtiges. Jedenfalls kann ich beschwören, daß sie exakt das gleiche Kostüm trug wie du jetzt, Claire.«

»Du glaubst, ich hätte es ihr geliehen, meinst du das?«

Spears hörte den bedrohlichen Unterton in Parkers Stimme. »He, nein, natürlich nicht.«

»Na schön, was meinst du dann, Farley? Daß sie es mir geborgt hat?«

Spears runzelte die Stirn. Er verstand nicht, weshalb Parker sich so aufregte. Frauen. Das Telefon läutete. Er riß den Hörer von der Gabel, drückte auf einen blinkenden roten Knopf und sagte: »Detective Spears.« Sein Gesicht sackte zusammen. »Wie ich Ihnen bereits gesagt habe, Mrs. Orwell, sobald er das Büro betritt, richte ich ihm aus, daß er Sie zurückrufen soll.«

Willows saß an seinem Schreibtisch, nahm einen Bleistift zur Hand und zeichnete die Umrisse eines Telefons, fügte eine Wählscheibe hinzu, arbeitete ein paar Schatten ein, um dem Ganzen Räumlichkeit zu verleihen.

Parkers Schreibtisch grenzte an Willows'. Beide Schreibtische waren aus Metall mit einer langweilig-grauen Emaillelackierung. Da Jack dienstälter war als Parker, stand sein Schreibtisch gegenüber dem Fenster, durch das der Blick über die Straße auf die Ziegelmauer des Untersuchungsgefängnisses fiel. Parker blieb nichts weiter als der Ausblick auf Willows. Sie schob ihren Stuhl zurück und setzte sich. Als sie aufsah, merkte sie, daß er sie anblickte. »Woher hat Cherry deine Nummer?«

»Eifersüchtig?«

»Wenn es dich glücklich macht.«

Willows malte die Zahlen in die Wählscheibe, von neun bis null. Eine unendliche Vielfalt von Möglichkeiten.

»Ich habe sie ihm nicht gegeben.«

»Aber jemand hat es getan. Entweder das, oder er ist in dein Appartement eingebrochen.«

»Ausgeschlossen. Das hätte ich gemerkt.«

»Vielleicht solltest du deine Türschlösser auswechseln, Claire.«

»Vergiß es.«

Einer der Zivilangestellten am anderen Ende der Abteilung für Schwerverbrechen stieß einen Warnruf aus, und Willows drehte sich gerade noch rechtzeitig um, um Orwell über das hüfthohe Geländer springen zu sehen.

Farley Spears sagte: »Warum benutzt du nicht die gottverfluchte Tür wie jeder andere, Eddy?«

»Hab' meinen Schlüssel vergessen.«

»Blödsinn. Deine Hose ist zu eng. Du hast ihn nicht in die Tasche gekriegt.«

»Was interessiert dich meine Hose, Farley? Findest du mich irgendwie schnuckelig, oder was?«

»Nein. Aber jemand anderes offenbar.«

Orwell grinste. »Und wer wäre das?«

»Deine Frau.«

Das Lächeln erlosch. »Ich habe ihr hunderttausendmal gesagt, sie soll mich nicht im Büro anrufen. Wenn sie noch mal anruft, sag ihr, du hättest mich nicht gesehen, okay?«

»Wenn du Schutz brauchst, kostet dich das was.«

»Was?« Orwells Gesicht nahm die Farbe eines Rettichs mit Krampfadern an.

»Fünf Dollar«, sagte Spears ruhig. »Bar und im voraus, keine Schecks.«

Orwell wandte sich an Parker. »Das fasse ich einfach nicht. Es ist wie ein Alptraum, nur schlimmer.«

»Du bekommst einen Vorzugspreis, Eddy.«

»Tatsächlich?«

Parker lächelte. »Unter zehn würde ich es nicht machen.«

Willows Telefon klingelte. Er nahm ab, hörte einen Augenblick zu, dann hielt er die Hand über die Muschel und rief: »He, Eddy.«

»Ja, was ist?«

»Entspann dich, es ist nicht für dich.«

Spears brüllte vor Lachen.

Willows zeigte auf Parker. »Dein neuer Freund. Apparat drei.«

Cherry Ngo verabredete sich mit Parker und Willows in einem vietnamesischen Restaurant auf der Commercial, kurz hinter der Hastings. Das Restaurant hieß »Pale Green Shoots«. Es stand nicht im Telefonbuch. Willows hatte sich laut gefragt, ob Cherry ein Spiel mit ihnen spielte. Parker meinte, dem sei nicht so. Er könne es Intuition nennen, wenn er wolle, aber sie erwartete, daß Cherry kommen würde. Willows knüllte seine Telefonzeichnung zusammen und ließ sie vom Schreibtisch in den Papierkorb fallen.

Weibliche Intuition. Er hatte schon vor langer Zeit gelernt, sich in diesem Punkt auf nichts einzulassen.

Gegen Viertel vor zehn trafen sie im Restaurant ein. Ein Schild an der Tür besagte, daß das Restaurant von sechzehn Uhr bis zwei Uhr geöffnet war. Willows ging zur Tür. Sie war verschlossen.

Parker sah auf ihre Uhr. »Glaubst du, Cherry nimmt allen Ernstes an, daß wir warten, bis sie aufmachen?«

»Und ihm dann ein Essen und ein paar Bier zum Hinunterspülen bezahlen, wahrscheinlich.« Willows linste hinein. Die Spiegelungen des vorüberfahrenden Verkehrs machten ihm den Einblick unmöglich. Er hielt sich die Hand über die Augen und drückte sie gegen die Scheibe. Das Restaurant war klein – sieben oder acht Tische, ein paar Dutzend Stühle. Willows konnte keine zwei entdecken, die zusammenpaßten.

Die Lade der Registrierkasse stand offen.

Hinter der Kasse hing ein Touristikposter, das man mit Reißzwecken an der Wand befestigt hatte – ein Wasserbüffel in einem Reisfeld.

Ein mit Perlenschnüren verhängter Durchgang links neben der Kasse führte in ein Hinterzimmer. Auf dem Boden zeichneten sich zwischen abwechselnd roten, blauen und grünen Reihen parallele Lichtstreifen ab.

Eine kurze Pause im Verkehrslärm. Willows schnappte kurz einen Musikfetzen auf, dünn und schrill.

»Sehen wir uns hinten mal um.«

Parker nickte.

Die beiden Detectives gingen schnellen Schritts bis zum Ende des Blocks, bogen um die Ecke und folgten einem holprigen Gehweg zur Einmündung der Ladestraße. Ein paar Häuser vom Restaurant entfernt gab es eine Bäckerei, und in der Luft hing der warme, süßliche Duft von frischem Brot.

Willows steckte sich seine Dienstmarke auf die Brusttasche seines Jacketts. Er zog seinen Revolver und ließ die Waffe so in seiner Hand verschwinden, daß sein Abzugs- und sein Ringfinger den dicken, kurzen Lauf verbargen.

Parker zückte ihre Pistole.

Das Restaurant lag ungefähr in der Mitte des Blocks, eingepfercht zwischen einer Reinigung und einem Blumengeschäft. Hinter dem Gebäude gab es einen Parkplatz für drei Fahrzeuge, auf dem jedoch kein Wagen stand.

Die Hintertür war nicht verriegelt und stand etwa einen Fuß breit offen. Willows lehnte sich gegen die Wand, lauschte auf die Musik und dann auf eine singende Frauenstimme. Ihm war alles andere als nach Tanzen zumute. Ein Windstoß ließ die Tür den Bruchteil eines Zentimeters in seine Richtung schwingen. Ein Scharnier quietschte.

Die Musik setzte aus.

Willows 38er war jetzt deutlich zu erkennen. Er nahm seinen ganzen Mut zusammen und trat mit voller Wucht zu. Die Tür schlug krachend gegen die Wand und blieb dort stecken.

Parker gab Willows Deckung, während er einen kurzen Blick ins Innere riskierte und den Kopf wieder einzog.

Willows rief: »Cherry, sind Sie da drinnen?«

Die Musik setzte wieder ein, das Gewinsel der Saiteninstrumente sickerte durch den Perlenvorhang.

Parker fragte: »Brauchen wir einen Durchsuchungsbefehl?«

»Nein, ich denke nicht. Wir sind hier mit ihm verabredet. Die Tür steht auf…«

Drinnen gab es links eine Vorratskammer, die Tür rechts war verschlossen. Die Perlen klackten, als Willows sich hindurchschob. Cherry Ngo lag rücklings auf dem Boden hinter der Theke. Er hielt die Hände über seiner dürren Brust gefaltet.

Parker spürte, wie ihr das Blut aus dem Gesicht sackte. Sie fing an zu zittern.

Willows faßte sie am Arm. »Claire.«

»Ja, was ist?«

»Melde du es für mich, okay?«

Parker atmete tief durch, nickte und steckte ihre Waffe in das Halfter. Auf dem Weg nach draußen sah sie, daß Willows die Tür so fest eingetreten hatte, daß der Türknauf die Wand aus Latten und Gips durchstoßen hatte.

Als der Geruch aus der Bäckerei sie traf, sackten ihr die Knie weg, und sie mußte sich übergeben.

Willows kniete in der Enge neben der Leiche. Cherry Ngos Augen standen weit offen. Willows stützte sich an der Theke ab und beugte sich über den Toten. Miniaturen des Wasserbüffels spiegelten sich in Cherrys Augen.

Willows zuckte zurück. Der glänzende Mantel eines 45er Geschosses lag neben Ngos Füßen auf dem Boden, und mitten in seiner Stirn klaffte ein 45er Einschußloch.

Ngos offener Mund und sein ausdrucksloses Gesicht waren mit schimmernden, feuchten Stückchen einer klebrigen, bräunlich-orangenen Masse bespritzt. In seiner rechten Hand hatte er eine zweite Schußwunde, die versengt und mit Schmauchspuren übersät war. Irgend etwas hatte er in der Hand gehalten, als er erschossen wurde. Obst?

Nein, eine Süßkartoffel.

Willows hörte Schritte. Er sah über seine Schulter. Parker. Er merkte, daß er seine Waffe immer noch umklammert hielt und steckte sie weg.

Sie sagte: »Der Gerichtsarzt und die Spurensicherung sind unterwegs.« Sie deutete auf den Kassettenrecorder. »Was dagegen, wenn ich das abstelle?«

»Bitte.«

Parker folgte der Schnur bis zur Steckdose und zog den Stekker raus.

Die Kassette hörte auf sich zu drehen und die Musik erstarb. Jetzt hörte man wieder das Summen und Dröhnen des Verkehrs hinter den verstaubten Glasfenstern.

»Um wieviel Uhr hat er angerufen?« fragte Willows.

»Zwanzig nach acht. Auf den Punkt genau, ich hatte gerade auf meine Uhr gesehen. Was hält er da in seiner Hand?«

»Eine Süßkartoffel.«

»Haben sie die als Schalldämpfer benutzt?«

»Ja.«

»Er mußte sie festhalten, und dann haben sie ihn abgeknallt.«

Willows erwiderte nichts. Der Adrenalinschub hatte ihn etwas weich in den Knien gemacht. Plötzlich war die Welt voller Möglichkeiten. Er fühlte sich wie jemand, der eine neue Geliebte hat. Er konnte es kaum erwarten, den Ort des Verbrechens mit seinen Händen zu befühlen und so intime Kenntnis über jeden blutigen Winkel, jede Ecke zu erhalten.

Cherry Ngos Leiche war noch warm, die Fetzen der über seinem glatten, jungen Gesicht verspritzten Süßkartoffel so frisch, daß sie noch feucht glänzten.

Eine Sirene kam heulend die Commercial hinauf und näherte sich rasch. Willows betrachtete noch einmal lange und nachdenklich das Poster mit dem Wasserbüffel, der friedlich eine halbe Welt und mehr entfernt in seinem Reisfeld stand. »Claire?«

»Ja?«

»Vielleicht sollten wir deinen Anschluß überwachen lassen?«

»Warum?«

»Du warst dir nicht sicher, ob es Cherry war, der angerufen hat. Vielleicht war es ein anderer.«

»Wie wär's mit Polizeischutz rund um die Uhr – meldest du dich freiwillig, Jack?« Parker gab sich alle Mühe, hämisch und unbeeindruckt zu wirken, aber Willows sah die Angst, die in ihrem Blick lauerte.

Das Sirenengeheul hatte die Ladestraße erreicht.

Jetzt mußte der Tatort fotografiert, skizziert und nach Fingerabdrücken untersucht werden. Cherrys Leiche mußte ins Leichenschauhaus gefahren werden, wo man ihm die Schädeldecke absägen und ihn Demütigungen aussetzen würde, die weit schlimmer waren als eine Kugel im Kopf.

Und alles nur, damit Jack seinen Spaß hatte, und die Verfolgung aufnehmen konnte. Alles nur für Jack, ausschließlich für Jack.

8. Kapitel

All dieses Zeug, das sie ihm gestern abend gezeigt hatte, dieses Familienalbum. Wieviel war echt davon? Sie war eine seltsame Frau, und nicht nur, weil sie zufällig ein Albino war. Ihre Art war seltsam, genau wie ihr Äußeres. Vielleicht ergab sich das eine aus dem anderen. Wieso hob sie all diese Fotos auf; warum hatte sie sie ihm gezeigt? Er glaubte ihr kein Wort von all den Zirkusfreaks und den Motorradstuntmen. Aber wieso sollte sie sich das alles ausdenken, welches Motiv steckte dahinter?

Nicht, daß es einen Unterschied gemacht hätte. Fünfhundert Dollar pro Nacht gingen über seine Verhältnisse. Er hatte seine Spesen ohnehin schon um tausend Dollar überzogen. Newt würde einen Anfall der dritten Art bekommen, soviel stand fest.

Ein verirrter Sonnenstrahl blinkte über die Straße, als die gläserne Eingangstür zu Parkers Appartementblock geöffnet wurde. Frank duckte sich ein wenig tiefer in den weißledernen Schalensitz. Plan A hatte sich als Flop erwiesen, also war er zu Plan B übergegangen, ein Unfall mit Fahrerflucht früh am Morgen. Die Fleischgabel mit der verbogenen Zinke, die er sich im Hotel ausgeborgt hatte, um die Luft aus Parkers Reifen zu lassen, bohrte sich in seinen Magen.

Parker trat ins Licht. Doch, die Frau sah wirklich gut aus. Groß. Schlank.

Frank schmiß die Gabel auf den Boden und drehte den Zündschlüssel. Der V-8 des Corvette verschluckte sich einmal und dröhnte los. Vor ihm war reichlich Platz. Er warf einen Blick in den Rückspiegel, schlug das Steuer ein, fuhr langsam aus der Parklücke und nahm Maß.

Parker entfernte sich von ihm. Sie lief in die falsche Richtung. Frank traute seinen Augen nicht. Er beugte sich vor, linste durch den Zigarettenrauch und die grün eingefärbte Scheibe über die lange, abfallende Haube des Corvette. Was, zum Teufel, ging hier vor? Hatte sie etwa vergessen, wo sie ihren Wagen abgestellt hat?

Dann sah er den Oldsmobile, die wulstige Stoßstange und das runde Heck. Die geteilte Windschutzscheibe. Der Wagen stammte aus den Vierzigern, aber trotz seines Alters war der schwarze Lack poliert und glänzte, das Chrom blitzte.

Der Olds hielt am Straßenrand. Parker stieg ein. Die Tür schloß sich mit einem dumpfen Knall.

Frank steckte sich eine neue Zigarette an, als der Wagen gemächlich an ihm vorbeifuhr, nah genug, daß er ihn mit der Hand hätte berühren können.

Er schwitzte, als er den heißen Angeberschlitten zurück in sein unterirdisches Versteck fuhr, dann ging er zu Fuß über die Robson zum Hotel.

In seinem Zimmer wartete Lulu auf ihn, in der gleichen Stellung, in der er sie verlassen hatte. Fast schien es, als existierte sie nur in Franks Vorstellung, als hätte sie kein eigenes Leben und würde erst zu atmen beginnen, wenn er anwesend war und selbst Zeuge des Ereignisses wurde.

Sie lächelte ihn an, als er die Tür schloß. »Wie war's, Frank? Hat alles geklappt?«

»Ich hab' ihr die Luft aus den Reifen gelassen, dann kam ein Typ vorbei und hat sie abgeholt. Ich hätte sie für selbständiger gehalten. War wohl ein Irrtum.«

»Möchtest du etwas essen?«

Frank zuckte mit den Schultern. Die unerwartete Entwicklung hatte ihm jegliche Lust genommen.

Lulu rief den Zimmerservice an. Rühreier, Croissants mit englischer Marmelade, eine Chromkanne schwarzen, starken Kaffees.

»Hawaiianer mit Kakao. Hab' ich selbst gemischt. Magst du das?«

»Klar«, sagte Frank. Die Croissants waren so verdammt krümelig, daß die ganzen Laken voll damit waren.

Nach dem Frühstück sahen sie sich die Autorennen auf TSN an. Anschließend bekamen sie Lust, sich zu bewegen, und fuhren nach unten in die Mini-Passage beim Empfang. Lulu wählte einen schwarzen Speedo Rennsportslip, der so winzig war, daß

Frank ihn zusammengedrückt in seiner Hand verschwinden lassen konnte. Er sagte: »Bist du verrückt – das zieh ich nicht in aller Öffentlichkeit an.«

»Er weitet sich. Eine Größe für alle.«

»Kommt nicht in Frage«, sagte Frank und bezahlte dreißig Dollar plus Steuer für ein Teil, in dem er sich wohler fühlte; eine Art Boxer-Badehose, hellblau mit dunkelgrünen Palmen. Die tat es auch, und man sah nicht alles.

Das Schwimmbad befand sich im dritten Stock unter einem Glasbaldachin. Es war menschenleer, bis auf einen Typen, der mit seiner Freundin seine Bahnen herunterspulte. Er holte sie noch im gleichen Augenblick aus dem Wasser, als er Franks breite Schultern sah, seinen waschbrettharten Bauch, seine schmalen Hüften, die seilartigen Adern und seine harten Muskelpakete an Armen und Hüften, die unansehnlichen Narben, die die großkalibrigen Kugeln hinterlassen hatten, die nicht an seinem Körper abgeprallt waren, und die hellen, gnadenlosen Killeraugen. Lulu bändigte ihr Haar mit einem elastischen Band. Sie trug einen flotten Zweiteiler, der genau ihrer Hautfarbe entsprach und sie nackt aussehen ließ. Als sie in das strahlend blaue Wasser sprang, hinterließ sie kaum ein Kräuseln.

Frank warf sich ihr hinterher und erzeugte dabei eine Miniflutwelle, die das gesamte Becken durchlief, über den Rand schwappte und die flüchtenden Schwimmer noch an den Füßen erwischte. Er tauchte, blieb unten, bis ihm die Lunge brannte, dann stieß er sich vom Kachelboden ab und kam mit rollenden Augen und literweise Chlorwasser spuckend wieder hoch. Lulu umkreiste ihn wie ein Kobold aus einem Disneyfilm. Er machte sich für den nächsten Tauchversuch klar; ein kräftiger Beinstoß, und er pflügte durch das Wasser und wühlte die Oberfläche dabei zu einer Gischt auf. Er schaffte es gerade bis zur Überlaufrinne, an der er sich keuchend und wasserspeiend festhielt.

»Wo hast du schwimmen gelernt, im Planschbecken?«

Frank rang nach Luft. »Es ist tiefer, als es aussieht.«

»Was du nicht sagst. Bei deinen Fähigkeiten könntest du in einem Spülbecken ersaufen. Ich werde ein paar Runden schwimmen. Entspann dich im Whirlpool, damit ich mir keine Sorgen um dich zu machen brauche. Ich komme in ein paar Minuten nach, okay?«

Frank hievte sich aus dem Wasser und ging zum Whirlpool auf der gegenüberliegenden Seite. Der Whirlpool entsprach eher seinem Temperament. Das Wasser war angenehm warm und nur hüfttief. Er ließ sich in eine sitzende Stellung hinab. Allmählich wurde er lockerer und konnte den Anblick genießen, wie sein Albinoschatz in seinem Element hin und her schwamm. Wahrscheinlich hatte sie in ihren Zirkustagen eine Nummer aufgeführt, bei der sie von einem Sprungturm in einen Eimer mit Eiswasser sprang. Er mußte sie gelegentlich danach fragen.

Ein Schatten legte sich über das Wasser. Frank sah auf. »Hallo, Rog.«

»Ich habe Ihnen ein paar Handtücher gebracht.«

»Das sehe ich.«

»Und eine Flasche Champagner. Französischen. Eisgekühlt.«

Frank nickte, sagte nichts.

Lulu schlüpfte aus dem Becken. Ihre Bewegungen waren geschmeidig, fließend. Sie tapste über den gekachelten Boden, gab Roger einen Kuß auf die Wange und stieg in den Whirlpool.

Frank bewunderte ganz offen ihren Hüftschwung, die glatte, weiße Haut, die grazile Kraft ihrer Formen. Lulu starrte Roger an und hielt den Blickkontakt noch aufrecht, als sie es sich auf Franks muskulösem Schoß bequem machte und sich wie ein kleines Kind an ihn kuschelte.

»Champagner, Daddy? Das ist aber nett!«

Rog sagte: »Ein Abschiedsgeschenk.«

»Wie kommen Sie auf die Idee, ich wollte abreisen?« wollte Frank wissen.

»Ihre Vorbestellung lautete nur auf zwei Nächte.«

»Und?«

»Die Zimmer müssen bis elf geräumt sein. Jetzt ist es halb zwölf. Ihr Gepäck steht am Empfang.«

Lulu sah Frank aus ihren blaßblau leuchtenden Augen lächelnd an, ein wahres Feuerwerk reinster Liebe.

Frank sagte: »Können wir jetzt unseren Champagner haben, bitte?«

»Sicher.« Rog ging in die Hocke und stellte das Tablett auf den Kacheln ab. Er schälte die Goldfolie ab und ließ den Korken knallen. Kräftige Hände für einen so alten Kerl. Er schenkte in beide Gläser etwas ein, bis sie überliefen, dann reichte er eins seiner Tochter und das andere Frank.

Frank hob sein Glas. Er sah Lulu in die Augen. »Auf dich und mich.«

»Einverstanden.«

Beim Aufeinanderprallen der Gläser entstand ein Geräusch wie beim Zerbrechen eines winzigen Eiszapfens.

Frank leerte sein Glas, stellte es auf das Tablett, streckte den Arm aus, packte Rog an seiner kastanienbraunen Krawatte und zog ihn langsam, aber unerbittlich in den Whirlpool.

Rog, noch am Rand, mit den Armen rudernd, schrie.

Frank zerrte ihn mit dem Gesicht nach unten ins Wasser und hielt ihn fest.

Lulu wartete eine angemessene Zeit, dann sagte sie: »Frank? Er ist mein Dad, gewissermaßen. Frank?«

»Einen Augenblick.« Frank zählte bis sechzig, dann drehte er Rog um und hielt seinen Kopf über das sprudelnde Wasser. Rog lag friedlich in Franks Armen, widerstandslos. Im Augenblick war er schon damit zufrieden, noch am Leben zu sein.

»Ich will mein Zimmer wiederhaben«, sagte Frank.

»Fick dich selbst«, kam es matt von Rog.

»Ich meine jetzt, sofort. Solange ich in diesem tollen Hotel wohne, möchte ich nicht, daß irgend jemand außer mir und Ihrer wunderschönen Tochter in unserem Bett schläft. Sie sollten sich vielleicht sogar überlegen, das Zimmer nach unserer Abreise zu versiegeln. Vielleicht machen Sie eine Art Tempel daraus.«

Rog zappelte und wollte sich aufrichten. Frank ließ ihn gewähren. »Sie meinen, sie ist *wunderschön*?«

»Sie nicht?«

»Ungewöhnlich«, sagte Rog. »Oder von mir aus *interessant*...«

Frank stieß ihn von sich. »Los, bringen Sie den Mist wieder in Ordnung, den Sie angerichtet haben, sorgen Sie dafür, daß ich mein Zimmer wiederbekomme.«

Rog kletterte aus dem Becken. Klatschnaß und triefend ergriff er die Flucht.

Frank sagte: »Tut mir leid. Ich habe die Nerven verloren.«

»Entschuldige dich nicht. Das paßt nicht zu dir.«

Frank nickte. Wie wahr. »Noch etwas Champagner?«

»Nein, danke. Ich gehe jetzt unter die Dusche.« Marmorstufen führten aus dem Wasser. Lulu blieb mit einem Fuß auf der obersten Stufe stehen und blickte auf ihn herab.

Was für eine Pose. Frank war froh, sich nicht für den Speedoslip entschieden zu haben. »Bist du wütend auf mich?«

»Chlor ist für meine Haut tödlich. Wenn ich mich nicht abdusche, bekomme ich einen Ausschlag, du würdest es nicht für möglich halten.« Sie hielt ihm die Hand hin. »Komm mit. Ich möchte nicht, daß Daddy mich allein sieht und glaubt, wir hätten uns gestritten.«

Als sie die Suite betraten, blinkte das rote Lämpchen des Anrufservice. Auf dem Teppichboden waren dunkle Fußstapfen. Frank sah ins Ankleidezimmer. Auch hier war der Teppich naß. Sein Koffer stand dort, wo er ihn stehengelassen hatte, seine Hemden und sein graues Sportsakko waren wieder säuberlich zurückgehängt worden. Der gute alte Rog hatte getan, was man ihm gesagt hatte, ohne sich Zeit zum Umziehen zu nehmen.

Lulu schälte sich aus ihrem Bikini, setzte sich aufs Bett und rief die Telefonzentrale an. Sie hörte einen Augenblick zu, dann drehte sie sich zu Frank. »Newt hat ein halbes Dutzend Mal angerufen. Er will, daß du ihn zu Hause zurückrufst.«

»Ja, okay.«

Lulu räkelte sich auf dem Bett. Sie lächelte ihn an. »Warum siehst du mich so an?«

»Lust.«

»Das ist dein Blick, wenn du Lust hast?«

»Ich habe zwei oder drei von der Sorte. Dieser war bislang über die Jahre am erfolgreichsten.«

»Unwiderstehlich, ja?«

»Bis jetzt.«

Lulu grinste. »Bei mir scheint er wenigstens zu funktionieren. Komm her, Frank.«

»Was ist mit dem Chlor?«

»Wir werden uns etwas einfallen lassen.«

Danach erledigte Frank seinen Anruf. Zuhause, das konnte bei Newt mehrere verschiedene Adressen bedeuten, das Haus am Laguna Beach war jedoch am wahrscheinlichsten, also versuchte Frank es dort zuerst.

Newt war nach dem dritten Klingeln am Apparat. Ohne Vorrede sagte er: »Du bist überrascht, daß du mich erreicht hast, stimmt's? Mein Anrufbeantworter ist kaputt. Der neue ist schon unterwegs, aber noch nicht hier, was soll ich also tun?«

»Hast du schon wieder George-Raft-Filme gesehen?«

»Kann sein. Wieso?«

»Du hast mich angerufen, erinnerst du dich noch?«

Das gab Newt zu denken. Frank konnte die Wellen auf den Strand donnern hören. Vielleicht war es auch das Hirn seines Bosses unter Höchstbelastung. Newt war ein reicher Mann, aber weder besonders mächtig noch gerissen. Hatte das Geld geerbt. Manchmal war so etwas ein Segen, für andere eher ein Fluch. Ohne das Geld würde Newt wohl irgendwo Autos waschen.

»Ich habe auf deinen Anruf gewartet. Hast du Schwierigkeiten?« fragte Newt.

»Nichts Ernstes.«

Lulu hatte die Tür zum Bad offen gelassen. Sie drehte die Dusche ab.

»Was ist das für ein Lärm, Frank?«

»Es regnet.«

»Mitten im Sommer?«

»Mann, das hier ist Vancouver. Wenn die Leute zum Strand gehen, um sich zu sonnen, nehmen sie zwei Dinge mit – ein Taschentuch und einen Schirm.«

Lulu begann ›Mackie Messer‹ zu singen. Sie hatte eine wirklich hübsche Stimme, sogar noch hübscher als Bobby Darin.

Newt fragte: »Singt da jemand?«

»Gleich gegenüber«, sagte Frank. »Hör zu, ich hab' keine Vierteldollar mehr, ich muß los.«

»Bleibst du noch lange?«

»Was, hier in der Telefonzelle?«

Newt brüllte Frank »Fuck!« ins Ohr. Frank hörte ein Ächzen und dann das Splittern von Glas. Newt brüllte: »Laß dir eins gesagt sein, Frankie. Dein Sinn für Humor ist das einzige, was du hast, und davon kannst du noch lange nicht leben!« Newt keuchte in den Hörer, bemüht, seine Fassung wieder zu finden. Nach einer Weile sagte er: »Bleibst du noch lange in Vancouver?«

»Kommt nicht in Frage. Seit ich hier bin, regnet es. Die reinste Sintflut. Die Leute ertrinken in den Straßen, und in der Zeitung wird es nicht einmal erwähnt.« Frank wurde wieder ernst. »Noch zwei Tage, vielleicht drei.«

»Das Hotel ist teuer, Frank. Ich habe mich erkundigt. Das billigste Zimmer, das sie haben, kostet hundertzwanzig pro Nacht.«

Frank sah keinen Sinn darin, sich weiter zu streiten.

»Du machst bestimmt eine Riesenrechnung«, sagte Newt.

»Ich bin Profi. So einen hast du doch gewollt, schon vergessen? Jemand, der den Job sauber und leise erledigt. Jesus, ich fahre hier in einem Fort durch die Stadt. Zweitürer. Kein Cabrio, nichts. Mach mal halblang.«

Newt seufzte, wobei er gewöhnlich, wie Frank nur zu gut wußte, üble Gase ausstieß. Abgestandenen Marlboro Zigarettenrauch. Billiges Mundwasser. Mexikanisches Bier. Frank zuckte zurück und riß den Telefonhörer instinktiv von seinem Mund weg.

»Jetzt mach mal halblang, Frank. Hör auf, mein hart verdientes Geld aus dem Fenster zu werfen, bring es hinter dich und komm nach Hause.«

»Hör zu, es ist nicht…«

Newt hatte eingehängt.

Klick.

Einfach so. Dieser knickrige, miese Geizhals.

Frank packte den Hörer mit beiden Händen und schraubte die Handgelenke in entgegengesetzter Richtung. Plastik spritzte gegen Wand und Decke und wurde aus dem Fenster geschleudert.

»Wie sollen wir jetzt den Zimmerservice anrufen, daß wir ein neues Telefon brauchen?« rief Lulu aus der Badezimmertür.

»Schon gut, ich repariere es, oder wir bekommen ein neues.«

Lulu kicherte. »Du bist ein komischer Typ, Frank. Hast du Lust, einkaufen zu gehen?«

»Ja, klar.«

»Wirklich?«

»Wird etwas Fürchterliches passieren?«

»Vielleicht.«

Er sah zu, wie sie sich anzog – eine rosa Bluse mit hochgeschlossenem Kragen, einen langen Sommerrock aus einem leichten, hauchfeinen Stoff, so durchsichtig wie der Champagner, den sie gerade im Whirlpool getrunken hatten. Weiße Höschen. Keinen BH. Ihr Gesicht schminkte sie, als sei es eine Maske. Als sie fertig war, wußte Frank nicht, was er davon halten sollte. Sie sah aus, als hätte sie einen fürchterlichen Sonnenbrand, wie rohes Fleisch. Mit einer Art Stift malte sie sich ein paar dunkle Brauen auf die Haut. Dann klebte sie dunkle Wimpern an, die wie winzige Besen ohne Stiel aussahen. Dann legte sie Lippenstift auf, der ihren Mund in eine blutige Wunde verwandelte. Sie arbeitete so langsam und mit Bedacht, daß sie wie eine Künstlerin wirkte, die auf der papierweißen Haut ihres Körpers ihr Selbstportrait malte. Frank war wie verzaubert. Er sah zu, wie sie eine verspiegelte Sonnenbrille aufsetzte, eine malvenfarbene Perücke und einen rosa Strohhut mit breiter Krempe.

Als sie fertig war, drehte sie sich zu ihm um und fragte: »Wie sehe ich aus?«

»Gut. Gut.«

Frank war ziemlich sicher, daß er die Umrisse ihrer Brust durch ihre dünne Seidenbluse sehen konnte. Der Gedanke, daß jeder Idiot hinschauen und alles sehen konnte, machte ihn unruhig und gereizt.

»Stimmt etwas nicht?«

»Das Hemd...«

»Bluse.«

»Sie ist, wie soll ich...«

»Zu durchsichtig?«

»Ja.«

»Das war auch meine Absicht.«

»Um offen zu sein, mir gefällt das nicht.«

»Keine Sorge. Vergiß nicht, alle können hinsehen, aber nur du darfst sie anfassen.«

Frank beschloß, das Thema zu wechseln. »Wenn ich dir zufällig auf der Straße begegnen würde, ich wüßte nicht, ob ich dich erkenne.«

»Das war auch meine Absicht, Schatz.«

Sie fuhren mit dem Aufzug hinunter zum Eingang, schlenderten am Empfang und dem Dampfmaschinenmodell vorbei. Frank sah sich nach Rog um, konnte ihn aber nirgends entdekken. Als sie durch die automatischen Türen auf die Robson Street traten, drückte Lulu Frank einen weißen Sonnenschirm in die Hand. Er klappte ihn auf und hielt ihn hoch, um sie vor der sengenden Sonne zu schützen. Sie überquerten die Howe und spazierten über die Georgia, vorbei an Skateboardfahrern, dem Brunnen, und den beiden großen steinernen Löwen, die die breite Granittreppe flankierten, die in eine Sackgasse führte: zu den riesigen Türen, die sich nicht öffnen ließen. Ganze Scharen verschwitzter Touristen riskierten den Weg an den übermütigen Tauben vorbei, um jene Stufen emporzuklimmen, die Tür zu probieren und festzustellen, daß sie auf ewig verschweißt war. Ein architektonischer Scherz, den nicht einmal die Einheimischen verstanden.

Das Licht auf der Straße, reflektiert von tausend Windschutzscheiben, blendete verwirrend. Lulu führte ihn durch das Gleißen zu Eatons's Passage. Sie wollte ihm eine Uhr kaufen. Frank sagte, er brauchte keine Uhr – er hätte schon eine.

»Wenn du eine Rolex trägst, sehen dich die Leute an und wissen sofort, wie erfolgreich du bist.«

»Was interessiert mich, was die Leute denken?«

Lulu blickte ihn ernst von unten herauf an. »Irgendwann, bald, möchte ich, daß wir uns ein Buch über das Weltall kaufen. Eins mit vielen Bildern drin, damit du mir zeigen kannst, auf welchem Planet du geboren bist.«

»Na schön«, sagte Frank grinsend.

Sie fuhren mit der Rolltreppe in den zweiten Stock der Passage, bummelten durch das auf Hochglanz polierte Eingangsportal eines Juweliergeschäftes, dessen Name über der Tür, Wexler, in gut einen halben Meter großen Buchstaben stand. Der Mann hinter dem Ladentisch war Ende Fünfzig, Anfang Sechzig, dicklich und hatte Haarausfall. Er trug einen dunkelgrauen Anzug, ein graues Hemd mit festgeknöpftem Kragen, und eine Krawatte mit breiten dunkelblauen und kastanienfarbenen Streifen. Lächelnd sagte er: »Was kann ich für Sie tun?«

Lulu rückte ihre verspiegelte Brille zurecht. »Wir hätten gern eine Rolex. Aus Gold, ohne Diamanten. Sind Sie Mr. Wexler?«

»Paul Wexler.« Der Kerl holte einen winzigen Messingschlüssel hervor und schloß einen Schaukasten aus Glas auf. Frank sah sich ungezwungen um. Polierte Glasschaukästen nahmen fast den gesamten freien Raum ein. Der Teppich war blaß bronzefarben. Die Wände waren mit einer Tapete beklebt, die den Eindruck von Blattgold erweckte. In den gläsernen Schaukästen blinkten goldene Lichtsprenkel auf. Klaviermusik plätscherte wie ein Wasserfall aus versteckten Lautsprechern. Die Luft stand still, es war kühl. Wexlers Eisfinger halfen Frank mit dem Elastoflexarmband seiner Seiko und schoben ihm die Rolex über das Handgelenk.

»Sie sieht sehr gut an Ihnen aus, meinen Sie nicht?«

»Wieviel?« fragte Lulu.

»Dreizehn Fünf.«

Dreizehntausend Dollar für eine Armbanduhr? Franks Handgelenk brannte.

Lulus Kreditkarte segelte über die Theke und fiel Wexler vor die Füße.

»Oh, das tut mir wirklich leid«, rief Lulu.

Wexler bückte sich, um die Karte aufzuheben. Lulu zwinkerte Frank zu. Wexler kam stirnrunzelnd wieder hoch.

»Entschuldigen Sie, aber dies ist...«

Lulu riß ihm die Karte aus der Hand und verpaßte ihm eins auf die Nase. Der Juwelier torkelte zurück, seine Augen vor Schreck weit aufgerissen. Seine Oberlippe war blutverschmiert. Er griff nach seinem Taschentuch. Lulu drehte sich zu Frank um. »Leg ihn besser flach, bevor er auf den Alarmknopf drückt.«

Frank erwischte Wexler mit einer harten Rechten am Kinn. Der Juwelier klappte zusammen wie ein billiges Akkordeon und verschwand hinter der Theke. Einen Augenblick lang markierte noch sein Taschentuch die Stelle, wo er gestanden hatte. Lulu pflückte es aus der Luft und wischte damit vereinzelte Fingerabdrücke von der Glastheke. Sie nahm Franks Seiko an sich.

Frank beugte sich über die Theke. Wexlers Mund stand offen. Seine Brust hob und senkte sich rhythmisch.

»Der wird wieder«, meinte Frank.

»Schön für ihn.«

Als sie mit der überfüllten Rolltreppe auf die untere Ebene fuhren, sagte Lulu: »Wie lange wird er weg sein?«

»Fünf Minuten, schätzungsweise.«

»Länger nicht?«

»Vielleicht sogar weniger. Die Uhr ist ganz hübsch, aber so etwas bekommt man auf der Straße für fünfhundert Dollar. Ich meine, dafür würde ich bestimmt keinen umlegen.«

»Wir machen besser, daß wir hier rauskommen.«

»Ich bin froh, daß du einen Plan hast«, sagte Frank. »Da drinnen dachte ich, wir müßten Schritt für Schritt vorgehen.«

»Glaubst du, wir schaffen es in fünf Minuten bis zum Hotel?«

»Leicht«, sagte Frank, »aber wir brauchen uns nicht zu beeilen. Wexler wird verdammt fertig sein, wahrscheinlich hat er eine leichte Gehirnerschütterung. So ein K.-o.-Schlag saugt einem allerhand aus den Knochen. Bis er seine sieben Sinne wieder beisammen hat und 911 wählt...«

»Wir hätten das Telefon aus der Wand reißen sollen, meinst du das?«

»Das Fräulein vom Amt wird ihn fragen, ob es sich um einen Notfall handelt. Er wird sie anschreien. Wütend werden. Es wird mindestens zehn Minuten dauern, bis die Cops auftauchen, vielleicht länger. Aus deren Sicht gesehen hat es keinen Sinn, sich zu beeilen. Es besteht keine Chance, jemanden zu schnappen. Wir sind längst weg, und das wissen sie. Außerdem ist es ihnen egal, ob sie uns schnappen.«

Beim Ausgang an der Georgia Street stand ein Wachmann, aber er stand mit dem Rücken zu ihnen und hatte eine junge Japanerin in hautengen Jeans und einem knappen Oberteil im Visier.

Lulu stieß die Tür auf. Frank wäre es lieber gewesen, sie hätte ihn das tun lassen. Ihm machte so etwas Spaß. Sie sagte: »Den Cops ist es egal, ob sie uns schnappen? Wie kommt denn das?«

Frank mußte sich ein wenig korrigieren. »Nicht völlig egal. Aber egaler, als es ihnen sein sollte. Weißt du, sie haben keinerlei Motivation, kein Sympathiemoment. Sie werden sich nie eine von Wexlers Uhren kaufen können, und das wissen sie ganz genau.«

Er ging auf Lulus linke Seite und öffnete den Sonnenschirm. Sie lächelte und schmiegte sich an ihn.

»Außerdem«, fuhr Frank fort, »sie würden es nie laut aussprechen, aber sie müssen sich doch denken, wenn ein Typ Waren im Wert von einer Million herumstehen hat und zu dämlich und geizig ist, einen unterbezahlten Verkäufer zur Unterstützung einzustellen oder wenigstens ein paar Dollar für eine Überwachungskamera zu investieren, dann verdient er es einfach nicht besser.«

»Woher weißt du, daß keine Kamera dort war?«

»Danach habe ich mich als erstes umgesehen.«

Vor dem Hotel stand ein Touristenbus. Der Dieselmotor spie schwarze Rauchschwaden über das Trottoir. Frank faltete den Sonnenschirm zusammen. Wäre das sein Hotel, würde er den dämlichen Fahrern sagen, sie sollten entweder den Motor abschalten oder woanders parken.

Die automatischen Türen öffneten sich mit einem Ruck und gaben den Blick frei auf Glas und poliertes Mahagoni. Das Restaurant befand sich rechts von ihnen, dahinter die Bar. Frank hatte Durst, steuerte Lulu jedoch auf die Reihe von Aufzügen zu. Vermutlich war es eine gute Idee, Lulu zu überreden, die Klamotten aus dem tiefsten Süden und ihre Perücke abzulegen. Mit dem Daumen drückte er einen Knopf. Der Aufzug hieß sie mit weit geöffneter Tür willkommen.

Frank hielt Lulu in den Armen, während sie unmerklich nach oben transportiert wurden. Ihre Perücke war verrutscht, und die Tränen standen ihr in den Augen.

Die Depression nach einem Überfall. Frank hatte das schon oft beobachtet.

Trotz der schiefen Perücke, der aufgequollenen Augen und scharlachroten Wangen, der Rotznase, dem elendigen Geheul und dem Strom salziger Tränen, die sein neues Hemd durchnäßten, fand Frank sie einfach großartig.

Warum, zum Teufel, gestand Rog nur widerwillig ein, daß seine Stieftochter vielleicht ungewöhnlich oder interessant war, ohne jedoch das Offensichtliche zuzugeben – daß sie phantastisch aussah, eine tolle Frau war?

In Franks Herz war kein Platz für das alte Sprichwort, demzufolge Schönheit im Auge des Betrachters liegt.

Er wäre nie auf den Gedanken gekommen, daß er zum erstenmal in seinem völlig chaotischen Leben nicht jede Minute darauf verwandte, sich um sich selbst zu kümmern. Er hatte sich Hals über Kopf verliebt, aber da er damit in seinem bisherigen Leben überhaupt noch keine Erfahrungen gesammelt hatte, erkannte er keines der Symptome.

9. Kapitel

Mel Dutton tauschte das 50er gegen ein 35-Millimeter-Weitwinkelobjektiv aus und schoß ein halbes Dutzend Fotos, dann nahm er seinen Stift aus der Tasche und notierte die Behälternummer, das Datum, das Motiv, Kameratyp, Linse, den verwendeten Film und Belichtungszeit und die Blende in seinem Fotoprotokoll.

Willows stand daneben und wartete geduldig, bis er seine Arbeit erledigt hatte. Er war zusammen mit Mel an genügend Tatorten gewesen, um zu wissen, daß es keinen Sinn hatte, ihn zu hetzen. Dutton reagierte nicht gut auf Druck. In diesem Fall neigte er zu Gegendruck, und wenn der Dienstgrad dies unmöglich machte, wurde er griesgrämig und so langsam, daß die Leute anfingen, mit den Zähnen zu knirschen. Er hielt sich für einen Künstler und hatte sich über die Jahre etwas angeeignet, was er für künstlerisches Temperament hielt. Willows hatte Dutton zuhause besucht, ein Bier mit ihm getrunken und die wunderbar gerahmten Farbfotos bewundert, die bei ihm an der Wand hingen. Dutton besaß durchaus Talent. Besonders wenn man sich für grausige Nahaufnahmen von Leuten interessierte, die blutig und gewaltsam ums Leben gekommen waren.

Dutton wechselte die Nikon gegen eine 4 x 5 Pentax aus. Er lud die Kamera mit einem Kodak Plus-X, einem feinkörnigen Schwarz-Weiß-Film, und schraubte sie auf einen kleinen Dreifuß aus Holz. Er stellte die Beinlänge ein und postierte die Kamera so, daß sie genau über dem sich im Blut abzeichnenden Fußabdruck stand. Neben dem Abdruck legte er zwei Zollstücke, den einen parallel zur Längsachse des Abdrucks, den anderen im rechten Winkel dazu neben den rechten Absatz. Er war der einzige Fotograf, der kein Metallstativ benutzte. Metall war billiger und wesentlich leichter, was bei einer Zwanzig-Kilo-Ausrüstung, die man in den fünften Stock zu schleppen hatte, durchaus eine Überlegung wert war. Dutton jedoch benutzte immer ein Holzstativ und dachte nicht daran, das zu ändern. Fragte man ihn nach dem Grund, erklärte er einem, Holz sei weniger vibrationsanfällig. In Wahrheit jedoch hielt er Holz für künstlerischer.

Kniend linste er durch den Sucher der Pentax. Licht aus dem Restaurantfenster fiel in spitzem Winkel auf den Abdruck und erzeugte so ein hübsches Muster aus Schatten und Schlaglichtern.

Dutton schob das Stativ zwanzig Zentimeter nach links. Er sagte: »Würde es dir was ausmachen, dich in den nächsten zwanzig Minuten nicht zu bewegen, Junge?«

Parker funkelte ihn an. Er achtete nicht auf sie und hielt die Blende umklammert, während er automatisch ein Dutzend Bilder schoß. Er richtete sich auf, und seine Knie knackten bedenklich. »Hübscher Kerl, was meint ihr?«

Parker sagte: »Warum verabredest du dich nicht mit ihm, Mel? Er wäre wahrscheinlich nicht abgeneigt.«

Dutton lachte und schoß noch zwei Bilder.

»Brauchst du noch lange?« wollte Willows wissen.

»Sagen wir noch fünf Minuten. Vielleicht zehn. Jetzt, wo die Sonne anders steht, kriege ich das Spritzmuster an der Wand besser ins Bild. Eine heiße Sache. Eins sage ich dir, Jack, die Schmierblätter zahlen hierfür ein glattes Monatsgehalt. Nicht, daß ich vorhätte, mir etwas nebenbei zu verdienen, aber in letzter Zeit denke ich oft daran, wie es weitergehen soll – wenn ich erst einmal pensioniert bin.«

»Mel ...«

»Ich werde ein Buch herausbringen. Irgend etwas zum Blättern, im Format doppelt so groß wie eine Enzyklopädie. Tatortfotos. Als Titel hatte ich mir *Leichen* oder vielleicht *Ort des Verbrechens* vorgestellt.«

»Klingt prima«, sagte Willows ohne eine Spur von Begeisterung.

Dutton faltete die beiden Zollstöcke zusammen, steckte sie in seine Hemdtasche und richtete sein Augenmerk auf die blutbespritzte Wand. Cherry Ngo war ungefähr einssiebzig. Der Einschußwinkel deutete darauf hin, daß, wer immer ihn erschossen haben mochte, wenigstens ein paar Zentimeter kleiner sein mußte.

Das schmale Ende der tränenförmigen Blutspritzer wies immer in die Schußrichtung. Nun, von allem, was er über Cherry wußte, war der Junge auf dem kürzesten Weg zur Hölle gefahren. Die Tatwaffe war eine 45er Halbautomatik. Zwei Schüsse waren abgegeben worden, und man hatte die beiden verwendeten Hülsen gefunden, zusammen mit einer einzelnen, nicht abgefeuerten Patrone. Nur eine Kugel hatte Cherry getroffen. Sie hatte seine Hand, seinen Schädel und eine zwei Zentimeter dicke, stabile Rigipswand, durchschlagen. Jetzt befand sie sich in einem Plastiksäckchen für Beweismaterial in Willows' Tasche.

Dutton machte eine Serie sich überschneidender Aufnahmen von den Blut- und Knochensplittern, den Gehirn- und Süßkartoffelspritzern, die die glatte, weißgestrichene Fläche sprenkelten. Er fragte sich, ob wohl schon ein Künstler auf die Idee gekommen war, eine Reihe von Farbdosen vor einer Leinwand aufzubauen, und die Dosen mit Patronen zu durchlöchern. War vielleicht einen Versuch wert. Der Effekt wäre bestimmt einzigartig. Er verknipste den Rest der Filmrolle und stülpte die Kappe wieder auf die Linse seiner Pentax.

»Sonst noch was, Jack?«

»Das wär's, Mel.«

Dutton vermied es, Parker in die Augen zu sehen, als er sich an ihr vorbei zur Tür drückte.

Willows kniete neben der Leiche. Ngos weit aufgerissene Augen starrten glatt durch ihn hindurch.

»Jemand ist dahintergekommen, daß er in Nummer 312 war und daß wir ihn verhört haben«, sagte Parker. Er wurde umgelegt wegen etwas, das er uns entweder erzählt hat oder erzählt haben könnte.«

Willows schüttelte den Kopf. »Wer immer Cherry erschossen hat – er wollte ihn schon vorher erledigen. Emily war ein Versehen.«

Cherry Ngo trug ein glattes weißes Hemd, tiefschwarze Stoffhosen mit einem schmalen roten Gürtel und abgetragene weiße, geflochtene Lederschuhe. Socken hatte er keine an. Die Schuhe hatten keine Senkel.

Der Angestellte vom Leichentransport stand im Türrahmen herum. »Brauchen Sie noch lange?«

Willows ignorierte ihn.

Der Typ sagte: »Was dagegen, wenn ich rauche?«

»Aber draußen«, sagte Parker.

Ein Techniker von der Spurensicherung namens Willy Talbot betrat den Raum. Talbot war groß und so dürr, daß man ihn für magersüchtig halten konnte. Er sah fürchterlich aus. Seine dunkle, ölige Haut war picklig und voller Aknenarben. Willows hatte eine Geschichte über Talbot gehört – angeblich sei er im Keller der Main Street 312 gewesen und hätte sich gerade seine Uniform angezogen, als ein besonders schlauer Kollege von der Sitte namens Louis Brandon meinte, er rasiere sich wohl mit einem Käsemesser. Talbot hatte Branon mit einem einzigen Schlag ausgeknockt und ihn mit Handschellen an eine Spindtür gefesselt, ihm die Hosen heruntergezogen, und mit solcher Wucht in den Hintern getreten, daß man es oben gehört und für einen Verkehrsunfall auf der Hauptstraße gehalten hatte.

Als Brandon das Bewußtsein wiedererlangte, hatte er einen riesigen blauen Flecken auf dem Hintern, und an seiner Spindtür klebte ein Zettel, auf dem stand, wenn er die Schlüssel für seine Handschellen wiederhaben wollte, brauchte er dafür einen Spiegel und ein paar Gummihandschuhe.

Talbot begrüßte Parker mit einem Nicken, winkte Willows zu sich und sagte: »Komm her und sieh dir das an.«

Willows und Parker folgten Talbot in den Personalwaschraum auf der Rückseite des Gebäudes. Trotz entgegengesetzt lautender Gesundheitsvorschriften lag die Toilette gleich neben der Küche. Die beiden Detectives und Talbot quetschten sich in das winzige Bad. An der gegenüberliegenden Seite gab es eine Toilette, und daneben ein Waschbecken mit einem Spiegel darüber. Ein unlackiertes Sperrholzregal enthielt einen Stapel Papierhandtücher sowie ein Wasserglas mit einer Zahnbürste und einer verschrumpelten Tube Crest-Zahnpasta. In einem rostigen Metallpapierkorb unter dem Becken lagen mehrere zerknüllte Papierhandtücher wie welke Blumen. Die Wände rings um das Becken und in Reichweite der Toilette waren mit derben Zeichnungen bedeckt, der krakelige Begleittext war jedoch unlesbar, denn er war auf vietnamesisch.

Talbot schloß die Tür. »Mach mal das Licht an, ja?« Die Toilette war bereits nach Fingerabdrücken untersucht worden. Parker drückte auf den Schalter. Talbot hatte eine Taschenlampe. Er richtete den dünnen Lichtstrahl auf das Becken. Willows und Parker kamen näher. Er knipste die Lampe aus. In der Dunkelheit leuchtete das Becken schwach hellgrün. Talbot schaltete die Taschenlampe wieder ein, holte eine Spraydose hervor und besprühte den Papierkorb und die Papierhandtücher. Dann schaltete er die Lampe wieder aus. Die Papierhandtücher schimmerten hellgrün.

»Seltsam, was?« Talbot schaltete die Toilettenbeleuchtung wieder ein. Er schüttelte die Spraydose. »Luminol.«

Parker sagte: »Das habe ich irgendwo schon einmal gesehen.«

»Ein Reagens. In Verbindung mit Blut fängt es an zu leuchten.«

Parker warf Willows einen Blick zu. Talbot war einer von diesen Typen, die ständig Vorträge halten mußten.

»Fragt mich nicht, wie es funktioniert, denn ich habe keine Ahnung. Normalerweise würde ich in einer solchen Situation einen Laser verwenden. Aber irgend jemand hat ihn letzte Woche aus dem Fenster fallen lassen und in tausend Stücke zerbrochen.« Er deutete mit der Spraydose auf das Waschbecken. »Mit einiger Sicherheit hat sich euer Mann hier nach getaner Arbeit gewaschen. Die Blutmenge dort drinnen ist sehr gering. Am besten versuchen wir es mit dem Papierkorb. Bleibt die Frage: Wessen Blut wollte sich der Kerl abwaschen, das des Opfers oder sein eigenes?«

»Wie lange wird es dauern?« fragte Willows.

»Keine Ahnung, Jack. Uns steht die Arbeit wie gewöhnlich bis zum Haus. Morgen um die gleiche Zeit vielleicht.«

»Sieh zu, was du machen kannst. Wenn du ein bißchen Unterstützung brauchst, ruf mich an. Ich sehe mich dann um.«

Der Angestellte des Leichentransports – den einige unter den Cops als Friedhofsexpreß bezeichneten – war in seinem Wagen eingenickt. Sein Name war Harvey McArdle. Parker kannte ihn von anderen Fällen. Er war in Ordnung. Ruhig. Nicht wie so manche andere, die ständig Witze rissen. McArdle wurde sofort wach, stieg aus und schob die Rollbahre durch die Hintertür des Restaurants. Er rollte einen gummierten Leichensack auf dem Boden neben Ngos Leiche aus. Willows half ihm, den Leichnam in den Sack zu heben. Ngo war nicht schwer. Willows hielt seinen Kopf fest, während McArdle den Reißverschluß zuzog. Zusammen hievten sie Ngo auf die Bahre.

Die Gummiräder der Bahre rollten über die Kreideumrisse der Leiche und verwischten sie.

Willows sah weg. Der verschmierte Kreidestrich irritierte ihn. In gewisser Hinsicht war es eine harmlose Form der Entwürdigung – wie das Umstoßen eines Grabsteines.

Parker sagte: »Abgesehen von Joey hatte er keine Angehörigen – die Eltern sind beide tot. Wir reden besser mit Joey, und zwar schnell. Unten am Ende der Straße steht schon ein Einsatzwagen von Kanal Elf.«

Willows zog den Reißverschluß an seiner Lederjacke zu. Vorsichtig schritt er über die Kreidestriche hinweg. »Also gut, bringen wir es hinter uns. Er hat einen Job, richtig?«

Parker nickte. »Ein Ersatzteilgroßhandel drüben auf der East Eighth.«

»Ich könnte ein paar neue Wischblätter für meinen Wagen gebrauchen. Vielleicht bekomme ich Rabatt.«

Sie saßen im Wagen und schoben sich durch das allmorgendliche Verkehrschaos. Parker sagte: »Vier Jahre ist es jetzt her, seit meiner routinemäßigen Versetzung ins Morddezernat. Hast du es manchmal satt, Jack? Fühlst du dich ausgelaugt und verbraucht?«

Willows zuckte mit den Schultern. Ein Licferwagen schnitt den unmarkierten Ford und zwang ihn, kurz auf die Bremse zu treten. Er grinste Parker an. »Und zynisch, fertig mit der Welt.«

Sie schafften die Ampel nicht mehr. Das Licht schlug um von Grün auf Gelb. Willows bremste. Hinter ihnen war das gequälte Kreischen von Gummi zu hören. Er warf einen Blick in den Rückspiegel. Ein rotes Miata-Cabrio. Der Fahrer drohte ihm mit der Faust, zeigte Willows den Finger und drückte auf die Hupe.

Parker sah kurz nach hinten. »Was ist in den gefahren?«

»Ich bin schuldig. Man hat mich gerade wegen vorsichtigen und aufmerksamen Fahrens verurteilt.«

»Und zu Taubheit verdammt.«

»Wie war die Nummer auf der Eighth?«

»527.«

Als die Ampel auf Grün sprang, ertönte sofort wieder die Hupe des Miata.

»Also schön«, sagte Willows, »das reicht.« Er stieß die Tür auf.

»Mach keinen Unsinn, Jack.«

»Wieso nicht?« Willows stieg aus dem Wagen. Gemächlich ging er zurück zu dem Miata. Der Fahrer war Mitte Fünfzig, trug Anzug und Krawatte. Willows zückte seine Brieftasche und ließ sie aufschnappen. Der Fahrer blickte stur nach vorn, als wäre er hypnotisiert. Er hatte beide Hände am Steuer, und seine Knöchel waren weiß, das Blut wurde durch den Druck seines Griffs aus ihnen gepreßt. Willows tippte mit seiner Marke gegen die Windschutzscheibe. Metall auf Glas. Der Mann starrte ihn wütend an, dann sah er die Marke.

Es war ein Vergnügen, zu beobachten, wie die Farbe aus seinem Gesicht wich.

Willows sagte: »Folgen Sie mir bitte.« Er ging zurück zum Ford, stieg ein, legte einen Gang ein und fuhr los.

»Was hast du zu ihm gesagt?«

Willows griff nach oben und korrigierte die Stellung des Rückspiegels. Der Miata folgte in respektvoller Entfernung.

»Ich habe gefragt, ob er Lust auf ein kleines Spiel hat. Folge dem Führer.«

»Wohin fahren wir?«

»Nr. 527, East Eighth, um uns mit Joey Ngo zu unterhalten. Wie weit ist das, ungefähr fünfzehn Minuten?«

»In etwa«, sagte Parker grinsend.

Speedys Ersatzteilshop war in einem Flachbau untergebracht, von dem der Putz abbröckelte, eingepfercht zwischen einer winzigen Imbißstube und einer Druckerei.

Willows parkte im Halteverbot genau vor dem Gebäude. Der Miata hielt hinter ihm. Willows klappte die Sonnenblende herunter, so daß man das Schild ›Polizeifahrzeug‹ sehen konnte. Er und Parker stiegen aus. Parker wartete am Straßenrand, während Willows zum Miata ging.

Willows streckte seine Hand aus. »Dürfte ich bitte Ihren Führerschein und die Zulassung sehen?«

Der Fahrer – Peter Reikermann – war der eingetragene Besitzer des Miata.

Willows fuchtelte ihm mit seinem Führerschein vor dem Gesicht herum. »Ist das Ihre gegenwärtige Adresse?«

Reikermann nickte. »Ja, Officer.«

»Detective.«

Willows trat gemächlich hinter den Wagen. Die Zulassung war nicht abgelaufen. Er bat Reikermann, das Licht einzuschalten, erst rechts, dann links zu blinken, auf die Bremse zu treten und den Rückwärtsgang einzulegen.

Gemächlich ging Willows zu Reikermann zurück. Er hatte Reikermanns Führerschein immer noch in der Hand. »Alles funktionierte – nicht nur die Hupe. Sie haben Glück. Ihr Fahrstil hat sich auf dem Weg hierher deutlich verbessert. Meinen Sie, Sie können dieses Niveau beibehalten?«

»Ja, Sir.« Laut Führerschein war Reikermann zweiundfünfzig Jahre alt. Auf dem Beifahrersitz lag ein halbes Dutzend Kassetten. The Band, Lovin' Spoonful, Greatful Dead, Bob Dylan...

Der Kerl war ein halbes Jahrhundert alt, fuhr einen Sportwagen, der für seine Kinder auf den Markt gebracht worden war, mochte Musik aus den Sechzigern. Willows konnte sich ein Grinsen nicht verkneifen. Er könnte Reikermann Ärger machen, aber worin lag der Sinn? Seine Entwicklung war ohnehin schon gestört. Gleichzeitig ging ihm der Kerl auf den Geist. Ein Erwachsener, der sich wie ein Halbstarker benahm.

»Warten Sie hier, Peter.«

Das erste, was Willows sah, als er Speedys Ersatzteilshop betrat, war der Corvette, der direkt auf ihn zuhielt, mit aufgeblendeten Scheinwerfern durch die Betonmauer brach. Der Fahrer und das Mädchen auf seinem Schoß machten zwar einen überraschten, aber keinesfalls entsetzten Eindruck.

Der Mann, der hinter der Theke lümmelte, war klein aber nicht dick. Er war kahl, trug aber zum Ausgleich seinen blauen Overall bis zur Mitte seiner dichtbehaarten Brust offen. Er kratzte sich, betrachtete Parker mit einem anerkennenden Blick und zauberte ein lüsternes Grinsen um den Stummel seiner billigen Zigarre. »Sie sind zum erstenmal hier, stimmt's?«

Parker nickte.

Der Mann zwinkerte Willows zu. »Wenn jemand zum erstenmal durch diese Tür da kommt, ganz gleich, wie eilig er es hat, bleibt er unweigerlich stehen und sieht sich die Wand an. Und das Gesicht dabei – ich habe eine Weile gebraucht, bis ich dahintergekommen bin, was er denkt. Wieso höre ich nichts?« ›Bob‹ war mit rotem Garn auf den blauen Overall gestickt. »Vielleicht wollte er sich nach etwas erkundigen, wie zum Beispiel der hinteren Stoßstange einer 65er Chevy. Aber die erste Frage, die er stellte, lautet immer...« Bob zielte mit seinem Zigarrenstummel auf Parker. »Na los, raten Sie.«

»Er will wissen, was aus dem Hinterteil des Corvette geworden ist.«

»Und wissen Sie, was ich immer antworte?«

Willows sagte: »Daß Sie drauf sitzen.«

Bob lehnte sich gegen die Theke. »Was seid ihr zwei, Hellseher?«

Willows zeigte ihm seine Marke.

»Cops. Hätte ich mir denken können. Es handelt sich um den 82er Caddy, den ich letzte Woche gekauft habe, stimmt's? Der Junge meinte, er hätte ihn geerbt. Sein Großvater sei gestorben und... Ich weiß verdammt gut, ich hätte die Papiere des Schlitten überprüfen müssen. Hören Sie, wenn ich etwas für...«

Willows sagte: »Sagen Sie's nicht.«

Bob hob beide Hände, die Handflächen nach außen. »Wäre mir nie in den Sinn gekommen, können Sie mir glauben.«

»Wir sind vom Morddezernat, nicht von der Abteilung für gestohlene Autos. Wir wollen mit Joey Ngo sprechen.«

»Worüber?«

»Das geht nur ihn und uns etwas an.«

»Ja, sicher. Aber Sie wollen mit ihm in der Zeit sprechen, die ich bezahle, richtig? Ich meine, wer bezahlt das alles hier, wenn nicht ich?«

Parker sagte: »Vielleicht zeigen Sie uns den Caddy doch besser.«

Bob sog an seiner Zigarre und überdachte seine begrenzten Möglichkeiten. Die Zigarre hatte es hinter sich. Nach dem Gesicht des Cop zu urteilen, galt für ihn das gleiche, wenn er nicht mitspielte.

Am hinteren Ende der Ladentheke war eine Schwingtür. Bob zeigte darauf. »Joey ist hinten. Die Zeit, die Sie mit ihm verbringen, wird von seiner Mittagspause abgezogen.«

Joey Ngo saß vor einem Computerterminal und stocherte mit zwei ungelenken Fingern auf der Tastatur herum, während er in ein Telefon sprach, das er sich zwischen Schulter und Wange geklemmt hatte. Er warf Willows einen kurzen Blick zu, nickte und ging wieder an seine Arbeit. »Nein, haben wir nicht mehr auf Lager.« Pause. »Drei Arbeitstage, wenn ich die Bestellung nach Toronto faxe und Sie bereit sind, die Luftfrachtkosten zu bezahlen.« Wieder eine Pause. »Mehr kann ich nicht tun. Es sei denn, Sie wollen herumtelefonieren, ob Sie auf dem Schrottplatz einen gebrauchten finden.« Pause. »Ja, sicher.« Pause. »Fünf, aber Toronto wird Ihre Bestellung frühestens morgen früh bearbeiten, wenn wir ihnen nicht bis zwei Uhr gefaxt haben.« Noch eine Pause. »Genau, wegen des Zeitunterschieds.«

Joey Ngo verdrehte die Augen, seufzte und legte auf. Er sah Willows genau in die Augen. »Wie ich Ihnen gesagt habe, ich habe nichts gesehen. Ich habe nur die Schüsse gehört. Keine Stimmen. Der Wagen war längst weg, als ich an der Tür war. Und die Freunde meines Bruders sind nicht meine Freunde.«

»Der Grund, weshalb wir hier sind, ist, jemand hat ein zweites Mal auf Cherry geschossen.«

»Sieh an. Was für eine Überraschung.«

»Aus sehr viel näherer Distanz diesmal.«

Joey Ngo wurde sehr still. Sein Blick schien ins Nichts gerichtet. Er fischte eine Packung Exportzigaretten aus der hinteren Tasche seiner Jeans und zündete eine mit einem Wegwerffeuerzeug an.

»Ist er schwer verletzt?«

Willows sagte: »Könnte nicht schlimmer sein.«

Joey Ngo zog tief an seiner Zigarette und sog den Rauch bis in die hinterste Ecke seiner Lungen. Lange hielt er den Atem an, dann zog er die Schultern hoch und sagte: »So, wie er die Chose aufgezogen hat, hat er vermutlich genau das bekommen, was er wollte.«

Parker sagte: »Das glauben Sie doch selbst nicht.«

»Ich wußte, daß er in Schwierigkeiten steckte.«

»Was für Schwierigkeiten – Banden?«

»He, sehen Sie mich an. Ich habe einen Job. Ich zahle meine Rechnungen und halte mich aus allem raus. Mit Drogen habe ich auch nichts am Hut. Cherry war mein Bruder, aber das ist auch alles. Wir sind nicht mit denselben Leuten herumgezogen.«

»Sie haben im selben Haus gewohnt.«

»Das war nur vorübergehend. Er hat bei mir gewohnt, weil er nicht wußte, wohin.«

»Hat er nie über seine Freunde gesprochen?«

»Ich wollte nichts davon hören. Er fing immer davon an, was für ein scharfer Typ er wäre. Ich habe ihm gesagt, er soll den Mund halten. Ich werd' Ihnen erzählen, was ich ihm ständig gesagt habe – es interessiert mich nicht. Ich will damit nichts zu tun haben. Aber mit einer Gang ist er nicht rumgezogen, soviel weiß ich. Dafür war er zu clever, zu unabhängig.«

Parker sagte: »Joey, ich habe den Eindruck, Sie sind nicht allzu interessiert daran, wer Ihren Bruder erschossen hat.«

»So wie er sich aufgeführt hat, mußte es jemand früher oder später tun. Welchen Unterschied macht es, wer auf den Abzug gedrückt hat?«

»Ich habe gehört, Cherry hätte gedealt?« meinte Willows.

»Ja? Wer hat Ihnen denn das erzählt?«

»Ein Freund im Drogendezernat.«

Joey zuckte mit den Achseln. »Na schön, er hat hin und wieder ein bißchen Dope verhökert. Das war nicht sein Hauptgeschäft, damit hat er sich nur ein paar Dollar nebenbei verdient.«

»Und wovon hat er dann gelebt?«

»Er hat Autos gestohlen. Draußen in Delta gibt es eine Autoverwertung, für die er gearbeitet hat. Aber er hat da aufgehört, glaube ich. Einmal hätten sie ihn beinahe geschnappt, da hat er sich gedacht, es müsse wohl einfachere Arten geben, reich zu werden.«

»Worin war er noch verwickelt?«

»Das war's, so weit ich weiß.«

»Da muß noch etwas gewesen sein. Wenn er mit dem Autodiebstahl aufgehört hat...«

»Hören Sie, ich muß wieder an die Arbeit. Bob tritt mich in den Arsch, wenn ich zu lange mit Ihnen plaudere.«

»Immer noch die alte Adresse, Joey?«

»Der Scheißvermieter will mich raushaben, aber die Miete ist bis zum Ende des Monats bezahlt. Bis dahin bin ich also noch gut, mindestens.«

»Hatte Emily irgendwelche Freunde, die Cherry gern tot gesehen hätten. Wegen dem, was ihr zugestoßen ist?« fragte Parker.

»So gut habe ich sie nicht gekannt.«

»Sind Sie sicher?«

Joeys Gesicht verdüsterte sich. Der Junge war vielleicht gerade mal einsfünfundsechzig und mochte nach einer guten Mahlzeit sechzig Kilo wiegen, für einen Augenblick jedoch hatte Parker den Eindruck, er könnte auf sie losgehen.

Dann klingelte das Telefon. Joey schnappte sich den Hörer, und der Augenblick war vorbei.

Wieder draußen, gab Willows Reikermann seinen Führerschein zurück. »Ich habe beschlossen, Ihnen noch einmal eine Chance zu geben. Machen Sie, daß Sie wegkommen.«

»Einen Augenblick mal. Erst lassen Sie mich die ganze Zeit warten, und dann geben Sie mir nicht einmal einen Strafzettel?«

»Ich werde Ihnen statt dessen einen Rat geben – umsonst. Fahren Sie weniger aggressiv, Peter. Sonst könnten die Leute Sie möglicherweise trotz Ihres makellosen Geschmacks in Musik und schicken Autos für unreif halten.«

Reikermann wurde rot.

»Oh. Und noch etwas...«

Reikermann starrte ihn an.

Willows grinste. »*Blicken Sie nie zurück.*«

10. Kapitel

Frank war überrascht, was ein Töpfchen weißer Creme und eine Handvoll Kleenex für den Teint eines Mädchens bewirken konnten. Als sie weniger als eine halbe Stunde nach dem großen Coup aus der Dusche kam, hatte sich Lulus blasse Haut in weißlichen Dampf verwandelt, der kaum greifbarer schien als dichter Nebel, und ihr Haar hatte die silbrig glänzende Farbe gebleichter Zukkerwatte.

An ihrem Halsansatz jedoch war eine dunklere Stelle entstanden, wo Frank sie ein wenig zu leidenschaftlich geküßt hatte.

Sie merkte, daß er sie anstarrte, und sagte: »Ich bekomme schnell blaue Flecken, nicht wahr?«

Frank nickte. Er spürte die goldene Rolex an seinem Handgelenk. Ihre Schwere brachte ihn ein wenig aus dem Gleichgewicht.

Lulu trocknete sich fertig ab und schlüpfte in einen mitternachtsblauen Lycrabody, dessen Material aus dem Raumfahrtzeitalter stammte und mit Dutzenden funkelnder, fünfzackiger Goldsterne übersät war. Sie drehte Frank den Rücken zu und hielt ihre Haare hoch. »Zieh mir mal den Reißverschluß zu.«

Frank erfüllte ihr den Wunsch.

Lulu drehte ihm das Gesicht zu. Sie nahm seine Hände und schaute ihm in die Augen. »Bist du böse auf mich?«

Frank zuckte mit den Achseln. »Nicht wirklich.«

»Ich bin ein spontaner Mensch, Frank. Aber ich war immer bereit, aus meinen Fehlern zu lernen. Sag mir, was ich deiner Meinung nach falsch gemacht habe, ja? Laß uns darüber reden, die Geschichte bereinigen.«

Frank sagte: »Scheiß niemals in den eigenen Garten.«

Lulus Augen weiteten sich. Sie legte die Hand vor den Mund. Tat, als wäre sie geschockt. Vielleicht stimmte es sogar. »Wie bitte?«

»In der Stadt gibt es überall Juwelierläden. Es war nicht klug, sich einen auszusuchen, der so nahe liegt. Was, wenn der Typ mit den Cops fertig ist und auf die Idee kommt, hier auf einen Drink an der Bar ins Hotel zu schlendern, um sein Nervenflattern wegzuspülen?«

»Er würde wahrscheinlich in die Bar im Georgia gehen, die ist näher und billiger.«

»Darum geht's nicht. Es geht darum, daß er zum Mittagessen herkommen könnte. Oder um auf der Bank unten in der Empfangshalle Geld einzuzahlen.«

Lulu schüttelte den Kopf. »Er erledigt seine Geschäfte bestimmt in der Bank of Commerce in der Passage. Das wäre viel sicherer. Dann braucht er abends nicht auf die Straße.«

Frank rieb sich das Kinn. »Wir reden aneinander vorbei. Ich versuche dir begreiflich zu machen, daß Wexler zu nahe war. Wie ein Nachbar. Er könnte dir jederzeit über den Weg laufen. Was dann?«

»Sag es mir.« Lulu ließ Franks Hände los. Er wußte nicht recht, ob sie schmollte oder gleich anfangen würde zu heulen.

Neben dem Fenster stand ein violetter Sessel auf Rollen. Frank ging hinüber, ließ sich nieder und legte die Füße auf die Fensterbank. »Wahrscheinlich latscht er zum nächsten Telefon und ruft die Cops an. Dann verhaften sie uns und lochen uns ein.«

»Dazu müßten sie uns erst schnappen.«

»Ich bezweifle, daß das für sie ein großes Problem darstellt. Glaubst du etwa, sie würden uns vorher warnen? ›Hi, wir haben einen Haftbefehl und sind schon auf dem Weg zu euch.‹

Meinst du, so funktioniert das? Sie rufen vorher an, damit du Zeit hast, noch die Wohnung aufzuräumen?«

»Werde bitte nicht sarkastisch. Das ist gemein und nicht fair.«

»Was passiert, ist folgendes«, sagte Frank. »Die Tür biegt sich nach innen, und plötzlich ist das ganze Zimmer voller Bullen, die mit ihren Knarren auf dich zielen. Das war's dann. Das Spiel ist aus.«

Er sah aus dem Fenster und betrachtete das, was er von der Stadt sehen konnte. Er fragte sich, wie viele Verbrechen in diesem Augenblick begangen wurden. Keine großen Sachen wie bewaffneter Raubüberfall oder dergleichen, sondern die winzig kleinen Verbrechen, wie das Stehlen eines Kugelschreibers aus dem Büro, oder das Überziehen der Mittagspause um zehn Minuten. Hunderttausende Menschen, Hunderttausende Gaunereien. Das war etwas, woran er glaubte, es war eine Wahrheit, an die er sich klammerte. Jeder war ein Dieb. Jeder.

Frank riß den Filter von einer Zigarette, schnippte sein Wegwerffeuerzeug an und nahm einen tiefen Zug. »Weißt du, was dann kommt, nachdem sie uns verhaftet, die Finger mit Tinte vollgeschmiert und uns gebeten haben, nicht zu lächeln, und sie Fotos von uns gemacht haben?«

»Nein, weiß ich nicht. Was passiert dann?«

»Rog würde einen Teil seines Drogengeldes für einen Anwalt ausgeben und die Kaution für dich hinterlegen.«

»Das klingt nicht so schrecklich.«

»Du hast nicht zugehört. Ich habe gesagt, Rog würde dich auf Kaution rauslassen. Mich würde er lassen, wo ich bin.«

»Das würde er nicht.«

»Vielleicht glaubst du das, aber du irrst dich. Er würde mich dort verfaulen lassen, und zwar aus zwei guten Gründen. Erstens würde er mir den Überfall anlasten. Er würde glauben, es sei mein Fehler gewesen.«

»Ich würde ihm erzählen, was passiert ist. Daß es meine Idee war, nicht deine.«

»Er würde dir nicht glauben, keinen Augenblick. Und ich könnte es ihm nicht einmal verübeln.«

Draußen auf dem Gang wurde es laut. Geschrei. Eine Tür wurde zugeschlagen. Frank sah, wie Lulu zusammenzuckte und ihr die Angst in die Augen sprang.

»Zweitens würde Rog davon ausgehen, daß ich die Stadt verlasse, sobald er meine Kaution bezahlt hat, und daß er sie dadurch verliert. Was bedeutet, daß ich bis zur Verhandlung in Untersuchungshaft festsitze. Es sei denn, Newt erbarmt sich meiner, was sehr unwahrscheinlich ist.«

»Wie lange würde das dauern, bis zur Verhandlung?«

»Sechs Monate, wenn ich Glück habe.«

»Sechs Monate – dann verpaßt du Weihnachten.«

»Bei meinen Vorstrafen verpasse ich Weihnachten ein paarmal. Du warst verkleidet, aber mich pickt Wexler bei einer Gegenüberstellung heraus wie eine Kirsche auf einem Karamelpudding.«

»Du bist ein guter Kerl, Frank.«

»Was?«

»Du hast so viel Geduld mit mir.« Sie lächelte. Ihre Zähne waren transparent, ihr Gaumen hatte die Farbe von rosa Kaugummi. »Was ich getan habe, war wohl ziemlich verantwortungslos. Nächstes Mal machen wir es richtig. Wir sehen uns den Laden vorher an, und was sonst noch dazu gehört.«

»Es wird kein nächstes Mal geben.« Frank drückte die Zigarette in den Aschenbecher, um seiner Bemerkung Nachdruck zu verleihen.

Lulu setzte sich auf seinen Schoß, kuschelte sich an ihn, schlang die Arme um ihn und hielt ihn fest. »Ich fand es einfach toll, wie du dich über die Theke gebeugt und ihm eins auf die Nase gegeben hast. Als würdest du den ganzen Tag nichts anderes tun. Du warst so gelassen, so entspannt.«

»Aufs Kinn«, sagte Frank. »Ich habe aufs Kinn gezielt.«

»Er war stehend k.o., oder? Ich habe gesehen, wie er die Augen nach oben gerollt hat. Muß komisch sein, jemanden bewußtlos zu schlagen.«

»Und wenn er mit dem Kopf auf den Boden geschlagen wäre und einen Hirnschaden davongetragen hätte, nicht mehr richtig sprechen könnte, nur noch seibern, oder was weiß ich? Wenn ich den armen Kerl umgebracht hätte? Das wäre doch eine ziemliche Ironie, was meinst du – fünfundzwanzig Jahre für eine Armbanduhr.«

»Mein Gott, wahrscheinlich dürftest du sie nicht einmal behalten, was?«

»Es ist schon lange her, damals war ich fast noch ein Kind. Ich war für eine kurze Zeit Boxprofi.«

»Wie hat man dich genannt?«

»Wie sie mich genannt haben? Frank Wilder.«

»Der Wilde!«

Blind geraten, trotzdem Volltreffer. Frank tauchte mit dem Kopf weg. »Ja, so haben sie mich eine Zeit lang genannt.«

Lulu hüpfte aufgeregt auf seinem Schoß auf und ab. »Wie war das? Erzähl mir davon!«

»Ich hatte acht Kämpfe. Die ersten fünf Mal bin ich in den Ring geklettert, und mein Gegner ging in der ersten Minute der ersten Runde zu Boden. Nachdem ich ihn das erste Mal getroffen hatte.«

»Du veräppelst mich.«

»Mit dem ersten Schlag. Ein rechter Schwinger. Pow!« Frank ballte seine Faust und gab eine Kostprobe seines Stils. »Fünf Kämpfe, dann übernahm ein Kerl namens Herb Munsch meinen Vertrag. Er meinte wohl, einen besonders guten Fang gemacht zu haben. Er gab ein bißchen Geld für mich aus, für Sparringspartner und Steaks. Die nächsten beiden Kämpfe war es dasselbe. Erste Runde, erster Treffer. Pow! Und unten waren sie.«

»Warst du jemals im Fernsehen?«

»Herb ließ ein paar Verbindungen spielen und besorgte mir einen Kampf auf TSN. Wenn ich mich halbwegs vernünftig schlug, sollte der Kampf in den Staaten ausgestrahlt werden. Ganz groß.«

»Gott, wie aufregend!«

»Herb kaufte mir für den großen Kampf ein neues Outfit. Grüne Shorts mit weißen Streifen, dazu ein Paar passende Schuhe, weiß mit grünen Senkeln.«

»Du mußt unglaublich gut ausgesehen haben. Die Frauen waren verrückt nach dir, stimmt's?«

Frank schüttelte den Kopf. »Herb ließ sie nicht an mich ran.«

»Schön für Herb.«

Frank lächelte, langsam kam die Erinnerung zurück. Einige der Frauen waren allerdings erheblich gerissener gewesen als Herb.

»Was ist daran so komisch?«

Frank sagte: »Ich steige gegen den Kerl in den Ring und weiß sofort, daß ich Ärger bekomme. Ich gebe ihm alles, was ich habe, aber ich komme einfach nicht durch seine Deckung. Inzwischen scheint er sich einfach nur gemütlich zurückzulehnen und zu warten, bis ich mich ausgetobt habe. Die Menge buht und schmeißt alles mögliche in den Ring. Ich werde wütend, bin verwirrt. Fünf Sekunden nach Beginn der vierten Runde nehm ich alles für einen Schlag zusammen, und er trifft mich mit einer rechten Geraden, und ich gehe zu Boden. Das war's.«

»Was? Du hast den Kampf verloren, du hast dich von ihm schlagen lassen?«

»Ich war zu langsam. Ich war stark, aber nicht schnell genug, nicht für die Profis. Du wolltest wissen, wie es ist, wenn man bewußtlos geschlagen wird. Ob ich Sternchen gesehen habe oder ein paar Spatzen um meinen Kopf gekreist sind, fiep, fiep? Aber da ist nichts. Ich war fast drei Minuten bewußtlos. Die Menge rastete aus. Viele Leute hatten durch mich einen Haufen Geld verloren und waren darüber nicht sonderlich froh. Aber das war Herbs Problem, nicht meins. Ich hab' die Nacht auf der Intensivstation verbracht. Sie dachten, mein Kinn wäre gebrochen. Man hat mich geröntgt, mich sogar einem Idiotentest unterzogen. Am nächsten Morgen kommt Herb vorbei und holt mich ab, lädt mich in ein richtiges nettes Restaurant zum Essen ein. Während des Essens erzählt er mir, er sei gleich nach dem Auszählen, als ich bewußtlos auf der Matte lag, mit einer Pistole in den Ring gesprungen. Er hatte fünfzig Riesen auf mich gesetzt und sah nur noch Rot. Er dachte, ich hätte den Kampf getürkt. Hätte ich den Kampf verschoben, erzählte er mir dann, hätte er mich auf der Stelle vor allen Leuten erschossen.« Frank zuckte mit den Achseln. »Das war's dann.«

»Das Ende deiner Karriere.«

»Ja. Anschließend hab' ich jahrelang als Rausschmeißer gearbeitet. Das war in Ordnung, weil mich die Leute wegen meiner Größe in Ruhe gelassen haben und ich gewöhnlich zuerst zugeschlagen habe. Ich hatte immer noch den alten Zauber – wenn ich einen Typen schlagen mußte, ging er auch zu Boden. Aber das Kinn. Es sieht zwar gut aus, ist aber pures Glas.«

»Hier im Hotel gibt es keine Rausschmeißer«, sagte Lulu. »Jedenfalls werden sie nicht so genannt. Es gibt allerdings einen Wachdienst. Mr. Phil Estrada ist der Chef. Vielleicht hast du ihn schon gesehen. Er trägt dreiteilige Anzüge, grinst ständig und sieht so aus, als käme er gerade vom Friseur, was wahrscheinlich sogar stimmt. Daddy hat mir erzählt, eine von Mr. Estradas Vergünstigungen seien unbegrenzt kostenlose Haarschnitte beim Friseur im Zwischengeschoß; und er läßt sich die Haare dreimal die Woche nachschneiden, samstags, montags und mittwochs. Ich nehme an, wenn es Ärger im Hotel gibt, wird er es sein, der sich darum kümmern soll.«

»Wohin du auch kommst«, sagte Frank, »es gibt immer einen Typen, der sich auf das Lösen von Problemen spezialisiert hat und für Ruhe sorgt.«

»Phil bekommt außerdem auch Gratismaniküre. Aber Sheila weigert sich, ihn öfter als einmal die Woche zu bedienen.«

»Es ist sehr praktisch, wenn man so etwas kann. Wenn man die Fähigkeit hat, Leute zu beruhigen und sie dazu zu bringen, sich vernünftig zu benehmen. In dem Job gibt es immer Arbeit. Man kann ganz gut davon leben, und es ist nicht allzu gefährlich. Meistens jedenfalls.«

»Ich mag gefährliche Sachen. Das ist gut für die Seele.«

»Aber schlecht fürs Herz«, sagte Frank, der sich in diesem Metier nur zu gut auskannte.

Lulu wollte instinktiv widersprechen, aber sie schaffte es, ihre Zunge im Zaum zu halten. Frank hatte einen melancholischen Zug auf seinem Gesicht. Sie fragte sich, was er wohl dachte. Es tat nie gut, sich bei der Vergangenheit aufzuhalten – man konnte sie nicht verändern, ganz gleich, wie nötig man es hatte. Teils fühlte sie sich zu Frank hingezogen, weil sie ihn für einen Mann hielt der mit beiden Beinen auf dem Boden stand und den Blick auf den Horizont gerichtet hatte.

Aber aus welchem Grund gab er sich mit ihr ab?

Sie wußte, wie sie aussah. Die Leute, Männer sowohl als Frauen, konnten den Blick nicht von ihr lassen. Aber nicht, weil sie exotisch, eine gefährdete Art, zerbrechlich, schön und selten war. Sondern weil sie merkwürdig war, seltsam, ein Freak aus dem Zirkus, einfach anders.

Sie sagte: »Ich halt's hier nicht mehr aus. Gehen wir auf einen Drink nach unten.«

Das Telefon läutete. Frank starrte es einen Augenblick an, als hätte er nie zuvor eins gesehen und keine Ahnung, wozu es diente und warum es ein so seltsames Geräusch von sich gab.

Lulu fragte: »Gehst du ran?«

»Vielleicht ist es jemand, den ich kenne.« Er rührte sich, und Lulu glitt von seinem Schoß. Er sagte: »Ja, laß uns nach unten in die Bar gehen und etwas trinken.«

Die Schallisolierung war perfekt. Als Frank die Zimmertür schloß, war das Telefonläuten augenblicklich wie abgeschnitten. Aber Lulu wußte trotzdem, daß es noch läutete, sie geräuschlos verfolgte, und sie spürte, daß, solange Frank und sie in dem Hotel blieben, der unbekannte Anrufer das Telefon immer weiter klingeln lassen, und das Läuten nie aufhören würde.

In der Bar entdeckten sie eine leere Nische, von der aus man die Lobby gut einsehen konnte. Lulu wollte, daß sie Wodka Martinis tranken. Frank versuchte normalerweise, sich wegen des stürmischen Effektes auf seinen Kopf und Magen von harten Sachen fern zu halten. Aber weil er ihr wegen des Juweliers so zugesetzt hatte, beschloß er, ihr nicht zu widersprechen.

Die Martinis kamen, dann schwebte ein Kellner mit einem Tablett voller fritierter Hühnerflügel vorbei. Das Huhn sah gut aus, es war umsonst und Frank hatte Hunger. Er sagte dem Kellner, er solle das Tablett stehenlassen. Der Typ meinte, das sei nicht gestattet. Er sprach mit Akzent. Italienisch womöglich. Frank riß ihm das Tablett aus der Hand. Bis auf den Barkeeper schien niemand den Vorfall zu bemerken. Frank versuchte, sich an seinen Namen zu erinnern. Jerry. Frank winkte ihm zu und machte ihm ein Zeichen, daß er eine weitere Runde Drinks wünschte. Der Kellner sagte etwas auf italienisch und schob ab Richtung Küche. Frank bot Lulu von dem Huhn an. Sie war nicht hungrig. Er knabberte das Fleisch von einem Flügel und ließ die Knochen in sein leeres Martiniglas fallen.

Die nächste Runde kam. Doppelte, mit fünf Oliven in jedem Glas.

Frank aß eine Olive, dann einen Hühnerflügel, dann noch eine Olive und den nächsten Flügel. Er war gerade dabei, seinen Rhythmus zu finden, als Lulu seinen Namen auf eine Art sagte, die ihn innehalten ließ. Er unterbrach sein Kauen und sah auf.

Der Typ, der vor ihm stand, war vielleicht einsfünfundsiebzig groß, wog nicht mehr als gute siebzig Kilo. Er trug einen schwarzen Seidenanzug über einem frischen weißen Hemd und einer schwarzen Krawatte. In der Brusttasche seines Jacketts steckte ein schwarzes Seidentuch. Frank sah nach unten. Die Socken des Typen waren aus schwarzer Seide. Seine Schuhe hatten keine Schnürbänder. Frank schaute auf, leicht neugierig geworden. Der Mund des Typen war ein wenig zu schmal, seine Nase ein wenig zu gerade. An dem rosigen Finger seiner linken Hand trug er einen Goldring mit einem blutroten Stein. Sein Haar war schwarz mit einem schwachen, bläulichen Glanz an den Seiten, und er trug es kurzgeschnitten, bis auf hinten, wo es seinen Hemdkragen berührte.

Frank wunderte sich über die bläuliche Haarsträhne, die schon ins Schwarze überging. Sie wirkte so glänzend, fast schon schmierig. Das erinnerte ihn an einen Fisch. Der Typ hatte etwas Fischartiges an sich, wenn man es sich überlegte. Dünn und aalglatt. Frank beugte sich vor, ohne aufzustehen, und reichte ihm seine Hand. Für einen kurzen Augenblick, den Bruchteil einer Sekunde, machte der Typ einen verwirrten Eindruck. Er erholte sich und bot seine Hand an. Es war keine Überraschung, daß seine Nägel perfekt manikürt waren und glänzten.

Frank sagte: »Wie geht's, Phil?«

Phil Estrada sah kurz zu Lulu hinüber. Offensichtlich paßte es ihm nicht, daß sie Frank bereits von ihm erzählt hatte, bevor sie Gelegenheit hatten, sich kennenzulernen. Ihn *beschrieben* hatte. Phil überlegte, welche Worte Lulu wohl gebraucht haben mochte. Einmal – sie hatte ein paar getrunken – hatte sie ihm gesagt, er sähe aus wie ein Friseur für Tote. Ihre Worte würden ihn noch bis auf sein Sterbebett verfolgen, dessen war er sicher.

Frank sagte: »Setzen Sie sich. Nehmen Sie ein Stück Huhn.«
»Ich kann nicht bleiben. Ich habe nur einen Augenblick Zeit.«
»Hat sich der Kellner über mich beschwert?«
»Ja.«
»Sind Sie mit ihm verwandt?«
Estrada schüttelte den Kopf.
»Aber Sie sind Italiener?«
»Italienischer Abstammung.«
»Wie lange sind Sie schon hier im Hotel?«
»Länger als Sie, Frank.« Lächelnd schnippte Estrada eine unsichtbare Schuppe vom Ärmel seines Jacketts. Nach seiner Handbewegung zu urteilen, hätte es gut Frank und nicht die Schuppe sein können, von der er sich befreite. Er legte Lulu seine manikürte Hand auf die Schulter. »Frank, ich habe mit Rog gesprochen, und er meinte, daß Sie ein wirklich netter Kerl sind. Aber das gibt Ihnen noch keinen Freifahrschein dafür, daß Sie hier Ärger machen können. *Capice?*«
Frank gefiel nicht, wie Estrada seine Hand auf Lulu gelegt hatte. Er wollte überhaupt nicht, daß er sie mit seinem Gewicht belastete. Ihm gefiel auch nicht, daß er sie ständig mit seinen Fischaugen ansah, glänzend, schwarz und tot wie Oliven. Frank wischte sich die Hände an der Tischdecke ab und stand auf.
Phil Estrada schoß ruckartig das Handgelenk aus dem Ärmel und sah auf seine Uhr, die in dem Nest aus drahtigen, schwarzen Haaren auf seinem Unterarm funkelte wie ein goldenes Ei. In geheucheltem Erstaunen hob er seine dichten Brauen und sagte: »Ist schon später, als ich dachte. Ich muß los.« Dann kehrte er Frank den Rücken und entfernte sich langsam.
Lulu leerte ihren Martini mit einem einzigen Schluck. »Wie lange bleibst du noch in der Stadt, Frank?«
Frank zuckte mit den Achseln. »Zwei Tage, vielleicht drei. Kommt darauf an.«
»Ein paar Blocks weiter gibt es ein Travelodge Motel. Wir könnten auch im Meridian wohnen, oder wo immer du willst.«
»Mir gefällt es hier.« Frank zündete sich eine Zigarette an und ließ das Streichholz auf den Teppich fallen.

»Wieso bist du auf Ärger aus, Frank?«

Frank lächelte. »Manchmal bleibt einem gar nichts anderes übrig, wenn man den Anteil bekommen will, der einem zusteht.«

11. Kapitel

Der nächste Gemüseladen befand sich zwei Blocks südlich vom Restaurant, eingezwängt zwischen einem italienischen Restaurant und einem Schuhreparaturdienst. Eine leuchtend grüne und weiße Markise schützte die Kunden auf dem Trottoir, die sich interessiert über die übervollen Holzkisten mit Reihen von Gurken und Sellerie beugten, über Tomatenpyramiden, ein halbes Dutzend verschiedener Apfelsorten aus den Staaten Okanoga und Washington, per Lastwagen aus Kalifornien importierte Apfelsinen und Berge hellgrüner Erbsen sowie gelbe Bananenbüschel, die dalagen wie mißgestaltete Fäuste…

Parker sagte: »Salat, Äpfel, Weintrauben… was wird sonst noch hier angebaut, weißt du das?«

»Preiselbeeren«, sagte Willows.

»Preiselbeeren?«

»Vor ein paar Monaten kam etwas darüber in den Nachrichten. Ich war während der Sportsendung eingenickt. Als ich aufwachte, waren sie mitten in einem Bericht über Moore. Preiselbeermoore.«

»Wenn das große Erdbeben zuschlägt und all die kalifornischen Farmen, von denen wir abhängig sind, ins Meer rutschen, müssen wir also nicht verhungern. Wir werden uns von Äpfeln, Salat und Preiselbeeren ernähren.«

»Und Kartoffeln aus dem Fraser Valley.«

»Aber Süßkartoffeln gibt es hier nicht?«

»Nicht, daß ich wüßte«, sagte Willows. Er hatte Lust auf einen Apfel. Das knackige Rot der Macintoshs reizte ihn, aber nach kurzem Überlegen entschied er sich für die herbe Säure eines Granny Smith. Er wischte den Apfel an seinem Ärmel ab und folgte Parker in den Laden.

Zwei Leute standen hinter der Theke, ein Mann und eine Frau. Willows hielt sie sofort für Ehemann und Ehefrau. Sie waren Ende Vierzig oder Anfang Fünfzig und hatten die gebückte Haltung avantgardistischer Schachfiguren. Sie hatte sich das Grau mit einer Blondspülung aus den Haaren gewaschen. Es stand ihr nicht. Willows klappte seine Brieftasche auf und ließ sie einen Blick auf seine Dienstmarke werfen.

Der Mann lächelte ihn an. »Was wird denn das, ein alter Gangsterfilm? – Sie zeigen mir Ihre Marke und nehmen sich einfach einen Apfel? Möchten Sie vielleicht eine Tüte?«

Willows schüttelte den Kopf.

»Er hat seine eigene Verpackung, hab' ich recht? Manche Leute essen den ganzen Apfel, mit Kernen und allem. Ich nicht. Wissen Sie, warum? Als ich klein war, hat meine gute, alte Mutter mir erzählt, mir würde ein Apfelbaum im Bauch wachsen, die Äste würden hochklettern, meinen Hals verstopfen, und ich würde daran ersticken.« Er schaute Parker an. »Sie sind beide von der Polizei?«

Parker nickte.

»Wo ist das Problem? Noch ein paar Strafzettel, von denen mir Elaine nichts erzählt hat?«

Willows stellte erst sich, dann Parker vor. Der Ladeninhaber hieß Toni Monotti. Elaine war seine Frau.

Parker sagte: »Verkaufen Sie Süßkartoffeln, Mr. Monotti?«

»Aber ja. Zum Erntedankfest. Weihnachten ist die beste Zeit.«

»Haben Sie im Augenblick welche im Angebot?«

»Ein paar Pfund.« Er grinste Parker an. »Möchten Sie sie sich einmal ansehen?«

»Wenn Sie nichts dagegen haben.«

Die Monottis tauschten einen Blick aus. Mrs. Minotti zuckte mit den Achseln und sagte: »Hier drüben – kommen Sie mit.«

Die Süßkartoffeln befanden sich am anderen Ende des Ladens, gleich gegenüber der Registrierkasse. Willows nahm eine und wog ihr Gewicht in der Hand.

Parker sagte: »Verkaufen Sie jeden Tag welche davon, Mrs. Minotti?«

»Nein. Manchmal drei oder vier Tage gar keine. Gelegentlich müssen wir sie wegwerfen, oder ich nehme sie mit nach Hause und koche sie. Wie Sie sehen, haben wir nur ein paar Pfund. Wir wollen unseren Kunden eine möglichst breite Auswahl bieten. Damit sie nicht woanders hingehen. Die Kartoffeln sind billig, und wenn Sie sie richtig behandeln, lassen sie sich gut lagern.«

Mrs. Minotti trug eine grüne Schürze über einem weißen Pullover und einem schwarzen Rock. Sie wischte sich die Hände nervös an der Schürze ab und blickte kurz über ihre Schulter zu ihrem Mann hinüber, der die beiden genau beobachtete, während er die Kasse besetzt hielt. »Kann ich sonst noch etwas für Sie tun?«

Willows biß in seinen Apfel, kaute und schluckte. »Claire, warum erklärst du Mrs. Minotti nicht, worum es geht, während ich mich mit Mr. Minotti unterhalte?«

Parker nickte. Sie drehte sich zu Mrs. Minotti um und sagte: »Kennen Sie das Restaurant ein paar Blocks von hier? Es heißt Pale Green Shoots.«

Willows ging zurück zur Registrierkasse. Er wartete, bis Mr. Minotti einen Kunden bedient hatte, dann stellte er ihm dieselbe Frage.

Minotti nickte. »Ja, sicher. Sie kaufen nicht bei uns. Nie. Der Laden ist schon lange geschlossen, seit dem Frühling. Ich komme jeden Abend daran vorbei. In der Nähe ist ein Imbiß, in dem ich manchmal einen Kaffee trinke.«

»Haben Sie jemals in dem Restaurant gegessen?«

Minotti schüttelte den Kopf. »Nein, nie.« Er schlug sich grinsend auf die Brust. »Ich bin Italiener, das sehen Sie doch, oder? Also esse ich in italienischen Restaurants. Wäre ich Grieche, wäre das etwas anderes. Aber ich bin Italiener.«

Willows zeigte ihm eines von Duttons blutrünstigen Polaroids von Cherry Ngo. »Kennen Sie diesen Mann?«

Die Farbe wich aus Minottis Gesicht. Er wandte den Blick ab. »Nein, bestimmt nicht, ich bin vollkommen sicher.«

Willows versuchte es mit einem anderen von Duttons Schnappschüssen. »Sie haben ihn nie im Restaurant gesehen?«

»Wie ich Ihnen gesagt habe, es ist schon lange geschlossen, seit zwei oder drei Monaten. Vielleicht länger.«

»Bevor es geschlossen wurde.«

»Ich sehe nie dort hinein. Absichtlich nicht, wissen Sie, was ich meine? Diese Schlitzaugen. Sie starren einen an. Einmal habe ich hineingesehen, und einer von ihnen macht eine Pistole aus seiner Hand, so. Er zielt damit auf mich. Seine Augen lachen mich an, und sein Mund macht das Geräusch einer Pistole. *Peng!*«

Willows hielt ihm das Foto vor die Augen. »Aber Sie sind sicher, daß es nicht dieser Mann war?«

Minotti starrte auf die Fotografie. »Wenn ich diesen Mann gesehen hätte, würde ich mich an ihn erinnern, bestimmt.«

»Sie haben eine Süßkartoffel verkauft. Vielleicht gestern oder vorgestern. Nicht diesem Mann, aber vielleicht einem Freund von ihm. Mr. Minotti, es ist sehr wichtig.«

»Ich habe niemandem eine Süßkartoffel verkauft.«

Willows streckte seine Hand aus, so daß das Foto von Cherry Ngo nur Zentimeter von Minottis Gesicht entfernt war. »Dieser Mann ist tot.« Willows biß krachend in seinen Apfel. »Jemand hat auf ihn geschossen. Ihn ermordet.« Er beobachtete Minottis Gesicht.

Nichts.

Vorsichtig legte Willows die Fotografie auf die Ladentheke. »Die Schießerei fand heute früh statt, im Restaurant. Wir haben den Toten auf dem Fußboden hinter der Registrierkasse gefunden. Ungefähr so weit weg wie Sie jetzt.«

Toni Minotti sah, ohne es zu wollen, auf seine Füße.

»Der Killer hat eine Süßkartoffel als Schalldämpfer benutzt.«

»Ich weiß nichts darüber…«

»Er hat den Revolverlauf in die Kartoffel gebohrt und dann abgedrückt.« Willows drehte den Apfel in der Hand, nahm den nächsten Bissen. »Die Kartoffel hat einen Teil des Explosionsgeräusches geschluckt, das Risiko verringert, daß der Schuß gehört wurde.« Er kehrte Minotti den Rücken zu und sagte: »Claire, wirf mir mal eine Kartoffel rüber, die größte, die du finden kannst.«

Parker grub eine Süßkartoffel aus dem Karton und warf sie Willows zu.

Willows zückte seinen 38er Kaliber mit kurzem Lauf. Er hielt sich die Kartoffel vor das Gesicht, preßte den Lauf des Revolvers fest gegen die Kartoffel und sagte: »Sie haben ihn gezwungen, das hier zu tun.«

Minotti starrte ihn mit offenem Mund an.

Willows sagte, »Sie haben ihn gezwungen, die Süßkartoffel zu halten, Toni, die sie, wie wir meinen, hier in ihrem Laden gekauft haben. Sie haben ihn gezwungen, sich die Süßkartoffel so mit der Hand vor sein Gesicht zu halten. Können Sie sich vorstellen, was der Junge empfunden, was er gedacht haben muß? Der Killer hat den Lauf einfach in das weiche Fleisch der Kartoffel gebohrt und abgedrückt. Die Kugel hat erst die Hand des Jungen durchbohrt, dann Ihre Süßkartoffel, dann hat sie ihm das Gehirn herausgepustet.« Willows ließ die Smith wieder in das Halfter an seiner Hüfte gleiten. Er drückte Toni Minotti die Süßkartoffel in die Hand. »Um wieviel Uhr machen Sie morgens auf?«

»Um sieben.«

»Hatten Sie heute morgen um sieben geöffnet?«

»Ja, sicher.«

»Wir glauben, daß der Mord irgendwann zwischen halb neun und zwanzig vor zehn geschah.«

»Ich habe keine Süßkartoffeln verkauft.«

»Vielleicht würde es Ihrem Gedächtnis auf die Sprünge helfen, wenn ich Sie ins Leichenschauhaus bringen und Ihnen die Leiche zeigen würde?«

»Ich will mir keine Leiche ansehen! Wofür halten Sie mich?«

Ein Passant blieb stehen und starrte hinein.

Willows sagte: »Was ist mit Ihrer Frau, Elaine? Möchte sie sich vielleicht die Leiche anschauen?«

Toni Minotti griff nach dem Telefon an der Wand hinter ihm. »Ich rufe einen Anwalt an.«

Willows drehte sich um und sah hinter sich. Parker und Mrs. Minotti sprachen leise miteinander. Parker hielt ihr Spiralnotizbuch in der Hand. Willows sagte: »Legen Sie den Hörer weg,

Toni. Sie brauchen keinen Anwalt. Wenigstens noch nicht.« Er legte den Granny Smith sachte auf die Waage. Der Apfel wog 62 Gramm. Bei neunundachtzig Cents das Pfund machte das etwa zehn Cents. Willows fischte in seiner Tasche nach einem Zehner und hielt Minotti die Münze hin.

»Sie machen wohl Spaß – Sie haben alles bis auf das Gehäuse schon gegessen.«

Willows nickte. Das Argument saß. Er ging zur Kiste und wählte einen Apfel aus, der etwas kleiner war, als der, den er gegessen hatte, kam zurück und ließ ihn in die Waagschale fallen. Hundertachtzig Gramm.

»Fünfzig Cents.«

Willows runzelte die Stirn. »Ist das Ihr Ernst?«

»Wenn jemand reinkommt und nur einen Apfel will, verlange ich immer dasselbe. Fünfzig Cents. Egal, ob es ein großer oder ein kleiner Apfel ist. Sie sind alle gleich. Ist am einfachsten so, und schnell.«

»Und profitabel.«

»Deswegen habe ich das Geschäft. Um Geld zu verdienen.«

Eine wasserdichte Einstellung. Willows konnte nichts dagegen vorbringen. Willows fischte in seiner Hosentasche und kramte zwei Vierteldollarmünzen hervor. Er gab dem Gemüsehändler das Geld.

»Haben Sie je ein Fünfzigcentstück gesehen, Toni?«

»Gelegentlich. Nicht oft.«

»Vermutlich, weil man sie für Automaten nicht benutzen kann. Außerdem habe ich gelesen, daß Münzen in der Herstellung mehr kosten, als sie wert sind. Ist Ihre Bank in der Nähe?«

Minotti deutete mit dem Kinn in eine Richtung. »Die Bank of Montreal. Auf der anderen Straßenseite, an der Ecke.«

»Wie lange haben sie geöffnet?«

»Bis elf.«

»Gehen Sie zum Nachtschalter?«

»Ja, sicher. Sonst schmeißt Ihnen hier jemand einen Stein durchs Fenster und raubt Sie aus.«

»Sind Sie jemals ausgeraubt worden, Toni?«

»Nur einmal. Vor Jahren. Seitdem nicht mehr.«

»Was dagegen, wenn ich Ihr Telefon benutze?«

»Wozu?«

Willows starrte Minotti an, als hätte er plötzlich in einer merkwürdigen Sprache geredet. Nach einer ganzen Weile sagte er: »Um zu telefonieren, Toni.« Er ging um die Theke zum anderen Ende. »Nur deswegen möchte ich Ihr Telefon benutzen. Um zu telefonieren.«

Willows hatte eine Machete erwartet oder vielleicht einen Baseballschläger oder ein Reifeneisen. Toni Minotti jedoch hatte sich bei der Wahl seiner Waffe für eine billige Schrotflinte mit abgesägtem Lauf entschieden. Willows öffnete den Lauf, und der Auswurfmechanismus schmiß ihm eine einzelne 20er Patrone in die Hand.

Minotti stand da, hilflos, trotzig und voller Scham.

Willows brauchte ihn gar nicht erst zu fragen, ob er einen Waffenschein hatte – die Antwort stand allzu deutlich in sein Gesicht geschrieben. Er sagte: »Wenn es das erste Mal ist, werden Sie vermutlich nicht in den Knast wandern.«

»Sie wollen mich verhaften? Ich will mich lediglich schützen, und Sie wollen mich verhaften?«

»Tippen Sie den Apfel ein, Toni.«

Minotti tippte die fünfzig Cent für den Apfel ein. Die Registrierkasse öffnete sich geräuschvoll. In dem Fach für Eindollarnoten lagen mehrere Schrotpatronen.

Willows sagte: »Was machen Sie, wenn ein Junge hereinkommt und eine Banane klaut – schießen Sie ihn über den Haufen, oder benutzen Sie das Ding bloß, um ihm Angst einzujagen?«

»Nein, nein! Dafür benutze ich das Gewehr nicht. Es ist nur zu meiner Selbstverteidigung. Wenn jemand mein Leben bedroht.«

»Also angenommen, ein Junge kommt hereingeschlendert und stiehlt eine Süßkartoffel...«

»Dann jage ich ihn die Straße hinunter, schnappe ihn mir und schlage ihn grün und blau. Aber ich werde nicht auf ihn schießen, soviel steht fest. Und außerdem ist das überhaupt noch nicht vorgekommen.«

»Geben Sie mir die Patronen.«

Minotti schaufelte die Patronen aus der Kasse. Sie waren aus Messing und rotem Plastik. Er gab die Patronen Willows, und der ließ sie in seine Jackentasche gleiten. Dann gab er Minotti die leere Flinte. »Kommen Sie mit, Toni.«

Minotti folgte Willows nach draußen auf die belebte Straße. Willows schloß den Kofferraum des unmarkierten Streifenwagens auf. »Legen Sie sie da rein.«

Minotti legte die Schrotflinte in den Kofferraum. Willows klappte ihn zu und vergewisserte sich, daß er abgeschlossen war. Er schloß den Wagen auf und öffnete die hintere Tür. »Steigen Sie ein.«

Der Gemüsehändler warf einen Blick nach rechts und links. Man beobachtete ihn. Jeder beobachtete ihn. Leute, die zufällig vorbeikamen. Seine Freunde. Was mußten sie denken? Er stieg in den Wagen.

Willows schloß die Tür und ging zurück in den Gemüseladen.

Toni Minotti saß im Wagen und hielt den Kopf in den Händen. Ein kleiner Junge aus der Nachbarschaft drückte sein Gesicht gegen das Wagenfenster, winkte und rief seinen Namen. Er winkte immer noch, als er von seiner Mutter weggezerrt wurde.

Parker wartete auf Willows und sagte dann: »Also schön. Erzählen Sie meinem Partner, was Sie mir erzählt haben.«

Elaine Minotti sagte: »Er war vielleicht zwanzig Jahre alt. Er hatte einen Freund dabei, aber der blieb draußen, auf dem Gehweg. Der eine, der reinkam, sah, daß ich allein war. Mein Mann war hinten und nahm eine Lieferung entgegen.«

»Das war gestern?«

»Nein, heute früh.«

»Also gut. Was passierte dann?«

»Er ging direkt auf die Süßkartoffeln zu, nahm eine heraus, warf sie hoch in die Luft und fing sie mit beiden Händen auf. Dann hat er mich angegrinst. Seine Augen waren kalt, und ich hatte große Angst vor ihm. Er legte einen Finger auf seine Lippen

– als Warnung. Ich sollte still sein. Das alles hat weniger als eine Minute gedauert. Er kam rein und war plötzlich wieder weg.«

»Haben Sie es Ihrem Mann erzählt?«

»Nein.«

Parker sagte: »Offenbar wird er ziemlich leicht wütend. Früher hatte er einen Baseballschläger hinter der Theke. Letzten Sommer drohte er einem Jungen damit. Am nächsten Tag kam der Junge zusammen mit einem Haufen seiner Freunde und *ihren* Baseballschlägern zurück. Einen Monat später wurde ein Laden überfallen, und der Besitzer mit einem Metzgermesser ins Bein gestochen. Damals hat Toni das Schrotgewehr gekauft.«

»Schließlich muß er die Mangos bewachen«, sagte Willows, »und die Birnen.« Er drehte sich um und sah durch die offene Tür. Toni Minotti saß im Fond des Streifenwagens und beobachtete sie. »Könnten Sie den Mann identifizieren, wenn Sie ihn wiedersähen?«

»Ich glaube schon, ja.«

»War er hier aus der Gegend – haben Sie ihn vorher schon einmal gesehen?«

»Nein, nie.«

Parker sagte: »Mrs. Minotti hat gesagt, daß sie bereit ist, mit in die Stadt zu kommen, um sich die Verbrecherkartei anzusehen. Aber sie möchte den Laden nicht zumachen müssen, weil sie dadurch viel Geld verlieren würde.«

Willows sah Mrs. Minotti fest in die Augen und nickte langsam. »Wenn wir Toni laufen lassen, kann er sich um den Laden kümmern, während uns seine Frau dabei hilft, den Mordfall zu klären, ist das die Idee?«

»Das ist die Idee«, sagte Parker und mußte gegen ihren Willen lächeln.

12. Kapitel

Newt Junior saß am Schreibtisch seines Arbeitszimmers in seinem Laguna-Beach-Haus. Das Arbeitszimmer befand sich im Erdgeschoß des Südflügels. Das Arbeitszimmer war Newts Lieblingsplatz, wenn er durcheinander war, denn dort war es still, der einzige normale Raum im Haus. Überall sonst quasselten Opra, Donahue oder sonstwer in einem tragbaren Fernseher vor sich hin, oder Salsamusik plärrte aus einem kühlschrankgroßen Kofferradio. Newt beschäftigte zeitweilig bis zu einem Dutzend mexikanischer Hausboys, und jeder einzelne von ihnen war verrückt nach Musik und liebte es, sie richtig laut zu spielen.

Nicht jedoch im Arbeitszimmer. Das Arbeitszimmer war schallisoliert, der Zutritt strikt verboten. Nicht einmal die Hausmädchen kamen hier rein, es sei denn, Newt bestand darauf.

Newt lehnte sich in seinem gepolsterten Ledersessel zurück. Er machte ein Geräusch tief in seiner Kehle, eine Art Karategeräusch, und trat zu. Mit dem Absatz seines Schuhs kickte er einen hellen Rosenholzsplitter von seiner Schreibtischkante. *Scheiße!* Zum Glück drehte sich der Drehsessel durch die Wucht seines Trittes um zweihundertsiebzig Grad. Solange er den Schaden im Rücken hatte, konnte Newt ihn aus seinem Gedächtnis verbannen.

Er ließ seinen Blick über die handgefertigten, deckenhohen Eichenregale schweifen, die drei der vier Wände bedeckten. Die Regale, so stabil sie waren, bogen sich unter dem fürchterlichen moralischen Druck von tausend Gideon-Bibeln.

Jede der Bibeln war in einem Hotel oder Motel gestohlen worden. Nicht, daß Newt Kleptomane wäre – auf diese Weise führte er nur Buch. Wenn er eine Frau bei sich hatte, verlangte er, daß sie Datum, Namen und Adresse des Hotels auf das Deckblatt der Bibel schrieb und dann ihre Unterschrift hinzufügte. Wollte sie noch eine Bemerkung darüber anfügen, welch wundervolle, wirklich unvergeßliche Zeit sie gehabt hatte – nun, das war auch in Ordnung.

Gelegentlich geriet Newt in die Situation, daß eins der Mädchen zwar der gesprochenen Sprache halbwegs mächtig war, die Kunst des geschriebenen Wortes jedoch noch nicht so recht beherrschte. In solchen Fällen gab er sich mit der Unterschrift zufrieden und verzichtete auf die Lobhudeleien. War auch das nicht möglich, bestand Newts absolutes Minimum in einem Lippenstiftabdruck und einem ungelenk gekrakelten »X«.

Newt bewahrte darüberhinaus eine Art Erinnerungsstück in der Gestalt einer Polaroidfotografie in den Bibeln auf. Einige der Bilder waren hart an der Grenze zur Geschmacklosigkeit, die meisten waren jedoch entweder harmlose Schnappschüsse in Damenunterwäsche oder versteckt aufgenommene Bilder von Mädchen, die großen Spaß im Motelpool hatten oder sich vielleicht gegen den Cola-Automaten oder die Empfangstheke oder den Porsche lehnten, oder wo immer er sie dazu bringen konnte, einen Augenblick lang still zu halten.

Nicht, daß sich in wirklich jeder Bibel ein Bild oder auch nur eine Unterschrift befunden hätte. Bevor sein Vater starb, hatte Newt wirklich hart im Familiengeschäft gearbeitet und viele einsame Nächte unterwegs verbracht. Jetzt, da Felix endlich tot und unter der Erde war, war es mehr oder weniger vorbei mit Newts Herumreiserei. Er war in Los Angeles aufgewachsen und fühlte sich unbeschwert und sicher in dieser Stadt. Palm Springs ging ebenfalls noch und Vegas. Zur Not noch Miami Beach. Der Rest des Landes jedoch war, soweit es Newt betraf, pure Platzverschwendung. Wenn also etwas außerhalb erledigt werden mußte, schickte er gewöhnlich jemanden wie Frank, statt sich selbst um die Angelegenheit zu kümmern.

Frank.

Newt drehte seinen Sessel herum, bis er wieder dem Panoramafenster zugewandt saß und die makellose Sicht auf die Dünen und den Strand, den ruhelosen Ozean, den leeren blauen Himmel und die undeutlichen, schwarzen Dreiecke dicht über dem Horizont, den Ölbohrinseln vor sich hatte.

Frank, Frank. Hallo Frank. Erde an Frank, wo steckst du, Frank. Melde dich, Frank.

Er beugte sich in seinem Sessel vor und drückte mit dem Zeigefinger auf die Wahlwiederholung seiner Telefonanlage. Ein rotes Lämpchen flackerte auf, während die elektronischen Innereien die elfstellige Nummer verdauten und schließlich ausspien.

Das Telefon läutete zweimal, dann meldete sich die Zentrale des Hotels.

Newt sagte: »Geben Sie mir Zimmer fünf-achtzehn.«

»Einen Augenblick, Sir.«

Es entstand eine Pause, dann wurde die Verbindung hergestellt, und Franks Telefon begann zu läuten. Newt steckte sich eine Marlboro an. Wo, zum Teufel, steckte Frank? Er stellte die Lautstärke an seiner Telefonanlage ein. Erst drehte er den Regler ganz nach unten, dann langsam wieder nach oben. Während er ihn nach oben drehte, begann er, Franks Namen zu brüllen.

»Frank? *Frank?* Wo, zum Teufel, steckst du, Frank?«

Newt drehte weiter, schrie lauter und lauter, bis das schrille Klingeln des nichtbeantworteten Telefons den Raum füllte, seine Stimme brach und er nicht mehr lauter schreien konnte.

Die Dame aus der Zentrale schaltete sich dazwischen und versuchte Newt beizubringen, daß Frank sich nicht meldete, und ob er vielleicht eine Nachricht hinterlassen wolle?

Newt knallte den Hörer auf und starrte verbittert auf die Eine-Million-Dollar-Aussicht. Dabei stellte er zu seiner Verblüffung und Überraschung fest, daß ein kleiner, schwarzer Punkt von der anderen Seite des Panoramafensters auf ihn zugerast kam. Der Punkt bewegte sich mit hoher Geschwindigkeit und hielt, entschlossen seinen Kurs beibehaltend, genau auf ihn zu. Newts Herz begann so heftig zu pochen, als wollte es seinen verdammten Körper verlassen. Irgendein miserabler Bastard hatte ein Projektil auf ihn abgefeuert! Gott, war das schnell. Er sprang auf. Die Zeit wurde knapp. Das Projektil krachte gegen das Fenster, und die Scheibe aus blaßgrünem, kugelsicheren Panzerglas begann wild zu vibrieren.

Ein Blindgänger?

Newt ging zum Fenster. Auf dem Kreis im Schatten des Hauses lag ein großer, brauner Vogel. Eine Möwe war es auf jeden

Fall schon mal nicht, und wahrscheinlich auch kein Rotkehlchen. Mehr fiel ihm nicht ein. Newt war eine große Nummer im Drogen- und Filmgeschäft und kein Amateurornithologe.

Er ging auf Hände und Knie, um ihn sich genauer anzusehen. Der Vogel hatte die Flügel fest an den Körper gezogen, und sein Kopf hing schlaff seitlich herab. Seine winzigen, schwarz glänzenden Augen schienen kein besonderes Ziel zu haben. Vielleicht stand das Tier unter Schock. Sein Schnabel stand offen, und eine dünne schwarze Zunge hing heraus. Newt hatte noch nie eine Vogelzunge gesehen. Sehr sexy war das nicht gerade. Newt tippte mit seinem schicken Ring gegen das Glas. Keine Reaktion. Der Vogel sah tot aus und war es wahrscheinlich auch, aber wie wollte man das mit Sicherheit wissen?

Newt ging zurück zum Schreibtisch und benutzte das Intercom, um Rikki aufzustöbern, seinen Hausboy *numero uno.*

»He, Rikki, ich bin im Arbeitszimmer. Ja, das kleine Zimmer, in dem ich meine Bibelsammlung aufbewahre. Rikki, ein Vogel ist gegen das Fenster geflogen, gegen die Scheibe geklatscht. Hör zu. Ich will, daß du hingehst, ihn holst und ins Haus bringst. Sieh zu, ob du etwas für ihn tun kannst, okay?«

Newt bemerkte die verstreute Asche auf seinem Schreibtisch, verzog das Gesicht und wischte die polierte Oberfläche mit der Handfläche sauber, dann rieb er sich voller Energie die Hände.

Rikki hatte große Probleme mit der Vorstellung, daß Newt sich um einen Vogel besorgt zeigen könnte, wo er doch noch nie das geringste Mitgefühl für ein anderes lebendes Wesen an den Tag gelegt hatte.

»Pájaro?« sagte Rikki.

»Ja, genau, du hast es erfaßt. *Pájaro.* Mit Flügeln und Federn, die ganze Chose. Er liegt vor dem Fenster. Ja, *la ventana.*«

»Es muerte?«

Tot. Das wiederum war ein Begriff, den Newt nur zu gut kannte. Er sagte: »Sieh nach, Rikki. *Es el pájaro muerte*? Das ist genau die Frage, auf die ich eine Antwort will.«

»Sie wollen, daß ich nachsehe, ob unser gefiederter Freund gestorben ist?«

»Ja. Ja!«

»Klar, wird erledigt. Mach' ich.« Rikki gab einen hohen, durchdringenden Ton von sich. »*Nueve uno uno*! Die verdammte Ambulanz ist schon unterwegs!«

Newt hängte ein. Rikki war über die Slums von Mexico City nach L.A. gelangt, unter der Grenze hindurchgeschlüpft. Ein netter Kerl, wenn auch nicht allzu flink zwischen den Ohren. Nicht alle Tassen im Schrank, könnte man sagen. Mit seinen Händen war der Junge allerdings superschnell. Ein Künstler mit dem Messer. *Artista de joja*. Beim Vorstellungsgespräch hatte Rikki damit geprahlt, er könne ein Steak so schnell und sauber aus einem Rindvieh schneiden, daß die Kuh nicht einmal dazu käme, ›Muh‹ zu sagen. Newt hatte über den Blödsinn gelacht und ihn eingestellt. Ein paar Monate später besuchte er einen Club in der Stadt. Im Waschraum geriet er mit einem Kerl in eine böse Auseinandersetzung und stritt sich mit ihm in voller Lautstärke darüber, wer als nächster an der Reihe sei, die Toilette zu benutzen. Rikki hing draußen im Gang herum. Er hörte den Lärm, kam herein, stellte sich zwischen Newt und den Hundertzwanzig-Kilo-Fleischklops und sagte dem Fleischklops, er solle gefälligst warten, bis er an der Reihe sei. Er sagte: »Du bist das größte Arschloch, das ich je gesehen habe, kein Zweifel. Aber deswegen kannst du dich noch lange nicht vordrängeln.« Der Fleischklops beachtete ihn nicht, starrte glatt über seinen Kopf hinweg und hielt seinen Killerblick auf Newt geheftet.

Rikki meinte: »Du hörst mir nicht zu. Das ist schlecht. Entweder du benutzt deine Ohren, oder du verlierst sie, wie man so sagt.«

Der Fleischklops war noch damit beschäftigt, herauszufinden, was Rikki damit wohl meinte, als der Mexikaner nach oben langte, ihm das linke Ohr abschnitt und es ihm wie ein schlaffes Ziertaschentuch in die Brusttasche stopfte.

Newt war ziemlich betrunken gewesen – so betrunken, daß er alles anfänglich für eine Art Fata Morgana oder was auch immer gehalten hatte. Am nächsten Tag jedoch las er alles darüber in der *Los Angeles Times*. Ein geistesgegenwärtiger Barkeeper hatte das

Ohr in ein Martiniglas mit Eisspänen gelegt, dem Kerl ein Handtuch um den Kopf gewickelt und ein Taxi gerufen. Der Fahrer weigerte sich, die Fahrt zu übernehmen, weil er den Kerl für einen Araber hielt. Irgendwann waren dann die Cops aufgetaucht. Sie nahmen den Kerl zur Unfallstation mit, wo ihm ein Arzt, der gerade nichts Besseres zu tun hatte, das Ohr wieder annähte.

Damit hatte die Geschichte doch noch ein gutes Ende gefunden. Nun, solche Dinge konnten passieren.

Newt wählte noch einmal das Hotel in Vancouver an und erhielt die gleiche Antwort. Er blickte auf, und dort stand Rikki vor dem Fenster und lächelte ihm durch das Glas hindurch zu. Rikki hatte sich einen weißen Kittel über seinen cremefarbenen Anzug gezogen und trug eine falsche Nase und eine Brille. Er ging zum Vogel und nahm ihn sachte in beide Hände.

Newt lehnte sich in seinem Sessel zurück. Wie im Kino. Das Panoramafenster war wie eine große Leinwand, und es war, als säße man im Kino und sähe einen Film, der nur für einen selbst gedreht worden war.

Rikki hielt die Vogelbrust gegen sein Ohr. Sein Gesicht war todernst. Er sah Newt an und schüttelte besorgt den Kopf.

Newt hätte gern etwas Popcorn gehabt.

Rikki versuchte den Vogel wiederzubeleben, indem er ihm leicht mit einem Finger gegen die gefiederten Wangen schlug. Als das nicht funktionierte, wandte er Mund-zu-Schnabel-Beatmung an. Kein Vergnügen. Verzweifelt zog er eine 9-Volt-Batterie aus seiner Tasche und verpaßte seinem Opfer pantomimisch Elektroschocks, wobei er den Vogel in seiner Handfläche jedesmal in krampfartige Zuckungen versetzte, wenn er den Strom einschaltete. Newt lachte so sehr, daß er fast aus dem Sessel gefallen wäre. Als er endlich damit fertig war, sich die Tränen aus den Augen zu wischen, waren Rikki und der tote *pájaro* längst verschwunden.

Am selben Abend hatte Newt eine Freundin zum Abendessen bei sich. Anschließend gingen sie auf ein Glas Rotwein hinaus auf die Sonnenterrasse, damit Newt seine Zigarre genießen konnte, ohne das schicke Seidenkleid seiner Freundin zu verräuchern und so die Stimmung zu belasten und die Romanze zu verderben.

Rikki kam auf seinem üblichen Rundgang vorbeigeschwebt. Er trug seine Abendgarderobe; ein mattschwarzes Hemd, eine weite schwarze Baumwollhose, keine Schuhe. Er stand weniger als anderthalb Meter entfernt, Newt hätte ihn trotzdem nie bemerkt, wenn er nicht gegrinst hätte.

Mit sanfter Stimme fragte Rikki Newt, ob ihm das Abendessen geschmeckt habe.

»Sehr gut«, sagte Newt kurz angebunden. Es war durchaus bekannt, daß er nicht viel davon hielt, wenn sich das Personal dazugesellte, wenn er Damenbesuch hatte.

Rikki fiel offenbar nicht auf, daß sich Newts Augen verengt hatten und rot glühten wie seine Zigarre. Er sagte, »Freut mich zu hören, daß das Essen gut war, Señor.« Er grinste wieder, seine Zähne blitzten weiß. »Wie sagt man – Patient tot, Operation gelungen.«

»Wie war das?« Newt beugte sich über das Geländer der Sonnenterrasse und linste nach unten in die Dunkelheit.

»*El pájaro*, Señor!« Damit enfernte sich Rikki und verschwand, mit den Armen schlagend wie mit Flügeln, in der Dunkelheit.

Newt machte die nächste Flasche Champagner auf und erzählte die Geschichte seiner Freundin, einem Mädchen namens Annette, das im Lager einer Toys 'R Us-Filiale in Glendale arbeitete. Annette fand die Geschichte überhaupt nicht komisch. Nachdem sie ihren Mageninhalt über die gesamte Sonnenterrasse verteilt hatte, spülte sie sich den Mund mit Newts Dom Perignon für wenigstens hundert Dollar aus und teilte ihm in absolut unzweideutiger Weise mit, daß sie nach Hause gebracht zu werden wünschte, und zwar augenblicklich, oder sie würde die Tierschutzgesellschaft anrufen.

Newt sorgte dafür, daß Rikki sich darum kümmerte. Geschah ihm recht. Er verfolgte, wie die Rücklichter des Caddy verschwanden, dann holte er sich eine neue Flasche und ging durch die Dünen zum Strand.

Es gab keinen Mond; alles war finster bis auf die dünne Linie der Brandung; ein schaumiges, undeutliches Weiß, das grollend und knurrend den Strand bedrängte wie ein Rudel ausgezehrter, tollwütiger Köter. Newt lauschte der Musik und nippte an dem Sprudelwasser. Die Köter wichen zurück, formierten sich neu und griffen aufs neue an.

Dort draußen, irgendwo, befand sich die durchweichte Asche seines Vaters. Auf ewig den Fluten ausgeliefert. Newt hätte es nie für möglich gehalten, aber es gab Zeiten – meist wenn seine Blutalkoholwerte zweistellig wurden –, in denen er den alten Bastard beinahe vermißte.

Er schnappte sich eine neue Flasche, schleuderte die Schuhe von seinen Füßen und ging den Pfad aus sonnengebleichten Planken hinunter, durch die Dünen, die sandige Böschung zum Strand hinunter bis ins schwarze, kalte Wasser. Als er weit genug draußen war, um an Haie zu denken, hielt er die Champagnerflasche mit beiden Händen hoch über den Kopf, schüttelte sie kräftig und zog dann den Korken heraus. Ein langer, schaumiger Strahl schoß aus der Flasche, senkte sich in hohem Bogen durch die Finsternis und verschmolz mit der Brandung.

»Auf dich, Daddy.« Newt legte den Kopf in den Nacken und setzte den Flaschenhals an die Lippen, nahm einen tiefen Zug und rülpste.

Die Hunde heulten am meilenlangen Strand. Die silbrige Luft war voller Salz. Newt leerte den Champagner und schleuderte die Flasche auf diese unbändigen Köter – eine Geste des Trotzes, wie er sie ernsthafter wohl kaum je riskieren würde.

Auf dem beschwerlichen Weg durch die Dünen zurück zum Haus dachte er an Annette und daran, was sie gesagt hatte, was es wirklich bedeutete. Daß nur ein wirklich Schwachsinniger einen armen Vogel, der gegen sein Panoramafenster geflogen war, rupfen, ausnehmen, braten und mit gemischtem Gemüse und gebratenem Reis auftischen würde.

Was war nur los mit ihm? Sie war erst achtzehn oder neunzehn Jahre alt, und vermutlich war sie zum erstenmal aus Glendale rausgekommen, aber sie hatte recht. Er hätte diesen armen Vogel begraben und nicht essen sollen, auch wenn er ihm auf der Zunge zergangen war.

Sie hatte ihm mit ihrer seidig-süßen Herzensbrecherstimme mitgeteilt, sie wünschte, sein Schatten werde nie wieder auf die Türen von Toys 'R Us fallen, niemals, und Newt konnte es ihr nicht einmal verübeln.

Er wurde verrückt. Er brauchte eine Pause, eine Chance, allem zu entfliehen und wieder einen klaren Kopf zu bekommen.

In der Küche hatte jemand abgewaschen, und die Töpfe standen zum Einweichen im Spülbecken. Newt sah im Müll nach, aber dort gab es keine Spur von den Überresten des Vogels. Vermutlich kamen sie in irgendeinem unheimlichen Aztekenritual zum Einsatz. Ständig klauten die Hausboys Kerzen, schleppten sie nach draußen zum Werkzeugschuppen, wo sie monoton singend herumhüpften. Er hatte keine Ahnung, was sie da trieben. Solange sie nur glücklich waren – das war die Hauptsache.

Newt benutzte das Telefon an der Wand neben der Mikrowelle, und versuchte es noch einmal im Hotel. Immer noch kein Frank. Einer Eingebung folgend, wählte er den drahtlosen Apparat im Caddy an.

Auch von Rikki kam keine Antwort. Newts Gedanken jagten von einem unzusammenhängenden Gedanken zum nächsten.

Vielleicht ging Frank nicht ans Telefon, weil er richtig tief in der Scheiße steckte und nicht wollte, daß Newt dahinterkam.

Dieser gottverfluchte Rikki. Der Kerl war gerade mal einsfünfzig groß, aber er hatte diese weiche Haut, diese großen Augen und Zähne wie Perlen.

Was *er* trieb, wußte Newt nur allzu gut. Aus einem Anfall von Gereiztheit heraus beschloß er, seinen kleinen mexikanischen Lothario mit nach Vancouver zu schleppen – immer vorausgesetzt natürlich, daß Loverboy jemals aus Glendale zurückkam.

Es war Juli, aber die Chancen standen recht gut, daß es immer noch wie aus Eimern regnete, wenn sie nach Vancouver kamen.

Vielleicht, mit ein bißchen Glück, holte sich dieser mexikanische Hengst eine Lungenentzündung und starb.

13. Kapitel

Willows half Elaine Minotti aus ihrem Mantel und zog ihr einen Stuhl heran. Mrs. Minotti setzte sich.

»Kann ich Ihnen etwas zu trinken holen, eine Tasse Kaffee, Tee...?«

Mrs. Minotti lächelte nervös. »Nicht nötig, danke.«

Willows sagte: »Wenn Sie etwas brauchen, schreien Sie einfach.«

Mrs. Minotti sah ihn verwirrt an.

»Rufen Sie uns«, erläuterte Parker. »Wenn Sie jemanden wiedererkennen oder irgendeine Frage haben, rufen Sie uns.«

»Ja, das werde ich tun.«

Es gab drei Alben mit Verbrecherfotos, jedes von ihnen war etwa doppelt so groß wie eine Enzyklopädie. Parker legte eines vor Mrs. Minotti hin und schlug es auf der ersten Seite auf. Die Polizeifotos waren in Farbe, ungefähr neun mal neun Zentimeter. Jede Seite hatte sechs Reihen zu je vier Fotos. Jedes Album umfaßte ungefähr hundert Seiten.

Parker lächelte und sagte: »Nach einer Weile werden Ihre Augen müde werden. Die Bilder werden alle ineinanderlaufen. Das wird nicht lange dauern, glauben Sie mir. Machen Sie eine Pause, wenn es soweit ist. Sie können aufstehen und herumlaufen, wenn Sie wollen. Rauchen Sie?«

»Manchmal. Nicht sehr oft.«

»Das ist ein öffentliches Gebäude. Hier ist Rauchen verboten. Ich muß Sie außerdem bitten, den Bereitschaftsraum nicht zu verlassen, ohne daß Sie mir oder Jack Bescheid sagen. Haben Sie irgendwelche Fragen?«

»Nein, ich habe verstanden.«

Mrs. Minotti saß an Parkers Schreibtisch. Willows lieh sich Eddy Orwells Telefon aus und rief Walter Fisher, Abteilung Ballistik, an. Fisher nahm nach dem dritten Läuten ab. Seine Stimme klang dumpf und verschnupft.

Willows sagte: »Sind Sie erkältet, Walt?«

Fisher mußte lachen. »Ein Thunfischsandwich, Jack. Ihr Detectives lebt von Adrenalin und frischem Blut und vergeßt dabei leicht, daß wir übrigen Sterblichen eine andere Diät brauchen.«

Willows war kein Thunfischfan, trotzdem machte ihm das Wort den Mund wäßrig. Er sah auf seine Uhr. Es war Viertel nach eins. Kein Wunder, daß er Hunger hatte. »Was haben Sie für mich in der Cherry Ngo Sache?«

»Nicht viel, Jack.« Willows konnte beinahe hören, wie Fisher mit den Achseln zuckte. »Wir haben die Marke des Kalibers. Eine 45er ACP. Eine sehr ordentliche Kugel. Hat sich genau nach Plan ausgedehnt.«

»In welchem Zustand ist sie?«

Den Text hatte Fischer schon öfter gehört, und er sprang dementsprechend darauf an. »Nicht schlecht, wenn man bedenkt, durch was sie alles durch mußte.«

»Sie sind ein komischer Knabe, Walt. Haben Sie genug, um einen Vergleich anzustellen?«

»Kein Problem. Warum? Haben Sie und das Pin-up-Girl die Waffe gefunden?«

»Pin-up-Girl? Parker wird begeistert sein, Walt.«

»Jack, nein, bitte...«

Inspector Homer Bradley kam energisch durch die Abteilung marschiert. Er fing Willows Blick auf, zeigte auf ihn und Parker, dann auf sein Büro.

Willows sagte: »Lassen Sie sich den Thunfisch schmecken, Walt.« Dann hängte er ein und folgte Parker in Bradleys winziges Kabuff.

»Schließen Sie die Tür, Jack.« Bradley deutete auf die beiden schlichten Holzstühle gegenüber seinem lädierten Kirschholzschreibtisch. »Setzen Sie sich. Machen Sie es sich bequem.«

Willows sagte: »Wir haben möglicherweise einen Zeugen in der Cherry Ngo Sache.«

»Sie sind ziemlich pfiffig.«

»Ihr Name ist Elaine Minotti«, sagte Parker. »Sie und ihr Mann führen einen Gemüseladen ein paar Blocks von der Stelle entfernt, wo die Schießerei stattgefunden hat.«

»Die Süßkartoffel, richtig?«

»Sie sind auch recht pfiffig, Inspector.«

»Hat sie dem Kerl die Kartoffel verkauft?«

»Er hat die Knolle langfristig finanziert.« Bradley zog die Brauen zusammen. »Fünf Finger Discount«, erklärte Parker.

»Ihr Zeuge, das ist die Dame, die im Augenblick an Ihrem Schreibtisch sitzt und sich durch die Fotoalben arbeitet?«

Willows nickte. »Ja, das ist sie.«

»Nett.«

»Sie ist verheiratet, Inspector«, sagte Parker.

Bradley wurde rot. »Das war eine unverfängliche Beobachtung, Claire. Ich hatte nicht die Absicht, über die gute Frau herzufallen, falls Sie sich deswegen Sorgen gemacht haben sollten.«

Willows sprang in die Bresche. »Wenn sie nichts findet, versuchen wir es mit einer Phantomskizze.«

»Vermutlich keine schlechte Idee«, sagte Bradley mürrisch. Er beugte sich in seinem Sessel vor. Das abgewetzte, burgunderrote Leder knarrte wie die Knochen eines alten Mannes. Er klappte den Deckel des mit Schnitzereien verzierten Humidors aus Zedernholz auf, das ihm seine Frau vor so vielen Jahren geschenkt hatte. Die Kiste war von einem Haida-Indianer geschnitzt worden, und seine Frau hatte sie ihm auf den Stufen des Gerichts überreicht, nur wenige Minuten, nachdem ihre dreiundzwanzigjährige Ehe für null und nichtig erklärt worden war. Sie hatte ihm ewig wegen seiner Raucherei in den Ohren gelegen. Mit dem Humidor hatte sie ihm auf ihre ganz persönliche Art sagen wollen, daß sie sich jetzt nicht mehr darum scherte – weder um seine Gesundheit noch um sonst etwas.

Bradley wählte eine Zigarre aus, hielt sie sich ans Ohr und rollte sie zwischen Zeigefinger und Daumen. Sie gab ein angenehmes Knistern von sich. *Herbstlich.* Welkes Laub wehte durch seine Gedanken. Er schnitt die Zigarre mit seiner vergoldeten Zange an und fischte ein Küchenstreichholz aus seiner Westentasche. Parker beobachtete ihn aufmerksam.

»Dieser Neue, Stoller. Er ist ziemlich geschickt mit dem Zeichenstift, oder?« fragte Bradley.

Willows nickte.

»Ich wollte Bailey immer bitten, daß er mich zeichnet, bin aber nie dazu gekommen. Verstehen Sie mich nicht falsch. Ich wollte für ihn nicht etwa Modell stehen. Ich wollte, daß Bailey mich aus der Erinnerung zeichnet, oder einen Streifenpolizisten bitten, ihm meine Beschreibung zu geben, ohne dabei zu verraten, wer ich bin. Wäre schön, so etwas zu besitzen. Man könnte es sich einrahmen und an die Wand hängen. Dann hat man etwas, was man sich nach der Pensionierung anschauen kann.«

Bradley lehnte sich in seinem Sessel zurück. Er steckte sich die Zigarette in einem kessen Winkel in den Mund und blickte aus seinem winzigen Fenster auf eine flauschige weiße Wolke – seit Tagen die erste, die er gesehen hatte. »Aber jetzt ist es zu spät. Bailey ist nicht mehr hier.«

Es entstand eine unangenehme Pause. Parker sagte: »Orwell hat mir erzählt, er hätte in einer Lotterie gewonnen.«

»Ja? Ich habe auch gehört, er sei zu Geld gekommen. Ein Onkel, der gestorben ist – irgendwo drüben im Osten.«

»Warum bitten Sie Stoller nicht, Sie zu zeichnen?« schlug Willows vor.

»Ich kenne ihn nicht gut genug. Die Idee ist sowieso verrückt. Wenn der Chef etwas davon erfahren würde...«

»Dann will er bestimmt auch eine«, sagte Willows.

»Vielleicht. Wie hat Joey es aufgenommen, als Sie ihm erzählt haben, daß sein großer Bruder dran glauben mußte?«

»Schlecht.«

»Sicher, wieso auch nicht? Wie geht es weiter?«

»Mrs. Minotti identifiziert den Burschen, der ihr die Süßkartoffel geklaut hat. Wir schnappen ihn, und er gesteht, bekennt sich schuldig und bekommt lebenslänglich.«

»Klingt vielversprechend. Haben Sie einen Ersatzplan, falls dieser nicht funktionieren sollte?«

Willows sagte: »Emily Chans Familie, ihre Freunde. Vielleicht bringt uns einer von denen auf die richtige Spur.«

»Was ist mit dem Restaurant – den Leuten, denen es gehört. Haben Sie mit denen schon gesprochen?«

»Wir wissen nicht einmal, wer sie sind. Das Gebäude gehört einer anonymen Gesellschaft. Wenn wir herausfinden können, wer sich dahinter verbirgt, wer der eigentliche Besitzer ist, müßten wir aus ihm auch ein paar Namen herausbekommen.«

Bradley zwirbelte das Streichholz zwischen seinen Fingern, als sei es ein Miniaturmarschallstab. »Also schön, ich denke, das wär's fürs erste. Wir bleiben in Verbindung. Sollte sich etwas ergeben...«

»Dann werden Sie es als erster erfahren, Inspector.«

Mrs. Minotti kämpfte sich immer noch fleißig durch ihr erstes Fotoalbum. Parker legte ihr leicht die Hand auf die Schulter. »Jack und ich gehen jetzt Mittag essen. Möchten Sie mitkommen?«

Mrs. Minotti lächelte sie von unten an. »Nein. Ich glaube, ich bleibe besser hier und sehe mir diese schönen Männer an.«

»Sind Sie sicher?«

»Ja, vielen Dank.«

»Wir bleiben nicht lange. Wenn Sie jemanden sehen, den Sie wiedererkennen, sagen Sie einem Detective oder einem der Zivilangestellten Bescheid. Dann wird man uns anpiepsen. In Ordnung?«

»Ja, in Ordnung. Vielen Dank.«

Parker und Willows fuhren mit dem Aufzug ins Erdgeschoß. Die Tür glitt auf, und sie gingen durch die Eingangshalle, vorbei am Empfangsbereich. Willows nickte einem der Uniformierten hinter der Theke zu, einem Neuling, der der Sohn eines Mannes war, der mit ihm zusammen die Abschlußprüfung abgelegt hatte.

»Was geht dir durch den Kopf, Jack? Du siehst plötzlich niedergeschlagen aus«, sagte Parker.

»Das Alter.«

»Bradley?«

»Nein, ich. Wo willst du essen?«

»Wie wär's mit dem japanischen Restaurant auf der Water Street. Mit den Bambuspflanzen im Fenster?«

»Einverstanden«, sagte Parker. »Kubiko's«

Als sie draußen waren, hatten sie einen wolkenlosen Himmel

über sich; ein tiefes, makelloses Blau. Auf den Straßen drängte sich der Verkehr, die Gehwege waren voller Leute, die einkaufen wollten. Ein halbes Dutzend Betrunkener lungerte im Schatten der Carnegie-Bibliothek herum. Früher war die Situation viel schlimmer gewesen, aber dann hatte man einen Spirituosenladen in der Nähe dicht gemacht. Parker erinnerte sich, wie sie zu ihrem Streifenwagen hinausgegangen war und feststellen mußte, daß ihre Windschutzscheibe mit einer dünnen Schicht Erbrochenem verschmiert war. Auf der Haube hatte ein Penner gelegen, seinen Rausch ausgeschlafen und dabei die Restwärme des Motors aufgetankt wie eine streunende Katze. Vor einigen Jahren hatte sie eine Geschichte über einen Cop namens Rafferty gehört, der einen Betrunkenen zusammengerollt auf der Motorhaube *seines* Wagens entdeckt hatte. Er hatte den Motor angelassen und war in eine schmale Gasse gefahren. Er war bereits zwanzig Meilen schnell, als der Betrunkene aufwachte, sich vor Schreck heruntergleiten ließ und an eine Ziegelmauer gequetscht wurde. Das Resultat: ein gebrochener Schädel und ein Cop mit einem strengen Verweis. Danach waren die Betrunkenen zumindest für eine Weile aus der Gasse hinter 312 Main Street verschwunden.

Willows sagte: »Was ist denn so komisch?«

»Eigentlich gar nichts. Im Grunde ist es überhaupt nicht komisch, ich habe gerade nur an den Betrunkenen gedacht, der vor ein paar Jahren auf einem Streifenwagen eingeschlafen ist.«

»Ein Cop namens Rafferty soll ihn gegen eine Mauer gedrückt haben?«

»Ja, genau der.«

»Die Geschichte ist nie passiert. Dummes Gerede unter Cops, das ist alles. Wunschdenken.« Willows schaute die Main entlang zum Hafen. Ein Schleier aus Abgasen hing in der Luft. Auf der gegenüberliegenden Hafenseite, achtzig oder hundert Meter über den abfallenden North-Shore-Bergen, markierte eine bläulich-graue Linie, bis wohin die Luftverschmutzung aufgestiegen war.

Im Restaurant warteten einige Leute auf einen freien Tisch.

Aber Parker hatte vorher angerufen und etwas reservieren lassen. Als sie zu ihrem Tisch geführt wurden, sagte Willows: »Du hast mich also nur aus purer Höflichkeit gefragt, wo ich essen möchte, hab' ich recht?«

»Du bist langsam, aber lernfähig.«

Sie entschieden sich beide für das Tagesmenü; eine Nudelsuppe, dazu Reis mit kunstvoll geschnittenem, in Dampf gegartem Gemüse und winzigen frittierten Hühnchenstücken. Parker bestellte Perrier. Willows entschied sich für ein einheimisches Bier.

Parker sah auf ihre Uhr. »Es ist schon spät. Wir sollten nicht zu lange bleiben.«

Willows lächelte. »Weshalb die Hektik? Mrs. Minotti hat es nicht eilig, zur Arbeit zurückzukehren. Möchtest du dein Leben damit verbringen, Gemüse abzuwiegen? Wie ich die Sache sehe, sollen wir ihr etwas Gutes tun, und uns den Rest des Tages freinehmen.«

Die Suppe kam, dann die Flasche Wasser und Willows' Bier. Kubiko's lag nur ein paar Blocks von 312 Main Street entfernt. Der Holzboden des Restaurants war unlackiert und rissig, die Stühle paßten nicht zusammen, und die Servietten waren aus Papier – trotzdem waren die Preise ein wenig gesalzen für Cops in Uniform. Bei den Detectives der Polizei war das Restaurant jedoch wegen seiner günstigen Lage und seiner schnellen Bedienung beliebt. Und natürlich verbrachten Detectives beträchtlich mehr Zeit am Gericht und verdienten folglich ungefähr doppelt so viel wie ihre uniformierten Kollegen.

Willows trank einen Schluck Bier. »Wie lange arbeiten wir jetzt zusammen?«

Parker mußte nachdenken. »Vier Jahre, fast fünf.«

»Eine lange Zeit.«

»Manchmal hat es wirklich so ausgesehen.«

»Gestritten haben wir uns oft genug.«

»In dem Punkt gebe ich dir vollkommen recht.«

Willows war nicht bereit, sich aus dem Konzept bringen zu lassen. »Aber wir haben uns immer arrangieren können, oder?

Ich meine, wir haben immer noch einen Weg gefunden, unsere Differenzen beizulegen.«

Das Hühnergericht kam. Parker streifte die Papierhülle von ihren Eßstäbchen. Das Essen duftete köstlich, und sie hatte sehr großen Hunger.

Willows sagte: »Wie oft hört man, daß zwei Polizisten sich trennen, weil sie sich bei der Arbeit nicht verstehen?«

»So gut wie nie.«

»Eben – aber sieh dir mal die Scheidungsrate in unserer Abteilung an.«

»Du fragst, warum Cops es während der Arbeit miteinander aushalten, aber zuhause nicht klarkommen?«

»Das war keine Frage. Ich habe nur etwas festgestellt.«

»So zur Unterhaltung.«

»Genau.«

Parker spielte mit ihrem Essen. »Dich beschäftigt, daß wir beide miteinander auskommen wie Pfirsiche und Sahne, und deine Frau dich verlassen hat; darum geht es doch in Wirklichkeit, oder?«

»Nein. Himmelherrgott. Ich habe eine allgemeine Feststellung machen wollen, sonst nichts.«

»Als ich dir das erste Mal das Leben gerettet habe, haben wir uns noch nicht einmal beim Vornamen genannt.«

»Als du mir *vielleicht* das Leben gerettet hast.«

»Dieser Scheißkerl Junior Newton hätte dir den Arsch geröstet, wenn ich nicht auf ihn geschossen hätte.«

»Du hättest in jedem Fall geschossen, bei der Laune, in der du warst.«

»Ich versuche lediglich klarzustellen, daß wir beide, du und ich, aufeinander angewiesen sind. Manchmal in extremen Streßsituationen.«

Willows reichte über den Tisch, um ein Stück Huhn zu stibitzen, und Parker klopfte ihm mit den Eßstäbchen auf die Knöchel. »Das Eheleben ist nicht gefährlich genug, vielleicht liegt es daran.«

»Oder es gibt nicht genügend Papierkrieg.«

Parker rückte ihre Stäbchen zurecht, und sie bekam das Stück Hühnerfleisch zu fassen, das Willows aus seinem Bett aus Reis hatte nehmen wollen. »Nein, meine Theorie gefällt mir besser.«

»Die da lautet, wenn dir wirklich an deiner Ehe gelegen ist, sorge dafür, daß man auf dich schießt.«

»Weil das so eine wunderbare, verbindende Erfahrung ist.«

»Genau.«

»Hat Sheila sich mit dir in Verbindung gesetzt?« fragte Willows.

»Deine Frau?« Es war eine dumme Frage, aber Parker war vollkommen überrascht.

»Als ich das letzte Mal mit ihr gesprochen habe, meinte sie, sie wollte dich aufsuchen, wenn sie das nächste Mal nach Vancouver käme.« Willows tat, als studierte er ausgiebig seine Uhr. »Das wäre bald, Claire.«

»Wieso sollte sie mit mir reden wollen? Du hast doch nicht etwa...«

»Dich *hineingezogen*?«

Parker wurde rot. Willows lächelte. »Nein. Überhaupt nicht.«

»Gut«, sagte Parker fest.

»Es ist nur eine Vermutung, aber ich denke, sie hofft, du könntest ihr bestätigen, daß ich ohne sie zurecht komme.«

»Warum sollte ich das tun?«

»Um ihr Gewissen zu erleichtern.«

»Nein, ich meine, wieso sollte sie den Eindruck haben, ich wüßte etwas über dein Privatleben?«

»Frag mich nicht.«

»Wen, zum Teufel, soll ich denn dann fragen?«

»Claire, bist du sauer auf mich?«

»Ja!«

Der Kellner kam mit der Rechnung. Er kannte Parker und Willows gut genug, um sie nicht zu fragen, ob sie noch einen Wunsch hatten. Er fragte sie auch gar nicht erst, ob sie einen Kaffee wollten, denn wenigstens tausend Cops hatten ihn herablassend davon in Kenntnis gesetzt, daß sie im Büro für fünfundzwanzig Cent so viel Kaffee trinken konnten, wie sie wollten.

Und gewöhnlich hatten sie noch hinzugefügt, sie brauchten den Vierteldollar nicht einmal zu zahlen, es sei denn, jemand beobachtete sie.

Als sie in den dritten Stock in der 312 Main Street zurückkehrten, war Mrs. Minotti nirgendwo zu sehen. Parker fragte einen Schreiber, wohin sie gegangen sei, und erhielt die Auskunft, sie sei für eine Zigarettenpause auf die Straße gegangen.

Parker drehte sich zu Willows. »Gehst du sie holen?«

»Ich habe schon das Trinkgeld bezahlt.«

Parker sah Willows mit einem Blick an, der ihm eindeutig zu verstehen gab, was sie davon hielt.

Hinter Parker ging die Tür des Bereitschaftsraumes auf, und Eddy Orwell trat rotäugig und in gebückter Haltung in einer Weise herein, die selbst Lon Chaney hätte aufhorchen lassen.

Willows sagte: »Wenn ich es mir genau überlege, ist ein wenig frische Luft genau das, was ich brauche.«

Er fand seine Zeugin in der Gasse, im Windschatten von Inspector Homer Bradley, der ihre Gesellschaft beinahe ebenso zu genießen schien wie seine Zigarre.

Bradley winkte ihn mit einem Lächeln herbei. »Jack, da sind Sie ja. Wir haben uns schon gefragt, was Ihnen zugestoßen ist.«

Mrs. Minotti drückte ihre Zigarette aus. »Es war mir ein Vergnügen, mich mit Ihnen zu unterhalten, Inspector.«

Bradleys Grinsen war so breit wie die Gasse. »Elaine, ich versichere Ihnen, das Vergnügen war ganz auf meiner Seite.«

Nach dem Gesicht zu urteilen, mit dem Mrs. Minotti Willows ansah, als sie dem Inspector den Rücken zukehrte, hatte sie nicht die Absicht, dem zu widersprechen.

Mrs. Minotti hatte sich durch alle drei Verbrecheralben gearbeitet. Nach der Hälfte des dritten Buches war sie über die Fotografie des jungen Mannes gestolpert, der die Süßkartoffel aus ihrem Laden gestohlen hatte.

Ihr Zeigefinger schien ihn durchbohren zu wollen. Sie traf ihn genau zwischen die Augen.

»Sind Sie sicher?« fragte Parker.

»Ja, er war's. Er hat die Kartoffel gestohlen. Den anderen, seinen Freund, konnte ich nicht finden.«

Willows und Parker tauschten einen Blick aus. Mrs. Minotti fragte: »Was ist, stimmt etwas nicht?«

Parker sagte: »Ich fürchte, wir werden Sie bitten müssen, uns zum städtischen Leichenschauhaus zu begleiten, um einen Toten zu identifizieren.«

»Etwa ihn?«

Parker nickte. Elaine Minotti hatte Cherry Ngo identifiziert, den jungen Mann, den sie an jenem Morgen im Pale Green Shoots Restaurant ermordet aufgefunden hatten.

14. Kapitel

Seinen Porsche oder den Jag oder auch nur den BMW am Flughafen in L. A. stehenzulassen, kam für Newt nicht in Frage. Die Wachen am Flughafen waren ein schlechter Scherz, es sei denn, man fuhr einen zehn Jahre alten Ford Pinto. Die einzige Möglichkeit, seinen Wagen gegen Diebe zu schützen, bestand darin, die Luft aus allen Reifen zu lassen und eine überreife Leiche in den Kofferraum zu legen.

Und selbst das war keine Garantie.

Also ließ Newt Rikki bei einem der Limousinenverleihe anrufen und ein überlanges, schwarzes Modell bestellen.

Newt wollte den Wagen Punkt ein Uhr vor dem Haus stehen haben; und er fuhr ganz pünktlich vor. Der Fahrer war ein hagerer Schwarzer. Er trug einen billigen Smoking mit unförmigen Schulterpolstern und eine prächtige gelbe Fliege. Der Typ hatte sich vor nicht allzulanger Zeit rasiert, und seine Fingernägel waren sauber, aber seine Schuhe waren übel zugerichtet, die Spitzen bis auf das nackte Leder abgeschabt.

Newt sagte: »Sie hängen gern auf dem Sportplatz rum in Ihrer Freizeit, werfen ein paar Bälle auf den Korb, hab' ich recht?«

Der Typ starrte ihn an; schließlich nickte er. Er hatte einen militärischen Haarschnitt, keine Perlen oder ausrasierte Stellen, die anzeigten, welche Gang aus der Nachbarschaft er favorisierte oder welche Biermarke, oder wie sein Mädchen hieß. Erstaunlich. Er stellte sich vor, Newt bekam seinen Namen jedoch nicht mit.

Rikki stand im Schatten des Hauses. Er hatte sich seinen schwarzen Macho-Lederkoffer zwischen seine zu kurzen Beine und seinen Paß fest zwischen die Zähne geklemmt und starrte den Fahrer vom Limo-Verleih an, als erwartete er jeden Augenblick, der Kerl könnte zur doppelten Größe anwachsen und Reißzähne bekommen oder sich vielleicht in ein Rieseninsekt verwandeln – sich irgendwie auf eine Weise verändern, die Rikki zwang, seinen Revolver zu holen und ihn mit Kugeln zu durchsieben. Sein Killerblick hatte jedoch nichts zu sagen. Es war einfach Rikki in seiner schroffen – eben Rikkis – Art.

Der Chauffeur öffnete den Kofferraum und begann, ihn mit Newts Louis-Vuitton-Koffern vollzustopfen. Die Arbeit trieb ihm die Schweißperlen ins Gesicht. War er nicht an körperliche Arbeit gewöhnt, oder jagte ihm Rikki etwa Angst ein?

Müßige Gedanken, dachte Newt. Er zündete sich eine geschmuggelte kubanische Zigarre an und verfolgte, wie der schwarze Mann mit dem glänzenden Gesicht schwarz schimmernde Gepäckstücke in den polierten schwarzen Wagen lud.

Der Typ vom Limo-Verleih merkte, daß er beobachtet wurde. Lächelnd bemerkte er, was für ein wundervoller Tag es doch sei und ob Mr. Newton wüßte, daß mehr als *fünfzigtausend* überlange Limousinen durch den Hexenkessel dieser Stadt kutschierten? War das nicht unglaublich?

Newt legte den Kopf in den Nacken, schaute in den ausgewaschenen Himmel und ließ kubanischen Rauch aus Mund und Nase quellen.

Der Typ vom Limo-Verleih ließ einfach nicht locker und erzählte Newt, wahrscheinlich läge es an der Kombination von Musikbusiness und Filmindustrie, jedenfalls gab es in L. A. mehr überlange Limousinen als in jeder anderen Stadt der gottverdammten Welt, London, Paris und Marrakesch eingeschlossen. Newt sah ihn von der Seite an. Der Typ quasselte immer weiter.

Worauf er hinauswollte, war folgendes: bei all diesen vielen Mietwagen, unter denen man wählen konnte, fühlte er sich regelrecht geehrt, daß Newt seinen ausgesucht hatte. Wenn er noch etwas tun konnte, um die Fahrt angenehmer zu machen, brauchte Newt nichts weiter zu tun, als es ihn wissen zu lassen.

Newt stieß das glühende Ende seiner Zigarre in seine Richtung und sagte: »Sparen Sie sich das Gesülze, Mann. Halten Sie einfach die Klappe, setzen Sie sich hinters Steuer und fahren Sie los.«

Vor Überraschung klappte sein Mund weit auf. Newt sagte: »Rikki tut alles, was ich ihm sage. *Alles.* Das ist sein Job, kapieren Sie?«

»Jawohl, Sir.«

Newt glitt in den Fond des Wagens. Weiches Leder. Chrom. Poliertes Holz. Es war, als säße man in einer High-Tech-Höhle. »Rikki, wir haben eine lange Fahrt vor uns. Vielleicht solltest du noch mal austreten gehen, bevor wir losfahren.«

»Wo?« fragte Rikki.

Der Schwarze schaute zu Newt, dann zu Rikki, dann wieder zurück. War das ein Scherz? Wenn er nicht bald dahinterstieg, brannte ihm noch eine Sicherung durch.

»Am Vorderrad.«

»Rechts oder links?«

»Was am nächsten ist.«

Rikki ging also zur Schnauze des Wagens, hob ein Bein und pinkelte auf den Goodyear Reifen der Limousine, bespritzte ausgiebig die Radkappe, schüttelte ab und zog den Reißverschluß hoch. Der Typ vom Limo-Verleih sagte: »He, also…«

Rikki kletterte in den hinteren Teil des Wagens. Er war so klein, daß er sich beim Einsteigen kaum zu bücken brauchte.

Newt sagte: »Er hätte Sie von oben bis unten vollgepinkelt, wenn ich es ihm gesagt hätte.«

»Nun, dann bin ich Ihnen selbstverständlich dankbar«, meinte der Schwarze.

»Bleiben Sie bei dieser Einstellung – die ist gut. Und jetzt machen Sie die Tür zu und treten Sie aufs Gas, wir müssen eine Maschine kriegen und haben es verdammt eilig.«

Rikki war auf der Fahrt zum Flughafen alles andere als ein Vergnügen. Er starrte ununterbrochen in seinen gefälschten Paß, blätterte die steifen, neuen Seiten durch, kehrte dann wieder zu der Fotografie zurück; dabei murmelte er ständig, das Bild sähe ihm überhaupt nicht ähnlich, und was für ein verdammt scharf aussehender Kerl er in Wirklichkeit sei, bei professioneller Ausleuchtung.

Mann, war er *vertieft*.

Newt verpaßte ihm einen Klaps seitlich gegen den Kopf, um seine Aufmerksamkeit zu erregen, und sagte ihm, er solle eine Flasche Champagner öffnen. Rikki tat, was von ihm verlangt wurde, schenkte Newt ein tulpenförmiges Glas ein. Aus Höflichkeit fragte Newt ihn, ob er ihm nicht Gesellschaft leisten wolle. Rikki schüttelte den Kopf und vertiefte sich wieder in das Studium seines Reisepasses. Die offiziellen Angaben, trockene Fakten, seine Größe, Gewicht und Haarfarbe betreffend, schienen ihn zu hypnotisieren. Newt war bei seinem zweiten Glas Champagner, als Rikki bemerkte, daß seine Größe mit einsvierundsechzig angegeben war.

»Sehen Sie sich das an!«

»Was?« sagte Newt. Er hatte eine Blondine in einem silberfarbenen Mercedes beobachtet, die in der benachbarten Fahrspur neben ihnen durch den Verkehr glitt, und die Kim Basinger gewesen sein könnte.

Rikki zeigte ihm seinen Paß. »Wollen die mich verarschen? Schreiben einsvierundsechzig, dabei bin ich mindestens einssiebzig.«

»Jesus, tatsächlich?« Newt nahm einen kräftigen Schluck von dem sprudeligen Zeug, um Zeit zu gewinnen und sich zu überlegen, was das bedeuten mochte. Noch nie hatte er Rikki so aufgeregt gesehen. Normalerweise hatte der Typ eher etwas von einer Gurke als von einem Menschen. Erstaunlich, wie schnell all die Sprachkurse den Bach runtergingen, sobald der Kerl ein wenig unter Druck geriet. Er war schwerer zu verstehen als Sly Stallone in *Rocky V.* Kaum zu fassen.

Die Größe, natürlich. Klar, er faselte davon, wie groß er war.

Newt sagte: »Als sie dich gemessen haben, mußtest du dabei deine Stiefel ausziehen?«

»Ja, na und?« Rikki erinnerte Newt daran, daß er seine Stiefel *niemals* auszog, es sei denn, er nahm ein Bad oder er legte sich schlafen. Manchmal nicht einmal dann. Genau das hatte er auch dem Paßfälscher erzählt. Was, zum Teufel, war eigentlich mit ihm los?

»Du schleichst jede Nacht barfuß ums Haus, was ist damit?«

»Das ist etwas ganz anderes.« Ein verschlagenes Grinsen, nur Zähne und Speichel. »Ich mache mir Sorgen um Sie. Ein übler Kerl schleicht sich an. Gehört zu meinem gottverdammten Job, Ihnen den Arsch zu retten. Wie soll ich vernünftig um das Haus schleichen, wenn ich diese schweren, alten Stiefel anhabe, hm?«

»Gutes Argument, Rikki.«

»Allerdings.« Rikki drehte den Paß um. Er schnupperte an dem Klebstoff, der sein Bild auf seinem Platz fixierte.

»Riecht gut?« fragte Newt grinsend.

»Mann, genau das hab' ich immer gewollt. Aber ich hätte nie geträumt, daß ich einen bekomme, der so echt aussieht.«

»Ein gutes Gefühl, möchte ich wetten.« Rikki beruhigte sich allmählich wieder, und Newt hatte eine Idee. Ihm fiel ein, wie Rikki damals das Ohr abgeschnitten hatte. Danach war sein Englisch so gut gewesen, daß man den Eindruck hatte, Winston Churchill vor sich zu haben. »Erinnerst du dich noch an den Kerl, der nicht abwarten konnte, bis er an der Reihe war, aufs Klo zu gehen?«

»Nee...«

»Ein fetter Kerl. Du hast ihm das Ohr abgeschnitten, um ihm ein paar Manieren beizubringen.«

»Ja?« Rikkis Interesse war erwacht. »Wann war das?« Noch während er sprach, konnte Newt sehen, wie die Kalenderblätter in Rikkis Kopf umgeblättert wurden.

Nach einer Weile klarte Rikkis Blick auf. Seine Pupillen weiteten sich. Seine Halsschlagader versuchte nicht länger, aus der Haut zu fahren.

»Ja, jetzt erinnere ich mich an den Typ. Warum fragen Sie?«

»Nichts, vergiß es. Sieh dir mal die Schnalle in dem Benz an.«

»Muy picante«, entfuhr es Rikki automatisch. Er runzelte die Stirn. »Worüber reden wir eigentlich?«

»Pässe.«

Rikki nickte. »Ich habe einem Puertoricaner einmal einen abgenommen, als ich noch in Tijuana gelebt habe. Ich habe mich damals als Zuhälter durchgeschlagen und nach einer Möglichkeit gesucht, da rauszukommen. Dieser Puertoricaner, er sieht genau aus wie ich. Also nehme ich seinen Paß.«

»Einfach so, was? Fand dich der Typ so nett, daß er dir ein Geschenk machen wollte?«

»War ein Tauschgeschäft. Ich hatte ein wirklich schönes Klappmesser aus rostfreiem Stahl, weil ich es immer unter meiner Achselhöhle aufbewahre. Der Typ wollte mir seinen Paß nicht geben, also habe ich ihm dafür das Messer gegeben. Sie wissen, was ich damit sagen will, Mr. Newton?«

»Ein Loddel mit einem rostigen Messer macht sich lächerlich, war es das?«

»Fast, aber nicht ganz.«

»Du hast ihn erstochen.«

»Vermutlich, ja. Und dann habe ich meinen neuen Namen gelernt, und wie alt ich bin und wo geboren und alle Einzelheiten meines neuen Lebens.«

»Harte Arbeit, was?«

»Zeitverschwendung, außerdem. An der Grenze schnappen sie mich und wollen mir einen Mord anhängen. Sie sagen, ich sehe eher aus wie ein Weihnachtsmann als wie dieser Typ aus Puerto Rico. Sie wollen wissen, wo er hin ist, was ich mit ihm gemacht habe.«

»Was hast du erzählt?«

»Ich hab' ihnen erzählt, ich hätte den Paß von einem Kerl auf der Straße gekauft, ich hätte ihn seitdem nicht mehr gesehen. Das ist alles.«

»Haben sie dich gehen lassen?«

»Keine Chance, verdammt. Sie schicken mich zurück, und die Mexicops sperren mich für sechs Monate in ein stinkendes

Scheißhaus von einem Gefängnis. Ich verliere meinen Job als Zuhälter, alle meine Hoffnungen und Träume sind dahin. Der Typ aus Puerto Rico taucht nicht auf, also müssen sie mich gehen lassen. Aber zuerst schlagen sie mich zusammen, richten mich übel zu. Also fasse ich einen Entschluß. Ich muß nach Amerika auswandern.«

»Und jetzt bist du hier, gesund und munter. Wohlhabend und in Sicherheit.«

»Es hat eine Weile gedauert, aber ich habe es geschafft.«

»Du solltest stolz auf dich sein. Weißt du was, Rikki?«

»Was?«

»Dieses Land wurde von Männern wie dir gegründet.«

»Die von den Cops gesucht wurden?«

Das saß. Newt mußte derart lachen, daß er – allerdings nur fast – seinen Drink verschüttet hätte. »Nein«, meinte er dann. »Ich spreche von Männern mit Visionen. Mutige, waghalsige Männer, die bereit waren, verzweifelte Risiken auf sich zu nehmen, um ein neues, besseres Leben für sich zu schaffen.«

»Kein Scheiß, tatsächlich?«

»Willst du etwas Champagner?«

»Gut, na schön. Von all dem Gerede bekomme ich einen trokkenen Hals.«

»Wir beide werden in Vancouver eine Menge Spaß haben.«

»Ja, okay.« Aber Rikki hatte den Champagner bereits vergessen und sich wieder in seinen neuen Paß vertieft, diesem winzigen Zauberbuch, das ihm die Freiheit verschaffte, auf der ganzen Welt Chaos zu verursachen und Mord und Totschlag zu begehen – fast zumindest.

Newt linste durch sein Champagnerglas und betrachtete den Hinterkopf des Fahrers, der erstaunlicherweise einer unterdurchschnittlich großen Bowlingkugel glich, die mit einer derben, krausen schwarzen Beschichtung überzogen war.

Er tippte auf das Intercom und sagte, »Limo-Fahrer, wer schneidet Ihnen die Haare?«

»Meine Frau.«

»Sie sind verheiratet; ein Typ wie Sie?«

»Drei Jahre. Fast.«

»Kinder?«

»Noch nicht.«

»Kluge Frau«, sagte Newt und lehnte sich zurück, um die Fahrt zu genießen.«

Wie sich herausstellte, war Kim Basinger gar nicht Kim Basinger – sie war eine der Stewardessen auf dem Delta-Flug 727 nach Vancouver. Newt unternahm extra einen Ausflug von der Kabine für die Erste Klasse bis ganz nach hinten zum Ende der Maschine, um sich vorzustellen und sie mit allem, was er hatte zu bearbeiten. Sie ließ ihn glatt abblitzen.

»Woran liegt es«, sagte er zu Rikki, als er wieder in seinen Sitz glitt. »Habe ich eine Warze auf der Nase, oder was?«

»Wahrscheinlich hat sie schon etwas anderes arrangiert.«

»Ja?« sagte Newt und betrachtete seinen winzigen Begleiter argwöhnisch.

Um zehn nach fünf setzten sie auf dem Vancouver International Airport auf. Rikki wollte seine Uhr nachstellen, Newt erklärte ihm jedoch, daß es keinen Zeitunterschied gab. Rikki glaubte ihm nicht und erkundigte sich bei Kim Basinger danach – nur nannte er sie Jessica.

Newt hatte den letzten Lacher dann doch für sich, als er sah, wie Rikki ein Paar dicke Wollfäustlinge aus seiner Umhängetasche zerrte, einen Daunenparka, eine Wollmütze und ein Paar gefütterte Gummistiefel, die gewaltig genug waren, um sich damit beim Angeln bis zur Hälfte ins Wasser zu stellen.

»Wo hast du all das Zeug her?« Newt setzte die Wollmütze auf. Eine Größe für fast alle. Er zog sich das seltsame, kratzige Ding über den Kopf, bis tief über seine Nase. »Willst du eine Bank ausrauben?«

»Rodeo Drive«, sagte Rikki. »Hat mich fünfzig Dollar gekostet. Es war die letzte, die sie hatten.«

»Es war die einzige, die sie hatten, Blödmann.« Die Wollmütze war mit einem winterlichen Motiv aus immergrünen Bäumen und Schneeflocken verziert. Rikki hatte Mühe, in den Parka zu schlüpfen und war sofort schweißgebadet. Newt reichte ihm die Mütze, und Rikki setzte sie auf. Der Kerl ließ sich wirklich zu leicht einen Bären aufbinden.

Jemand in der vorbeidrängelnden Menge prustete los. Rikki schleuderte einen Schuh von seinem Fuß und griff nach dem ersten Gummistiefel.

Newt sagte: »Es klingt fast wie ein Wunder, aber wenn du mal einen Blick aus dem Fenster wirfst, wirst du feststellen, daß es nicht regnet. Du wirst auch eine Menge Leute sehen, die in Hemdsärmeln herumlaufen. Muß eine Hochdruckfront sein, oder so, Rikki. Sieht aus, als hätten wir unheimliches Glück.«

Rikki beugte sich vor, spähte aus dem Fenster und blinzelte in die strahlende Sonne. Der Schweiß, der ihm in die Augen lief, machte es schwer, etwas zu erkennen. Er wischte sich das Gesicht mit einem Delta-Kissen in der Größe einer Klopapierrolle ab. Es geschah wirklich nicht gerade oft, aber diesmal hatte Newt recht.

Was das Wetter anbelangte, sah es nicht so aus, als würde er seine Schneeschuhe brauchen.

15. Kapitel

Arthur und Betty Chan wohnten im False Creek Wohnpark mit Blick auf Coal Harbour, zwei Brücken, das Herzstück der Innenstadt und hier und da ein Blick auf ein Stückchen der Berge.

Das Appartement nahm alle drei Stockwerke des Gebäudes ein. Zutritt hatte man über die nach Norden gelegene Sonnenterrasse. Eine Schiebetür aus Glas führte direkt ins Wohnzimmer. Mrs. Chan saß auf dem Sofa und las im *TV Guide*. Pastelltöne huschten über den 70-cm Bildschirm an der gegenüberliegenden Wand.

»*Santa Barbara*«, sagte Parker.

»Das glaube ich nicht!«

»Was glaubst du nicht?« Parker schaute weiter durch das Panzerglas.

»Daß du dir die Seifenopern ansiehst«, sagte Willows. Er klang ein wenig überrascht, vielleicht sogar etwas bestürzt.

»Wieso nicht?«

»Weil ich nicht dachte, daß du zu der Sorte von Leuten gehörst, die –«

Parker hob warnend eine Hand und schnitt ihm das Wort ab, bevor er zu weit ging. »Vorsicht, Jack.«

»Wie machst du es, nimmst du sie auf deinem VCR Recorder auf, damit du sie dir ansehen kannst, wenn du von der Arbeit nach Hause kommst?«

»Was soll das heißen, *sie*? Ich sehe *Santa Barbara* und *Guiding Light*. Zwei Serien, die zufällig zur gleichen Zeit laufen. Also muß ich mich für eine entscheiden, es sei denn, ich habe mitten in der Woche einen Tag frei. Das ist nicht einfach, das kannst du mir glauben.«

»Da glaubt man, man kennt einen Menschen, und dann stellt sich heraus, daß sie eine Süchtige ist«, sagte Willows.

»Na ja«, sagte Parker, »für jemanden, der sich erst richtig zuhause fühlt, wenn er an einem herrlichen Sommernachmittag drei oder vier Stunden wegwerfen kann, um sich eine Baseballaufzeichnung anzusehen, scheinst du mir recht vorschnell mit deinem Urteil.«

»Schuldig im Sinne der Anklage«, sagte Willows und tippte mit seiner Dienstmarke gegen das Glas.

Betty Chan schlug sich die Hand vor die Brust. »Der *TV Guide* flatterte auf den Teppich.

Willows lächelte beruhigend, hielt seine Marke hoch, so daß sie sie leicht sehen konnte. Er probierte die Tür. Sie war verschlossen. Mrs. Chan starrte die Detectives lange an, dann stand sie auf und ging langsam zum Fernseher und schaltete ihn aus.

»Sie hat die Fernbedienung verloren«, sagte Willows.

»Und ihre Tochter.«

»Ja, die auch.«

Mrs. Chan drehte sich zu ihnen um, durchquerte das Zimmer, entriegelte die Tür und schob sie auf.

Willows und Parker betraten das Appartement. Parker stellte

sie vor, während Willows die Tür wieder zuschob. Hausbauer und Architekten, die die Gesamtkosten im Auge behalten mußten, haben viel für Schiebetüren übrig, weil sie billig, leicht zu installieren und wartungsfrei sind und weniger Platz brauchen als eine normale Tür. Cops dagegen können sie nicht ausstehen, denn sie sind der Traum eines jeden Einbrechers. Gewöhnlich kann man die Tür einfach zwei, drei Zentimeter senkrecht nach oben an- und aus der Spur heben. Die Schlösser, die als Standardausrüstung mitgeliefert werden, kann man ohne Ausnahme bestenfalls als fadenscheinig bezeichnen.

Willows überlegte, ob er Mrs. Chan raten sollte, ein neues Schloß zu kaufen. Er entschied, es nicht zu tun. Ratschläge waren billig, aber sie zu befolgen, kostete Geld. Seiner Erfahrung nach weigerten sich Leute so lange, auch nur zehn Cent für ihre Sicherheit auszugeben, bis sie eines Morgens aus dem Bett rollten und feststellten, daß das Silber fehlte, wie auch alles andere, das sich zum Hehler schleppen ließ und klein genug war, um in den Kofferraum eines Autos zu passen.

An der Wand hing eine Uhr – eine schwarze Katze aus einem Comic mit weißen Handschuhen, deren Finger die Stunden und Minuten anzeigten. Mrs. Chan verglich die Uhr an der Wand mit ihrer Armbanduhr. »Tut mir leid, ich wußte gar nicht, daß es schon so spät ist.«

Willows sagte: »Wir sind ein wenig zu früh. Der Verkehr war nicht so schlimm, wie wir befürchtet hatten.«

»Wir wissen es zu schätzen, daß Sie sich die Zeit nehmen, mit uns zu sprechen«, sagte Parker. »Ich weiß, daß es nicht leicht für Sie sein kann.«

Das Zimmer war mit einem Sofa und einem dazu passenden, dunkelblauen Velourspolstersessel möbliert. Ein mit Schnitzereien verzierter Schaukelstuhl stand in einer Ecke. »Möchten Sie sich nicht setzen?«

Parker und Mrs. Chan machten es sich in den gegenüberliegenden Ecken des Sofas bequem. Willows ging zum Sessel, setzte sich aber nicht. Ein Familienportrait in einem silbernen Rahmen hing hinter dem Sessel schief an der Wand. Emily Chan und rechts und links daneben ihre Eltern. Sie hatten sich für die besondere Gelegenheit schick gemacht. Mrs. Chan lächelte. Ihr Mann machte ein sehr ernstes Gesicht.

Hinter Willows' Rücken sagte Mrs. Chan: »Emily war ein wunderbares kleines Mädchen.«

»Davon bin ich überzeugt«, sagte Parker.

»Ich habe ihr gesagt, sie soll sich nicht mit dem Jungen einlassen. Er wollte sich keinen Job suchen; er hielt nichts vom Arbeiten.«

»Cherry Ngo?«

Mrs. Chan nickte. »Er hatte immer viel Geld bei sich. Ein ganzes Bündel Geldscheine. Er nahm es gern heraus, um es zu zählen. Ein Angeber. Einmal habe ich ihn gefragt, woher er all das Geld hat. Er lachte mich aus, als wäre das eine dumme Frage und als wäre ich blöd, weil ich sie ihm gestellt hatte.«

»Haben Emily und Cherry Sie oft besucht?«

»Sehr oft. Einmal die Woche, manchmal zweimal. Sie blieben nie lange. Zehn oder fünfzehn Minuten.«

»Hat Cherry jemals einen seiner Freunde mitgebracht, wenn er hierher kam?«

»Seinen Bruder, einmal. Sonst niemanden.«

»Joey Ngo.«

»Ja, Joey. Er schien ein netter Junge zu sein. Höflich, voller Respekt. Ganz anders als sein Bruder. Ich glaube, er mochte Emily sehr gern.«

Mrs. Chan sah zu Willows hinüber. »Mein Mann hatte Angst vor Cherry Ngo. Er war überzeugt, daß Cherry Ngo ein Gangster war.«

Willows' Piepser ertönte. »Könnte ich mal Ihr Telefon benutzen?«

»Gleich die Treppe runter. Es ist in der Küche, ich zeige es Ihnen.«

»Bleiben Sie sitzen, ich finde es schon.«

Die Wohnung war schmal, kaum mehr als vier Meter breit. Sie war so konstruiert, daß in jedem Stockwerk Platz war für ein Treppenhaus oder eine Treppe plus ein Zimmer. Die Küche befand sich ungefähr einen Meter unter der Oberfläche. Ein großes Fenster gab den Blick frei in einen Lichtschacht. Die hintere Tür war aus Glas und konnte von der Straße aus nicht eingesehen werden. An der Wand neben dem Kühlschrank hing ein rotes Telefon. Willows rief zu Hause an.

Willy Talbot hatte eine Nachricht hinterlassen, die bestätigte, daß man im Waschraum des ›Pale Green Shoots‹ zwei Blutgruppen gefunden hatte. Eine der Blutgruppen stimmte mit der Probe überein, die man aus Cherry Ngos Herz entnommen hatte. Die zweite stammte von einem unbekannten Spender.

Willows hängte ein. Ein langer Flur mit mehreren Türen führte in den hinteren Teil der Wohnung. Hinter der ersten Tür war leise ein mahlendes Geräusch zu hören. Die Waschküche. Er probierte die nächste Tür und landete im Bad, drückte auf den Lichtschalter, schloß die Tür. Dutzende dünner Plastikröhrchen drängten sich auf den Glasregalen im Medizinschränkchen. Fast alle Medikamente waren Mrs. Chan verschrieben worden.

Willows notierte den Namen des Arztes und seine Telefonnummer in seinem Notizbuch, daneben die Namen verschiedener Medikamente, von denen es reichlich gab.

Er ging in die Hocke und öffnete die Türen unter dem Waschbecken und der Ablage. Handtücher. Ein Vorrat an Seife und Zahnpasta, ein Behälter mit Reinigungsmittel. Eine zerknitterte braune Papiertüte, in der sich eine Schachtel Damenbinden befand.

Einer Eingebung folgend, warf Willows einen Blick in den Spültank.

Nichts.

Er öffnete die Schlafzimmertür, zog die Toilettenspülung und schaltete das Licht aus.

Mrs. Chan war in der Küche und machte Tee. Willows fragte sie, ob sie etwas dagegen hätte, wenn er und Parker sich kurz in Emilys Zimmer umsähen.

Mrs. Chan zögerte. »Nein, ich denke, nicht. Suchen Sie etwas Bestimmtes?«

Willows sagte, nein, er wolle sich nur einmal umsehen.

Emilys Zimmer befand sich im obersten Stock. Es war vom Schlafzimmer ihrer Eltern durch ein von beiden Seiten begehbares Bad getrennt. Es war ein Jungmädchen-, ein Kinderzimmer. Die Wände waren mit Laura-Ashley-Motiven tapeziert. Der Teppichboden war weich und weiß, die Tagesdecke war rosa mit einem weißen Spitzenrand. Die Nachttischlampe hatte die Form eines Eisbären. Auf dem Nachttisch lag eine zerfledderte Ausgabe von *Sixteen*. Parker sah auf das Datum – das Heft war beinahe zwei Jahre alt.

»Wann ist Emily von Zuhause ausgezogen, Mrs. Chan?«

»Vor anderthalb Jahren. Es war Ende Dezember, während der Weihnachtsferien.«

Willows ging zu einem der Fenster und schaute hinaus. Von hier aus hatte man einen Blick auf einen Spielplatz mit Rutschen, Schaukeln, einem Reifen an einer Kette, einem Sandkasten. Für die Bewohner der Genossenschaftswohnungen gab es überdachte Parkplätze. Jemand hatte am fernen Ende des Zufahrtsweges einen Orange City of Vancouver Müllbehälter gegen eine mit Efeu überwucherte Mauer geschoben.

Planten die Chans, hier wohnen zu bleiben, oder hatten sie die Absicht, umzuziehen? Willows fragte sich, in welchem Maße die Wohnungen hier finanziell unterstützt wurden. Es mußte schwer fallen, an dieser Zimmertür vorbeizugehen.

Er sagte: »Mrs. Chan, ich würde gern kurz mit meiner Kollegin sprechen. Wenn Sie vielleicht…«

»Ich bin unten.«

»Gut. Vielen Dank.«

Jalousieartige Türen führten in einen begehbaren Kleiderschrank, der die ganze Breite des Zimmers einnahm.

Willows sagte: »Sieht so aus, als hätte sie sich nicht die Mühe gemacht, zu packen.«

»Was glaubst du eigentlich, was du hier tust?«

»Ich will den Laden auf den Kopf stellen. Steh nicht dumm rum, hilf mir. Sieh dir das an. Als sie ging, kann sie nicht viel mehr mitgenommen haben, als das, was sie anhatte.«

Parker wühlte sich durch den Ständer voller Blusen und

Röcke. Die Kleiderbügel klingelten wie Musik. »Wonach suchen wir eigentlich, Jack? Hast du eine Idee?«

»Mrs. Chan sagte, daß sie und Chessy sich nicht verstanden hätten. Trotzdem hat er sie regelmäßig besucht. Manchmal zweimal in einer Woche.«

»Aber nur für zehn oder fünfzehn Minuten.«

»Eben.«

»Du glaubst, er hat seine Drogen hier versteckt?«

»Nein«, sagte Willows. »Das denke ich überhaupt nicht.«

Parker sah ihn an. »Was denn dann?« sagte sie honigsüß.

Willows räusperte sich. »Du hast mir verraten, daß du dir die Seifenopern anschaust. Das war ein Geständnis. Nun, du hast deine schmutzigen Geheimnisse, und ich habe meine.« Willows hielt sich ein blau-weiß gemustertes Baumwollkleid vor die Brust. »Was meinst du, steht mir so was?«

»Du stehst auf Frauenkleider, stimmt's?«

»Gib's zu, du hast es die ganze Zeit gewußt.«

»Du bist krank, Jack.«

Willows hob die Matratze an. Nichts.

Parker sagte: »Gott, manchmal komme ich mir so schäbig vor.«

Willows ging zur Kommode. Sie war weiß gestrichen, mit rosa Kanten. Die oberste Schublade war voller Unterwäsche. »Claire, würde es dir etwas ausmachen?«

»Bist du sicher, daß du es nicht selber machen willst?«

»Jetzt hör aber mal auf. Hier sind Sachen drin, die sind mit Giraffen verziert.«

»Immer mit der Ruhe, Jack. Kein Grund, durchzudrehen.« Parker hielt ein Höschen hoch. »Hier, zieh dir das über den Kopf und atme ein paarmal langsam tief durch.«

Parker entdeckte das Tütchen mit dem weißen Pulver und den hellblauen Umschlag unter der Schublade, wo es mit Klebestreifen befestigt war. Der Umschlag enthielt eine Grußkarte mit einem flauschigen, weißen Comic-Kätzchen, dessen rosa herzförmige Pfoten die Worte »Happy Birthday« buchstabierten. Außerdem gab es noch ein Foto, eine Polaroidaufnahme.

Parker zeigte Willows die Karte und das Foto.

»Was glaubst du, Jack? Ist er der, den ich meine?«

»Sieht mir ganz danach aus.«

»Er hat einen hübschen Körper, nicht wahr?«

Willows sagte: »Ein bißchen mager.«

»Aber kräftig.«

»Besonders zwischen den Ohren, möchte ich wetten.«

Parker sagte: »Glaubst du, er hat seinen Bruder wegen ihr umgebracht?«

»Schon möglich. Aber wer hat sie dann getötet?«

»Vielleicht sollten wir ihn einfach fragen.«

»Wenn wir ihn finden.«

»Ich wüßte gern, ob er Kontakt zu den Chans hatte, seit Emily erschossen wurde.«

»Gehen wir nach unten und finden es heraus.«

Mrs. Chan hatte den Fernseher wieder eingeschaltet. Ihre Augen waren rotgerändert, ihre Wangen aufgedunsen. Parker fragte sich, weshalb sie wohl geweint hatte – wegen des Todes ihrer Tochter oder wegen einer tragischen Begebenheit aus der letzten Episode von *General Hospital*.

Willows setzte sich auf das Sofa neben Mrs. Chan. »Wissen Sie, was das ist?« Er zeigte ihr das Tütchen mit dem weißen Pulver.

»Kokain. Oder vielleicht Heroin.«

»Woher wissen Sie das?«

»Aus dem Fernsehen.«

»Wußten Sie, daß es im Zimmer Ihrer Tochter war?«

»Emily hat nie Drogen genommen.«

Willows hatte den Obduktionsbefund gelesen. Emily war im dritten Monat schwanger und hatte definitiv regelmäßig Kokain genommen. Er überging ihre Bemerkung. »Mrs. Chan, ich wollte damit nicht sagen, daß sie Drogen genommen hat. Ganz bestimmt nicht. Ich frage Sie nur, ob Sie gewußt haben, daß sich dies in ihrem Zimmer befand.«

»Nein.«

»Sind Sie sicher?«

»Ja, natürlich. Wenn ich so was finden würde, ich würde es in die Toilette werfen!«

»Haben Sie das jemals getan – Drogen gefunden und sie weggeworfen?«

»Nein. Aber ich habe Emily gesagt, wenn sie Drogen mit nach Hause bringen würde, würde ich sie vernichten. Und ich habe ihr angedroht, außerdem die Polizei zu verständigen.«

Sie vielleicht, ich bestimmt nicht, dachte Willows. Er hatte mit eigenen Augen gesehen, was ein paar Monate in Willingdon bei einem Jugendlichen anrichten konnten.

Willows sagte: »Emily hat nicht gearbeitet, oder?«

»In den letzten Monaten nicht, nein.«

»In den letzten Tagen vor ihrem Tod, kam sie Ihnen da irgendwie anders vor als sonst? Besorgt oder deprimiert, angespannt?«

Mrs. Chan drehte sich um und sah Willows an. »Nicht mehr als sonst auch. Sie war ein sehr unglückliches Mädchen.«

»Sie hat nicht etwas erwähnt...«

»Sie wurde immer wütend, wenn ich sie nach ihrem Privatleben gefragt habe. Schon die einfachste, harmloseste Frage... Ich wollte keinen Streit mit ihr, wenn sie mich besuchen kam.«

»Über welche Dinge haben Sie miteinander gesprochen?«

»Über das Fernsehen. Wir haben über Sachen gesprochen, die wir im Fernsehen gesehen hatten.«

Parker sagte: »Wenn Joey anruft oder vorbeikommt, wäre es uns sehr lieb, wenn Sie ihm gegenüber nicht erwähnen würden, daß wir uns für ihn interessieren.«

»Joey hätte meinem Kind kein Haar gekrümmt. Glauben Sie, daß Joey es getan hat?«

Parker sagte: »Emily ist wiederholt geschlagen worden. Wissen Sie etwas darüber, Mrs. Chan?«

»Nein. Nichts.«

»Wir wollen mit Joey sprechen, das ist alles.«

»Er wird nicht anrufen. Jetzt, wo Emily weg ist, gibt es hier nichts mehr, was ihn interessiert.«

»Bis auf das hier«, sagte Willows und wog das Plastiktütchen mit dem weißen Pulver in seiner Hand.

»Sollte er dennoch vorbeikommen«, sagte Parker, »und nach den Drogen fragen, können Sie ihm ruhig sagen, daß wir Emilys Zimmer durchsucht haben. Ansonsten erwähnen Sie es bitte nicht.«

»Ja, gut. Wie spät ist es, bitte?«

Parker sah auf ihre Uhr. »Kurz nach vier.«

»Dann habe ich *Geraldo* verpaßt«, sagte Betty Chan. »Haben Sie die Serie schon einmal gesehen? Er ist so witzig. In der Folge mit den eineiigen Zwilligen, wie er da den Mann gefragt hat, ob er je mit seiner Frau *und* ihrer Schwester ins Bett wollte...«

Draußen buddelten mehrere kleine Kinder voller Begeisterung, aber ohne ersichtlichen Plan in einem Sandkasten, während ein älteres Kind in zerschlissenem Overall schrille Motorgeräusche von sich gab und dabei ein ferngesteuertes Auto durch einen komplizierten Rundkurs um den Spielplatz lenkte.

Parker sah sich um. Das Gelände war auf allen vier Seiten von den Genossenschaftblocks eingefaßt. Wahrscheinlich war es einer der sichersten Plätze zum Spielen in der ganzen Stadt. Aber der Sandkasten, die Schaukeln, die Rutsche aus Plastik und die anderen Spielgeräte lagen im Schatten. Wegen der umliegenden Gebäude beschien die Sonne das Gelände jeden Tag nur für ein paar Stunden. Der Spielplatz war sicher, aber das fehlende Sonnenlicht schien dafür ein recht hoher Preis zu sein.

Parker wurde in ihren Gedankengängen unterbrochen, als Willows plötzlich einen Warnruf ausstieß und sie am Arm packte. Einen Sekundenbruchteil später fuhr sie das ferngesteuerte Auto von hinten an, raste ihr in die Hacken, prallte ab und zischte davon.

Willows versuchte, den Jungen zu entdecken, aber er war wie vom Erdboden verschluckt, er war irgendwo untergetaucht und verhielt sich vollkommen ruhig.

»Verdammt«, stieß Parker gepreßt hervor. Ihre Haut hatte einen Kratzer abbekommen, und ihr Nylonstrumpf war zerrissen.

»Fahrerflucht«, sagte Willows. »Er muß umgerechnet mindestens hundertfünfzig Sachen draufgehabt haben. Du kannst von Glück reden, daß du noch lebst.«

»Sehr komisch.«

»Wir werden alle Spielwarengeschäfte in der Stadt überprüfen, vielleicht finden wir eine Spur. Nein, warte – hast du dir seine Nummer notieren können?«

Parker sagte: »Nein, aber dafür bist du gleich reif, Jack. Hör auf mit dem Mist, sonst kaufe ich mir einen Ferrari zum Aufziehen und jage dich quer durch unser Büro.«

Sie gingen die schmale Auffahrt hinunter, die zu den Besucherparkplätzen führte, als das leuchtendrote Modellauto wieder auftauchte, aus einer Hecke von Zwergzypressen schoß und auf sie zuraste.

Instinktiv hätte Parker am liebsten ihre Dienstwaffe gezogen und das Ding abgeknallt, aber tiefverwurzelte Bedenken wegen der Querschläger und des zu erwartenden Papierkriegs hielten sie zurück.

Sie wartete bis zum letzten Augenblick, dann trat sie zu. Das kleine Auto schleuderte scharf zur Seite, die winzigen Reifen suchten verzweifelt nach Halt auf dem Pflaster. Es schoß zehn Meter weit den Weg hoch, schleuderte dann um die eigene Achse, bis es wieder auf sie gerichtet war.

Willows wartete. Das Auto preschte auf sie zu. Er nahm einen Stein in die Hand und zielte. Das kleine Auto wich schleudernd aus, prallte gegen die Bordsteinkante, überschlug sich und blieb mit dem Bauch nach oben mitten auf dem Weg liegen.

Hinter der Hecke war wütendes Geheul zu hören.

Willows ging zu dem Auto. Die Räder drehten sich rasend schnell. Er nahm das Spielzeug in die Hand und klappte das Batteriefach auf. Duracells, acht Stück.

Auf der anderen Seite des Weges begann die Hecke zu zittern, und ein Junge schob sich hindurch.

Willows ließ die Batterien auf den Weg fallen, versetzte ihnen einen genau abgemessenen Tritt und sah zu, wie sie in einem Gully verschwanden. Er verschloß den Deckel des Batteriefachs und legte das Auto verkehrt herum auf den Weg.

Der Junge wartete im Schatten der Hecke. Sein Gesicht wirkte böse und verkniffen. Er wollte sein Auto wiederhaben, aber der

Wunsch danach war nicht so übermächtig, daß er dafür eine Ohrfeige riskieren wollte.

Willows und Parker gingen zu ihrem unmarkierten Streifenwagen. Willows schloß seine Tür auf, stieg ein, dann reichte er herüber, um die Beifahrertür zu entriegeln. Als Willows den Motor anließ, flitzte der Junge über den Weg, schnappte sich sein Spielzeugauto, rannte zurück und verschwand durch eine unsichtbare Lücke in der Hecke.

Willows setzte den Wagen rückwärts aus der Parklücke.

»Gib Gas«, sagte Parker, sich den Knöchel reibend. »Laß uns abhauen, bevor sich das kleine Scheusal *unsere* Nummer merkt.«

16. Kapitel

Burnaby. Frank war schon ein- oder zweimal dort gewesen, vor Jahren. Er konnte sich nicht mehr erinnern, weswegen. Wie er es sah, handelte es sich bei diesem eigenständigen Stadtviertel um eine billige Schlafstadt für die City. Typen, die einen Lastwagen fuhren, wohnten hier, solche Leute. Lulu hatte ein gewisses Maß freundlicher Überredungskunst aufbringen müssen, um Frank zu überzeugen, daß ein Tagesausflug dorthin eine gute Idee wäre. Ihr Ziel war ein weitläufiges Einkaufszentrum mit dem Namen Metrotown.

Frank war von der Idee nicht begeistert. Die Sommertage zogen dahin. An diesem Morgen hatte er wieder verschlafen und seine Chance verschnarcht, Claire Parker zu erwischen. Die verpaßte Gelegenheit hatte ihn mürrisch und verdrossen gestimmt. Was für ein Killer war er überhaupt? So, wie die Dinge liefen, wäre er nicht überrascht, wenn Newt ihm die Papiere gab und einen anderen damit beauftragte, den Job zu erledigen.

Plötzlich mußte Frank daran denken – wieso war er eigentlich nicht schon früher auf die Idee gekommen? –, daß Newt Rikkis Zügel schießen lassen könnte. Das war allerdings ein furchteinflößender Gedanke. Frank erinnerte sich, wie er Rikki dabei zugesehen hatte, als er in einem Restaurant in Beverly Hills einen gebratenen Truthahn zum Erntedankfest zerlegt hatte. Den öligen, gemurmelten Einwänden des Chefkellners zum Trotz hatte Rikki darauf bestanden, sein eigenes Messer zu benutzen; ein Klappmesser mit fast dreißig Zentimeter langer Klinge und einem beschwerten Griff, das er sich per Nachnahme aus einem Tokioter Spezialgeschäft hatte schicken lassen.

Frank hatte noch nie so dünn geschnittenes Fleisch gesehen – der Mexikaner war ein Künstler mit der Klinge. Aber was er nie vergessen würde, das war dieses irrsinnige Funkeln in Rikkis Augen, die Speichelbläschen, die sich im Winkel seines erschlafften Mundes bildeten, das Gezische und Gestöhne, die Sehnen, die an Handgelenk und -rücken hervortraten, als er sich an dem saftigen Vogel zu schaffen gemacht hatte. Der Ausdruck in seinem Gesicht, zu dem jede einzelne Pore ihren Beitrag leistete, verriet klar: Das hier macht mir Spaß, aber ihr solltet erst einmal sehen, wieviel Freude ich bei einem *lebenden* Vogel hätte.

Nein. Newt konnte nicht riskieren, Rikki über die Grenze nach Vancouver zu schicken. Rikki hatte zuviel Dreck am Stekken. Man mußte ihn jede Minute im Auge behalten, jede seiner Bewegungen überwachen. Frank kannte die Geschichte mit dem Kerl in der Herrentoilette, wie Rikki ihm mit einem chirurgischen Schnitt das Ohr abgetrennt hatte, so fix, daß sich wahrscheinlich sogar Maneloto im Grabe umgedreht hätte.

Mit solchem Auftreten kam man vielleicht in Los Angeles durch. In Vancouver landete man damit auf der Titelseite. Frank versuchte sich einzureden, daß Rikki kein Problem darstellte. Newt war bescheuert, aber er war nicht wahnsinnig.

Frank war feucht unter den Achseln. Sein Atem ging schwer. Vielleicht hatte Lulu recht – es würde ihm guttun, mal aus der City rauszukommen und eine Lunge voll Vorstadtluft zu atmen. Der Grund, weshalb sie Metrotown besuchten: Sie wollte es noch mal mit einem Raubüberfall versuchen. Frank hatte ihr die theoretischen Grundlagen beigebracht, und jetzt wollte sie losziehen, um zu sehen, wie gut sie ihre Lektionen gelernt hatte.

Ohne zickig zu werden und nur die simple Tatsache darlegend hatte sie ihm schlicht und einfach erklärt, daß es nur gerecht wäre, wenn er auch mal etwas für sie täte, schließlich hätte sie ihn die ganzen letzten Tage von hinten bis vorne verwöhnt. Außerdem, so hatte sie beiläufig hinzugefügt, hätte sie eine Menge Geld in ihre Verkleidung investiert.

»Was für eine Verkleidung denn, Schatz?«

Lulu sagte Frank, er solle sich umdrehen und die Augen schließen, während sie sich umzog und ihr süßes, kleines Outfit anlegte, die dunkelgrüne Jacke und den dazu passenden Faltenrock, ihre weiße Bluse und die Kniestrümpfe, die flachen, runden Lackschuhe mit der glänzenden schwarzen Schnalle. Die Krönung bildete eine blonde Zopfperücke im Heidi-Look.

»Du lieber Himmel, du siehst aus, als wärst du ungefähr zehn. Was ist das, eine Uniform?« rief Frank.

Lulu nickte lächelnd. Die Uniform stammte von einer katholischen Mädchenschule aus der Gegend. Sie hatte einer Eiscreme schleckenden, hundertzehn Pfund schweren Dreizehnjährigen mit Sommersprossen und ohne einen Funken Verstand fünfzig Dollar dafür bezahlt.

»Hübsch«, sagte Frank.

»Was hältst du von der Perücke – ist sie zuviel?«

»Nein, sie ist toll.«

Lulu rollte sich in dem Sessel am Hotelfenster zusammen. Der Faltenrock rutschte ihr beim Hinsetzen weit über die Schenkel nach oben. Ihre blasse Haut schimmerte im Licht. »Also, alles in allem findest du, daß es ziemlich sexy aussieht, oder was?«

»Sexy, ja. Aber ich muß auch zugeben, daß ich mich nicht ganz wohl dabei fühle. Ich bin fast vierzig, Lulu. Du siehst aus, als könntest du meine Tochter sein.«

»Aber du hast doch keine Kinder, oder, Frank?«

»Nein.«

»Und ich bin zweiundzwanzig, richtig?«

Frank nickte.

Lulu breitete ihre Arme aus. »Komm schon, Baby, und gib mir einen dicken Kuß.«

Frank wollte mit dem Auto nach Burnaby fahren, aber Lulu meinte, sie könne es nicht ertragen, sich all das Elend in der Stadt anzusehen, also nahmen sie an der Hudson Bay Station den Sky Train – die elektrische Hochbahn, die die Pendler in die City und wieder zurück beförderte.

Frank sagte: »Wieso heißt das Ding Sky Train? Wir sind mindestens sechs Meter unter dem Erdboden.«

»Keine Sorge«, sagte Lulu, während sie es sich auf seinem Schoß gemütlich machte. Sie knabberte an seinem Ohr. »Lehn dich einfach zurück und genieße die Fahrt.« Sie wackelte mit den Hüften. »Ich werde es jedenfalls tun.«

An der Metrotown Station herrschte dichtes Gedränge. Franks Größe und sein energisches Kinn bahnten ihnen den Weg.

Fast eine ganze Stunde schlenderten sie durch eine Ladenpassage. Rogers Geburtstag stand kurz bevor, und Lulu hatte sich in den Kopf gesetzt, ihm ein goldenes Kettchen für das Handgelenk zu schenken – ein richtig schweres, das an die zehn- oder fünfzehntausend Dollar kosten würde, wenn man es kaufte.

»Das ist eine der schönen Seiten, wenn man ein Dieb ist – wenn dich der Verkäufer fragt, an welche Preislage man gedacht hätte, kann man ihm sagen, Geld spielt überhaupt keine Rolle, und es stimmt auch noch«, sagte Frank.

Gegen zwei Uhr nachmittags hatten sie immer noch nicht entschieden, welches Geschäft sie mit ihrem Anliegen beehren wollten.

»Gehen wir in ein Restaurant«, schlug Frank vor.

»Was?«

»Ich sterbe, wenn ich nicht innerhalb von zehn Minuten einen Cheeseburger kriege.«

Auf der unteren Ebene gab es ein Schnellrestaurant mit einem freien Tisch, von dem aus man einen guten Blick auf ein Juweliergeschäft mit dem Namen ›Silver Shreds Among The Gold‹ hatte.

Die Bedienung brachte die Karten und fragte Frank, ob er etwas zu trinken wünschte. Frank verneinte. Lulu bestellte einen Martini wie James Bond ihn trank, aber mit einer zusätzlichen Olive.

Die Bedienung wollte einen Ausweis sehen.

Lulu sagte: »Sehen Sie zu, wie ich ihn trinke – dann wissen Sie, daß ich es nicht zum ersten Mal mache.«

Die Bedienung zögerte. Frank fing ihren Blick auf. Er versuchte, unverfänglich zu lächeln. Die Bedienung zeigte auf die Schuluniform. »Sie sind Lehrer hier, ist das richtig?«

»Sexualpraktiken für Fortgeschrittene«, sagte Lulu und ließ dabei ihre milchweißen Zähne sehen.

»Ich denke, ich nehme ein Bier«, sagte Frank, »um meinen Cheeseburger runterzuspülen. Und eine doppelte Portion Speck.«

Lulu bestellte einen Salat als Beilage, ohne Dressing.

Nach einer Weile kamen die Getränke. Lulu aß eine Olive und hielt ihr Glas ins Licht. »Ich werde mir damit Zeit lassen müssen, was meinst du?«

»Trinken und Klauen paßt nicht besonders gut zusammen.«

»Aber einer kann doch nicht schaden.«

»Wahrscheinlich nicht.«

Lulu öffnete die Lippen und biß sanft in eine Olive, zog sie bedächtig vom Zahnstocher. Die Olive verschwand in ihrem Mund. Sie leckte sich die Lippen, kaute langsam und schluckte. Sie lächelte. »Du würdest mich nie anlügen, oder, Frank?«

»Bestimmt nicht.«

»Nicht einmal, wenn es vieles leichter machen würde?«

»Ich kann mir nicht vorstellen, was das sein sollte.« Frank nippte an seinem Bier. »Bedrückt dich etwas?«

»Ich glaube, ich habe mich in dich verliebt. Ich meine, richtig verliebt.«

Das Essen kam. Frank teilte seinen Burger in zwei Hälften. Die Messerklinge war gezackt, trotzdem machte ihm der Speck Schwierigkeiten. Rikkis Bild huschte über seinen Teller. Er drückte fester, und das Messer schnitt hindurch. »Vielleicht sollten wir uns Rogers Geschenk aus dem Kopf schlagen und an einem anderen Tag einkaufen gehen.«

»Wegen einem kleinen Martini?«

»Nein, das habe ich gar nicht gemeint. Es ist nur, du bist nicht ganz bei der Sache, und das ist ungesund. Wenn wir jemanden überfallen wollen, ist es wichtig, daß wir uns auf die bevorstehende Aufgabe konzentrieren.

Lulus Blick verfinsterte sich, aber sie blieb ruhig.

Frank sagte: »Wie ist der Salat?«

»Lasch.«

Frank goß sich etwas Ketchup über seine Fritten. »Wie lange hat dieser Laden geöffnet?«

»Welcher Tag ist heute?«

»Freitag.«

»Bis neun.«

Frank hatte seine Rolex im Hotel gelassen. »Wie spät ist es jetzt, ungefähr halb drei?«

Lulu sah auf ihre Uhr. »Zwanzig nach zwei.«

»Ist hier in der Nähe ein Hotel oder Motel?«

»Wir sind auf der Kingsway, Frank. Hier gibt's Hotels, wohin das Auge blickt.«

»Warum essen wir nicht zu Ende, nehmen uns ein Taxi und suchen uns in der Nähe etwas, um uns etwas auszuruhen. Wenn uns danach ist, kommen wir später zurück und kümmern uns um Roger.«

»Ausruhen ist nicht gerade das, was ich jetzt brauche.«

»Gut, was auch immer.«

Das Motel, zu dem der Taxifahrer sie brachte, war genau richtig, wie sich herausstellte – nicht vollkommen mies, aber schon etwas heruntergekommen. Frank öffnete das Fenster, so weit es ging. Er stellte den Fernseher an – hier waren sie, Ende Juli, und es schneite auf jedem Kanal. Er stellte den Fernseher ab und ging, um Lulu unter der Dusche Gesellschaft zu leisten.

Kurz nach acht waren sie wieder in Metrotown. Der Verkäufer bei ›Silver Threads Among The Gold‹ wienerte einen Schaukasten aus Glas. Er hatte eine Rolle Haushaltstücher unter dem Arm und drückte auf den Abzug einer Sprühflasche mit Weenex Glasreiniger, als sei es eine hochkarätige Schußwaffe.

Das Gedränge war dichter als zuvor. Die Passage war klimatisiert. Frank grinste. Damit gab es wenigstens zwei gute Gründe für ihr Hiersein. Sich abzukühlen, und einen Laden auszurauben. Er sagte: »Also schön, gehen wir alles noch einmal durch.«

»Ich soll ihm die Waffe nur zeigen, wenn ich entschlossen bin, sie auch zu benutzen.«

»Genau.« Frank hatte Lulu eine 32er Automatik geliehen. Die Waffe wog fast so viel wie sie, auch wenn das Magazin leer war. Er war nicht gerade stolz darauf, ihr eine nutzlose Waffe gegeben zu haben. Andererseits wußte er aus Erfahrung, daß ganz normale Menschen plötzlich durchdrehten, wenn sie eine Waffe in die Finger bekamen. Frank hatte es auf eine Goldkette abgesehen, nicht auf eine balkendicke Überschrift: BLUTBAD IN BURNABY:

Lulu sagte: »Ganz normal sprechen, nicht zu schnell.«

»Gut.«

»Darauf achten, daß ich nichts anfasse.«

»Besonders jetzt nicht, wo er gerade die Theke geputzt hat. Sobald die Cops Fingerabdrücke finden, die nicht von ihm sind, wissen sie sofort, wem sie gehören.«

»Aber was spielt das für eine Rolle, schließlich haben sie meine Fingerabdrücke noch nicht. Womit wollen sie sie vergleichen?«

»Sie können es nicht«, sagte Frank. »Zumindest solange nicht, bis sie deine Finger in die Hände kriegen.« Lulu kicherte. Er runzelte die Stirn und sagte: »Jetzt kommt dir das vielleicht komisch vor, aber wenn sie dich erst einsperren, ist das gar nicht mehr so lustig. Das ist eine riskante Angelegenheit, vergiß das nicht.«

»Bestimmt nicht.«

Frank sah sich um. »Nachdem er dir die Goldkette gegeben hat, was dann?«

»Ich sage ihm, er soll sich auf den Boden legen und sich fünf Minuten nicht von der Stelle rühren. Und daß ich ihn umbringe, wenn er nicht macht, was ich ihm sage.«

»Gut. In Ordnung.«

»Wenn er stehenbleibt wie ein Blödmann, zeige ich ihm meine Kanone.«

»Erst läßt du ihn nur einen Blick drauf werfen.«

»Ja ja, ich weiß. Sei doch nicht so kleinkariert. Ich werde schon nichts falsch machen.«

»Na gut, also schön.«

Frank ließ seinen Blick durch die Passage schweifen, entdeckte weder einen herumstreifenden Cop noch jemanden vom Sicherheitspersonal. Er beugte sich vor und küßte Lulu auf die Wange. »Dann geh rein und hol's dir, Kleines.«

Lulu spazierte in das Juweliergeschäft. Der Verkäufer blickte auf und sah sie kommen. Er stellte die Haushaltstücher und den Glasreiniger auf die Ladentheke und setzte ein warmes Lächeln auf. Aus zehn Metern Entfernung sah Frank, wie Lulu den 32er aus der Handtasche riß und dem verblüfften Verkäufer den Lauf ins Gesicht hielt. Sie sagte irgendwas, was, konnte Frank nicht hören. Der Verkäufer nickte und zog ein burgunderfarbenes Tablett unter der Theke hervor. Das Tablett war mit schweren Goldketten drapiert. Der Verkäufer schüttete die Ketten in Lulus geöffnete Handtasche.

Lulu spannte den 32er. Was für ein Geräusch. Wie das letzte Ticken der letzten Uhr auf dieser Welt. Der Lauf glitt über die verschwitzte Stirn des Verkäufers. Lulu sagte: »Bis dann, Arschloch«, und drückte ab.

17. Kapitel

Der Corvette durchbrach immer noch die Mauer, die blinkende Schnauze des Wagens ragte immer noch aus der Betonwand. Trotzdem, irgend etwas stimmte nicht ganz. Das Mädchen mit dem wilden Blick auf dem Schoß des Fahrers war ein Rotschopf. Willows war ziemlich sicher, daß sie bei seinem ersten Besuch eine blonde Perrücke getragen hatte.

Einige Dinge schienen sich jedoch nie zu verändern. Bob trug denselben Overall, der bis zur Hälfte seiner schlaffen, pelzigen Brust aufgeknöpft war, und die matschigen Reste einer billigen Zigarre ragten auch jetzt angriffslustig aus seinem Mund.

Bob zeigte mit der Zigarre auf Willows und sagte: »Der Cop, richtig? Wo steckt die hübsche junge Dame?«

Willows lächelte, um seinen Worten die Bissigkeit zu nehmen. »Wo sie Ihre dämlichen chauvinistischen Witze nicht hören kann, Bob. Zu Ihrem Glück.«

Bobs Oberlippe zuckte. Seine Zähne sahen rostig aus. Er machte ein Geräusch wie eine Toilette, die abgezogen wird, drehte den Kopf und spuckte einen Tabakkrümel auf den Boden. »Suchen Sie Joey?«

»Ist er hier?«

»Nein.«

»Wissen Sie, wo er steckt?«

»Raten Sie mal, Detective. Hab' ich auch schon versucht. Vielleicht haben Sie mehr Glück, schließlich haben Sie bei all Ihrer Übung einen Vorteil.«

Die Toilette wurde wieder abgezogen. Bobs Gesicht hatte die Farbe und Beschaffenheit einer verwitterten Ziegelwand. Willows merkte, daß er lachte.

Der Mann hinter der Theke kratzte sich an der Brust. Seine öligen Finger spielten mit einem Sankt-Christophorus-Anhänger. »Joey ist heute morgen nicht zur Arbeit erschienen. Hat sich auch nicht krank gemeldet. Wie ich die Sache sehe, hat er sich dem immer größer werdenden Heer der Arbeitslosen angeschlossen.« Er wedelte mit der Zigarre in Willows Richtung. »Haben Sie ein Streichholz?«

»Nein.«

»Hätte ich ernsthaft vor, ihn zu suchen, würde ich es zuerst in seinem Schlafzimmer probieren. Der Junge schien nie genug Schlaf zu kriegen, ständig ist er in der Mittagspause eingenickt. Wenn Sie ganz leise sind, erwischen Sie ihn vielleicht in der Kiste, wie er sich an seinen Träumen ergötzt.«

Parker ließ den neutralen Wagen an, als Willows aus dem Gebäude trat. Er stieg ein und knallte die Tür zu.

Parker sagte: »Was ist passiert? Wollte Joey nicht mit dir sprechen?«

»Er war nicht da, hübsche junge Dame.«

»Hübsche junge Dame?«

»So hat Bobby dich genannt. Die hübsche junge Dame.«

Parker ließ den Motor aufheulen. »Wo steckt Joey?«

Willows zuckte mit den Achseln. »Er ist heute morgen nicht zur Arbeit erschienen, und hat auch nicht angerufen, daß er krank ist.«

»Er ist abgehauen.«

Willows grinste. »Schon möglich.«

»Das Haus?«

»Wir können es ja mal versuchen.«

Parker legte einen Gang ein. »Dabei fällt mir ein alter Witz ein. Weißt du, wie man einen Typen ohne Arme und Beine nennt, der ins Meer fällt?«

»Bob«, sagte Willows und rutschte tiefer in seinen Sitz.

»Du kennst ihn schon?«

»Es ist ein alter Witz. Du hast es selbst gesagt.«

»Wieder was gelernt«, sagte Parker.

»Und das wäre?«

»Erzähl niemals einem alten Kerl einen alten Witz.« Parker fuhr los. Es war mitten am Nachmittag, die Temperatur betrug etwa fünfundzwanzig Grad. Der Wagen hatte keine Klimaanlage. Willows zog sein Jackett aus und kurbelte sein Fenster nach unten. Sein Halfter bohrte sich in seine Leiste. Er löste die Halterung an seinem Gürtel und legte es auf den Sitz. Parker sah ihn kurz an, sagte aber nichts.

»Hast du die Luftverschmutzungswerte heute morgen in der Zeitung gelesen?« fragte Willows.

»Diesen Mist lese ich nie.«

»Was, die Luftverschmutzungswerte?«

»Nein, die Morgenzeitung. Mittlerweile nennen sie sie ja auch gar nicht mehr Zeitung. Jetzt ist es ein Boulevardblatt.«

»Spielt keine Rolle. Es gibt kein Klappbild. Ohne Klappbild ist es auch kein Boulevardblatt.«

»Ohne ein was?«

»Heiße Früchtchen.« Willows grinste. »Ein scharfer Schnappschuß einer hübschen Frau.«

»Laß den Quatsch, Jack.« Parker war zu dicht aufgefahren. Sie wechselte die Spur und beschleunigte.

Willows hielt die Hand aus dem Fenster und versuchte mit zweifelhaftem Erfolg, den feuchtheißen Luftstrom in sein Gesicht umzulenken. »Da wir gerade von Früchtchen reden, möchtest du irgendwo anhalten und einen Happen essen?«

Parker lächelte. »Nein«, sagte sie. »Möchte ich nicht.«

Vor Joey Ngos Haus stand ein auf Hochglanz polierter schwarzer Jaguar. Auf den ersten Blick schien der Mann auf der Veranda an die Tür zu klopfen. Aber als sie näher kamen, sah Willows, daß der Mann voller Elan die Einschußlöcher im Putz verspachtelte.

Parker sagte: »Einen Handwerker, der in einem dreiteiligen Anzug arbeitet, sieht man nicht oft, schon gar nicht bei dieser Hitze.«

»Und schon gar nicht in dieser Gegend«, sagte Willows. »Ich habe gehört, in Shaughnessy tragen die Klempner einen Smoking.«

»Aber ist er auch sauber?«

Der Mann hielt inne, um einen Blick auf den unmarkierten Streifenwagen zu werfen, und machte sich wieder an die Arbeit. Beim Kratzen der dreieckigen Metallspachtel auf dem rauhen Putz mußte Parker die Zähne zusammenbeißen.

Ein Klecks Spachtelmasse fiel auf den schwarzglänzenden Schuh des Mannes. Er kniete nieder und wischte sich den Schuh mit einem Lappen ab.

Mittlerweile befanden sich Parker und Willows im Vorgarten. Sie kamen rasch näher. Der Mann schmiß die Spachtel in einen Plastikeimer und wischte sich die Hände an dem Lappen ab.

Willows zückte seine Brieftasche, als er die Stufen vor dem Haus heraufkam.

Der Mann lächelte. »Polizei? Sie brauchen mir Ihren Ausweis nicht zu zeigen, ich glaube Ihnen.« Er lächelte Parker an. »Suchen Sie Joey?«

Willows fragte: »Wer sind Sie?«

»Allan Caroll. Der Vermieter.«

Parker sagte: »Könnten Sie uns irgendeinen Ausweis zeigen, Mr. Caroll?«

»Sie wollen sich vergewissern, daß ich nicht der Kerl aus *Star Treck* bin, hab' ich recht?« Carolls schwarze Lederbrieftasche war mit dem Jaguarlogo verziert. Er zeigte Parker seinen Führerschein. »Kaum zu glauben, was? Als wäre ich sein Zwillingsbruder, was meinen Sie?«

»Verblüffend.«

Parker gab ihm den Führerschein zurück, und Caroll schob ihn in seine Brieftasche. »Diese Filme scheinen alle sechs Monate herauszukommen«, sagte er. »Jedesmal wenn ein neuer in die Kinos kommt, kann ich plötzlich nirgendwohin gehen, ohne daß man wegen eines Autogramms hinter mir her ist.«

»Ich stelle es mir eigentlich ganz nett vor, mit einem Filmstar verwechselt zu werden«, meinte Parker.

»Weil alle Frauen über mich herfallen?«

»Nein«, sagte Parker, »daran hatte ich überhaupt nicht gedacht.«

»Damit habe ich auch so keine Probleme. Und was diese Filmstargeschichte anbelangt, dieses Angehimmeltwerden, in der Beziehung können Sie die Frauen vergessen. Die Kleinen sind es, die verrückt nach einem sind. Zehn Jahre alt, und benehmen sich wie die Weiber. Wissen Sie, was das Schlimmste ist?«

Willows sagte: »Ich wette, Sie wollen an Ihren Ohren zupfen, um zu sehen, ob sie echt sind.«

Carolls Lächeln bekam einen Knacks. Willows zeigte auf das Haus. »Das Haus gehört Ihnen, ist das richtig?«

»Was? Ja, sicher. Mit Schlüssel, Kapital und Hypothek.«

»Ist Joey zuhause?«

»Nein. Es sei denn, er versteckt sich in einem Abzugsrohr.«

»Waren Sie schon drinnen?« fragte Parker.

»Ja, ich hatte ihm gesagt, daß ich vorbeikommen und die Einschußlöcher verputzen will. Er wußte, daß ich komme. Als ich ankam, war immer noch Blut auf der Veranda, und die Kreideumrisse des armen Mädchens. Ich war schockiert, das kann ich

Ihnen sagen. Ich begreife nicht, wie Joey alles so lassen konnte.« Die Tür stand einen Spaltbreit offen. Willows trat einen Schritt näher und warf einen Blick hinein.

Caroll sagte: »Gehen Sie nur rein, wenn Sie sich umsehen wollen. Tun Sie sich keinen Zwang an.«

Willows stieß die Tür weiter auf. Er besaß zwar Carolls Erlaubnis, das Haus zu betreten, aber der Vermieter wohnte nicht hier. Und Willows hatte keinen Durchsuchungsbefehl.

Falls Joey seinen Bruder umgebracht hatte, befanden sich die Beweise, die man brauchte, um ihn hinter Gitter zu bringen, möglicherweise im Haus. Willows dachte einen Augenblick darüber nach und kam widerwillig zu dem Entschluß, daß die möglichen Vorteile durch das sofortige Betreten des Hauses das Risiko nicht lohnten. Vielleicht fand er die Tatwaffe unter Joeys Kopfkissen, aber wenn das Gericht entschied, er hätte keinen ausreichenden Grund gehabt, das Haus zu betreten, würde das Beweisstück vor Gericht nicht zugelassen werden.

Außerdem würde Bradley ihm ein nettes, kleines Stopzeichen vor die Nase halten, und er müßte den Rest seiner Laufbahn als Schülerlotse verbringen.

Vermutlich hätte er sich einen Durchsuchungsbefehl besorgen sollen, bevor er zu Joeys Haus gefahren war. Besser spät als nie. Er sagte: »Entschuldigen Sie uns einen Augenblick, bitte.« Dann führte er Parker die Treppe hinunter und durch den halben Vorgarten.

Parker sagte: »Einen Durchsuchungsbefehl, hab' ich recht?«

»Der Junge ist weder zur Arbeit gegangen, noch hat er sich krank gemeldet. Ich glaube, wir haben berechtigten Grund, um seine Sicherheit besorgt zu sein. Soweit wir wissen, könnte Caroll durchaus recht haben – Joey könnte irgendwo im Keller in einem Heizungsrohr stecken. Sieh zu, was du machen kannst, okay?«

Parker fischte in ihrer Handtasche nach den Autoschlüsseln und machte sich auf den Weg zum Wagen.

Willows ging zurück auf die Veranda. »Mr. Caroll, wie lange wohnt Joey hier schon?«

»Vor ungefähr acht Monaten hat er den Mietvertrag unterschrieben. Er und sein Bruder. Als ich dahinterkam, daß Joeys Mädchen auch hier wohnt, bin ich verdammt sauer geworden.«

»Augenblick mal. Meinen Sie Emily Chan?«

»Richtig. Wen sonst?«

»Emily war *Cherrys* Freundin.«

»Vielleicht dachte er das.«

»Was wollen Sie damit sagen?«

»Vergangenen Monat bekam ich einen Anruf. Zwei oder drei Tage, nachdem ich herausgefunden hatte, daß ich einen zusätzlichen Mieter am Hals hatte. Der Anruf kam gegen acht Uhr abends, vielleicht ein wenig früher. Emily war am Apparat. Sie erzählte mir, der Abfluß in der Küche sei verstopft, und fragte, ob ich rüberkommen und ihn reparieren will oder ob sie einen Klempner rufen soll.«

Willows wartete geduldig, bis Caroll sich eine Filterzigarette angezündet hatte. Das Feuerzeug, schwarzes, eloxiertes Aluminium, war ebenfalls mit dem Jaguarlogo verziert.

»Also schön, wie auch immer, es war ein langer Tag, ich war erledigt und erzählte ihr, vielleicht schaffe ich es, aber sicher sei es nicht. Am Ende habe ich mich dann doch in den Jaguar gesetzt und bin rasch hergefahren.«

»Warum?«

»Wie bitte?«

»Es war ein langer Tag gewesen. Sie waren müde. Der Abfluß konnte warten. Wo wohnen Sie?«

»Kits Point.«

»Warum sind Sie dann den ganzen Weg quer durch die Stadt gefahren?«

Caroll zuckte mit den Achseln. »Naja, hauptsächlich, weil ich die Kosten für den Klempner sparen wollte. Ich meine, ein verstopfter Abfluß kann sicher bis zum nächsten Morgen warten, aber immerhin ging es um vielleicht hundert Dollar. Aber da war noch etwas anderes. Sie hatte sich angehört als...«

»Als wollte sie Sie anmachen?«

»Sie haben's erfaßt.«

»Aber als Sie auftauchten, Ihr Klempnerhandbuch einsatzbereit, wollte sie Ihnen nichts weiter zeigen als den Abfluß.«

»Mann, es war viel schlimmer als das. Ich klopfe an die Tür. Keine Antwort. Also klopfe ich lauter. Immer noch nichts. Die Fahrt hin und zurück dauert mindestens eine Stunde. Also probiere ich die Tür.«

»Sie sind eingedrungen«, sagte Willows.

»Ich hatte ihr gesagt, daß ich rüberfahren würde. So eine große Überraschung hätte es eigentlich nicht sein dürfen.«

»War sie mit Joey zusammen?«

»Im Wohnzimmer, auf dem Sofa.« Caroll machte eine Handbewegung zur offenen Tür hin. »Ich gehe rein und stehe mitten im Zimmer. Joey dreht mir den Rücken zu, aber *sie* sieht mir geradewegs ins Gesicht. Vollkommen gelassen. Zwinkert mit den Augen und legt ihren Finger an die Lippen, als Warnung, ich solle meinen Mund halten. Ich will rückwärts wieder raus. Ich meine, ich kann wild und ganz schön verrückt sein, aber es gibt Grenzen.«

Auf der anderen Straßenseite schob eine Frau in leuchtendrosa Shorts und einem passenden Trägerhemdchen einen Motormäher aus ihrer Garage und die Auffahrt hinab bis auf den verdörrten Rasen vor dem Haus. Sie hatte Lockenwickler im Haar. Ihre Nase sah aus wie die von Bob Hope. Sie beugte sich über die Maschine, dann wieder zurück und riß an der Starterleine. Willows sah, wie Parker das Seitenfenster des unmarkierten Autos hochkurbelte, damit der Lärm nicht ins Innere drang.

Caroll sagte: »Sie winkt mir zu, ich soll reinkommen. Wissen Sie, was sie tut, als sie sieht, daß ich kein Interesse habe?«

Das Feuerzeug klickte an und aus, blaue Flammen flackerten auf und erloschen, immer wieder.

Willows wartete.

»Sie schlenkert die Beine durch die Luft, macht einen Kußmund und wirft mir einen Handkuß zum Abschied zu.«

»Und der Abfluß?«

»Der Abfluß? Ach ja. Cherry rief am nächsten Tag an und hinterließ eine Nachricht auf meinem Anrufbeantworter. Er sei wieder in Ordnung. Teeblätter. Ich sollte mir deswegen keine Gedanken mehr machen.«

Parker stieg aus dem Wagen. Sie schloß ab und kam über den Gehweg auf sie zu.

Willows sagte: »Sind Sie sicher, daß es Cherry war, der angerufen hat, und nicht Joey?«

»Absolut sicher.«

»Wovon leben Sie, Mr. Caroll?«

Caroll zündete sich die nächste Zigarette an, so daß Parker Zeit hatte, in Hörweite zu kommen. »Ich arbeite als Makler. Ich habe meine eigene Firma.«

»Was Sie nicht sagen.«

Caroll zwinkerte Parker zu. »Das überrascht Sie? Hatten Sie gedacht, ich hätte was mit Wirtschaftsrecht zu tun?«

Parker sagte: »Woher wissen Sie?«

»Passiert mir laufend. Der Anzug, der Jaguar, der Dreißig-Dollar-Haarschnitt. Da kommt einiges zusammen, und schon hat man sein Image weg.«

Zu Willows sagte Parker. »Ich habe mit Bradley gesprochen, er kümmert sich sofort darum.« Sie warf einen Blick auf die andere Straßenseite und die Frau in den rosa Shorts. »Noch eine halbe Stunde. Glaubst du, sie schafft es, solange den Rasen zu mähen?«

»Das hoffe ich doch«, sagte Willows.

Caroll sagte: »Ich hab' Sachen im Fernsehen gesehen, Cops mit Rammböcken und Vorschlaghämmern. Und immer sehen sie so aus, als hätten sie ungeheuer viel Spaß dabei. Dieses Haus auf der East Side, das ihr mit dem Bulldozer niedergemacht habt – in zehn Minuten war nichts weiter übrig als ein Haufen Splitter.«

Parker sagte: »Wir werden versuchen, ohne den Bulldozer auszukommen, Mr. Caroll.«

Caroll fischte eine Sonnenbrille aus seiner Brusttasche. Mit verspiegelten Gläsern.

Parker, Willows und die Frau in rosa Shorts sahen zu, wie er in seinen Jaguar kletterte und majestätisch von dannen fuhr. Als der

Wagen um die Ecke bog, sagte Parker: »Glaubt er, er sieht aus wie William Shatner?«

»Möglich. Ich dachte allerdings, seine Ohren wären etwas groß und spitz.« Willows sah auf seine Armbanduhr. »Ein paar Blocks von hier gibt es einen McDonald's. Hast du schon Hunger?«

»Eigentlich nicht.«

»Wir haben reichlich Zeit, bis der Durchsuchungsbefehl eintrifft. Ich werde mir einen Burger holen. Soll ich dir etwas mitbringen?«

»Danke, nein.«

»Einen Kaffee?«

»Also gut, einen Kaffee. Einen kleinen.«

»Salat? Willst du bestimmt keinen Salat?«

»Also schön. Ich nehme einen Salat.«

»Welches Dressing möchtest du?«

»Überhaupt keins.«

Willows hielt die Hand auf.

Parker drückte ihm die Autoschlüssel in die Handfläche. »Und Milch für meinen Kaffee will ich auch nicht.«

»Bin in fünfzehn Minuten zurück.«

»Laß dir Zeit«, sagte Parker, und meinte es auch.

Willows stand in der kleinen Straße hinter dem Haus und stopfte Verpackungsmüll von McDonald's im Gegenwert eines kleinen Baumes in den Abfalleimer, als der Durchsuchungsbefehl schließlich eintraf.

Der uniformierte Beamte, der das Dokument quer durch die Stadt befördert hatte, war gelangweilt und wollte etwas erleben.

»Müssen irgendwelche Türen eingetreten werden?«

Willows sagte: »Sehen Sie irgendwelche Türen, die das nötig haben?«

Jetzt war Parker an der Reihe. Der Cop sagte: »Die könnten es alle gebrauchen, wenn Sie mich fragen.«

»Mit der Einstellung können Sie bei mir nicht landen, junger Mann«, sagte Parker.

Auf dem Weg zurück zu seinem Streifenwagen versuchte er, die Frau in rosa Shorts und den Lockenwicklern im Haar auf der anderen Straßenseite, die so tat, als mähe sie ihren Rasen, so lange anzustarren, bis sie verlegen wurde.

Auch damit hatte er keinen Erfolg.

Das Haus war recht klein. Das Erdgeschoß hatte vielleicht achtzig Quadratmeter. Wohnzimmer, Küche, Bad und Schlafzimmer gingen alle von der zentral gelegenen Diele aus. Im Keller gab es ein Bad kombiniert mit Toilette und Dusche und ein weiteres Schlafzimmer. Niemand hatte Joey Ngos Leiche in einem der Heizungsrohre versteckt, und auch sonst nirgendwo.

Im Schlafzimmer zog Parker eine Kommodenschublade auf. Sie war leer. Sie probierte die anderen Schubladen. Sie waren alle leer. Parker hörte, wie Willows oben herumstapfte, dann das Rasseln von Besteck in einer Schublade. Hatten Emily und Joey sich hier geliebt? Das Zimmer besaß ein einziges, kleines Fenster. Sie zog einen Vorhang zur Seite, den man aus einem schwarzen Stoffetzen gerissen hatte, und ließ das Licht hereinströmen.

Auf dem schmuddeligen Teppich waren vier tiefe Druckstellen. Bis vor kurzem hatte hier ein Möbelstück gestanden, das später entfernt worden war. Parker starrte die leere Kommode an. Sie hatte ungefähr die richtige Größe. Sie ging um das Bett herum, packte die Kommode und kippte sie von der Wand weg. Der Putz war eingedellt. An der Wand war ein verschmierter Blutfleck.

Parker ging zum Fuß der Treppe und rief Willows.

An der Wand war noch mehr Blut, winzige Spritzer, die mit voller Wucht aus verschiedenen Richtungen und unterschiedlicher Höhe gegen die Wand geprallt waren, und auf einen langen Kampf schließen ließen. Spuren an der Wand wiesen darauf hin, daß mehrere größere Flecken abgewischt worden waren.

Parker sagte: »Eine Schlägerei?«

»Sieht ganz danach aus. Eine gute altmodische Prügelei mit nackten Fäusten.«

»Zwischen Joey und seinem Bruder. Oder einem von den beiden und Emily. Vielleicht hat sie daher ihre Prellungen.«

Willows nickte, obwohl er der Ansicht war, Emily sei wiederholt geschlagen worden, und das über einen beträchtlichen Zeitraum. »Wir sollten uns die beiden Obduktionsbefunde noch einmal ansehen.«

»Und die Spurensicherung rufen«, fügte Parker hinzu.

Außerdem mußten sie veranlassen, daß das Haus überwacht wurde, für den Fall, daß Joey dumm genug war, zurückzukommen.

Willows sagte: »Ganz plötzlich wird es ein arbeitsreicher Tag.«

Parker nickte. Wo steckte Joey, was mochte er denken? Lohnte es sich, die Wohnung der Chans überwachen zu lassen? Der Kaffee in ihrem Magen fing bereits an, sich in Säure zu verwandeln.

18. Kapitel

Der Verkäufer verdrehte die Augen. Seine Beine gaben nach. Die Glasabdeckung der Ladentheke drückte kurz seine Nase platt, dann verschwand er hinter dem Schaukasten.

Lulu versuchte, die ungeladene 32er in ihre Handtasche zu stopfen. Wegen all der Goldkettchen paßte sie nicht hinein. Sie lief zu Frank zurück, der gewartet hatte, warf ihm einen kalten, verächtlichen Blick zu und reichte ihm die Pistole. Frank ließ die Waffe in seine Jackentasche gleiten. Lulu hatte es eilig, wieder in den Juwelierladen zu kommen.

Frank sagte: »He, was hast du denn jetzt wieder vor?«

Lulu rollte den bewußtlosen Verkäufer auf den Rücken. Die Beule an seiner Stirn wurde rasch dicker. Seine Nase blutete, aber nicht zu sehr. Er war nicht so schwer, wie er ausgesehen hatte. Seine Brieftasche steckte in der Innentasche seines Anzugs. An dem Etikett eines Herrenausstatters hing noch das Preisschild. Neunundneunzig Dollar und fünfundneunzig Cent.

Der Schlüssel steckte in einer der kleinen Taschen in seiner Weste. Lulu schloß den Schaukasten auf, zog ein Tablett heraus und schüttete den Inhalt in ihre Handtasche. Sie warf kurz einen Blick über die Theke, um zu sehen, was Frank im Schilde führte, dann kniete sie nieder und gab dem Verkäufer einen zarten Kuß auf die Wange.

Augenblicke später hakte sich Lulu bei Frank unter, und sie schlenderten gemächlich zur Rolltreppe, die sie ins Erdgeschoß brachte.

Lulu sagte: »Das war ganz schön gemein.«

»Was meinst du, Schatz?«

»Die Patronen aus der Pistole zu nehmen.«

»Hab' ich gar nicht getan. Sie hatte einen Schalldämpfer. Der Schuß war übrigens nicht übel.«

Lulu warf ihm einen kurzen Blick zu und merkte, daß er sie auf den Arm genommen hatte. »Was wäre passiert, wenn der Typ nicht ohnmächtig geworden wäre?«

»Wer weiß?«

»Nein, ich meine, wenn er mich gepackt hätte, oder sonst was.«

»Ich wäre hingegangen und hätte dich gerettet, genau wie wir es geplant hatten.«

Lulu schauderte und drückte sich fest an ihn. »Mir ist kalt, Frank.«

»Ein bißchen erschrocken, das ist alles. Du kommst drüber weg.«

»Bewaffneter Raubüberfall. Das ist viel härter, als es klingt. Ich habe mich so allein gefühlt. Als ich zur Theke ging, dicht an ihn ran, kam er mir so... groß vor. Ich hatte Angst, er würde sich später an mich erinnern und der Polizei jede Einzelheit verraten.« Lulu drückte Franks Arm, seinen steinharten Bizeps. »Plötzlich bekam ich Angst, er könnte mich schlagen, mir die Pistole wegnehmen und auf dich schießen. Auf meinen Geliebten.« Sie sah bewundernd zu ihm auf. »Das durfte ich auf keinen Fall zulassen, Frank.«

»Also hast du dir gedacht, jetzt nimmst du die Sache selbst in die Hand und erschießt ihn, solange du die Gelegenheit dazu hast.«

»Das war ein bißchen unüberlegt, oder?«

Frank zuckte mit den Achseln. »Es hat ja alles geklappt. Rog wird sich freuen wie ein Kind, wenn er sieht, was du für ihn hast. Er wird nur ein paar Monate Eisen stemmen müssen, bis er genug Kraft hat, das ganze Schwermetall zu tragen.« Frank grinste. »Er muß aufpassen, daß man ihn nicht für Mr. T hält mit all den Muskeln und dem Gold.«

»Das nächste Mal mache ich es besser.«

Frank hatte seine Zweifel. Soweit es ihn betraf, gab es kein nächstes Mal. Eine Anklage wegen Mordes war mehr als genug. Lulu bot ihm alles, was er sich je von einer Frau gewünscht hatte, die ganze Chose. Gleichzeitig machten ihm einige dunkle Aspekte ihres Charakters eine Heidenangst. Das große Buch mit den Fotos. All die toten Väter. Von Anfang an war ihm klargewesen, daß sie Schwierigkeiten hatte, zu erkennen, was wirklich war und was nicht. Deswegen war er auch nicht allzu überrascht gewesen, als sie versucht hatte, den Verkäufer abzuknallen. Aus diesem Grund hatte er die Patronen aus ihrer Waffe entfernt. Sie war wunderschön, aber gefährlich. Wenn sie eine Chance haben wollten zu überleben, mußten sie sehr vorsichtig sein und verdammt viel Glück haben.

Lulu betrachtete Franks Profil und wußte genau, was er dachte. Sie waren sich so ähnlich. Als wären sie Zwillinge oder so. Es war, als könnte sie, wann immer sie wollte, in sein Gehirn blicken und alles sehen, was darin vor sich ging.

Und er hatte natürlich absolut recht; sie war eine Gefahr, sowohl für ihn, als auch für sich selbst. Und sie konnte nichts dagegen machen, auch in diesem Punkt hatte er recht. Es war seine Aufgabe, auf sie aufzupassen. Ihrem eigenen Willen überlassen, hatte sie nicht die geringste Chance.

Nur in einem Punkt irrte er sich; daß sie es beim nächsten Mal nicht besser machen würde. Natürlich würde es ein nächstes Mal geben, und zwar schon bald. Dann würde ihre Waffe aber geladen sein!

Schluß mit diesem dämlichen in Ohnmacht Gefalle. Wer sich beim nächsten Mal mit ihr anlegte, würde sterben.

Frank mußte an einen Typen denken, den er im Knast kennengelernt hatte, einen kleinen schwarzen Schwulen mit hängenden Schultern. Er hatte lebenslänglich bekommen und arbeitete in der Bibliothek. Der hatte ihm erzählt, Augen seien die Fenster zur Seele. Als Antwort hatte Frank dem Kerl eins in die Fresse gegeben. Als er danach in seiner Zelle lag und darüber nachdachte, wurde ihm klar, daß er ihm hauptsächlich wegen seiner tuntigen Art zu reden eins verpaßt hatte, und nicht wegen dem, was er gesagt hatte. Frank hatte gar nicht begriffen, was die Worte bedeuteten.

Das war vor Jahren gewesen. Erst jetzt, in diesem Augenblick, als die Rolltreppe nach oben kroch und er und Lulu und mehrere Pfund achtzehnkarätiges Gold sich in Zeitlupe aus dem Staub machten, dämmerte Frank allmählich, was der Schwule gemeint hatte.

Was er in den Gletscherfenstern der Seele seiner süßen Kleinen entdeckte, war blanke Gier – Gier nach Gewalt, nach Geld und Macht. Die großen drei.

Beängstigend.

Frank wollte mit dem Sky Train zurück in die Stadt fahren. Er hatte herausgefunden, daß er gern hoch oben fuhr, auf den hellblauen Sitzen saß, auf das verdrießliche Verkehrsgewirr, die Häuser und Wohnungen herabsah und durch hellerleuchtete Panoramafenster in das Privatleben der Leute blickte. Ein eigenartiges Vergnügen war das, dieser kurze Einblick, während der Zug vorbeiraste. Er hatte Lulu nichts davon erzählt, weil alles so schnell gegangen war und er seinen Augen nicht getraut hatte, aber während der Fahrt aus der Stadt hatten ein Mann und eine Frau im Wohnzimmer eines Appartements auf Gleisdammhöhe vor einem Spiegel miteinander gevögelt. Vielleicht waren sie noch da.

Nicht, daß Frank Voyeur gewesen wäre. Es war einfach nur seltsam, das war alles, und er dachte, daß Lulu das vielleicht auch interessieren könnte, oder daß sie wenigstens neugierig war. Aber nein, war sie nicht. Sein böser Schatz wollte mit dem Taxi zurück ins Hotel. Alles andere wäre eine Enttäuschung.

Frank wies mit einer Geste auf den Verkehr. »Die Fahrt wird mindestens fünfundvierzig Minuten dauern. Das bedeutet zwanzig Dollar plus Trinkgeld, vielleicht sogar mehr.«

»Wir könnten ein Auto stehlen.«

»Vergiß es.«

Lulu schmollte, verkniff es sich aber gerade noch, mit ihrem hübschen Fuß aufzustampfen. »Ich will, daß du mir zeigst, wie man ein Auto stiehlt, Frank.«

»Das werde ich nicht tun.«

»Warum nicht?«

»Weil du dich nur in Schwierigkeiten bringen würdest, deswegen.«

»Ah, ich verstehe. Du darfst so viele Autos stehlen, wie du willst, wann immer dir danach zumute ist, denn du bist ein Mann. Aber ich bin eine Frau, und Frauen müssen zu Hause bleiben und staubsaugen, stimmt's? Allein zu Hause bleiben, und den ganzen Tag staubsaugen.«

Sie standen auf dem Trottoir und warteten darauf, daß die Ampel umschaltete, daß das Signal von einer orangefarbenen Palme auf einen weißen Fußgänger wechselte, damit sie sicher die Straße überqueren konnten. Auf sechs dicht befahrenen Spuren schoben sich Autos mit zwanzig Meilen pro Stunde vorbei. Tausende glänzender, funkelnder Autos, poliertes Metall, Glas. Dröhnende Radios, donnernde Motoren. Einige Frauen starrten Frank aus der trügerischen Sicherheit ihrer Autos an. Ein Kind zeigte mit dem Finger auf ihn und lachte unhörbar. Die Männer waren mit dem Fahren beschäftigt und zogen es vor, nicht auf ihn zu achten. Ein Kleinbus ließ seine Reifen quietschen. Drinnen gab es einen Fernseher, Frank konnte den Bildschirm erkennen. Er meinte, ein elektrisches Knacken zu hören, das von Metrotown herübergeweht wurde. Kingsway war kein gesunder Ort. Die Luft stank nach verbranntem Gummi, Abgasen und endloser Frustration.

Mittlerweile wimmelte es bestimmt von Cops. Woran würde sich der Verkäufer erinnern?

Ein Taxi kam langsam in ihre Nähe gerollt. Es fuhr in der Spur ganz links, aber das Taxischild war eingeschaltet, zum Zeichen, daß es unbesetzt war. Frank pfiff schrill und schwenkte seinen Arm. Der Fahrer sah auf. Er riß den Lenker herum und schoß quer über zwei Fahrspuren. Eine Radkappe kratzte am Rinnstein. Frank riß die hintere Tür auf, und sie kletterten hinein. Der Fahrer trug sein Haar glatt nach hinten gekämmt. Es war zu dünn, als daß es seine Schuppenflechte hätte verbergen können. Seine Augen waren mattgrün, stumpf und leblos. Auf seine hageren, eingefallenen Wangen hatte sich ein dichtes Geflecht von hunderten winziger, gebrochener scharlachroter Linien gebildet, wie man sie auf Landkarten benutzte, um Straßen als ›im Bau‹ zu kennzeichnen.

Lulu sagte: »Granville und Georgia«, und sie schossen in den Verkehrsstrom.

Lulu legte Frank ihre Hand auf den Oberschenkel. »Das macht doch Spaß, oder?«

Frank sagte: »Schnall dich an. So will es das Gesetz.«

Klick.

»Außerdem wäre es mir ganz lieb, wenn du dich von dem Mop trennen würdest, jetzt, wo du ihn nicht mehr brauchst.«

Lulu neigte den Kopf zur Seite, entfernte ihr Haarteil und schmiß es aus dem offenen Fenster.

»Besser?«

Frank nickte. Er sah zu, wie Lulu ihr Haar bürstete, das echte, das aber eher einer Wolke glich, so weich und glänzend war es. Sie sagte: »Ich begreife nicht, wie Sinatra das aushält.«

»Was aushält?«

»Eine Perücke zu tragen. Sie sind so warm, außerdem jucken sie.«

»Die billigen. Ich wette, er gibt tausend Dollar aus pro Stück. Problemlos.« Frank kam ins Grübeln. »Die Qualität, die er gewohnt ist, das sind bestimmt alles Naturfasern. Damit wäre das Problem des Juckens gelöst. Bestimmt sind seine Perücken längst nicht so dicht und üppig wie deine, also gibt aus es auch nicht einen solchen Hitzestau. Außerdem ist der Typ ein Star allererster Güte. Wohin er kommt, ist alles voll klimatisiert.«

»Ein Star allererster Güte, wo hast du denn das gelesen?«

»Beim Friseur wahrscheinlich.«

Lulu setzte ihre Sonnenbrille auf, die Vuarnet mit dem glänzenden schwarzen Plastikgestell und den übergroßen Gläsern, so daß es unmöglich war, ihre Augen zu sehen, ob sie geschlossen waren oder nicht, voller Ärger oder Langeweile, ob sie lachten oder weinten. »Du findest, ich sehe albern aus in diesem Aufzug, stimmt's?«

»Nein, ich finde ihn prima, wirklich.«

»Wenn ich diesen armen Verkäufer erschossen hätte, dann säßen wir beide ganz schön in der Tinte, oder?«

»Nicht so wie er«, sagte Frank grinsend. »Naja doch, du hast recht. Cops vergessen keinen Mord. Ob in fünf Minuten oder fünfzig Jahren, von Zeit zu Zeit wird immer jemand an diesen Verkäufer denken und versuchen, herauszufinden, wer ihn auf dem Gewissen hat, und ihn schnappen wollen.«

Lulu sagte: »Es war richtig von dir, daß du mir eine leere Pistole gegeben hast.«

Frank mußte grinsen. Naja, ich weiß nicht. Daneben geschossen hättest du nicht, soviel steht fest.«

Als sie an der Ecke Granville und Georgia ankamen, zeigte der Taxameter dreiundzwanzig Dollar und vierzig Cents an. Frank faltete einen Fünfzig-Dollar-Schein in der Mitte, und knallte ihn aufs Armaturenbrett. Als sie ausstiegen, sagte Lulu: »Wenn ich gewußt hätte, daß ein bewaffneter Raubüberfall so verdammt teuer ist, hätte ich vielleicht etwas anderes vorgeschlagen.«

Frank lächelte. Gott, dachte Lulu, was für ein Brocken. Verliebt zu sein war noch verblüffender, als sie sich erträumt hatte – jetzt waren sie schon fast eine Woche zusammen, und sie konnte immer noch nicht genug von ihm bekommen. Sie packte ihn am Arm und zog ihn in Richtung Hotel.

Frank schaute überrascht zu ihr herab, dann sah sie ihn mit einem Blick an, bei dem er sofort an in der Hitze dampfende Dächer denken mußte, an einem Tag, der plötzlich heiß geworden, und an dem die Sonne durchgebrochen war. Er ging auf die Vierzig zu. Auch wenn er Teile seines Lebens in alles verzerrendem

Tempo durchlebt hatte, war es ihm irgendwie gelungen, nicht jung zu sterben. Seinerzeit hatte er dem Tod mehr als einmal in die Augen geschaut. Aber wie gefährlich die Situation auch gewesen war, einem entscheidenden Teil von ihm war es immer gelungen, eine gewisse Distanz zu wahren, cool zu bleiben. Bis zu jenem Nachmittag, als Lulu an seine Tür geklopft hatte, und das Verlangen nach ihr ihn zerrissen, blind gemacht und in die Knie gezwungen hatte. Und ihn, wenn man es genau überlegte, auch seiner begrenzten Möglichkeiten beraubt hatte, Parker zu erledigen und ins sonnige Kalifornien zurückzukehren.

Als Lulu ihn also am Arm packte, er auf sie herabschaute und sah, was in ihren Augen blitzte, wußte er genau, was sie brauchte, wollte, verlangte.

Denn – so einfach war das – er brauchte es genauso.

19. Kapitel

Inspector Homer Bradley rollte den erkalteten Zigarettenstummel zwischen seinen Fingern und betrachtete ihn gespannt. Man konnte meinen, er enthalte den Schlüssel zum Universum.

Willows lehnte neben der Tür an der Wand, die Hände in den Taschen – ein Bild geübter Gleichgültigkeit. Es war nicht nur Willows Haltung, die verriet, woher der Wind wehte – hätte er um das Treffen gebeten, Bradley etwas erzählen oder ihn um etwas bitten wollen, wäre er wie immer sogleich vor den Kirschbaumschreibtisch des Inspectors getreten, dem Boß so nahe auf den Leib gerückt, wie die Höflichkeit es erlaubte, und hätte frei heraus gesagt, was er wollte. War die Situation aber umgekehrt, und Bradley wollte etwas von Willows, hielt sich der Detective immer in der Nähe der Tür auf – bereit zu einem raschen Abgang.

Die beiden Männer, dachte Parker, waren eine Generation auseinander und sich doch so ähnlich. Sie hatten exakt die gleiche Art, ein Problem anzugehen – vom Rand her, in einem spitzen Winkel, und nicht etwa geradeheraus.

Und wenn sie dann sicher waren, mit wem sie es zu tun hatten, schlugen beide Polizisten mit allem zu, was sie hatten, traten Türen ein und schlugen alles in Stücke, was sich ihnen in den Weg stellte.

Bradley drückte seine Zigarre zwischen Zeigefinger und Daumen so fest, daß sie ein winziges Quieken von sich gab, wie eine Maus in Panik. Ein paar nußbraune Tabakkrümel segelten auf einen Aktendeckel. Bradley nahm den Aktendeckel auf, kippte ihn Richtung Papierkorb und schüttelte ihn vorsichtig. »Sie haben jetzt also Ihre Liste der Verdächtigen auf ein Minimum reduziert – Sie sind sicher, daß Joey ein ziemlich unartiger Junge war, hab' ich recht?«

Willows nickte.

Bradley wandte sich an Parker. »Sind Sie derselben Meinung?«

»Ich kann mir niemanden vorstellen, den ich lieber verhaften würde. Wo hat Joey gesteckt, als Emily erschossen wurde? Cherry nahm an, er sei unten im Keller des Hauses gewesen, genau wie wir. Aber wie wir die Sache jetzt sehen, hatte er den schwarzen Honda, oder was immer er an jenem Abend gefahren hatte, in der Nähe abgestellt. Er brauchte sich nur aus der Kellertür zu schleichen, vor das Haus zu fahren und auf den Abzug zu drücken, den Wagen abzustellen und sich wieder in den Keller zu schleichen. Die Runde kann er in fünf Minuten oder weniger geschafft haben, je nachdem, wo er den Wagen geparkt hatte.«

»Der Wagen wurde nie gefunden, stimmt das?«

Parker nickte.

Willows sagte: »Am Abend der Schießerei war Cherry vollkommen neben sich. Joey hatte auch nicht viel zu erzählen – wer will ihm das verdenken? Er hatte versucht, seinen Bruder abzuknallen und statt dessen seine Liebste erschossen.«

»Das ist Ihre Theorie. Könnte doch sein, daß Joey herausfand, daß sie schwanger war, und beschloß, sie zu beseitigen, bevor sie dazu kam, es Cherry zu erzählen.«

»Nein, das glaube ich nicht«, sagte Willows. Es war dunkel, die Entfernung betrug ungefähr fünfzig Meter. Er war stinkwütend auf Cherry, weil er Emily geschlagen hatte. Er wollte ihm einen Schrecken einjagen, ihn bestrafen, indem er ihn dasselbe fühlen ließ, was Emily hatte durchmachen müssen – Angst, und zwar gehörige Angst.«

»Weiß Mrs. Chan, daß Emily schwanger war?«

»Noch nicht.«

»Das wird bei der gerichtlichen Untersuchung ans Licht kommen.« Bradley wandte sich an Parker. »Sie werden es ihr vorher erzählen müssen.«

»Warum ich?« sagte Parker angriffslustig. »Wieso nicht Jack? Nur, weil ich eine Frau bin?«

»Sie verstehen mich falsch, Claire. Ich meinte Sie und Jack, nicht Sie persönlich.« Willows wollte etwas einwerfen, aber Bradley schnitt ihm das Wort ab. »Wie sieht es bei Joey aus? Haben Sie eine Spur?«

»Wir können bestenfalls das Haus bewachen. Er ist noch ein Junge. Früher oder später wird er nach Hause kommen.« Willows grinste. »Wir haben kurz vor Monatsende. Alan Carroll ist kein Typ, der auf seine Miete wartet. Bei dem Wohnraummangel in der Stadt kann ich mir nicht vorstellen, daß Joey riskiert, auf die Straße gesetzt zu werden.«

»Falsche Schlußfolgerung, Jack. Joey hat für die nächsten fünfundzwanzig Jahre eine Zelle auf seinen Namen reserviert, und das weiß er auch.«

Parker sagte: »Es ist möglich, daß er versucht hat, mich anzurufen. Auf meinem Anrufbeantworter sind Anrufe aufgezeichnet worden.«

»Was für Anrufe?« fragte Bradley.

»Schweres Atmen.«

»Erst hat Cherry Sie angerufen – oder zumindest glauben Sie, daß er es war. Und jetzt sein Bruder. Aber keiner von den beiden hatte etwas zu sagen.«

Willows sagte: »Wenn Cherry ihre Nummer hatte, könnte Joey sie von ihm haben.«

»Sie sollten sich eine neue geben lassen«, sagte Bradley. »Wenn Joey sich wirklich bei Ihnen melden will, kann er Sie hier anrufen.«

Von ihrem Schreibtisch aus rief Parker Emily Chans Eltern an. Mrs. Chan hob ab, und Parker teilte ihr mit, daß ein Haftbefehl für Joey Ngo erlassen worden war und daß man Joey für bewaffnet und gefährlich hielt.

»Was soll ich tun, wenn er herkommt?« Mrs. Chan schien kurz vor einem Nervenzusammenbruch zu stehen. Parker hatte sie warnen, aber nicht erschrecken wollen.

»Machen Sie die Tür nicht auf, versuchen Sie auch nicht, mit ihm zu sprechen. Gehen Sie zum Telefon und wählen Sie neun eins eins. Können Sie das behalten?«

»Ja, ja.«

»Wir versuchen, rund um die Uhr einen Streifenwagen in Ihrer Nähe zu postieren. Aber wirklich, Mrs. Chan, ich habe eigentlich nur angerufen, um Sie auf dem laufenden zu halten. Ich glaube nicht, daß Sie sich wegen Joey Sorgen machen müssen. Sie haben keinen Grund, sich vor ihm zu fürchten, und ich erwarte auch nicht, daß er in Ihre Nähe kommt.«

»Aber wenn er es doch tut?«

»Dann benutzen Sie das Telefon, und in wenigen Minuten ist ein Polizist bei Ihnen. Verstehen Sie das?«

»Ja.«

»Gut«, sagte Parker. »Wenn sich irgend etwas ändert, werden wir Ihnen bestimmt Bescheid sagen. Inzwischen müssen Sie mir versprechen, sich nicht zu ängstigen, in Ordnung?«

»Versprochen«, sagte Mrs. Chan schwach.

Parker fügte noch ein paar Worte zu ihrer Beruhigung hinzu und hängte ein.

Willows sah auf seine Uhr. Orwell und Spears hatten die erste Schicht der Rund-um-die-Uhr-Überwachung von Joeys Haus übernommen. Oikawa und Kearns waren als nächste an der Reihe, und er und Parker hatten die Wache im Morgengrauen. Das Vernünftigste wäre, nach Hause zu fahren, etwas in die Mikrowelle zu schmeißen, es mit einem Bier hinunterzuspülen und sich aufs Ohr zu legen. Er sagte: »Schon lange her, daß wir Freddy einen Besuch abgestattet haben.«

»Glaubst du, er hat den Laden ohne uns halten können?«

»Das werden wir erst erfahren, wenn wir uns die Zeit nehmen, es herauszufinden.«

»Wir treffen uns dort«, sagte Parker. »Ich will nicht den ganzen Weg zurückfahren und meinen Wagen holen müssen. Und ich bleibe nur auf einen Drink, verstanden?«

»Ja, sicher.«

»Einen Drink«, sagte Parker, einen einzigen. Das meine ich ernst, Jack.«

»Hör mal, wenn du denkst, ich wollte dich zu etwas zwingen, warum vergessen wir das Ganze dann nicht einfach?«

Freddy schlich sich an ihren Tisch. Er trug ein Paar Nikes mit leuchtend orangenen Senkeln und einem neonorangenen Streifen, weite rosa Baumwollhosen mit babyblauen Pfeilen, dazu ein kurzärmliges, neongrünes Seidenhemd, das mit Hula-Mädchen verziert war, deren üppige und offensichtlich nackte Körper geschickt hinter Büscheln blaßgelber und malvenfarbener Blumen versteckt waren. Für den Fall, daß noch irgendwelche Zweifel bestanden, stand das Wort ›Hawaii‹ in feuerroten Buchstaben auf der Brusttasche.

»Hübsch, deine Aufmachung«, sagte Willows und hielt sich die Hand vor Augen.

Freddy sagte: »Die Ladys fliegen auf diese Klamotten, Jack. Du trägst seit zwanzig Jahren einen blauen Anzug, was verstehst du schon von Mode?« Mit einem breiten Grinsen wandte er sich an Parker. »Die Kleidung macht den Mann. Also los, gib's einfach zu; das turnt dich an, stimmt's?«

Parker rutschte mit großer Gestik in die hinterste Ecke der Nische und brachte dabei eine möglichst große Entfernung zwischen sich und Freddy.

Der Barkeeper schüttelte traurig den Kopf. »Das hier ist eine so gottverfluchte konservative Stadt. Jede Minute bedeutet einen weiteren Schlag ins Gesicht.«

Parker sagte: »Ich werd' dir mal was sagen, Freddy. Wenn du über die Straße gehst und jemand überrollt dich mit dem Lastwagen, dann weißt du wenigstens, warum.«

»Augenblick mal. Du findest, ich sehe jetzt scharf aus? Du hättest mich mal sehen sollen, als ich aus dem Flugzeug stieg. Die Farben kommen erst richtig, wenn man braungebrannt ist, sie fangen dann an zu leuchten.«

»Welches Flugzeug?« fragte Willows.

»Die Maschine aus Hawaii.«

»Du warst auf Hawaii?«

»Woher weißt du denn das? Nein, schon gut, verrat's mir nicht. So wie du aussiehst, bist du ein gut ausgebildeter Detective.«

»Und du bist ein gut ausgebildeter Barkeeper, wenn meine Erinnerung mich nicht im Stich gelassen hat.«

»Cutty Sark, richtig? Mit Eis für den Gentleman, und für die Lady pur, mit einem Glas Wasser nebenher. Doppelte?«

Willows nickte. Im selben Augenblick schüttelte Parker den Kopf. Nein.

»Kommt sofort«, sagte Freddy, dabei zwinkerte er Parker übertrieben zu.

Willows sagte: »Bring uns Speisekarten, wenn du zurückkommst, Freddy.«

»Eine Speisekarte«, sagte Parker bestimmt.

»Du magst das Essen hier nicht, willst du mir das damit sagen?«

Parker lächelte. »Das Essen ist ausgezeichnet, die Zubereitung ist es, bei der sich mir der Magen umdreht.«

»Cops, die versuchen, witzig zu sein.« Freddy seufzte schwer und startete Richtung Bar. »Ich verrate euch was. Es gibt niemanden, mit dem ich lieber meine Zeit verbringe, als mit meinem Therapeuten.«

Über der Bar hing ein riesiger Farbfernseher, ein zweites identisches Gerät hing auf halbem Weg über den Tischen, ein drittes gegenüber der Tischgruppe im hinteren Teil des Lokals. Auf allen drei Apparaten lief das gleiche Programm: TSN, The Sports Network.

»Warst du in letzter Zeit noch mal beim Bowling?« fragte Parker.

»Ein- oder zweimal.«

»Zehnerbowling?«

»Ja, ich glaub' schon.« Das letzte Mal war ein paar Jahre her, anläßlich Annies Geburtstagsparty – Annie hatte es sich gewünscht, und er und seine Frau Sheila hatten Annie und ein paar ihrer Freunde in eine nahe Bowlingbahn eingeladen. Willows hatte ein paar Spiele gemacht und ein paar Kegel umgestoßen. Es hatte längst nicht so viel Spaß gemacht wie Forellenangeln.

Andererseits hatte er damals ja nicht ahnen können, daß er, Annie und Sheila nur noch wenige Geburtstage würden zusammen feiern können, daß seine Frau ihn bald darauf verlassen und Annie und Sean mitnehmen würde.

Willows spürte, wie er allmählich in eine trübsinnige Stimmung glitt.

Freddy setzte das Tablett geräuschvoll auf dem Tisch ab und ließ sich neben Parker auf der Sitzbank nieder. »Es ist lange her. Was dagegen, wenn ich mich eine Minute zu euch setze?«

»Die Zeit läuft«, sagte Parker.

Willows sagte: »Die Runde geht auf dich?«

»Klar, Jack.« Freddy verteilte die Getränke, nippte an seiner Cola.

Willows sagte: »Also, wo drückt der Schuh?«

»Wie bitte?«

Parker und Willows sahen sich an. »Also gut, anders ausgedrückt, Freddy, was ist das Problem?« fragte Parker.

»Es gibt keins.« Freddy fischte einen Eisklumpen heraus und biß darauf. »Also gut, mir haben sich ein paar Flöhe in den Pelz gesetzt. Aber das ist keine Sache, um die sich ein paar hochrangige Detectives vom Morddezernat kümmern müßten.«

Willows nahm sein Glas in die Hand und hielt es vor das Licht einer Budweiser Bierreklame. »Also raus damit, Freddy.«

Freddy zermalmte einen weiteren Eiswürfel. »Schutzgelderpressung, das ist doch immer noch strafbar, oder?«

Parker sagte: »Wieviel?«

»Dreihundertfünfzig die Woche, aber jetzt haben sie es gerade auf fünfhundert hochgeschraubt.«

»Kennen wir sie?«

»Die Typen, von denen ich spreche, sind verdammt mies, und sie meinen es verdammt ernst. Aber Erfahrung haben sie nicht. Also bezweifle ich das.«

»Wie lange zapfen sie dich schon an?«

»Das ist jetzt die dritte Woche.«

»Wann ist die nächste Zahlung fällig?«

Freddy beugte sich über den Tisch und schielte auf Willows Armbanduhr.

»Es ist zwanzig nach sechs, Freddy.«

»Dann müßten sie jeden Augenblick hier sein. Als ihr zwei hereinmarschiert kamt, war ich überzeugt, Sally hätte einen Zehner für mich in den Brunnen geworfen. Ich meine, ihr kommt monatelang nicht her, und dann, Bingo, seid ihr einfach da.« Freddys Lächeln sah so gekünstelt aus, als hätte er sich ein fremdes Gebiß ausgeborgt.

Parker sagte: »Wie viele sind es?«

»Sie sind zu zweit, trotzdem kommt es mir immer so vor, als wären es viel mehr. Der Obermacker ist ein kleiner Italiener. Dino. Sein Gorilla ist ein Schwarzer. Nennt sich Crow. Seinen wirklichen Namen kenne ich natürlich nicht, ich weiß nur, daß er nicht Bing Crosby heißt. Sie kommen rein, bedienen sich bei den Getränken, versauen mir die Frisur und fressen die eingelegten Eier auf...«

Willows sagte: »Kannst du sie beschreiben – von ihrem gesegneten Appetit einmal abgesehen?«

Freddy zerbiß den nächsten Eiswürfel. »Der Schwarze hat ein verchromtes Schießeisen, so lang wie mein Arm. Weißt du, was er letzte Woche gemacht hat, nachdem ich seinem Boss die dreifünfzig gezahlt hatte?«

»Was denn?«

»Er meinte, ich solle den Mund aufmachen und die Augen schließen, und legte mir eine Patrone in den Mund. Der Typ hat mir eine Patrone in den Mund gesteckt, Jack. Ich mußte sie runterschlucken. Wenn der nicht krank ist, dann weiß ich es nicht.«

»Haben sie dich bedroht?«

»Und ob. Sie meinten, wenn ich Ärger mache, hält mir der Schwarze seine Knarre gegen den Kopf und drückt ab, bis nichts mehr übrig ist, auf das man schießen könnte.«

»Das klingt nach Bedrohung, stimmt«, meinte Parker.

Willows spielte mit seinem Scotch. Er sah an Freddy vorbei zur Bar, dann meinte er: »Bleib ruhig und tu genau, was ich sage.«

»Jack, ich glaube nicht, daß ich das schaffe.«

Parker blickte auf, als die beiden Gangster hereinkamen. Der Italiener, der sich Dino nannte, sah ein wenig aus wie Al Pacino, nur ohne dessen Verstand und gutes Aussehen. Es gab allerdings noch einen weiteren gewichtigen Unterschied. Pacino war ein äußerst begabter Schauspieler, und Dino war extrem schlecht.

Der Schwarze, Crow, war knapp einsneunzig groß, breit in den Schultern und schmal in den Hüften. Kein nennenswerter Hals. Er trug ein schwarzes Hemd und schwarze Jeans, die er in kniehohe schwarze Lederstiefel gestopft hatte, die mit blinkenden Schienbeinschonern und spitzen Zehenkappen aus Metall verstärkt waren. Sein Haar war kurz geschoren, und dicht über seinem Ohr hatte er sich einen zackigen Kranz aus Blitzen ausrasiert, der wie ein Zaun um seinen knochigen Schädel verlief. Das schwarze Seidenhemd war weit geschnitten; er trug es über den Jeans. Willows betrachtete seine Körperhaltung und die Art, wie er die Hände hielt, und entschied, daß die Waffe im Bund seiner Hose stecken müsse.

Dino hatte die Hautfarbe einer fleckigen Banane und rauchgrüne Augen. Er trug einen sehr modischen Anzug aus leichtem Baumwollmaterial und schwarze, spitze Schuhe, wie sie mit Vorliebe von Ballerinas getragen werden. Sein langes, schwarzes Haar war glatt zurückgekämmt und sah aus, als wäre es mit einer Bratpfanne gebändigt worden. Als er sprach, hörte es sich an, als beginne er jeden Tag damit, ein Glas lauwarmes Olivenöl zu gurgeln.

»Sag deinen Freunden, sie sollen verschwinden, Freddy.«

Freddy sagte: »Hau ab, Jack.«

Willows sagte: »Los, zisch ab, Schätzchen.«

»Was?« meinte Parker.

»*Sofort*, Süße.«

Parker senkte den Blick sittsam zu Boden und glitt aus der Nische. Bis zu diesem Augenblick hatte Freddy nicht einmal bemerkt, daß sie einen Kaugummi kaute.

Crow zeigte auf Willows. »Du auch, Weißbrot.«

Willows lehnte sich auf seinem Platz zurück. »Ich habe mit Freddy ausgemacht, daß ich hierbleibe und euch zwei Penner so lange beschwatze, bis ihr ihm das Geld zurückerstattet habt.«

»Wie war das?« sagte Crow.

Dino legte die Hände flach auf den Tisch und beugte sich über Freddy. »Fünfhundert Dollar, soviel schuldest du mir. Raus damit, oder deine Gäste werden sich wünschen, sie hätten Asbestanzüge angezogen.«

Willows sagte: »Wie schnell bist du, Crow?« Er ließ seine Hand unter seiner Jacke verschwinden und zog seine 38er. »Schneller als eine rasende Kugel?«

Crow meinte: »Nicht schießen, Mann. Ist doch nichts passiert. Immer mit der Ruhe.«

Mehrere Stunden später. Parker seufzte und massierte sich die schmerzende Hand. Als sie mit dem Gedanken gespielt hatte, zur Polizei zu gehen, hatte sie sich alle möglichen Gefahren ausgemalt, aber ein Schreibkrampf hatte nicht dazugehört. Sie sah von ihrem Schreibtisch hoch. Willows bemerkte es. »Es ist immer dasselbe – das Hochnehmen dauert zehn Sekunden, der Papierkrieg ewig.«

Willows nickte abwesend und kaute weiter an seinem Stift.

Dino Nathaniel McGuire und der Schwarze namens Crow waren registriert worden, man hatte ihre Fingerabdrücke genommen, sie über die Gasse ins Untersuchungsgefängnis begleitet und für die Nacht gemütlich untergebracht. Bis auf Willows, Parker und Eddy Orwell, der vor einer halben Stunde oder länger hereinspaziert war, war der Bereitschaftsraum menschenleer.

Orwell hatte still an seinem Schreibtisch gearbeitet, aber jetzt sagte er plötzlich: »Hast du noch Büroklammern, Jack?«

»Ja. Aber ich gebe sie nicht her.«

»Ich habe keine mehr, gerade habe ich meine letzte verbraucht.« Orwell hielt die Kette hoch, die er aus ihnen geflochten hatte, und drehte sie so, daß das Metall im Licht blinkte. Willows hatte sich schon gewundert, was ihn so beschäftigte und warum er so lange konzentriert bei der Sache blieb. Die Kettenglieder reichten von Orwells Hand bis auf den mit Teppich ausgelegten Fußboden. Traurigen Blickes sagte er: »Eine Kette, die mich binden und endgültig in Fesseln legen wird.«

Willows und Parker sahen sich kurz an. Parker sagte: »Hast du getrunken Eddy?«

»Nur ein paar Bier. Ich bin nicht betrunken, ich bin nur, ich weiß nicht...« Orwell richtete den Blick gegen die Decke und machte mit den Händen eine abwehrende Bewegung, so als fürchtete er, das Gebäude könne jeden Augenblick auf ihn einstürzen. »›Mutlos‹ beschreibt meinen Zustand am besten, glaube ich.«

Willows grinste und wandte sich ab.

»Das ist nicht komisch, Jack.«

»Du hast recht, Eddy. Niemand will dir widersprechen.«

Parker sagte: »Wo ist das Problem?«

»Judith kann mich nicht ausstehen.«

»Mach dich nicht lächerlich.«

»Und sie wird mich verlassen.«

»Nein, das wird sie nicht.«

»Wenn sie es nicht schon längst getan hat.«

Parker sagte: »Wie kannst du das sagen? Ich habe gesehen, was sie dir fürs Mittagessen einpackt. Sie ist verrückt nach dir.«

»Das war vielleicht einmal so. Irgendwann, vor langer, langer Zeit.« Orwell wickelte sich die Kette aus Büroklammern um sein Handgelenk. »Sie ist schwanger. Ich hab' ihr gesagt, ich will kein Daddy werden. Ich sei noch nicht bereit dazu. Und sie, naja, sie ging auf mich los und sagte mir, ich solle verschwinden und mich nie mehr blicken lassen.«

Parker fragte: »Judith ist *was*? Hast du gesagt, sie ist schwanger?«

»Die Gute ist völlig durcheinander und scheint es tatsächlich zu glauben.«

Parker rutschte ein wenig tiefer auf ihrem Stuhl. »Vielleicht, wenn ihr beide erst einmal Zeit gehabt habt, darüber nachzudenken...«

Orwell schlug mit der Faust auf den Tisch. »Ich habe darüber nachgedacht!« brüllte er. »Ich tue praktisch nichts anderes mehr.«

Willows sagte: »Jetzt beruhige dich, Eddy. Du weckst den Hausmeister auf.«

»Sie ist verflucht halsstarrig. Geht nicht ans Telefon. Ich habe den ganzen Tag versucht, sie anzurufen. Der Anrufbeantworter ist abgestellt. Es läutet und läutet, ich lege auf und kann es immer noch läuten hören... ich habe Angst, daß ihr etwas Fürchterliches zugestoßen ist.« Orwell betrachtete den Fußboden. »Den ganzen Tag schon habe ich dieses Gefühl, es wird immer stärker. Tragik. Meiner Frau ist etwas Schlimmes zugestoßen, und ich kann nichts tun. Es ist wie eine Vorahnung.« Er breitete die Arme aus. »Ich habe Angst, nach Hause zu gehen.«

Willows sagte: »Wohnst du immer noch in Port Moody?«

»Ja.«

»Claire, kannst du den Rest hier für mich erledigen?«

»Kein Problem.«

Willows schnappte sich sein Jackett von der Stuhllehne. »Komm, Eddy. Wir fahren.«

»Jack, ich kann dich nicht bitten, mich nach Hause zu fahren. Hin und zurück sind es mindestens anderthalb Stunden.«

»Wir nehmen meinen Wagen. Du mußt dir überlegen, wie du morgen früh zur Arbeit kommen willst.«

»Dan Simpson wohnt ungefähr sechs Straßen weiter. Danny wird mich mitnehmen.«

»Komm, Eddy. Wir fahren.«

»Vielleicht finden Judith und ich einen Weg. Ein Kind... das schaffe ich schon.« Er drehte sich um und winkte Parker zum Abschied und gab Willows einen Klaps auf die Schulter. »Komisch, wie sich die Dinge manchmal entwickeln, nicht?«

Großartig, dachte Willows. Aber vielleicht fände Eddy es nicht so komisch, wenn er wüßte, daß *er* das Benzin bezahlen mußte.

20. Kapitel

Newt gefiel seine Suite, was keine große Überraschung war, wenn man bedenkt, wieviel sie ihn kostete – dreihundertachtzig harte Dollar pro Tag plus verschiedene Provinz- und Bundesstaatssteuern. Er packte aus, hängte seine Sachen auf und riß die mit Eiche furnierten Schubladen auf, bis er die Gideon-Bibel fand, die er in seinen Koffer legte, damit er sie später nicht vergaß.

Rikki sagte: »Was wollen Sie mit noch einem von diesen Dingern?«

Newt lächelte. »Langweilst du dich, Rikki?«

»Können Sie drauf wetten. Was läuft denn hier? Nichts.«

»Setz dich am besten ein bißchen vor den Fernseher. Entspann dich, dann lebst du länger.« Er nahm den Hörer ab, wählte eine lokale Nummer. Rikki nahm die Programmzeitschrift zur Hand, sah nach, was lief, dann schnappte er sich die Fernbedienung und stocherte wütend mit den Zeigefingern seiner rechten und linken Hand auf die Knöpfe ein. Newt hatte den Eindruck, als drücke Rikki gleichzeitig auf die Knöpfe. Sein Gesicht war wild entschlossen, er biß sich fest auf die Unterlippe, die Augen traten leicht vor.

»Was hast du vor, Rikki?«

»Ich versuche, zwei Sender gleichzeitig zu bekommen. Cosby auf Kanal fünf, Clint Eastwood auf zwölf. Das wär doch was, sich beide gleichzeitig anzusehen.«

»Ja. Sicher.«

Newt lauschte in den Hörer. Das Telefon läutete noch immer, und jedes Läuten hörte sich genau gleich an. Er wollte es nicht öfter als zwölfmal klingeln lassen und dann auflegen, aber dank Rikkis hirnrissiger Herumfuhrwerkerei mit der Elektronik hatte er den Überblick verloren. Irgendwann würde einer ein Telefon erfinden, das für einen mitzählte. Am anderen Ende läutete es, aber der Anrufer würde nur Zahlen hören. Eins, zwei, drei... Newt fragte sich, wie viele Zahlen die Telefongesellschaft in ihre Apparate programmieren würde. Er stellte sich vor, wie Kids einen Weltrekord versuchten, mehr als eine Million mal läuten... Nein, sie müßten ein Limit einbauen. Hundertmal läuten vielleicht. Das sollte eigentlich reichen. Jesus, was, zum Teufel, ging nur in seinem Kopf vor – er war noch verrückter als Rikki, nur ließ es sich bei ihm noch weniger entschuldigen.

»Ja, was ist?«

Newt fuhr auf, riß sich erschrocken den Hörer vom Ohr. Er räusperte sich und sagte, wer er war. Es war einige Jahre her. Der Typ am anderen Ende der Leitung, Slick war sein Name, weil er sich so viel Brill in die Haare schmierte, mußte lange nachdenken, bevor er Newts Stimme erkannte. Und dann nannte er Newt bei seinem alten Namen, ›Junior‹, den er an dem Tag abgelegt hatte, an dem sein Daddy ins Gras gebissen hatte. Slick war voller Fragen – wo hatte Newt die letzten Jahre gesteckt, hatte er gesessen oder was? Newt informierte ihn über den Namenswechsel und kam zum Geschäftlichen. Was kostete eine Uzi oder eine Mac-10 oder M 16, also im Grunde irgendeine zuverlässige automatische Waffe, die sofort versandbereit war, plus zusätzliche Magazine und, sagen wir, fünfhundert Schuß Munition?

Ein Betrag wurde genannt. Newt kreischte auf. Die Leitung wurde unterbrochen. Newt schmiß das Telefon gegen die Wand. Und so was nannte sich einen alten Freund. Er wählte die Nummer noch einmal. »Also gut, schön. Lieferst du?« Er hörte schweigend zu, sehr lange, wie Rikki fand, dann legte er vorsichtig auf. Er schrieb eine Adresse in großen Druckbuchstaben auf einen reich verzierten Bogen Hotelbriefpapier und gab Rikki die Adresse sowie elfhundertundachtzig Dollar.

»Was ist das?«

»Eine Adresse, was glaubst du denn?«

»Ich kenn' mich in dieser beschissenen Stadt nicht aus. Wie soll ich da hinkommen?«

»Erinnerst du dich noch an den Empfang, Rikki? Nein? Na schön, erinnerst du dich an die Modelleisenbahn, die dir so gut gefallen hat? Dort ist der Empfang – dort, wo du die Eisenbahn gesehen hast. Und jetzt hör mir genau zu. Zuerst steigst du in den Aufzug und drückst auf den Knopf, der auf deine Füße zeigt. Wenn du am Empfang bist, gehst du an die Theke und fragst nach einem Stadtplan. Sag dem Typen, wo du hin willst. Laß dir die Adresse auf dem Stadtplan zeigen, er soll dir ein paar Striche aufmalen. Frag ihn, ob dich einer begleiten kann.«

»Mich begleiten, wenn ich ein paar Kanonen abhole?«

»Kanadier sind freundlich. Du wirst überrascht sein, wie sehr sie sich zerreißen, um einem Fremden zu helfen.« Newt ging in Positur wie ein Werfer aus der Ersten Liga, der gleich einen Hundert-Meilen-Feuerball loslassen will, und schmiß Rikki die Schlüssel für den Mietwagen zu. »Und jetzt sieh zu, daß du rauskommst. *Vamonos.*«

»Ich hab' verstanden, was du mir sagen willst. Ich verstehe sehr gut Englisch.«

Newt wartete mit rasch wachsender Ungeduld, während Rikki vor dem Spiegel in die Knie ging, sich die Haare kämmte, dichter heranging, um seine Zähne nachzusehen, und prüfte, ob sein Reißverschluß hochgezogen war. Newt beobachtete, wie er seine Schuhe mit den Kanten über den Teppich schleifen ließ, damit sie besser glänzten. Der Knast war es, der einem das antat. Er nahm einem jedes Gefühl für Dringlichkeit, die Zeit verging schneller, als sie sollte und ließ einen hinter sich zurück.

Als Rikki endlich gegangen war, rief Newt den Zimmerservice an und bestellte einen Cheeseburger Deluxe und ein Glas Eiswasser. Er hängte ein, verließ das Zimmer und schlenderte durch die Flure, bis er eine Eismaschine gefunden hatte. Er hatte vergessen, den kleinen Plastikeimer mitzunehmen und sah sich gezwungen, das Eis mit bloßen Händen ins Zimmer zurückzutragen. Sein Koffer enthielt eine halbe Flasche Wild Turkey Kentucky Bourbon. Newt schenkte sich einen guten Schuß ein und dachte daran, wie schön es wäre, den Job hinter sich zu bringen und nach L. A. zurückzukehren.

Seltsam, wie die Geschichte angefangen hatte. Vor ein paar Jahren hatte er in einer Zeitung aus Vancouver von Frank gelesen, ihn angerufen – mehr aus Langeweile und Neugier als aus irgendeinem anderen Grund – und ihm einen Job angeboten. Frank war ein richtiges Juwel, wie sich herausstellte. Sein Drogenkonsum war nicht übermäßig, er ließ die Finger von Newts Flittchen und steckte sie auch nicht in Newts Spardose. Was konnte er sich mehr wünschen, besonders bei den Löhnen, die er zahlte?

Dann, vor ein paar Monaten, war Newt am Ende einer langen und enttäuschenden Nacht ohne großes Aufheben von einer Frau stehengelassen worden, die große, braune Augen und schwarze Haare hatte – eine Seltenheit in L. A., wo es gelegentlich schien, als hätten alle himmelblaue Augen und zotteliges Blondhaar und stammten aus demselben Bottich. Die Frau hatte Newt an Parker erinnert und ihn auf eine Idee gebracht. Stundenlang hatte er über die beiden Detectives aus dem Morddezernat in Vancouver hergezogen, die seinem Leben eine so negative Wende gegeben hatten.

Nachdem er es sich mit seinem Bourbon im Liegestuhl unter dem spätabendlichen Sternenhimmel bequem gemacht hatte, ließ Newt sich den Abend vor fünf Jahren durch den Kopf gehen, an dem er sich mit Willows und Parker ein Feuergefecht geliefert hatte. Er hatte eine 38er Special in die Brust bekommen, ihm war der größte Teil seines Haupthaares abgebrannt, und man hatte seien Trans Am sichergestellt. Anschließend hatte sein Daddy – Gott sei seiner Seele gnädig – eine Viertelmillion in bar als Kaution aufgebracht, damit Newt, falls nötig, verschwinden konnte. Ein Anwalt, der sehr viel mehr kostete und daher sehr viel gerissener war als der Staatsanwalt, hatte ihn schließlich wegen einer, wie es der Richter nannte, verfassungswidrigen Verzögerung des Verfahrens freibekommen.

Als sich diese Geschichte ihrem glücklichen Ende näherte, hatte Newt mehr oder weniger aus einer Laune des Augenblicks heraus beschlossen, daß es nett wäre, Parker abzuknallen. Warum er Frank nicht gesagt hatte, er sollc Willows ebenfalls erledigen, wenn er schon dabei war, konnte er nicht sagen. Wahrscheinlich, weil zwar beide Polizisten auf ihn geschossen hatten, es aber Parkers Kugel gewesen war, die ihn niedergestreckt und ihm solche Qual und Pein bereitet hatte. Wie auch immer, der Gedanke, beide Cops auf einen Schlag zu erledigen, war ihm einfach nicht in den Sinn gekommen...

Bis jetzt. Unsinn, vergiß es. Es wäre unmöglich, beide gleichzeitig abzuknallen und es wie einen Unfall aussehen zu lassen. Nicht einmal die Cops waren so dämlich.

Der Cheeseburger kam. Newt aß ihn am Tisch neben dem Fenster und spülte jeden Bissen mit einem wohlbemessenen Schluck Bourbon und Wasser hinunter. Robson Square, das offene Gelände am anderen Ende des Gerichtsgebäudes, wurde von unzähligen winzigen Lichtern erleuchtet, die von den Bäumen herabhingen wie die blinkenden, aufgeblähten Leichen ebensovieler Glühwürmchen. Newt kaute an seinem Burger und trank seinen Schnaps, beobachtete, wie die Autos gemächlich vorbeirollten, das leichenzugähnliche Treiben der Leute auf den Gehwegen. Vancouver war eine merkwürdige Stadt. Gelassen, und dennoch unter Hochspannung, mit der höchsten Kriminalitätsrate aller großen Städte im Land. Newt betrachtete lächelnd eine Parkuhr. Vielleicht fühlte er sich deswegen so zu Hause, wegen all der Raubüberfälle und Morde.

Er ertappte sich bei dem Gedanken an Felix, seinen armen, alten Dad, und an das weitläufige Haus, das er in West Van besessen hatte, auf der anderen Seite des Hafens in den British Properties. Vom Haus hatte man eine phantastische Aussicht. Man konnte die gesamte Stadt überblicken, vorausgesetzt, man stieg aufs Dach und kletterte auf den Schornstein.

Newt schaufelte ein paar Reste der gerösteten Zwiebeln zusammen, die aus dem Burger gefallen waren. Er leckte sich die fettigen Finger ab, beugte sich herüber und wischte sie an der Tagesdecke ab. Was ihm am besten an dem Haus in den Properties gefallen hatte, war der herzförmige Pool im Garten dahinter gewesen, mit seinem feurig-rosa gestrichenen Boden, ebensolchen Wänden und der Unterwasserbeleuchtung. Wegen ein paar

Nacktbadeepisoden im Mondschein und den zwangsläufigen Folgen, die sich daraus ergaben, mußte Newt an Misha denken, Dads heimliche minderjährige Geliebte, die ihm übel mitgespielt hatte.

Was die schlanke Schönheit jetzt wohl so trieb? Zweifellos nichts Gutes. Bestimmt verletzte sie sämtliche bürgerliche Gesetze.

Newt verschätzte sich bei dem Versuch, das Telefon zu erreichen, und fiel aus dem Liegestuhl. Auf dem Boden sitzend rief er den Zimmerservice an und fragte leicht lallend, ob man ihm einen Banana Split bereiten könne. Kein Problem. War die Schlagsahne echt oder aus einer dieser Sprühdosen? Ganz, wie er es wünschte. Newt bestellte das letztere und fügte dann nachträglich noch eine Bestellung über eine doppelte Portion Röstzwiebeln hinzu.

Er hatte den Banana Split, die Zwiebelringe und die obere Hälfte der Flasche bereits vertilgt, als Rikki wieder eintraf. Sein Chefmex hatte ein brandneues Veilchen unter dem linken Auge und Blut an den Handknöcheln.

Rikki langte tief in seine Hosentasche und gab Newt sein Geld zurück.

Newt zählte es langsam, trotzdem verlor er den Überblick über die Zwischensumme. Er warf das zusammengerollte Geld aufs Bett. »Er hat Scheiß gemacht, oder was?«

Rikki nickte; sein brillantinegebändigtes Haar glitzerte im Licht wie Chrom.

»Was ist passiert, hat er versucht, dir ein paar Dollar extra abzuknöpfen?«

»Ja. Ja, genau so war's.«

»Aber du bist ein Machotyp. Du bist stolz und hast dich geweigert mitzuspielen, also hat der Blödmann die Nerven verloren und dir eine geklatscht.«

Rikki nickte grinsend.

»Er hat dich überrascht, sonst hätte er dir kein Härchen gekrümmt.«

»Hat mir fast die Nase gebrochen. Ich habe die Sterne funkeln sehen, in allen Farben.«

»Blau, rot, grün...«

»Und gelb«, sagte Rikki grinsend. »Massenhaft gelb.«

»Und was ist dann passiert?«

»Wie heißt der Kerl?«

»Slick.«

»Richtig, Slick. Slick hatte gar keine Waffen. Dieses Haus, in dem ich ihn getroffen habe, er wohnt nicht mal dort. Wissen Sie, was er getan hat? Er hat mich ausgeraubt, wollte mir das Geld stehlen. Was für ein Arschloch.«

»Was ist also passiert?«

»Ich habe seinen Freund ganz nett aufgeschlitzt. Slick schleppte sich fort, aber er kommt nicht weit. Ihn hab' ich auch aufgeschlitzt, und nicht zu knapp.«

Newt sagte: »Also brauchen wir die Waffen immer noch.«

»Machen Sie sich deswegen keine Sorgen. Ich habe Durst. Gehen wir nach unten an die Bar und trinken einen.«

»Es ist billiger, sich eine Flasche im Laden zu besorgen und sie auf dem Zimmer zu trinken.«

Rikki, bereits auf dem Weg zur Tür, ignorierte ihn völlig, was Newt wie ein Schock traf. Er streckte den Arm aus, um den dämlichen kleinen illegalen Bastard beim Kragen zu packen und ihm ein bißchen Verstand einzubleuen, besann sich dann eines Besseren. Frank und sein Flittchen tranken bestimmt nicht auf ihrem Zimmer – nix, die hockten mit Sicherheit bei einem Plausch in der Piano-Bar und genossen das schöne Leben auf Newts Kosten.

Sie nahmen den Aufzug nach unten in die Bar, und da saßen sie auch schon, die beiden Turteltäubchen, genau dort, wo Newt sie vermutet hatte. Es war, als hätte er eine seltsame Macht über sie, so daß sie genau an der Stelle auftauchten, wo er sie sich vorgestellt hatte.

Newt starrte auf Franks Hinterkopf, während er forschen Schritts über den gemusterten Teppich auf die Bar zuhielt und sich drauf konzentrierte, derart giftige Schwingungen abzusondern, daß Frank gar nicht anders konnte, als sie aufzufangen. Mit jedem Schritt hoffte er, Frank würde sich mit vor Entsetzen aufgerissenen Augen nach ihm umdrehen und um Gnade winselnd erkennen, wie tief er in der Scheiße steckte.

Frank jedoch amüsierte sich zu gut. Vielleicht waren auch Newts übersinnliche Kräfte nicht ganz auf der Höhe. Als Frank schließlich merkte, daß Newt und Rikki hinter ihm standen, grinste er sie breit und strahlend wie ein Honigkuchenpferd an.

»Newt, was für eine Freude! Ich hab' Lulu gerade alles über dich erzählt.«

»Ja?« Newt stopfte seine Hände in die Jackentaschen und versuchte sich auf dem Flügel abzustützen, verschätzte sich aber erheblich in der Entfernung. Er torkelte gegen den Pianisten, der ins Mikrophon fluchte, ihn sich mit einer Hand vom Leib hielt, während er mit der anderen improvisierte. Die scharfe Kante des Baby-Flügels traf Newt in die Rippen und raubte ihm den Atem. Gequält sank er auf die Knie.

Lulu sagte: »Nett, Sie kennenzulernen, Newt.« Der Winzling neben ihm war so braungebrannt, daß Richard Prior neben ihm farblos gewirkt hätte. Er trug einen mostrichfarbenen Anzug und die größte Gürtelschnalle, die sie je gesehen hatte, einen riesigen verzierten Silberklumpen. »Sie sind sicher Rikki, oder?«

»Sie haben von mir gehört?«

»Ich habe Ihr Bild gesehen.«

Rikki wurde nachdenklich. Erstaunlich, wie viele Leute glaubten, man sei im Showgeschäft, nur weil man aus L. A. stammte.

»Im Postamt«, erläuterte Lulu.

Rikki warf Frank einen wütenden Blick zu. »War ein Scherz«, sagte Frank.

»Ach, ja?« Rikki half Newt auf die Beine. Er starrte Lulu an, während er Newt etwas ins Ohr flüsterte. Er versuchte, Lulu in den Ausschnitt zu linsen. Sie lächelte ihn freundlich an.

Frank sah umständlich auf seine Armbanduhr. Eine goldene Rolex, wie Newt nicht umhin konnte, zu bemerken. Jesus, wenn Frank seine Kundenkreditkarte benutzt hatte, um sie zu bezahlen, würde er ihn umbringen. Frank, der immer noch auf seine Uhr sah, meinte: »Für zwei Jungs aus Kalifornien seid ihr ziemlich spät dran. Ich hoffe, ihr habt keinen Ärger gehabt.«

Newt ließ sich vorsichtig auf dem Hocker neben Lulu nieder. So blasse Haut hatte er noch nie gesehen. Er sagte: »Wir sind rumgefahren, haben die Stadt bewundert – wie sauber die Straßen hier sind!«

Lulu sagte: »Woher haben Sie die Schnittwunde, Rikki – zu lange in den Spiegel geschaut?«

Der Barkeeper kam mit einem frischen B-52 für Lulu und dem nächsten doppelten Glenfiddich pur für Frank.

Newt sah, daß Frank und dieses Flittchen eine Rechnung auflaufen ließen. Wollte das Flittchen etwas bezahlen? Newt hielt das für unwahrscheinlich. Der Barkeeper wartete. Newt bestellte ein Glas Eiswasser, Rikki ein Bier. Der Barkeeper zog ab. Newt legte seine feuchte Hand beiläufig auf Lulus nackte Schulter und beugte sich über sie, um mit Frank zu sprechen. Die Registrierkasse brauchte ein neues Farbband, aber von seinem Platz aus schien sich der Betrag auf 111,48 Dollar zu belaufen. Newt spürte, wie sich im Nu ein Hochdruckkeil auf seine Großhirnrinde legte. Sein Wasser kam, und er rollte das kalte Glas über seine brennende Stirn.

Es mußte sich um sein Geld handeln, das hier versoffen wurde – so viel eigenes Geld besaß Frank nicht.

Frank sagte: »Wann bist du denn angekommen, Newt?«

»Vorhin.«

»Guten Flug gehabt?«

»Was soll daran gut sein? Weißt du, was das ist, ein Flugzeug, Frank? Ein Aufzug mit Flügeln.« Newt drückte Lulus milchweiße Schulter freundschaftlich. »Mit wem sind Sie denn zuletzt ausgegangen? Bela Lugosi?«

»Bitte?«

»Sie sind so blaß«, sagte Newt. »Oder ist Ihnen das noch nicht aufgefallen?«

»Ich bin Albino.«

Rikki starrte sie an.

Newt sagte: »Weißt du, wie man die Augen einer Blondine zum Strahlen kriegt, Frank? Man muß ihr mit einer Taschenlampe ins Ohr leuchten.«

Frank machte Anstalten, auf ihn loszugehen.

»Hören Sie zu, mir wäre es sehr lieb, wenn Sie Ihre Hand von meiner Schulter nehmen würden«, sagte Lulu.

»Und wo, Schätzchen, soll ich sie dann hinlegen?«

»Schieben Sie sie sich von mir aus so tief in den Arsch, daß Sie zum Winke-Winke-Machen das Maul aufreißen müssen, Freundchen.«

Rikki gab ein vergnügtes gurgelndes Geräusch von sich und wischte sich Bier vom Kinn.

Newt interessierte sich plötzlich für den Flügel. Nachdem er ein paar Minuten lang ohne Rhythmus zur Musik mit den Fingern geschnippt hatte, sagte er: »Zähes Luder, Frank. Aber kann sie kochen?«

Aber das war viel zu schwach und kam viel zu spät, und er wußte es und alle anderen auch. Newt nippte verdrossen an seinem Glas Wasser.

Frank merkte, wie jemand versuchte, sich in den äußeren Rand seines Blickfeldes zu schieben. Er schaute auf. Roger. Ein Wink, und Roger war verschwunden.

Ein paar Minuten später tauchte Phil Estrada auf, dabei kam er so mühelos über den Teppich auf sie zu, daß Frank rasch einen Blick auf Estradas Füße warf, um sich zu überzeugen, daß er keine Rollschuhe anhatte.

Rikki maß den Sicherheitsbeauftragten mit einem kurzen, grimmigen Blick, der von Estradas glänzenden schwarzen Schuhen bis zum weichen Fleisch unter seinem Kinn reichte. Die Art, wie Rikki Estrada von oben bis unten musterte, erinnerte Frank an einen Typen auf dem Santa Monica Pier, der einen Fisch ausgenommen hatte, blitzschnell und mit einer einzigen Bewegung. Phil schien sich nicht daran zu stören. Er lächelte Lulu mit jedem einzelnen seiner Zähne an, dann wandte er sich an Frank und sagte: »Wollen Sie mich Ihren neuen Freunden nicht vorstellen?«

Bevor Frank Zeit hatte, zu reagieren, sagte Rikki: »Zeit, nach Hause zu gehen, was?«

Newt nickte zum Zeichen, daß er der gleichen Meinung war. Er trank sein Eiswasser aus, zeigte auf Frank und sagte: »Meine

Suite, morgen früh Punkt zehn. Entweder du kommst, oder die Sache ist gelaufen.«

Frank nickte.

Phil Estrada lächelte Newt an. Seine Zähne sahen aus, als wären sie gerade gebleicht und gespitzt worden. »Wohnen die Herrschaften im Hotel?«

Rikki trank den letzten Schluck seines Biers und stellte das leere Glas auf die Tasten des Kinderflügels. Der Pianist blickte kurz zu ihm auf. Rikki sagte: »Weißt du was, Mann? Du spielst, wie mein Hund singt.«

»Braucht er einen Agenten?« wollte der Musiker wissen, ohne auch nur aus dem Rhythmus zu kommen. Phil Estrada lachte leise, gab ihm einen leichten Klaps auf die Schulter und ging.

Lulu wartete, bis Newt, Rikki und Phil absolut und hundertprozentig außer Hörweite waren, dann drehte sie sich zu Frank um. »Warum hast du nichts unternommen?«

»Was zum Beispiel?«

»Ach, was weiß ich. Du hättest sie zum Beispiel beide umlegen können.«

»Schau dich doch mal um. Was siehst du? Einen Barkeeper, einen Klavierspieler, den Typen da drüben mit dem Bart, Phil, die zwei händchenhaltenden Turteltäubchen am Ecktisch...«

»Goldene Hochzeit«, sagte Lulu, »wie reizend.«

»Rog, der sich wahrscheinlich hinter einem der Blumenkübel versteckt. *Zeugen.* Wenn ich Newt und Rikki wegblase, selbst wenn sie es eindeutig verdient haben, könnte mich jeder von diesen Leuten hier vor Gericht identifizieren, gegen mich aussagen und mich für das nächste Vierteljahrhundert in den Knast bringen. Hast du diesen Film gesehen, *Alien*? Wenn ich wieder rauskomme, wäre das so etwas wie *Stagecoach.*«

Lulu lächelte. »Genau an den erinnerst du mich. John Wayne.«

»Vergiß es. Er war einer von den Guten. Ich bin einer von den Bösen.«

»Ich seh' das anders. Außerdem verändern sich die Menschen, Frank.«

»Stimmt. Sie werden älter und weniger optimistisch.« Frank kippte den Rest seines Scotchs hinunter und bestellte sich noch einen. »Und sie werden langsamer. Ich hätte keine Chance gegen diese Typen, nicht, wenn sie zu zweit sind.«

»Vergißt du nicht etwas?«

»Was denn?«

Lulu zeigte auf sich. »Mich.«

Franks Blick verfinsterte sich und wurde sorgenvoll.

Lulu nahm seine Hand in ihre und küßte nacheinander die Knöchel. »Was werden wir jetzt tun?«

»Überleben«, sagte Frank. »Ich glaube, das ist jetzt erst mal das wichtigste – daß wir überleben.«

»Willst du damit sagen, wir sollten abhauen?«

»Mir gefällt die Sache nicht. Überhaupt nicht. Rikki – den würde niemand vermissen. Und Newt ist auch nicht gerade ein Kandidat für den Nobelpreis. Andererseits habe ich für den Kerl zwei, fast drei Jahre gearbeitet. Zu Weihnachten hat er einen Trip nach Palm Springs bezahlt, dann haben wir Truthahn gegessen und das ganze Wochenende Golf gespielt. Es hat mich keinen Pfennig gekostet.«

»Sicher. Und was hast du für ihn getan?«

»Das ist es ja – fast nichts. Über seine dämlichen Witze gelacht. Die Vertreter für Hausverkleidungen aus Aluminium abgewimmelt. Ihn gefahren, wohin immer er wollte. Ein paar Leuten die Arme gebrochen.«

»Hast du je jemanden umgebracht?«

»Natürlich nicht.«

Lulu drehte sich zu dem Klavierspieler, der in den letzten Minuten ums Doppelte gewachsen zu sein schien. »Wir beide möchten uns ein wenig ungestört unterhalten. Also rutsch ans andere Ende der Bank, wenn es dir nichts ausmacht – und spiel ein bißchen lauter.« Zu Frank sagte sie: »War das die Vereinbarung – du erledigst den Kleinkram und Rikki das Grobe?«

»Mehr oder weniger.«

»Wieso hat Newt dann dich nach Vancouver geschickt, um einen Cop umzubringen?«

»Das habe ich doch schon versucht zu erklären. Parker hat ihn vor ein paar Jahren angeschossen, und er hatte diese verrückte Idee, ihr das heimzuzahlen, sie umzulegen. Außerdem meinte er, ich hätte nichts gegen den Job, weil ich mal angeschossen worden bin und weiß, wie das ist.«

»Schmerzhaft.«

»Genau.«

»Aber auf dich hat Parker nicht geschossen, oder?«

»Nein, aber sie hat mich aufgestöbert, sie war auf meinen Fall angesetzt.«

»Sie hat nur ihren Job gemacht, das ist alles.«

»Ich weiß, ich weiß.«

»Wie heißt sie mit Vornamen?«

Frank zögerte, dann sagte er: »Claire.«

»Wie kannst du jemanden mit einem so hübschen Namen erschießen, Frank?«

Frank ließ den Kopf hängen, er schämte sich. »Ich weiß es nicht.«

»Als Newt dich gefragt hat, hast du da so getan, als wolltest du es tun?«

»Eigentlich nicht. Genaugenommen hab' ich ihm sogar gesagt, daß ich es lieber nicht täte.«

»Wieso hat Newt dann nicht Rikki geschickt? Er bringt gern Leute um, nach dem zu urteilen, was ich gesehen habe.«

»Das hast du richtig beobachtet.«

»Und?«

Frank kam ins Grübeln. Im Grunde hatte er überhaupt nicht darüber nachgedacht. »Vielleicht hat Rikki ihn dazu gedrängt, daß er mich schickt. Rikki und ich, wir verstehen uns nicht besonders.«

»Wieso?«

»Kann ich nicht sagen. Rikki ist ziemlich begeistert von sich, wenn du weißt, was ich meine. Der Kerl rasiert sich drei- oder viermal am Tag, macht sich ständig die Fingernägel sauber. Er hat immer eine Zahnbürste dabei, ich habe sogar schon gesehen, wie er sie am Tisch benutzt hat, zwischen den Gängen.«

»Ein eitler Kerl, darauf willst du hinaus.«

»Und wie. Und jetzt das Seltsame. Angenommen, wir sitzen in einem Nachtclub oder einem Restaurant oder vielleicht auf der Geburtstagsparty von einem Dealer...« Franks Stimme verlor sich, er wußte nicht, wie er es sagen sollte. Er warf Newts Kreditkarte auf die Theke – auf der Karte stand Franks Name aufgedruckt, aber weil Newt der eigentliche Besitzer der Karte war, mußte er für sämtliche Rechnungen geradestehen.

Lulu sagte: »Ich weiß, was du sagen willst – die Mädchen lassen Rikki links liegen und machen sich alle an den guten, alten Frank ran.« Sie sah ihm mit einem Lächeln in die Augen, fuhr ihm mit der Hand durch die Haare. »Und du weißt auch, warum, oder? Weil Frauen spüren, daß du ein ganzer Kerl bist, und Rikki nichts ist als ein winziges, mieses, schleimiges Monster von einem Arschloch.«

»Du scheinst mich zu mögen, willst du das damit sagen?«

Lulu strich ihm sanft mit den Fingern über die Schenkel. »Hast du den Zimmerschlüssel in der Hosentasche, oder freust du dich, mich zu sehen?«

Der Barkeeper fischte Franks Karte von der Theke, schwebte von dannen und kam wenige Augenblicke später zurück. Frank gab großzügig zwanzig Prozent Trinkgeld und signierte mit flottem Schwung.

Lulu zupfte ihn am Ärmel. Er folgte ihr durch die Halle, in einen wartenden Lift, nach oben zu ihrem Zimmer. Er war beschwipst, aber nicht betrunken und überzeugt, daß im Augenblick kein Grund bestand, sich wegen Rikki oder Newt Sorgen zu machen. Sie würden ihn in Ruhe lassen, bis Parker erledigt war.

Er ließ den Schlüssel ins Schloß gleiten und stieß die Tür auf. Im Zimmer war es dunkel und still. Lulu zog ihn aufs Bett, knipste die Nachttischlampe mit ihrer zehn Watt Birne und dem sexy rosa Lampenschirm an, und da lag Rikki, nur wenige Zentimeter von ihnen entfernt und grinste fies wie ein Dämon.

21. Kapitel

Um fünf Uhr morgens war die Straße ruhig, bis auf das zaghafte Schnarren einer unsichtbaren Krähe und das gedämpfte Surren von Detective Dan Oikawas Elektrorasierer.

Oikawa erspähte Willows im Rückspiegel, als der unmarkierte Ford hinter seinem Chevy parkte. Er hob eine Hand zum Gruß.

Willows stellte den Motor ab, und er und Parker stiegen aus dem Wagen. Oikawa schaltete seinen Rasierer aus, steckte ihn in seine Jackentasche und nahm dankbar den Kaffee und die fettige Tüte mit den Donuts entgegen, die Parker ihm reichte.

»Frühstück, großartig.« Er hebelte den Deckel vom Kaffeebecher. »Habt ihr Sahne mitgebracht?«

»In der Tüte.«

»Sehr gut, perfekt.«

Willows stützte sich auf den Wagen. Auf dem Rücksitz lag ein zerknüllter Schlafsack, auf der Ablage unterhalb des Rückfensters stand ein batteriebetriebener Reisewecker. »Wo steckt Ralph?«

Oikawa leerte den Plastikbehälter mit der Sahne in seinen Kaffee, stülpte den Deckel wieder darüber und schüttelte den Becher. Dann nahm er den Deckel ab und warf ihn auf den Wagenboden. »Er ist beleidigt abgezogen, als ich mich geweigert habe, meine Zahnbürste mit ihm zu teilen.« Oikawa blies über den Kaffee, nippte vorsichtig daran. »Unsinn. In Wahrheit mußte er mal austreten.«

Willows nickte. »Irgendwas passiert bis jetzt?«

»Nichts, bis die Donuts kamen. Der Zeitungsjunge müßte bald kommen. Wenigstens etwas, auf das man sich freuen kann.« Oikawa warf einen Blick in die Tüte. »Sind welche mit Zimt dabei?«

Parker sagte: »Jeweils zwei mit Zimt, mit Zucker und mit Schokolade. Du schuldest mir dreifünfzig.«

»Kaffee inklusive?«

Parker nickte.

»Ich geb's dir später. Mittwoch ist Zahltag, einverstanden?«

Die Krähe stieg auf. Parker suchte die Gegend ab und entdeckte sie in einem alten Apfelbaum im Garten des Hauses neben dem, das Joey Ngo gemietet hatte.

Oikawa fischte einen Donut mit Zimt aus der Tüte, biß hinein, kaute und schluckte, trank einen Schluck Kaffee. »Es ging vor ungefähr einer halben Stunde los. Morgendämmerung.« Er biß das nächste Stück ab – ein größeres diesmal. »Ich saß im Wagen und versuchte, die Augen offenzuhalten. Es fing an, hell zu werden, der Himmel wurde blau. Dann sah ich diesen hauchdünnen rosa Streifen über dem Horizont. Als hätte jemand eine Tür gerade weit genug geöffnet, um hinauszuspähen. Da war sie – die Morgendämmerung. Ich hatte es lange nicht mehr gesehen – seltsam war nur, daß es so vollkommen still dabei war.«

Oikawa vertilgte noch einen Donut und wischte sich die Finger an einer Papierserviette ab. »Ich ging ein Stück den Weg entlang und wollte herausfinden, weshalb die Krähe einen solchen Lärm macht. Du würdest nicht glauben, wie gewaltig die Unterwäsche ist, die die Lady auf die Leine hinten im Garten gehängt hat. Vielleicht war der Vogel deshalb so aufgeregt.«

Willows sah auf, als die Vordertür des Hauses im Ranchstil gegenüber von Joey aufging. Eine untersetzte Rothaarige in einem rosa Nachthemd warf rasch einen Blick rechts und links die Straße hinunter. Eine Frühaufsteherin, dachte Willows, die scharf ist auf die Morgenzeitung.

Dann trat Ralph Kearns auf die Veranda hinaus, stopfte sich den Hemdzipfel in die Hose, gab ihr einen flüchtigen Kuß und trabte quer über den ausgebleichten Rasen bis auf den Gehweg.

Willows sagte: »Wie lange war er da drin, Dan?«

»Keine Ahnung, Jack. In meiner Arbeitsplatzbeschreibung steht nichts davon, daß ich seine Zeiten nehmen soll.«

Kearns Grinsen verblaßte, als er merkte, daß Willows und Parker ihn beobachteten. Sein Schritt wurde unsicher, und er warf einen Blick über die Schulter, in der Hoffnung, die Szene auf der Veranda aus Willows' Perspektive in Augenschein nehmen zu können.

Oikawa langte zum drittenmal in die Tüte mit den Donuts, dann fiel ihm ein, daß nur zwei mit Zimt dagewesen waren und er sie beide bereits gegessen hatte. Schokolade oder Zucker? Er überlegte, aber nur einen winzigen Augenblick lang.

Kearns hatte die Tüte mit den Donuts entdeckt. Lächelte er gutgelaunt, oder war das ein laszives Grinsen? Parker konnte sich nicht entscheiden.

Kearns zündete sich eine Zigarette an. »Ihr seid ein bißchen zu früh, oder täusche ich mich?«

»Sieht so aus«, sagte Willows.

Plötzlich wurde Kearns sehr ernst. »Jetzt mal langsam, Jack. Ich weiß, was du denkst, aber du irrst dich.«

»Was denke ich denn, Ralph?«

»Daß Barbara – Mrs. Hinton – ziemlich scharf aussieht in diesem Nachthemd, in dem sie so viel Bein zeigt.«

»Nein, daran habe ich überhaupt nicht gedacht.«

Kearns sah Parker kurz an, dann wieder Willows. »Laßt mich erzählen, was wirklich passiert ist.«

Durch das ganze süße Zeug hatte Oikawa mächtigen Durst bekommen. Er hebelte den Deckel vom zweiten Becher Kaffee. Er war noch heiß. Er gab Sahne hinzu und durchlief sein Ritual: Deckel wieder drauf, dann den Becher schütteln. Drei Donuts waren noch übrig, zwei mit Zucker und einer mit Schokolade. Er warf Kearns einen verstohlenen Blick zu. Der Mann war die ganze Nacht auf gewesen und vermutlich erschöpft – ein Zuckerschub wäre genau das, was er brauchte. Kearns schien jedoch wesentlich mehr daran zu liegen, Willows und Parker die Situation zu erklären, als an seinem Frühstück.

Oikawa grabschte sich das letzte Schokoladendonut aus der Tüte.

Kearns sagte: »Auf dem Boden hinten im Wagen steht einer von diesen Milchbehältern aus Plastik, voll bis zum Rand mit vier Litern Polizistenpisse. Vor einer Weile, kurz bevor ihr aufgetaucht seid, mußte ich schon wieder. Ich hätte es keine Minute länger ausgehalten. Überwachung oder nicht, meine Blase war dabei zu platzen. Wißt ihr, was ich meine?«

»Ja, ich denke, so langsam kann ich mir ein Bild machen.« Willows sah Parker kurz an. »Claire, kannst du uns noch folgen?«

Parker nickte und beobachtete weiter die Straße.

Kearns sagte: »Also gehe ich ein Stück den Weg hoch«, fuhr Kearns fort. »Dabei watschle ich wie eine Ente. Noch eine Minute, und ich mache mir in die Hose. Und stell dir vor – es gibt keine einzige verborgene Stelle, wo man pinkeln kann! Sämtliche Garagen sind abgeschlossen, es gibt keine Büsche, hinter denen man sich verstecken kann... Dann sehe ich Mrs. Hinton, sie steht im Garten und füllt Futter für die Vögel nach. Natürlich ist sie ein wenig besorgt, als sie um fünf Uhr morgens einen Fremden herumschleichen sieht... Also zeige ich ihr meine Dienstmarke und erkläre ihr die Situation. Und weil sie eine gute Bürgerin ist, bereit, ihre Pflichten zu erfüllen, läßt sie mich das Klo benutzen.«

Willows sagte: »Meinst du nicht, du hättest dir wenigstens das Hemd in die Hose stecken sollen, bevor du das Haus verlassen hast?«

»Jack, ich weiß, was du meinst, aber ich hatte es eilig, auf meinen Posten zurückzukehren. Danny war allein im Auto. Ich habe mir Sorgen um ihn gemacht. Der Junge, hinter dem wir her sind, dieser Joey Ngo, er hat ein paar Leute umgebracht, richtig? Da war es nur natürlich, daß ich an die Sicherheit meines Partners gedacht habe. Komm schon, Jack. Jeder muß mal aufs Klo, das ist ein natürliches menschliches Bedürfnis. Ich habe schon von Leuten gehört, die gestorben sind, weil sie es zu lange zurückgehalten haben...«

Am anderen Ende der Straße, hoch oben im Apfelbaum, rief lauthals eine Krähe.

Parker stand mit dem Rücken zu Ralph Kearns und grinste breit.

Oikawa leerte seinen zweiten Becher Kaffee. Er sah Parkers Lächeln und deutete es falsch. Er wischte sich ein paar letzte Zuckerkrümel vom Mund. »Vier Donuts zum Frühstück. Ich gehe zwar langsam auf die Vierzig zu, aber ein paar Dinge habe ich immer noch drauf.«

Parker sagte: »Das habe ich nie angezweifelt.«

Oikawa stellte seinen Gürtel ein Loch weiter.

Die Sonne stand noch tief über dem Horizont und wischte ein paar gelbe und orangene Schlieren über den wolkenlosen Himmel. Die Tür des blauen Hauses im Rancherstil ging auf, und die rothaarige Frau kam heraus. Sie trug limonengrüne Shorts und ein passendes Trägerhemdchen. Sie ging bis an das andere Ende des Hauses, drehte einen Wasserhahn auf und ließ eine grüne Gießkanne aus Plastik vollaufen. Oikawa tastete die Hemdtasche nach seiner Brille ab.

Willows ging um Oikawas neutralen Wagen herum, reichte durch das offene Fenster und tippte dem Detective auf die Schulter. Oikawa schreckte hoch, umklammerte das Lenkrad und sah Willows dämlich an.

Willows sagte: »Der viele Kaffee, deine Blase dürfte mittlerweile ziemlich voll sein...«

»Na ja...«

»Warum machst du nicht einen kleinen Spaziergang und fragst die nette Lady, ob du ihr Bad mal benutzen darfst?«

»Komm schon, Jack. Wenn ich sie frage, ob ich ihre Toilette benutzen darf, schlägt sie mich, oder noch schlimmer.«

»Wie lange war er da drin?«

Oikawa zuckte mit den Achseln und starrte durch die Windschutzscheibe. »Das wirst du aus ihm selber rausquetschen müssen. Aber wieso eigentlich? Es ist nichts passiert, keiner ist verletzt.«

»Wenn wir Joey Ngo richtig einschätzen«, sagte Willows, »hat er bereits zwei Menschen umgebracht. Entweder du redest Klartext mit Kearns, oder du suchst dir einen anderen Partner. Kein Mensch hat ewig Glück. Wenn er den Bach runter geht, stehen die Chancen ganz gut, daß er dich mitzieht.«

»Ja gut, aber...«

Der Wagen schaukelte, als Kearns die Tür öffnete und sich auf den Beifahrersitz fallen ließ. Er legte den Sicherheitsgurt an. »Dann mal los, Partner.«

Oikawa startete den Wagen. Willows trat einen Schritt zurück. Es war kurz nach sechs, und die Sonne stand noch tief am Himmel, dennoch erwachte die Stadt bereits zum Leben. Das dumpfe Pulsieren des Verkehrslärms wehte von der 41. Avenue, der nächsten Hauptverkehrsader, zu ihnen herüber.

Oikawa schob die Automatik des Chevy in Fahrposition. Er nahm den Fuß von der Bremse, und der Wagen kroch vorwärts.

»Denk darüber nach, Dan«, rief Willows.

Oikawa gab Gas. Der Chevy schoß die Straße hinunter.

Die Rothaarige ging zurück in ihr Haus und schloß die Tür.

Willows und Parker setzten sich in ihren Ford. Willows fuhr den Wagen fünfzehn Meter zurück in den Schatten eines Kastanienbaumes. Das Blickfeld war immer noch ziemlich gut. Er stellte den Motor ab, langte nach hinten und kurbelte das hintere Seitenfenster hinunter. Es wurde allmählich heiß – gegen Abend würden es knapp dreißig Grad werden.

Parker sagte: »Er hatte getrunken, stimmt's?«

»Vielleicht einen oder zwei.«

»Dan weigert sich, ihn zu melden?«

»Würdest du das tun?«

»Nein, vermutlich nicht. Aber ich würde sehen, daß ich ihn loswerde, und mir dann einen neuen Partner suchen, und zwar schnell.«

Willows stellte den Rückspiegel so, daß er die Straße hinter ihnen besser überblicken konnte. Die Krähe war still gewesen, aber jetzt fing sie wieder an.

Parker sagte: »Gestern abend habe ich wieder einen von diesen Anrufen erhalten. Von dem Kerl mit dem schweren Atmen.«

»Laß dir eine neue Nummer geben.«

»Es gibt ein neues Überwachungssystem – es kostet ungefähr zwölf Dollar im Monat. Jedesmal wenn einer anruft, wird die Nummer auf einem kleinen Bildschirm angezeigt. Das Ende der Anonymität.«

»Und massenhaft überbevölkerte Telefonzellen«, sagte Willows. Er vernahm das Geräusch von Reifen auf Ausphalt und drehte sich in seinem Sitz um.

Oikawas Chevy hielt dicht neben dem Ford. Kearns wies grinsend mit dem Daumen über die Schulter. Ein dürrer Chinesenjunge von vielleicht fünfzehn Jahren saß zusammengesunken auf dem Rücksitz.

Kearns sagte: »Wir haben ihn in der Seitenstraße gefaßt, als er gerade aus einer Garage kam.« Er schnippte seinen Zigarettenstummel aus dem Fenster, quer über die Haube von Willows' Wagen. »Alles vorbei, Jack. Fehlen nur noch die Glückwünsche.«

»Herzlichen Glückwunsch, Ralph.« Willows hob die Stimme ein wenig. »He, Dan.«

Oikawa beugte sich vor, so daß er an Kearns vorbeisehen konnte. »Was ist?«

»Tu dir einen Gefallen und fahr auf dem Weg in die Stadt an einer Holzhandlung vorbei.«

»Warum?«

»Damit du dir einen Knüppel kaufen und ihn dir über den Schädel ziehen kannst.«

Oikawas Gesicht zog sich zusammen. Er stampfte mit dem Fuß aufs Gas, und der Wagen schoß die Straße hinab.

Parker sagte: »Wer, zum Teufel, war denn das?«

»Keine Ahnung.«

»Kearns glaubt, er hätte Joey Ngo erwischt, oder?«

Willows grinste.

»Glaubst du, Dan hat es kapiert?«

»Wenn nicht, werden wir es früh genug erfahren.«

Ein Krähentrio umkreiste argwöhnisch den Apfelbaum. Die Vögel segelten langsam herab, dann breiteten sie die Flügel aus und flogen seitlich in die obersten Äste, wo sie sich behutsam zwischen das Blattwerk hockten wie schwarzgekleidete viktorianische alte Damen mit Übergewicht, die sich in einem besonders unbequemen Sessel niederlassen.

»Frühstückszeit«, sagte Parker.

»Möglich.« Als Teenager hatte er einmal eine Krähe gefangen, mit einer simplen Falle mit einem Köder – eine Kiste, die auf dem Boden stand, während eine Kante durch einen Stock gehalten wurde, an dem ein Stück Schnur befestigt war. In Gefangenschaft hatte der Vogel derart entsetzlich gekreischt, daß Willows glaubte, er hätte ihn lebensgefährlich verletzt. Niemals würde er den Krähenschwarm vergessen, der aus allen Himmelsrichtungen herabgesegelt kam und ihn so lange angekreischt hatte, bis er ihren Kameraden freigelassen hatte. Es war wie in dem Hitchcock-Film *Die Vögel,* nur sehr viel beängstigender.

Die Krähen im Baum gaben jetzt ein ähnliches Geräusch von sich, ein eindringliches, hohes Protestgeschrei. Von Osten her, aus der aufgehenden Sonne, kam ein weiterer Krähenschwarm herangeflogen und verschwand im Baum. Plötzlich war die Luft durchdrungen vom Rascheln der Flügel, als ein Schwarm direkt über ihre Köpfe flog.

Willows schnappte sich sein Walkie-Talkie.

»Willst du nachsehen gehen?« fragte Parker.

»Es war noch sehr viel dunkler, als Dan drüben war. Selbst mit einer Taschenlampe kann er nicht viel gesehen haben.«

Parker überprüfte das Kontrollämpchen ihres Walkie-Talkies. »Bleib in Verbindung, Jack.«

Willows stieg aus, überquerte die Straße und verschwand in der Lücke zwischen Joey Ngos Haus und dem seiner Nachbarn. Parker sah auf die Uhr. Sie hatte längst gelernt, daß sich in solchen Situationen Minuten zu Stunden dehnen und unter bestimmten Umständen Sekunden zu einer Ewigkeit werden konnten.

Beim Überqueren der Straße klemmte Willows seine Dienstmarke an seiner Jackentasche fest. Das Gras zwischen den Häusern war noch tauschwer; die Feuchtigkeit färbte das Leder seiner Straßenschuhe dunkel. Er sah, daß die Häuser auf der Rückseite durch einen niedrigen, durchhängenden Lattenzaun getrennt waren. Über den Zaun klettern war ausgeschlossen, die Bretter sahen morsch aus, und er war sicher, daß sie unter seinem Gewicht zusammenbrechen würden. Er zerrte an einer der Planken. Das Holz zerbröckelte ihm zwischen den Fingern. Er hatte die Latte in der Hand. Er riß zwei weitere Latten aus dem Zaun, ging in die Hocke und kroch durch die Lücke.

Jetzt befand er sich im hinteren Garten des Hauses neben Joey

Ngos, dem Garten, in dem der Apfelbaum stand. Ein schmaler Gehweg lief mitten durch den Garten bis zum Haus. Rechts gab es einen offenen Unterstellplatz. Eine durchhängende Wäscheleine führte von der überdachten Veranda hinter dem Haus zu einem hohen Holzpfahl. Oikawa hatte nicht übertrieben, als er die Größe der auf der Leine hängenden Unterkleider beschrieben hatte. Damit könnte man, dachte Willows, ein Boot segeln.

Der Apfelbaum stand im hinteren Teil des Gartens, seine ausladenden, stark belaubten Äste hingen über das Dach des Unterstellplatzes und reichten weit über den Weg. Der Baum war mehr als zehn Meter hoch. Sein knorriger Stamm war dick und rauh und mit bernsteinfarbenem Harz überzogen. Willows hörte die Krähen leise murmeln, das Kratzen ihrer Klauen, als sie rastlos auf den obersten Ästen hin- und herrutschten.

Er hatte gedacht, sie hätten den Baum mittlerweile verlassen. Andererseits war es der höchste Baum in diesem Block. Vielleicht war es ihr gewohnter Sammelplatz, und die Vögel wollten ihn deswegen nur ungern verlassen. Der größte Teil der Ernte schien bereits gepflückt zu sein. Er spähte nach oben und blinzelte gegen das Gleißen der aufgehenden Sonne in das dunkelgrüne Blätterwerk.

Er drehte sich um und warf einen Blick auf das Haus. Niemand beobachtete ihn. Dann wandte er sich wieder dem Baum zu. Der Ast, der am vielversprechendsten aussah, befand sich ungefähr anderthalb Meter über dem Boden und war dick genug, sein Gewicht mühelos zu tragen. Er schlüpfte aus seiner Jacke und hängte sie an den Zaun. Seine Straßenschuhe waren zum Besteigen von Bäumen nicht geschaffen. Er mußte vorsichtig sein, sonst riskierte er einen üblen Sturz.

Er packte den Ast mit beiden Händen, ging in die Knie, um sich selbst ein wenig zusätzlichen Schwung zu verleihen, und zog sich hoch, hakte ein Bein über den Ast und versuchte verzweifelt, einen weiteren, höheren, zu fassen zu bekommen. Hoch über ihm ertönte ein kreischender Alarmruf. Unsichtbare Flügel schlugen die Luft und ließen sie erzittern. Ein paar Blätter und Zweigstücke segelten herab. Für einen kurzen Augenblick bekam Willows den Schwarm zu sehen, der von ihm weg in Richtung Süden floh, dann waren sie verschwunden, und er war allein im Baum.

Fast allein.

Willows mühte sich ab, bis er fast sechs Meter über dem Boden war. Er konnte seine Dienstmarke blinken sehen – er hatte vergessen, sie von seiner Jacke zu nehmen.

Joey Ngo war ein Stückchen höher geklettert, wenn auch nicht viel, bevor er sich rittlings in eine Astgabel des Hauptstammes gesetzt hatte. Das Seil schlang sich mehrmals um seine Hüfte, und es war noch ein gutes Stück übrig. Es sah aus, als hätte er vorgehabt, sich zu erhängen, und es sich dann anders überlegt. Joey trug schwarze Jeans, ein weißes Hemd, Adidas-Laufschuhe. Keine Socken, keinen Gürtel. Er hatte sich in die Brust geschossen. Die Wunde hatte fast überhaupt nicht geblutet, was darauf hindeutete, daß er sehr schnell gestorben war. Nach dem Winkel der Austrittswunde zu urteilen, war es durchaus wahrscheinlich, daß die Kugel sein Herz durchbohrt hatte.

Er war ein hübscher Junge gewesen und hatte sein Gesicht verschonen wollen. Die Krähen hatten natürlich ihre ganz eigenen Interessen.

Joeys linke Hand hing senkrecht an seinem Körper herab. Seine Rechte lag in seinem Schoß und hielt immer noch die Pistole – einen halbautomatischen 45er Colt. Der Abzug war gespannt.

Brocken einer dunkelbraunen Masse befleckten sein Hemd in der direkten Umgebung der Wunde. Willows verlagerte sein Gewicht und umrundete den Toten vorsichtig. Er war ziemlich sicher, daß die Kugel Joeys linke Hand durchschlagen hatte. In der Handfläche klebten eingetrocknete Brocken derselben Masse.

Süßkartoffel.

Willows hatte genug gesehen – mehr als genug. Er kletterte den Baum wieder hinunter, hielt sich fest, und ließ sich die letzten anderthalb Meter fallen. Er holte seine Jacke und steckte seine Marke in die Brieftasche. Eine benutzte 45er Hülse lag im Glockenblumenbeet dicht neben dem Unterstellplatz.

Willows zog seine Jacke über und machte sich auf den Weg zurück durch das Loch im Zaun. Parker beobachtete ihn vom Auto aus, als er gemächlich die Straße überquerte.

Sie sagte: »Er war oben im Baum, stimmt's?«

Willows nickte. Sie griff nach dem Funkgerät, um Meldung zu machen. Leute von der Spurensicherung, ein Fotograf, ein Arzt, uniformierte Polizisten und verschiedene höhere Beamte in Zivil sowie die Leute vom Leichentransportdienst würden in Kürze um den Apfelbaum herumschwärmen. Noch war die Gegend ruhig, aber nicht mehr lange.

»Wie hat er es gemacht?«

»Er hat sich erschossen«, sagte Willows. Seine Erfahrung als Polizist warnte ihn, nichts als sicher anzunehmen, nicht einmal die unbedeutendste Schlußfolgerung voreilig zu ziehen. Sein Instinkt sagte ihm jedoch, daß es vorbei war. Joey Ngo hatte sich in die Freundin seines Bruders, Emily, verliebt, hatte versucht, Cherry einzuschüchtern oder gar, ihn umzubringen, weil der sie geschlagen hatte, und er hatte die Sache auf die denkbar grausamste Weise vermasselt. Dann hatte er eine Süßkartoffel gekauft, um sie als Schalldämpfer zu benutzen, und hatte seinen Bruder erschossen. Und jetzt hatte er sich selbst getötet. So weit so gut.

Man brauchte allerdings nur einen Augenblick darüber nachzudenken, dann funktionierte es nicht mehr. Cherry hatte die Süßkartoffel gestohlen, nicht Joey – Mrs. Minotti hatte ihn identifiziert. Wahrscheinlich hatte Cherry die Kartoffel als Schalldämpfer verwenden wollen, nachdem er herausgefunden hatte, wer Emily getötet hatte. Nicht, daß sie ihm etwas bedeutet hätte – er mußte Angst gehabt haben, die Schüsse hätten ihm gegolten. Er hatte Joey die Waffe gezeigt, ihm zeigen wollen, wie sie funktioniert. Vielleicht hatte er Joey sogar des Mordes an Emily verdächtigt und ihn gefragt, ob er es getan hatte. Daraufhin muß es einen Kampf gegeben haben ... Willows gab es auf. Er würde nie dahinterkommen, was wirklich geschehen war.

Parker machte über Funk Meldung. Sie stieg aus dem Wagen und schloß ab, ging nach hinten und schloß den Kofferraum auf. Als allererstes mußte der Tatort abgesperrt werden.

»Laß nur, ich mache das.« Willows griff an ihr vorbei und packte eine Rolle leuchtendgelben Polizeiabsperrbandes mit der Aufschrift ›Zutritt verboten‹. Wie lange es halten würde, hing davon ab, wie dreist die Kinder in dieser Gegend waren. Nicht, daß man es immer auf die Kinder schieben konnte. Willows hatte schon Erwachsene beobachtet, die mit dem Zeug abgezogen waren. Er hatte keine Ahnung, was sie damit machten.

Parker wuchtete den Kofferraumdeckel zu.

Willows sagte: »Macht es dir was aus, die Bewohner des Hauses zu wecken? Ich möchte nicht, daß sie aus dem Küchenfenster sehen, ohne zu wissen, was sie erwartet.«

»Du spannst das Absperrband auf?«

Willows nickte.

»Warum spanne ich nicht die Absperrung auf, dann hast du das Vergnügen, die freudige Nachricht zu überbringen – in Ihrem Baum hängt eine Leiche, aber machen Sie sich deswegen bitte keine Sorgen. Wir nehmen sie ab, sobald wir Ihren Garten völlig zertrampelt haben.«

Willows machte sich auf den Weg und überquerte die Straße, womit er Parker keine Wahl ließ, als ihm hinterherzutrotten. Über die Schulter sagte er: »Ich habe den Tatort mit meinen großen Füßen schon völlig zertrampelt. Du noch nicht.«

»Wenn du es so nett sagst.« Parker bog ab in Richtung Haus.

Willows war gerade mit dem Aufspannen des Bandes fertig, als die Hintertür des Hauses aufging und Parker mit einem dampfenden Becher ins Freie trat. Kaffee. Er konnte ihn riechen.

Parker hob den Becher zu einem ironischen Salut. Eine ältere Frau in einer mit blau-grünen Blumen gemusterten Bluse und einem ausgewaschenen Jeans-Overall erschien in dem schmalen Spalt zwischen Parker und dem Türrahmen. Die Frau war unglaublich dick, mit einer wildzerzausten Masse weißen Haars und hellblauen Augen. Sie sagte etwas zu Parker und winkte dann Willows zu. Er winkte zurück. Parker kam die Treppe hinunter, dicht gefolgt von der Frau.

»Jack, das ist Miss Eloise Simpson.«

Willows sagte Hallo und nahm die Rolle mit dem Band in die

Linke, damit er ihr die Hand schütteln konnte. Eloise Simpsons Hand war schwielig, ihr Griff fest. Sie lächelte Willows mit dem feinsten Gebiß an, das man für Geld kaufen konnte, und sagte: »Claire hat mir von Ihrem wundervollen Garten erzählt, der ganz verkommt. Ich finde das sehr traurig. Man kann der Natur nicht trauen, man muß sie im Auge behalten, sonst gerät sie völlig außer Kontrolle wie ein ungezogenes Kind.«

Parker sagte: »Miss Simpson hat gesehen, wie Joey in den Baum geklettert ist.«

»Nennen Sie mich Eloise, bitte.«

»Wann haben Sie ihn gesehen, Eloise?« fragte Willows.

Ungefähr gegen neun, als es gerade dunkel wurde.«

»Neun Uhr gestern abend?«

»Ja, natürlich.«

»Haben Sie etwas zu ihm gesagt?«

»Ich wüßte nicht, warum. Warum soll ich mich aufregen? Wenn die Vögel die Äpfel nicht fressen, tun es die Kinder. Das war schon immer meine Meinung, und ich habe vor, dabei zu bleiben.«

Willows' Blick traf Parkers. Sie sah ihn auf eine Weise an, die er in einer Million Jahre nicht würde entziffern können, dann verschanzte sie sich hinter ihrem Becher Kaffee.

Willows sagte: »Sie dachten, Joey sei in den Baum geklettert, um ein paar Äpfel zu klauen?«

»Welchen Grund hätte er sonst haben können?«

»Meine Partnerin hat Ihnen nichts gesagt?«

»Ich dachte, das überlasse ich dir, Jack.«

Willows spürte einen kurzen Anfall von Verstimmung und Wut. Er und Parker arbeiteten jetzt schon eine ganze Zeit zusammen, aber jedesmal, wenn er glaubte, zu verstehen, wie ihr Verstand arbeitete... Der Wutanfall ging vorüber. Ja, sie waren schon lange Zeit zusammen. Für Parker vielleicht schon zu lange. In diesem Job verschlissen sich Menschen leicht. Er erschöpfte sie körperlich und auch emotional. Einige Polizisten begegneten dem, in dem sie sich einen so dicken Panzer zulegten, daß nichts mehr hindurchdrang. Willows war überzeugt, daß diese Reaktion in gewissem Maße unvermeidbar war. Man konnte einfach nichts dagegen tun. Der Job nagte an der Seele, und man entwickelte ein Narbengewebe. Das wußte jeder Cop, und jeder Cop – zumindest jeder gute – wunderte sich insgeheim, wie weit der Job ihn verändert und was er dabei verloren hatte. Dort oben im Apfelbaum, wo ihn mit der Morgenbrise Kindheitserinnerungen umweht hatten, hatte sich Willows geschützt, indem er sich auf die Einzelheiten und nicht auf das Ganze konzentriert hatte – das menschliche Wesen, das einmal Joey Ngo gewesen war. Es war wie ein Reflex. Er kämpfte immer dagegen an. Aber manchmal war es hart.

Die Augen, hieß es, seien die Fenster zur Seele.

Das erzähl mal jemand den Krähen.

Willows faßte Eloise Simpson sachte am Arm. »Haben Sie noch einen Schluck Kaffee?«

»Aber ja. Möchten Sie eine Tasse?«

»Bitte«, sagte Willows und ging hinter ihr ins Haus. Sie war kaum einsfünfzig groß, hatte aber eine ausgezeichnete Körperhaltung. Noch nie hatte er so leuchtendblaue Augen gesehen. Er hielt ihr das Fliegengitter auf. Sie lächelte ihn warm von unten an, und trotz der Umstände fühlte er sich geschmeichelt. Eloises Haus war braun verputzt mit grünen Rändern. Eigentlich hätte es aus Honigkuchen sein müssen, mit Bonbons in allen Regenbogenfarben, eingebettet in Zuckerguß, der so weiß war wie ihr Haar.

22. Kapitel

Lulu konnte es einfach nicht fassen, wie Frank sich aufführte. So etwas von mürrisch. Als hätte er gerade herausgefunden, daß seine neue Adresse im Tal der Verdammten läge. Ihr wunderbarer Kerl. Hart wie ein Trottoir. Zäh wie Nägel. Und sieh ihn dir jetzt an.

Es war zehn Uhr morgens. Sie waren seit sieben Uhr auf. Während dieser drei Stunden hatte Frank kaum ein Wort mit ihr geredet. Sie war hungrig bis an die Grenze der Gereiztheit, aber er erlaubte ihr nicht, das Zimmer zu verlassen oder nur den Hörer abzunehmen und den Zimmerservice anzurufen.

Newt könnte ja anrufen und sie zum Frühstück herbeizitieren, und er wollte nicht, daß sein Boß das Besetztzeichen hörte und vielleicht wütend wurde.

Frank, der sie beobachtete, genau wußte, was sie dachte und es ihr kein bißchen verübelte, sagte: »Warum siehst du nicht nach, ob etwas im Fernsehen läuft?«

»Weil nichts läuft, deswegen. Es läuft nie etwas, das weiß doch jeder.«

»Ich dachte, du magst Merv.«

»Ich kann ihn nicht ausstehen.«

»Und was ist mit Geraldo?«

»Der Typ kann nicht mal seinen eigenen Namen aussprechen.« Ihre Laune schien sich zu bessern. »Allerdings gefällt mir, wie er seine Haare macht. Und hat er nicht einen wunderbaren Sinn für Humor?«

Frank zündete sich eine Zigarette an. Sie schmeckte widerlich. Er hatte nir zu den Leuten gehört, die vor dem Frühstück rauchten. Außerdem hatte er versucht, sich einzuschränken, damit er länger lebte. Wenn das kein guter Witz war.

Lulu lief im Zimmer umher, nahm etwas in die Hand, legte es wieder hin. Die Luft war heiß und stickig. Sie hatte die Klimaanlage abgestellt, weil irgend etwas am Ventilator kaputtgegangen war und ihr der Lärm auf die Nerven ging, und jetzt wollte sie, daß Frank ein Fenster öffnete, brachte es aber nicht über sich, ihn darum zu bitten. Was wäre, wenn er vor Angst vor Newt und seinem abartigen Kumpel so versteinert war, daß er sich nicht bewegen konnte? Wenn er versuchte, das Fenster zu öffnen, ihm die Kraft dazu aber fehlte? Lulu fühlte sich von der Entwicklung der Dinge vollkommen verraten. Seit ihrem spätabendlichen Treffen mit Newt und Rikki, den schleimigen Zwillingen, war ihr Geliebter für sie wie ein Fremder gewesen, still, in sich gekehrt, unfähig. Sie hatte ihn sich ja zu ihrer Stütze auserkoren, und jetzt konnte er sich selber kaum auf den Beinen halten.

All das Training, und sie hatte auf das falsche Pferd gesetzt!

Sie ging ans Fenster und sah hinunter. Im punktstrahlerartigen Gleißen der Sonne wirkten die Straßen und Häuser schwarzweiß, monochromatisch. Selbst die Autos und Fußgänger, die sich um die Vorherrschaft an den Kreuzungen bemühten, sahen aus, als wären all ihre Farben ausgeblichen. Sie versuchte, das doppelt lasierte Hotelfenster zu entriegeln und brach sich einen Nagel ab. Mist verfluchter! Das hatte ihr gerade noch gefehlt. Hinter ihr knarrte das Bett. Dann stand Frank neben ihr und küßte ihren verwundeten Finger mit einer schlichten Zartheit, die ihr am ganzen Körper eine Gänsehaut bereitete. Ohne die geringste Anstrengung stieß er das Fenster auf.

»Wir werden sie umbringen müssen, Frank. Newt und Rikki. Alle beide.«

»In alphabetischer Reihenfolge, oder wie stellst du dir das vor?«

»Wenn wir sie nicht umbringen, bringen sie uns um. Hast du gesehen, wie dieser Widerling mich angesehen hat?«

Frank nickte.

»Ich spreche nicht nur von Rikki. Ich meine alle beide.«

»Ich weiß, was du meinst, Schatz.«

»Dann weißt du, verdammt noch mal, auch, was diese beiden Kanalratten gedacht haben, oder etwa nicht?«

»Sie haben dich angesehen, als wärst du ein Stück Fleisch auf dem Grill, und sie könnten es gar nicht abwarten, dich auf den Teller zu packen und die Zähne hineinzuschlagen«, sagte Frank.

Lulu sah Frank über die Schulter an. »Also, sag schon, was wirst du tun?«

Frank wartete, bis ein Typ im schwarzen Dreiteiler vorbei war, dann schnippte er seine Zigarette aus dem Fenster. Sagenhaft, wie weich er in den letzten paar Tagen geworden war. »Genau darüber habe ich die ganze Zeit nachgedacht, was ich in dieser Situation tun soll.«

»Rikki jagt mir Angst ein. Neben ihm sieht Charles Manson aus wie der freundliche Nachbar von nebenan.«

Frank lächelte.

Lulu schlang die Arme um ihn, stellte sich auf die Zehenspitzen und küßte ihn in die Halskuhle. »Dieser mickrige Wurm ist richtig scharf auf mich. Du solltest davon ausgehen, daß er alles anstellen wird, um mich zu kriegen.« Sie lehnte sich zurück und fuhr Frank mit den Fingern durchs Haar, dabei sah sie ihm tief in die Augen. »Ich will dir keine Vorschriften machen, Frank. Du hast gesehen, wie er mich angeschaut hat. Wir beide wissen genau, was das bedeutet.«

Frank zündete sich eine weitere Zigarette an und sog den Rauch tief ein.

Lulu sagte: »Ich würde ihn ja selber umbringen, aber möglicherweise ist das ein bißchen viel für mich. Schließlich ist es das erste Mal.« Sie grinste boshaft. »Du hast einen Fehler gemacht, als du mich daran gehindert hast, den Verkäufer aus dem Juweliergeschäft zu beseitigen. Ich könnte etwas Übung gebrauchen.«

»Mir wäre es lieber, wenn du nicht so reden würdest.«

»Warum nicht? Ich dachte, du magst das.«

»Tu' ich auch, irgendwie. Es ist aufregend, weil du aussiehst wie ein Engel, so süß und schwerelos, und dann machst du den Mund auf, und die Sachen, die du dann sagst...«

»Was denn?« Allmählich begann Lulu, sich zu amüsieren. Franks Arbeit und der Umstand, daß sie von seiner Zeit im Gefängnis wußte, hatten bei ihr die schillerndsten Erwartungen geweckt. Als sie ihn zum erstenmal zum Erröten gebracht hatte, war sie vor Überraschung fast sprachlos gewesen.

»Ich weiß nicht.« Frank zuckte heftig mit den Achseln. Die Muskeln unter seinem frisch gebügelten gelben Hemd mit den rosa Knöpfen spannten kurz den Stoff, vergleichbar der Wasseroberfläche des Ozeans, kurz bevor ein Meeressäuger durch die Oberfläche bricht. Ohne bewußt darüber nachzudenken, war Frank dahintergekommen, daß er seiner neuen Freundin seine Gefühle bei weitem am effektivsten durch Körpersprache vermitteln konnte. Er zuckte noch einmal mit den Achseln, aber auf leicht veränderte Weise, was etwa die Verwirrung eines sommersprossigen Jungen vom Land mit Stroh im Haar ausdrücken sollte. »Wenn man dich anschaut, bist du der reinste Engel.«

»Wie hübsch du das sagst, Frank.«

»Aber wenn du den Mund aufmachst, mein lieber Mann, dann hörst du dich an, als kämst du geradewegs aus der Hölle.«

Lulu gluckste vergnügt und drückte ihn ein wenig fester an sich.

»Es gefällt dir, Leute zu schockieren. Das habe ich deinen Augen gleich angesehen, als du es das erste Mal bei mir gemacht hast.«

»Ja, wirklich?«

»Aber tief drinnen bist du gar nicht so. Und weißt du was? Du kannst so abgebrüht tun, wie du willst, du wirst immer einen Preis dafür zahlen müssen.«

Das Telefon trällerte. Für Frank klang es allerdings eher nach Geier als nach Kanarienvogel.

Lulu sagte: »Was denn für einen Preis?«

Frank nahm ab. Es war Rikki, er lud sie zum Brunch ein. Frank gab sich noch nicht völlig geschlagen. Er ließ die Einladung ein paar Augenblicke in der Schwebe, dann sagte er: »Also gut, schön. Solange es literweise Kaffee gibt und ich kein frisches Obst zu essen brauche.«

Rikki sagte: »Ich sag' dir die Wahrheit, Frank. Mr. Newton erwartet von dir sowieso nicht sehr viel.«

Frank wartete schweigend, damit Rikki reichlich Zeit hatte, sich entweder noch eine Unverschämtheit auszudenken oder aufzulegen. Nach einer Weile war die Leitung tot. Frank hielt die Hand auf die Gabel, drehte sich zu Lulu. »Hast du Hunger, Schatz?«

»Ist das wichtig?«

»Jetzt noch nicht, aber gleich.«

Sie nahmen den Aufzug und fuhren in Newts schicke Suite im zehnten Stock. Die Tür war angelehnt. Frank klopfte zweimal.

Lulu sagte: »Warum gehen wir nicht einfach rein und zeigen ein bißchen Unternehmungsgeist. Schließlich ist es nicht so, als ob man uns nicht erwarten würde.«

»Das wäre unhöflich. In einer solchen Situation muß man Respekt zeigen.« Frank klopfte wieder, nicht allzu laut. Die Körperhaltung eines Sargträgers annehmend, wartete er geduldig, bis Newt sich das Wachs aus den Ohren geschüttelt hatte.

Es war jedoch Rikki, der an die Tür kam, in der einen Hand eine Gabel mit einem Bissen dran, in der anderen ein Steakmesser. Beiläufig winkte er sie herein.

Die Suite war größer als Franks, aber nicht viel. Wenn man sich weit aus dem Fenster lehnte, hatte man einen Blick auf Coal Harbor. Neben dem Fenster waren vier Freischwinger um einen für vier Personen gedeckten Tisch arrangiert.

Newt trug grüne Freizeitschuhe aus Wildleder, eine weite, weiße Baumwollhose, die er bis zu den Waden aufgekrempelt hatte und die von einem leuchtend roten Gürtel aus geflochtenem Leder gehalten wurde, und ein kurzärmeliges Baumwollhemd mit pastellfarbenen Farbtupfern in Rosé, Blau und Grün. Er sah aus, als wollte er noch zu Ende frühstücken, um dann gleich für einen Platz in der ersten Reihe bei einem Beach-Boys-Konzert vorzusingen.

Newt winkte Lulu mit einer Champagnerflöte zu und tätschelte den Stuhl neben sich. »Setzen Sie sich, Schätzchen. Lang zu.«

Frank nahm Lulus Hand in seine große Pranke und drückte sie einmal kurz. Sie setzten sich. Newt verteilte Rührei über den Teppich, als er Frank mit der Gabel in der Hand auf den Stuhl zu seiner Linken dirigierte, wodurch er Lulu keine Wahl ließ, als sich zwischen Newt und Rikki zu setzen – die Rasierwasserzwillinge.

Frank schob einen Servierwagen aus dem Weg. Der Tisch war beladen mit versilberten Warmhalteplatten voller Eier mit Schinken, weißem Toast, Croissants, drolligen kleinen Töpfchen mit Marmelade, einer silbernen Kaffeekanne, einer riesigen Schale mit Obstsalat und mehreren Flaschen Calona Pastel Peach Schaumwein.

Newt sagte: »Na bitte. Ist das nicht gemütlich? Rikki, leg der Lady etwas auf.«

Mit seinen öligen, schwarzen Haaren, den eiskalt funkelnden schwarzen Augen, dem frischen weißen Hemd, dem mattschwarzen Anzug mit passender Krawatte, den schwarzen Seidensocken und den auf Hochglanz polierten Lacklederschuhen Größe sieben mit den angefertigten extra dicken Sohlen und den nadelspitzen Kappen aus rostfreiem Stahl hätte Rikki ohne weiteres der Oberkellner eines hinter Stacheldraht verborgenen Hochsicherheitsrestaurants sein können, oder auch der Chefwärter einer Einrichtung für Tollwütige im Endstadium. Er sagte: »Geht in Ordnung, Boß«, und klatschte Lulu einen Haufen Rührei auf den Teller.

»Schinken?«

Lulu schüttelte den Kopf.

Rikki hielt eine Flasche Pastel Peach in die Höhe. »Durstig?«

»Eigentlich nicht.«

Sie wurde immer blasser, schon jetzt war sie zwei Stufen bleicher als normal. Frank mußte etwas unternehmen. Er schnappte sich die Kaffeekanne und füllte ihre Tasse. Sie sah ihn wütend an. Er blickte flehend zurück. Signalsprache. *Hab bitte etwas Geduld.*

Newt schob seinen Teller aus dem Weg, wischte sich den Mund mit einer Serviette von der Größe eines kleinen Fallschirms ab. »Wo ist meine Grapefruit?«

Rikki starrte Lulu an, schätzte sie ab, als wäre sie etwas, das zum Verkauf stünde, zwar zu zwanzig Prozent Rabatt, aber möglicherweise immer noch nicht seinen Preis wert. Frank spürte das starke Verlangen, ihm das Genick zu brechen. Stattdessen reichte er über den Tisch und gab Newt eine halbe, saftige, dicke Indian River Grapefruit.

Rikki leerte seine Sektflöte, leckte sich die Lippen und schenkte sich nach.

Frank schüttete den restlichen Flascheninhalt in sein Glas und nippte vorsichtig daran. Rikki beobachtete ihn. Frank wischte sich den Mund mit dem Handrücken sauber, stellte das Glas zurück auf den Tisch und schob es sacht von sich.

Newt nahm seine Gabel und spießte ein Stück Grapefruit auf, dippte es in ein Schälchen mit Zucker und stopfte es sich in den Mund, dann lehnte er sich weit in seinem Sessel zurück, kaute nachdenklich und schluckte. »Ich hatte dich gebeten, eine Kleinigkeit für mich zu erledigen, Frank. Ursprünglich sah es nicht so aus, als würde das ein größeres Problem werden.« Newt beugte sich über den Tisch und piekste Frank zum Spaß mit der Gabel. Die Zinken hinterließen winzige Grübchen auf Franks Wange. »Und was ist bis jetzt passiert? Nichts. Absolut Null.«

»Nix«, sagte Rikki mit einem Augenzwinkern in Lulus Richtung.

Mit einem irren Grinsen fügte Newt hinzu: »Ich habe dir vertraut wie einem Sohn. Und du läßt mich im Stich, Frank. Erst gibst du Tausende von meinen hart verdienten Dollars aus, dann läßt du mich auf den Arsch fallen.«

»Autsch!« machte Rikki, zappelte auf seinem Sessel herum, ließ seine Augenbrauen tanzen und bleckte dabei seine perlweißen Zähne.

Frank schenkte sich etwas Kaffee ein. Die Kanne hatte ein Ventil, man mußte einen kleinen Griff drehen. Der Kaffee war sehr heiß. Wenn er Rikki die Tasse ins Gesicht schleuderte, ihn blendete, konnte er sich alle Zeit der Welt lassen, Newts Schädel zu Brei zu schlagen.

Aber eigentlich wollte er das gar nicht, nicht wirklich jedenfalls. Newt hatte recht. Er war gut zu Frank gewesen, und Frank hatte ihn im Stich gelassen.

Frank nahm Sahne hinzu und trank einen kleinen Schluck.

Newt sagte: »Ich will eine Erklärung von dir, Frank. Fang ganz vorn an, und komm nicht auf die Idee, irgendwas von den guten Sachen auszulassen. Ich will damit sagen, zwing mich nicht, dir ständig Fragen zu stellen, ich möchte ungern vor der Lady ausfallend werden.«

Also erzählte Frank ihm die ganze Geschichte, mehr oder weniger. Er erzählte Newt von dem Platten, von seinem Pech, von dem Trip nach Metrotown und dem Jungen, der Lose für den BMW verkaufen wollte. Newt grinste ein paarmal, und einmal lachte er sogar lauthals.

Drei Tassen Kaffee später gingen Frank die Worte aus. Darauf hatte Rikki nur gewartet.

»Gut, Mann, aber was hast du in der letzten Zeit gemacht?«

Frank sagte: »Ich schätze, du hast mich nicht richtig verstanden. Ich habe versucht, zu erklären, daß der Job mich nicht mehr interessiert. Der Corvette steht noch in der Garage, so weit ich weiß. Du kannst ihn haben, wenn du willst.«

Newt sagte: »Das begreife ich nicht. Was soll das heißen, er interessiert dich nicht mehr? Was ist passiert?«

Frank warf Lulu einen Blick zu. Sie beobachtete ihn mit einem Lächeln in den Augen. Ihre Blicke trafen sich. Frank sagte: »Ich habe mich verliebt.«

»Ist das nicht reizend?« Rikki stopfte sich zwei Finger in den Mund und machte ein ekelhaftes Geräusch.

Lulu sagte: »Sie sind ein widerwärtiger Kerl, Rikki. Und damit meine ich nicht nur Ihr Gesicht. Ich meine ganz tief drinnen, da wo es zählt.« Sie drehte sich zu Newt. »Schlaft ihr beide miteinander, ist das das große Geheimnis?«

Newt kicherte und schüttelte den Kopf, was weder als Dementi noch als Bestätigung zu verstehen war.

Rikki fixierte Frank, zog langsam die Finger aus seinem Mund und wischte sie am Revers seines schwarzen Anzugs ab.

Newt sagte: »Ich habe mich bei der Bankauskunft erkundigt, Frank. Meine Kreditkarte ist schwer in Mitleidenschaft genommen. Wenn der Angestellte sich nicht verrechnet hat, hast du in den letzten paar Tagen fast fünfhundert Dollar ausgegeben, und ich hab' nichts dafür in der Hand. Keine Leiche.«

Frank griff in sein Jackett und holte ein kleines blaues Kästchen mit einem roten Band drum hervor. Er warf Newt das Kästchen zu. »Das dürfte reichen für das, was ich dir schulde.«

Newt beäugte das Kästchen argwöhnisch, dann riß er es auf. Drinnen befand sich eine schwere Goldkette mit breiten, flachen, geschmeidig glänzenden Gliedern. Sie sah aus, als wäre sie massiv und teuer. Er kippte das Kästchen, so daß die Kette in seine Finger glitt, wog ihr Gewicht in der Hand und drehte sich lächelnd zu Lulu. »Helfen Sie mir doch mal, ja?«

Lulu war darauf bedacht, ihn nicht zu berühren, als sie ihm die Kette um das Handgelenk legte und den Verschluß zumachte.

»Ganz nett, Frank. Aber nicht so nett wie fünftausend Dollar, bei weitem nicht.«

Frank griff in seine ausgebeulten Taschen und häufte den Rest der Beute aus dem Überfall auf den Juwelierladen auf den Tisch. Der Haufen aus ineinander verschlungenen Goldketten und Ringen war ungefähr zehn Zentimeter hoch und maß zwanzig Zentimeter im Durchmesser. Ein Diamantsplitter funkelte im Licht.

Newt sagte: »Was hast du gemacht, einen Juwelierladen ausgeraubt?«

»Da liegen fast fünf Pfund Gold, das meiste davon achtzehn Karat.«

»Schön, na gut...« Newt betrachtete interessiert die Decke. »Was soll's? Ich kann dich zu nichts zwingen, wenn du nicht willst. Ich denke, Rikki kann das mit dem Auto ebensogut erledigen wie du.«

Newt schlang den Rest seiner Grapefruit hinunter, während Frank Rikki erzählte, wo er den Corvette abgestellt hatte und ihm erklärte, warum er so ein schrilles Gefährt gewählt hatte. Rikki hörte höflich zu, nippte an dem Pastel Peach Schaumwein und hielt den Blick auf den kleinen Berg aus Gold fixiert.

Newt sagte: »Ihr zwei Turteltäubchen bleibt in der Nähe, bis wir unsere Geschäfte hier erledigt haben, kapiert?«

Frank nickte.

»Mit anderen Worten, ihr verlaßt die Stadt nicht.« Newt grinste. Ein Stückchen rosafarbenes Indian-River-Fruchtfleisch klemmte zwischen seinen Schneidezähnen.

Als sie im Aufzug geräuschlos wieder nach unten schwebten, sagte Lulu: »Wir müssen sie beide umbringen, Frank.«

»Nein, müssen wir nicht. Die Sache ist erledigt. Keine bösen Gefühle.«

»Wenn wir sie nicht umbringen, werden sie uns umbringen. Du hast doch den Blick in Rikkis Augen gesehen. Er ist ein Killer, ganz schlicht und einfach.«

»Schlicht vielleicht, aber nicht einfach.«

Die Aufzugtür glitt auf. Sie gingen langsam durch den mit dikkem Teppich ausgelegten Flur. Die Türen zu den Suiten waren aus Mahagoni, die Zimmernummern aus Messing. Frank klopfte seine Tasche ab, suchte den Schlüssel. Sie kamen zu ihrem Zimmer. Frank ließ den Schlüssel ins Schloß gleiten und drückte die Tür auf. Das Zimmermädchen war bereits dagewesen. Auf der Spiegelkommode stand eine Vase, vollgestopft mit Nelken und langstieligen, weißen Rosen.

Lulu las die dazugehörige Karte, riß die Rosen aus der Vase und schmiß sie zu Boden.

Frank sagte: »Rikki?«

Lulu stampfte die Rosen in den Teppich und hörte erst auf, als nichts mehr übrig war bis auf eine nicht zu identifizierende Masse.

Frank sagte: »Ich habe mich verändert, seit ich dich kenne. In bestimmten Dingen fühle ich anders. Vielleicht wäre es gar nicht so schlecht, wie ein normaler Mensch zu sein und ein normales Leben zu führen. Das soll nicht heißen, daß ich mir irgendwo eine Farm kaufen will, aber vielleicht...«

»Warte mal, komm mal her.« Ein Dorn hatte sein böses Werk getan. Lulu leckte sich einen Blutstropfen von ihrem verletzten Daumen. »Ich habe mich überhaupt nur in dich verknallt, weil du so ein wilder, verrückter Typ warst. Und jetzt willst du häuslich werden – ein normales Leben führen? Weißt du, wie sich das für mich anhört, Frank. Wie der Tod!«

Das Telefon läutete. Frank hob ab. Rikki wollte wissen, ob Lulu die Blumen gefielen.

»Sie steht neben mir. Willst du mal hallo sagen?«

Eigentlich wollte Rikki nur wissen, ob er Parkers korrekte Adresse hatte. Es wäre doch schade, meinte er, wenn er die falsche Frau überfahren würde und noch mal ganz von vorn anfangen müßte.

»Gutes Argument«, sagte Frank. Er gab Rikki Parkers Straße und die Nummer ihres Appartements, wartete die fünf Minuten, die Rikki brauchte, sich alles aufzuschreiben, dann hängte er ein und suchte sich die Liste staatlich kontrollierter Spirituosenläden aus dem Telefonbuch. Es gab eine Nummer für allgemeine Auskünfte. Frank wählte sie und fragte den Verkäufer am anderen Ende, ob er ihm bitte den Preis für eine Flasche Calona Pastel Peach Schaumwein nennen könne. Der Typ bat ihn, dran zu bleiben, und war eine Minute später wieder mit der guten Nachricht am Apparat. Frank bedankte sich und hängte ein.

»Was ist denn so komisch?« wollte Lulu wissen.

»Nichts.«

Frank sagte: »Ich hatte auf vier fünfundneunzig getippt. Ich hab' nur um einen Nickel falsch gelegen.«

23. Kapitel

Popeye Rowland entfernte den Kneifer von seinem linken Auge, blähte die Wangen auf, blies, bis das Glas beschlug, dann polierte er ihn am cremeweißen Ärmel seines Hemdes und klemmte ihn wieder an seinen Platz. Er lächelte traurig. »Ich wollte es immer bis ganz nach oben bringen, Jack, aber so hatte ich mir das eigentlich nicht vorgestellt.«

»Das Leben steckt voller Überraschungen.«

»Wenn man Glück hat.« Der Gerichtsmediziner streckte die Hand aus und pflückte einen Apfel vom nächsten Ast. Vögel waren bereits dran gewesen und Würmer. Er zielte mit dem Apfel auf die Mülltonne auf dem Weg, traf daneben. »Haben Sie gesehen, wo die Kugel den Baum getroffen hat?«

Willows nickte. Die Kugel, die Joeys Leben beendet hatte, war zwischen seinen Schulterblättern ausgetreten und im Baum stekken geblieben. Er mußte an die Kugel eines Selbstmörders denken, die die Kehle des Opfers durchschlagen hatte und anschließend das Küchenfenster eines Nachbarn, woraufhin sie einen Mann namens Barclay getötet hatte, der gerade am Tisch saß und Zeitung lesend sein Müsli verspeiste.

Popeye sagte: »Alles scheint genau zu passen, Jack. Wie aus dem Lehrbuch. Die Stellung der Fingerabdrücke des Jungen auf der Waffe, die Position der Waffe selbst, der Fundort der ausgestoßenen Hülse.« Popeye warf kurz einen Blick zum Haus und nahm sich verstohlen noch einen Apfel. Auch der war völlig von Würmern zerfressen. »Mit Sicherheit werden wir es erst nach der Obduktion wissen, aber die Winkel der Ein- und Austrittswunden sehen eindeutig nach Selbstmord aus.« Popeye drehte den Apfel in der Hand und betrachtete ihn nachdenklich. »Ich habe gehört, Sie angeln gern Forellen. Haben Sie die Leine schon einmal außerhalb der Saison ausgeworfen?«

»Nicht daß ich wüßte.«

»Sollten Sie mal versuchen. Glauben Sie mir, Forellen schmekken immer besser, wenn man sie verbotenerweise fängt. Das fällt mir ein, weil wir hier im Baum sitzen. Ich habe seit über dreißig Jahren keine Äpfel mehr geklaut, nicht mehr, seit ich ein Kind war. Aus diesem Grund wird es auch immer Cops geben, Jack. Denn manche Leute werden nie vergessen, wieviel Spaß es gemacht hat, über den Nachbarszaun zu klettern und etwas zu stehlen, was ihnen nicht gehört.«

»Das ist Ihre Theorie, ja? Willows drehte noch immer Eddy Orwells blutverschmierten Polizeiausweis in der Hand. Auf der Rückseite des Ausweises stand Parkers Privatnummer, Willows hatte sie in Joey Ngos Brusttasche gefunden. Cherry mußte die Nummer irgendwie auf Orwells Rolodex-Verzeichnis auf dessen Schreibtisch gesehen haben, als er nach dem Verhör dort telefoniert hatte. Dann hatte er die Nummer an seinen Bruder weitergegeben – oder vielleicht hatte Joey sie bei Cherry gefunden, nachdem er auf ihn geschossen hatte. Wie auch immer, Willows hatte eine Ahnung, Parker würde von nun an keine anonymen Anrufe mehr bekommen.

»Ja«, sagte Popeye, »das ist meine Theorie.«

Joey hatte sich das Hemd aufgeknöpft und seine Brust entblößt – ein weiteres sicheres Zeichen für einen Selbstmord. Popeye kniff die Augen zusammen, als er die Wunde an Joeys linker Hand untersuchte. Die Mündung war fest gegen den Körper gedrückt worden, als der Abzug betätigt wurde. Die eingeschlossenen Explosionsgase hatten sein Fleisch zerfetzt und eine typische, sternförmige Wunde verursacht.

Popeyes Finger mit den abgekauten Nägeln zögerten wenige

Zentimeter über der Schußwunde. Ein leichter Sommerwind fuhr in die Blätter des Apfelbaumes, und für einen Augenblick fiel ein verirrter Sonnenstrahl leuchtendhell auf die Wunde, so daß sie übernatürlich groß erschien. In der geschwärzten Region rund um die Wunde wurde auf Joeys Haut deutlich eine beträchtliche Pulvermenge sichtbar, die nicht verbrannt war.

Man hatte die Pistole fotografiert und dann aus Joeys Griff gehebelt. An seinem Daumen befanden sich Schürfwunden, genau wie an dem weichen Hautlappen zwischen Daumen und Zeigefinger. Die Wunden stimmten überein mit dem Mechanismus der Waffe, die die nächste Patrone automatisch in den Lauf schob. Fleischfragmente und Blutspritzer auf dem unteren Teil des Handgelenkes und den Knöcheln seiner rechten Hand waren durchmischt mit braun gewordenem Fleisch der Süßkartoffel. Weder auf der Innenseite von Joeys Hand noch auf der entsprechenden Fläche am Griff der Waffe war Blut zu sehen.

Im Labor würde man nach Bleipartikeln suchen, nach Metallresten der Zündkappe, nach Kupfer von der ausgeworfenen Hülse, nach Spuren von Schmieröl vom Lauf der Waffe. Man würde eine Serie von Vergleichsschüssen mit derselben Waffe und unter Verwendung identischer Munition in 312 Main Street abfeuern. Mittels Infrarotfotografie würde man den Bereich abgrenzen können, auf dem Pulverablagerungen zu finden waren; nur eines von vielen Indizien, die, alle zusammengenommen, entweder auf Mord oder Selbstmord hindeuten würden. Bei einer chemischen Untersuchung der Schußwunde würde man Barium, Blei und Antimon finden, das bei der Detonation des Zünders unter Druck herausgestoßen worden war.

Popeye sagte: »Mir fällt da gerade ein Fall ein, das war vor ein paar Jahren, vielleicht noch vor Ihrer Zeit, da fand man bei der Obduktion im Kopf eines Mannes zwei Kugeln. Aber es bestand kein Zweifel daran, daß er sich erschossen hatte. Wissen Sie, was passiert ist?«

»Er hat zwei Pistolen benutzt.«

»Nein, nur die eine. Die Munition war ungefähr fünfzig Jahre alt und schon nicht mehr ganz auf der Höhe. Als der Mann zum erstenmal abdrückte, blieb die Kugel im Lauf stecken. Also gab der arme Kerl sich die zweite Kugel, sozusagen. Eigentlich hätte ihm die Waffe um die Ohren fliegen müssen, aber sie tat es nicht. Reines Glück, vermutlich. Dem Gerichtsmediziner hat es allerdings ganz schönes Kopfzerbrechen bereitet.« Popeye starrte mit leerem Blick auf die Wäsche, die sich auf der Leine blähte. »Ich hab' mal von einem Holzfäller gehört, der auf ein Zündhütchen gebissen hat. Das war ganz früh am Morgen, weit draußen in der Wildnis, beim Frühstück. Es reißt ihm den Kopf zurück. Der Arme läßt seine Gabel fallen. Fünfzig oder sechzig seiner Kollegen machen sich über ihre Eier mit Schinken her, erzählen sich lauthals irgendwelche Holzfällergeschichten. Die meisten haben nicht einmal mitbekommen, daß überhaupt etwas passiert ist. Ich habe gehört, man konnte ihm nicht ansehen, daß etwas nicht in Ordnung war. Er wies keinerlei äußere Verletzungen auf, lediglich seine Augen waren ein wenig hervorgetreten.« Popeye nickte nachdenklich. »Hauptsache, die Sache funktioniert, und man erreicht sein Ziel, nehme ich an. Möchten Sie meine Zusammenfassung hören?«

»Bitte.«

»Also gut. Sehen Sie seine Augen an – die Hornhaut ist noch klar. Rigor Mortis hat zwar bereits eingesetzt, ist aber noch längst nicht abgeschlossen. Die Art, wie er die Waffe festhielt, geht auf das zurück, was wir Profis Totenkrampf nennen. Schon mal davon gehört?«

Willows schüttelte den Kopf. Nein.

»Ist gar nicht selten. Er tritt sofort nach dem Tod ein, besonders bei Selbstmord. Durch Messer oder Schußwaffen. Wird oft mit Rigor Mortis verwechselt. Wichtig ist, es läßt sich nicht vortäuschen. Hätte ein anderer Joey abgeknipst, hätte er die Waffe unmöglich so festhalten können.«

Joeys linker Arm hing senkrecht herab. Das Blut hatte sich in seiner Hand gesammelt und das Fleisch dunkler werden lassen. Popeye preßte einen Finger fest gegen die verfärbte Haut und drückte einen Augenblick zu. Die Haut bleichte nicht aus; seit seinem Tod waren wenigstens vier Stunden vergangen.

Popeye sagte: »Meiner professionellen und hochgeschätzten Meinung nach ist es durchaus wahrscheinlich, daß sich der Verstorbene die tödliche Verletzung selbst beigebracht hat – eine Kugel durchs Herz. Meine gelehrte Annahme lautet: der Tod trat vor sieben bis neun Stunden ein. Mit anderen Worten, er ist mausetot und wird es aller Wahrscheinlichkeit nach auch bis ans Ende aller Tage bleiben, der arme Kerl.«

Popeye stieg vorsichtig rückwärts die Leiter hinab. »Ich verlasse mich darauf, daß Sie diesem herrlichen Baum keinen allzugroßen Schaden zufügen, wenn Sie nach der Kugel suchen, Jack.«

In den Stunden nach der Entdeckung von Joey Ngos Leiche labte sich die Menschenmenge, die sich hinter der aus einem dünnen Plastikband bestehenden Polizeiabsperrung versammelt hatte, an den durcheinanderirrenden Fernsehteams, am Eintreffen des betont unauffälligen Wagens der Leichenbergungseinheit, an dem ziellosen Herumgerenne hohlwangiger Cops und unglaublich entspannt wirkender Detectives, am Geschnatter der Live-Reporterinnen mit ihren gefönten Haaren und ihrem Airbrush-Make-up. Mel Dutton beobachtete eine besonders glamouröse Reporterin. Er drehte sich zu Willows um und sagte: »Weißt du, wie man die Augen einer Blondine zum Leuchten bringt?«

Claire Parker wurde, als sie mit Willows raschen Schritts die Straße zu der Menschenmenge und ihrem neutralen Wagen überquerte, eindeutig als Sprecherin der Spätnachrichten auf Kanal elf identifiziert. Willows, so wurde vermutet, mußte ihr Produzent oder Liebhaber sein – oder beides.

Eine Frau hielt Parker einen Fetzen Papier und einen Stift hin, dazu schrie sie den Namen der Sprecherin und bat sie um ein Autogramm.

Parker unterzeichnete schwungvoll, während Willows den Wagen startete. Sie ließ sich von der Frau in ein kurzes, nichtssagendes Gespräch verwickeln, dann gab sie ihr den Fetzen Papier zurück, während sie in den Wagen stieg. Den Stift behielt sie jedoch.

»Du hast ihren Stift behalten?« fragte Willows.

»Er ist ein Souvenir von den Bermudas.« Parker hielt den Stift waagerecht in Augenhöhe, damit Willows mühelos die Druckbuchstaben lesen, die Segelboote und die Sonne bewundern konnte. »Wenn ich ihn benutze, werden mich die Leute ständig fragen, ob ich dagewesen sei. Ich werde ihnen antworten ›nein, noch nie‹, sie seltsam ansehen und so tun, als wären sie nicht ganz richtig.«

»Brillant.«

»Ein fairer Tausch. Sie hat auch eine Geschichte, die sie erzählen kann – wie die überbezahlte Zicke aus dem Fernsehen ihren Kugelschreiber geklaut hat.« Parker lächelte Willows kurz an. »Außerdem ist Popeye gerade mit meinem abgehauen, ich brauchte also einen neuen.«

»Der Kerl kann es nicht lassen. Angeblich besitzt er eine ganze Schublade voll mit Wegwerffeuerzeugen.« Willows sah auf seine Uhr. Zehn nach eins. »Möchtest du eine Kleinigkeit essen, vielleicht ein Bier trinken?«

»Wir haben bergeweise Papierkrieg vor uns, Jack. Warum lassen wir uns nicht etwas ins Büro bringen?«

»Weil ich etwas Heißes und Frisches möchte.«

»Und ein Bier.«

»Und ein paar Bier, damit ich den Geruch von Joey Ngo wegspülen kann.«

Einen halben Block weiter gab es auf der linken Seite eine Pizzeria. Parker entdeckte sie einen Sekundenbruchteil nach Willows. »Vergiß es, Jack.«

»Pilze, grüne Pepperoni...«

»Dazu Sardellen und frisch gezapftes Bier.«

»Ich habe seit heute früh um fünf nichts mehr gegessen. Ich werde unleidlich, wenn ich hungrig bin. Das solltest du mittlerweile wissen.«

»Du weißt gar nicht, wie weh es tut, dir etwas abzuschlagen, Jack.«

»Na schön. Aber nimm es nicht persönlich, wenn ich anfange, knurrig zu werden.«

Zwei Blocks später schoß Willows plötzlich quer über zwei Fahrspuren und bog links ab. Er parkte vor einem leuchtend roten, frisch gestrichenen Hydranten.

»Mußt du mal?« fragte Parker und grinste über ihren lahmen Scherz.

Willows klappte die Sonnenblende runter, so daß man den Aufkleber mit der Aufschrift ›Polizeifahrzeug‹ sehen konnte. »Gleich um die Ecke gibt es ein Restaurant, Tommy's. Ich habe dort vor ein paar Monaten zu Mittag gegessen. Es war ausgezeichnet.«

»Was soll das heißen, drei Tische und eine fünfzehn Meter lange Bar?«

Willows knallte seine Tür zu und sah nach, ob er abgeschlossen hatte. Er warf Parker über das heiße Blechdach des Wagens einen wütenden Blick zu. »Wenn die Kugeln aus Joeys Waffe mit denen übereinstimmen, die Emily und Cherry getötet haben – und ich wette mit dir um einen gemischten grünen Salat mit kalorienreduziertem Dressing, daß sie das tun –, haben wir gerade zwei Morde und einen Selbstmord aufgeklärt. Nicht schlecht für einen Vormittag, Claire. Grund genug, ein kühles Blondes zu heben.«

Dagegen ließen sich Argumente im Dutzend vorbringen. Parker speicherte sie ab zur späteren Verwendung und folgte Willows, der bereits auf dem Gehweg war und um die Ecke auf das Restaurant zuhielt.

Eine fette, fast überlebensgroße Holsteiner Kuh hing über der doppelten Glastür des Restaurants. Man hatte die Kuh mit einer robusten Eisenstange gepfählt, offenbar in der Absicht, das arme Vieh an Ort und Stelle zu fixieren, und nicht, um es dahinzumetzeln. Parker erinnerte der mächtige Körper an seine Verwandten, die ein ähnliches Schicksal ereilt hatte, und die jetzt drinnen in Form von Hamburgern und Steaks auf sie warteten.

Willows verpaßte der Tür einen Stoß und hielt sie für Parker auf. Das Restaurant war eher leer als voll, und man gab ihnen einen Tisch am Fenster.

Parker bestellte einen Spinatsalat und ein Glas Eiswasser.

Willows sagte: »Ich nehme ein großes Bier, frisch gezapft, dazu einen Hamburger mit Schweizer Käse, Speck und Pilzen. Aber könnten Sie die grünen Pepperoni weglassen und statt der Sojakeime grünen Salat nehmen?«

»Das wäre Nummer fünfzehn, ein Blimpburger.«

»Tatsächlich?«

Die Kellnerin lächelte. Ihr Lippenstift war ein dunkles, glänzendes Rot – die Farbe eines überreifen Apfels. Willows sah weg; Parker wußte genau, was er dachte. Das Schlimmste an diesem Job war die Schmutzigkeit, die einen manchmal völlig überraschend packte, daß es einem hochkommen konnte. Parker reichte über den Tisch und drückte Willows sanft die Hand.

Es war ein Augenblick unerwarteter Intimität, verwirrend und überwältigend. Parker lächelte Willows an, und er lächelte zurück. Sie hätten Verliebte sein können, und vielleicht waren sie das auch.

Die Kellnerin ging. Es entstand ein Augenblick absoluter Stille, dann sagte Parker: »Und wie wird der Kampf jetzt ausgetragen?«

»Welcher Kampf denn?«

»Um die Vormundschaft.«

Willows zuckte mit den Achseln. »Ihr Anwalt ruft meinen an. Mein Anwalt ruft ihren an. Sie flüstern sich irgendwas ins Ohr, die Ferngesprächskosten klettern in schwindelnde Höhen, aber wer weiß schon, was sie sich dabei erzählen?«

Parkers Wasser kam, dann Willows' Bier. Er leerte das Glas zur Hälfte und seufzte.

Parker sagte: »Du willst die Scheidung nicht anfechten, oder?«

»Ich will eine Chance, meinen Kindern ein Vater zu sein, das ist alles.« Willows trank noch etwas Bier. »Warum hast du davon angefangen?«

»Weil du mir erzählt hast, du hättest sie im August bei dir, aber wie es aussieht, hast du keinerlei Pläne gemacht. Womit sollen sie sich deiner Meinung nach die Zeit vertreiben? Du solltest Ordnung in deine Angelegenheiten bringen und dafür sorgen, daß sie ihren Spaß haben, wenn sie bei dir sind.«

Das Essen kam. Parker wartete, bis die Kellnerin außer Hörweite war, dann sagte sie: »Deine Frau hat mich im Büro angerufen. Farley war dran. Sie hat eine Nachricht hinterlassen, daß sie mit mir sprechen möchte.«

»Ich hab' dir doch gesagt, daß sie dich anrufen wird. Sie macht sich Sorgen um mich, erinnerst du dich noch? Keine richtigen Sorgen – sie will nur wissen, ob ich zurecht komme und keinen Unsinn mache.«

Parker stocherte mit ihrer Gabel im Salat herum. »Was, zum Teufel, soll ich ihr denn erzählen, Jack? Daß du das neue Leben wunderbar findest oder daß du sie wie verrückt vermißt und alles tun würdest, um sie zurückzuholen?«

Willows war der Appetit vergangen, und er ärgerte sich über das Bier. Er hätte etwas Stärkeres bestellen sollen – ein Viertelgramm Arsen auf Eis, oder ein paar große Gläser 86prozentigen Äthanols mit einem Spritzer Zitrone.

Parker schob ihren Spinatsalat von sich. »Ich halte das nicht länger aus, ich fühle mich wie ein gottverdammtes Kaninchen.« Sie deutete auf Willows' Cheeseburger. »Den ißt du, richtig?«

»Bis zum letzten Krümel.« Willows schnitt den Hamburger in zwei Teile und hielt Parker den Teller hin. »Bedien dich.«

»Cowburger. Tolle Idee.« Parker nahm einen Bissen und verzog das Gesicht. Sie kaute und schluckte, dann sagte sie: »Joey hat sich in Emily verliebt. Ihm gefiel nicht, wie Cherry sie behandelte. Er beschloß, Cherry umzubringen, aber, da es das erste Mal war, beging er einen unglaublich dummen Fehler und erschoß statt dessen Emily. Dann starb er gewissermaßen vor Reue. Verrat mir eins, Jack.«

Willows hob eine Braue.

»War es so, habe ich etwas ausgelassen?«

»Vielleicht ist Cherry dahintergekommen, daß Joey Emily erschossen hat, und hat beschlossen, ihn dafür zu töten. Allerdings halte ich das nicht für sehr wahrscheinlich.«

»Warum?«

»Teils weil sie Brüder waren, hauptsächlich aber weil es Cherry offenbar egal war, was mit Emily passierte.«

Parker nickte. Sie mußte daran denken, wie Cherry sich im Verhörzimmer aufgeführt hatte.

Willows zeigte auf den Cowburger. »Bist du damit fertig?«

»Allerdings.«

Willows klappte seine Brieftasche auf und legte etwas Geld auf den Tisch.

Draußen vor dem Restaurant merkte Willows plötzlich, daß er und Parker sich dicht gegenüberstanden und sie ihm direkt in die Augen sah. Sie sagte: »Sag mir eins – wie können Dinge gleichzeitig so kompliziert und so einfach sein?«

Willows' Herz tat einen schwindelerregenden Sprung, und er merkte, daß Parker nicht über Joey und Emily sprach. Er sah sie starr an. Die schwere Sommerluft war voller Staubkörnchen, hellblau gefärbt von Abgasen und beklemmender Gehässigkeit. Parkers große dunkle Augen wirkten so verletzlich wie die eines Ersttäters. Willows starrte sie eine ganze Weile an, dann machte er ohne ein Wort kehrt und ging rasch auf den wartenden Wagen zu.

24. Kapitel

Während sie auf den Wagen für die Fahrt zum Flughafen von L. A. gewartet hatten, hatten Newt und Rikki sich die Zeit damit vertrieben, zu diskutieren, ob es weise war, eine Waffe mit nach Kanada zu nehmen. Newt war mit Rikki einer Meinung gewesen, daß eigentlich kein Unterschied zwischen den beiden Ländern besteht, außer daß die Steuern in Kanada kriminell hoch waren. Er wies jedoch darauf hin, daß LAX – VCR dennoch ein internationaler Flug sei. Folglich war es durchaus möglich, daß sie verdammten Zollbeamten mit Hunden begegneten, die gern am Gepäck herumschnüffelten.

Rikki hatte gesagt: »Und was ist mit der Glock? Kann ich wenigstens die Glock mitnehmen?«

Er sprach von einer in Israel entworfenen und hergestellten halbautomatischen Handfeuerwaffe, die größtenteils aus High-

Tech-Plastik bestand. Rikki war der Ansicht, wenn man die Waffe auseinandernahm und halbwegs kreativ war beim Verstauen der Einzelteile, sei es praktisch unmöglich, sie auf dem Röntgenschirm sichtbar zu machen.

Damals hatte Newt keinerlei Veranlassung gesehen, ein, wie er meinte, unnötiges Risiko einzugehen. Er konnte jederzeit etwas arrangieren, um in Kanada an eine Waffe zu kommen. Aber jetzt, da er in Vancouver hockte, hatte sich die Lage verändert. Frank hatte eine Waffe. Zumindest ging Newt davon aus. Rikki dagegen hatte keine, dank Slicks Betrugsversuches. Eine Situation, die Newt überhaupt nicht behagte. Seltsam, wie Frank sich verändert hatte. Newt glaubte keine Sekunde an das Märchen, er hätte sich verliebt. Irgend etwas anderes war im Busch. Vielleicht hatte Frank nach all den Kugeln, die er eingefangen hatte, Angst vor Waffen bekommen.

Newt war nur einmal angeschossen worden, und das war Jahre her, aber er erinnerte sich noch so klar daran, als geschähe es gerade in diesem Augenblick. Er wußte noch genau, wie er auf den Arsch gefallen, von Parkers 38er flach gelegt worden war. Es war ein Glückstreffer gewesen, der ihn in die Brust getroffen und eine Lunge durchbohrt hatte. Dann hatte sein Brustkorb die Kugel abgelenkt. Das eingefallene Fleisch und die zersplitterten Knochen hatten ein pfeifendes Klagelied wie auf einem Dudelsack gespielt, das ihm die Tränen in die Augen getrieben und ihn beinahe umgebracht hatte, so schmerzlich hatte es sich angehört.

Und er erinnerte sich an den Arzt, Epstein, der ihn ein paar Tage nach seiner Einlieferung in die Intensivstation besucht hatte, ganz der Typ durchdringende blaue Augen, Rasierwasser und behaarte Unterarme, bekleidet mit einem Seidenanzug für tausend Dollar. Der Doc schien sich als eine Art Held zu sehen. Indem er ihm jedes Wort seiner Weisheit fest und gewichtig unterbreitete, als wollte er ihm eine Straße pflastern, setzte er Newt davon in Kenntnis, daß er *so nahe* an einer Situation vorbeigeschliddert sei, in der der einzige in seinem Terminkalender offene Termin der seiner Obduktion gewesen wäre.

Newt hatte sich die aufgesprungenen Lippen befeuchtet und

gesagt: »Was ich so beschissen fand – nicht daß ich es vor Gericht beschwören könnte oder so, aber ich bin ziemlich sicher –, war, daß sie auf meine Eier gezielt hat.«

Epstein verschränkte die Arme vor seiner behaarten Brust und betrachtete Newt mit einem kühlen Blick.

Newt grinste. »Das wäre doch eine ziemliche Tragödie, wenn einem die Eier abgeschossen worden wären.«

Der Eid des Hippokrates hatte seit der Erfindung des BMW eine Menge an Bedeutung verloren. Und Epstein war ein Mensch wie jeder andere auch. Der Blick, mit dem er seinen Patienten ansah, bestand zu gleichen Teilen aus Gehässigkeit und Angewidertsein. Soweit es ihn betraf, konnte der kleine Mistkerl in einen postoperativen Schock fallen, sich umdrehen und abkratzen.

Newt sah den Blick des Arztes und wußte, was er bedeutete. Der Schmerz begann, ihm zuzusetzen, und als Epstein zur Tür hinaus wollte, schrie Newt: »Mann, Sie sind ein so verkniffenes Arschloch, ich wette, wenn Sie einen fahren lassen, zersplittert jedesmal ein Weinglas.«

Endlich ging die Toilettenspülung und Rikki kam aus dem Bad geschlendert. Newt sagte ihm, was ihn beschäftigte. Er wollte, daß er noch einmal versuchte, ein paar Waffen zu besorgen.

»An wen soll ich mich denn wenden?«

»Frank.«

»Soll ich sie ihm wegnehmen?«

Newt kaute an einem Nagelhäutchen. »Nein, Rikki, ich meine, daß Frank dir vielleicht helfen kann, eine Waffe zu bekommen. Er ist von hier, er kennt sich aus.«

Rikki dachte eine Weile darüber nach. Newt sah, wie sich die Räder drehten und die Rostpartikel aus den Ohren fielen. Rikki sagte: »Warum nehme ich Frank nicht einfach seine Pistole ab? Spart uns Geld.«

Newt schluckte das winzige Fleischstückchen, das er sich aus seinem eigenen Körper gerissen hatte. »Wenn du Frank seine Waffe abnimmst, mußt du ihn auch damit erschießen, sonst wird er versuchen, sie sich zurückzuholen. Nichts für ungut, aber das hier ist keine flohzerfressene Grenzstadtabsteige wie die Motels, in denen du sonst rumhängst. Wenn du hier jemanden über den Haufen knallst, wird man vermutlich die Polizei rufen wollen.«

»Ich scheiß' auf die Polizei«, sagte Rikki. »Ich bring' sie alle um.« Aber er grinste gutgelaunt, als er das sagte, trotz Newts übertrieben vorsichtiger Art. Er gab gern Newts hartverdientes Geld aus, und es gab nichts, was er lieber kaufen würde als eine *pistola*. Aber noch besser war es, sich das Teil umsonst zu besorgen oder die Kosten wenigstens so gering wie möglich zu halten. Und trotz seines Herumgenörgels wußte er, wie er sich eine Waffe beschaffen konnte – er benötigte dazu nichts weiter als ein Telefonbuch und ein Taxi.

In der Eisenwarenabteilung eines nahe gelegenen Kaufhauses pellte Rikki ein paar Zwanziger von dem Tausend-Dollar-Geldbündel, das Newt ihm gegeben hatte, und kaufte den größten Bolzenschneider, den sie vorrätig hatten.

Das nächste Sportgeschäft war zehn Minuten und eine zwölf Dollar teure Taxifahrt entfernt. Rikki bezahlte den Fahrer mit einem weiteren von Newts schweißgetränkten Zwanzigern.

Der Bolzenschneider war in braunes Packpapier gewickelt. Über der Tür klingelte fröhlich ein Glöckchen, als er den Laden betrat. Der Typ an der Registrierkasse sah auf und lächelte. Hinter ihm befand sich ein breites Regal mit Schrotflinten und Gewehren, sowie ein Safe, der so groß wie drei Kühlschränke war und ungefähr hundert Jahre alt aussah. Darin wurden offenbar die Handfeuerwaffen aufbewahrt. Rikki schlenderte durch den Laden. Der Bolzenschneider, immer noch in braunes Papier gehüllt, hing locker an seiner Seite. Der Typ hinter der Theke war Mitte Vierzig, schlank, hatte kurze, schwarze Haare und einen sauber gestutzten Schnurrbart. Er starrte auf Rikkis Paket und machte ein besorgtes Gesicht. Vermutlich dachte er, dort drin befände sich ein Gewehr oder eine Schrotflinte, die repariert werden mußte. Rikki schwenkte den Bolzenschneider, als wollte er ihn auf die Theke legen, dann beschleunigte er, vergrößerte den Bogen und erwischte den Mann an der Schläfe. Er wischte ihm den Ausdruck unvermittelter Überraschung glatt aus dem Gesicht und schlug ihm auf den Schädel.

Er sprang über die Ladentheke, riß das braune Papier vom Bolzenschneider und durchtrennte damit die schwere Kette, mit der die Gewehre und Flinten gesichert waren. Nach einem kurzen Augenblick des Zögerns wählte er ein Kaliber 12 Remington-Repetiergewehr aus. Unter der Theke befanden sich Schachteln mit Munition. Rikki zertrümmerte das Glas, lud die Waffe mit drei OO-Patronen, schob eine in den Lauf und legte die Waffe auf die Theke. Der Mann auf dem Boden stöhnte matt und rollte auf die Seite. Rikki verpaßte ihm mit dem Bolzenschneider eine aufs Ohr, kniete nieder und durchsuchte ihn. Der Typ hieß Barry Chapman. Er hatte vierunddreißig Dollar in seiner Brieftasche und eine American Express Karte. Sein Schlüsselring befand sich in der Gesäßtasche.

Rikki machte sich am Safe zu schaffen, probierte als erstes den größten Schlüssel und arbeitete sich dann systematisch durch das ganze Bündel.

Das Telefon schrie ihn an. Die Schlüssel fielen ihm aus der Hand, er hob sie wieder auf. Jetzt wußte er nicht mehr, wo er gewesen war und konnte von vorne anfangen.

Das Telefon läutete fünfzehnmal. Jedes Klingeln hörte sich für Rikki an, als zöge jemand den großen Reißverschluß an seinem Herzen auf. Die Stille nach dem Läuten war noch beängstigender.

Der Safe hatte zwei Türen. Jede Tür hatte ihr eigenes Schloß, eins oben, das andere am unteren Rand. Er brauchte eine ganze Weile, wie es schien, bis er dahinterkam, daß die beiden Türen sich nur zusammen oder gar nicht öffnen ließen. Drinnen befanden sich drei brandneue und vollkommen illegale vollautomatische Kalaschnikow-Sturmgewehre, Munition und ungefähr sechzig Handfeuerwaffen verschiedenen Kalibers, die meisten von ihnen in Fabrikkartons.

Rikki kniff die Augen zusammen, betrachtete die Etiketten auf den Kartons und juchzte vor lauter Glück, als er die beiden halbautomatischen Kaliber 40 Smith & Wesson aus rostfreiem Stahl entdeckte. Er riß die Kartons auf, schnappte sich einen Vierziger-Karton kupferummantelte Hohlkopfgeschosse mit einem

180er Treibsatz und stieß das Magazin aus. Jede Pistole faßte elf Patronen plus eine im Lauf. Geladen betrug das Gewicht beinahe vier Pfund. Die Smith war die offizielle Waffe des FBI; man hatte besonderen Wert auf Zielgenauigkeit und Zuverlässigkeit gelegt, auf Mündungsgeschwindigkeit, Durchschlagskraft und Dynamik. Mit den Hohlkopfgeschossen ließen sich besonders gut jene Gelatineblöcke wegblasen, mit denen das FBI Gewebe simulierte. Ein glatter Treffer schmiß jeden Bösewicht auf den Arsch, kein Zweifel. Aber das wirklich Gute an der Waffe war – aus Rikkis Sicht –, daß sie die Guten ebenso erledigte wie die Bösen.

Er starrte Barry Chapman an. Was, wenn der Kerl aufwachte und zum Telefon griff? Rikki stieg über seinen Körper und riß das Telefonkabel aus der Wand. Gut, das wäre erledigt. Was, wenn er aufwachte, hinauslief und anfing zu schreien und rumzubrüllen – oder sich eine Kalaschnikow schnappte? Rikki lud durch. Der Sicherungshebel bestand aus einem Kippschalter am hinteren Ende des Abzugbügels. Mit dem Zeigefinger entsicherte er die Waffe, trat ein wenig von Chapman zurück und zielte sorgfältig, dann fiel ihm ein, zur Sicherheit kurz einen Blick aus dem Fenster zu werfen. Die Straße war menschenleer. Er schoß Chapman ins Knie. Die Wucht des Treffers ließ den Körper zusammenzucken.

Rikki sagte: »Na, das hat kein bißchen weh getan, oder?« Er entspannte den Hahn der Smith, überzeugte sich, daß sie gesichert war, dann steckte er sich die Pistole in den Hosenbund. Die andere Waffe und sechs Kartons mit Munition verschwanden in einer braunen Papiertüte. Er griff nach der Schrotflinte, entschied sich aber anders. Zum Teufel damit, die Waffe war ohnehin viel zu groß, um in die Papiertüte zu passen, mit Sicherheit würde sie jemand bemerken.

Chapman blutete nicht mehr stark. Rikki wunderte sich darüber, aber nur für einen Augenblick. Er hatte andere Dinge im Kopf. Er mußte verschwinden. Den Unfall mit Fahrerflucht. Wie er mit Frank umgehen sollte und die weiße Frau einlullen konnte, deren Haut so zart und weiß war, als badete sie in Mondlicht.

Er hatte einfach keine Zeit.

Die Taxifahrt zurück zur Ecke Granville und Georgia kostete ihn weitere dreizehn Dollar plus einen Dollar Trinkgeld. Er setzte sich auf eine Bank in der Nähe des Hotels und dachte nach. Insgesamt hatte die Geschichte dreiundsechzig Dollar gekostet. Wenn er die vierunddreißig Dollar aus Chapmans Brieftasche abzog, betrug sein Nettogewinn eintausend Dollar weniger neunundzwanzig. Nur daß Newt das auf keinen Fall durchgehen lassen würde. Oder vielleicht doch? Rikki saß auf der Bank, die Sonne im Gesicht und die braune Papiertüte schwer auf seinem Schoß, während sich der zehn Zentimeter lange Lauf aus rostfreiem Stahl der Smith in seine Leiste bohrte. Was konnte er Newt sagen, was er für die Waffen bezahlt hatte, was war das Äußerste, mit dem durchzukommen er hoffen durfte?

Rikki beobachtete die vorbeischlendernden jungen Frauen. Waren sie ebenso hübsch wie die in Kalifornien? Er konnte sich nicht entscheiden. Er hatte etwas für Blondinen übrig. In L. A. gab es fast nur Blondinen. Aber sonst? Er stellte fest, daß er wieder an Lulu dachte. Er stand auf und ging rasch auf das Hotel zu.

Newt lud durch und sah, daß eine dicke, glänzende Patrone im Lauf steckte. Vorsichtig ließ er den Schlitten zurückgleiten und nahm sich im Spiegel aufs Korn, dann sah er Rikki schräg von der Seite her an und fragte ihn, was der Spaß gekostet hatte.

Rikki sagte: »Sieben-Fünfzig für beide. Aber ich habe sie in einer Bar gekauft und mußte ein paar Runden *cerveza* ausgeben.«

Newt lächelte und streckte seine linke Hand aus, die, in der er keine Waffe hielt.

Rikki fügte hinzu: »Plus zweihundert für die Kugeln – weniger als einen Dollar pro Stück.« Grinsend tauchte er in seine Tasche und zerrte ein paar Zwanziger und einen Zehner hervor.

Newt riß ihm das Geld aus der Hand. Rikki beklaute ihn, daran bestand kein Zweifel. Dagegen mußte er etwas unternehmen, sobald er wieder in Laguna Beach war.

Rikki sagte: »Damit hätten wir alles. Wir haben die funkelnden Pistolen, den tollen Schlitten, sehen gut aus.«

»Ich will, daß es heute abend erledigt wird«, sagte Newt. »Oder morgen früh, wenn sie zur Arbeit fährt.«

Rikki amüsierte sich, indem er mit drei der großen Kaliber 40 Hohlkopfgeschosse jonglierte, sie in die Luft schmiß und wieder auffing. Seine Hände bewegten sich kaum. Er war ziemlich gut, das mußte Newt ihm lassen.

»Ich habe Tickets für einen Delta-Flug morgen vormittag, wir müssen um zehn am Flughafen sein«, sagte Newt.

»Wir alle?« fragte Rikki.

»Nur du und ich, Kleiner.«

Rikki grinste breit. So wie Newt das gesagt hatte, klang es wie eine Zeile aus einem Film. »Und was ist mit Frank und seiner Albinofreundin?«

»Ich dachte, das erledigst du für mich.«

Rikki nickte langsam. »Ja, sicher. Kein Problem.«

»Deswegen hast du all die Patronen gekauft, schon vergessen?«

»Haben Sie sie gesehen?«

»Sie werden auftauchen, keine Sorge.«

Rikki warf die Patronen aufs Bett. Er sagte: »Aufgepaßt«, und versuchte, die Waffe blitzschnell zu ziehen. Er war ziemlich langsam, aber hauptsächlich deswegen, weil er Angst hatte, mit dem vorderen Visier seine Hose einzureißen. »Ich hätte gern einen Platz, wo ich die Kleine hier ausprobieren kann, damit ich weiß, ob sie funktioniert.«

»Du bekommst noch früh genug Gelegenheit dazu.«

Wie schon so oft in seinem Leben, lag Newt aus den falschen Gründen richtig. Gewöhnlich ergab sich unter dem Strich alles so, wie er es erwartete, demzufolge spielten seine logischen Brüche keine große Rolle.

Diesmal jedoch sollte alles anders kommen.

25. Kapitel

Rick Conroy begrüßte Farley Spears mit einem Nicken und schob Orwells Stuhl über den Teppich, bis er gegen Willows' Schreibtisch stieß. Er wirbelte den Stuhl herum, setzte sich und stützte seine Unterarme auf die gepolsterte Lehne. Seine Hände hingen locker herab.

»Ist dir aufgefallen, wie ich hier sitze?«

Willows sagte: »Durchaus.«

Conroy grinste. »Genau, du hast's erfaßt. Cowboystil. Gary Cooper erhielt seine große Chance, indem er bei seinem ersten Vorstellungsgespräch für *The Winning Of Barbara Worth*, gedreht neunzehnhundertsechsundzwanzig, seinen Stuhl herumdrehte und sich verkehrt herum draufsetzte. Natürlich war Gary ein echter Cowboy, bevor er Filmstar wurde. In einer seiner ersten Rollen spielte er den Weißen Ritter aus *Alice in Wonderland.*« Farley Spears auf der anderen Seite des Bereitschaftsraumes schnaubte verächtlich. Conroy sah Spears an. »Das war damals, neunzehnhundertdreiunddreißig. Wahrscheinlich warst du damals schon zu alt, um dir so was anzusehen.«

Willows sagte: »Was kann ich für dich tun, Rick?«

»Cooper war groß, dunkelhaarig und sah gut aus. Er hatte eine Art, langsam und überlegt zu sprechen, so daß die Leute hören wollten, was er zu sagen hatte. Ich dagegen bin klein, blaß und schwitze viel. Außerdem bekomme ich eine Glatze. Und wenn ich nervös bin, rede ich zu schnell. Außerdem kaue ich an den Nägeln. Wieso also haben die Bosse ausgerechnet mich für die Rolle des Witzboldes im weißen Kragen ausgesucht?«

»Weil du für die Rolle so offensichtlich ungeeignet bist«, schlug Spears vor.

»Sei still, Alter. Mach dich wieder an dein Kreuzworträtsel, und unterbrich uns nicht dauernd.« Zu Willows sagte Conroy: »Ich bin wahrscheinlich der Häßlichste in der ganzen Truppe. Lach nicht – es stimmt. Ich sehe aus wie ein heruntergekommener Michael J. Pollard.«

Die Bemerkung verstand Willows nicht ganz. Man sah es ihm an.

»Erinnerst du dich noch an *Bonnie und Clyde*? Pollard war der Typ, der draußen in der Wildnis in dieser heruntergekommenen Tankstelle arbeitete. Sie haben den Laden ausgeraubt, er half ihnen dabei und ließ sich von ihnen mitnehmen. Sein großer Fehler.«

Ein Schatten schob sich vor das Rauhglasrechteck in der Tür zu Inspector Bradleys Büro.

Conroy sagte: »Ist er da drin?«

Willows nickte.

Hinter der Tür brüllte jemand etwas Unverständliches. Jemand schlug mit der Faust auf den Tisch – das Geräusch hatten alle oft genug gehört, um es sofort wiederzuerkennen.

»Was ist da los?«

»Keine Ahnung«, sagte Willows. Bradleys Tür war bereits geschlossen gewesen, als er in den Bereitschaftsraum gekommen war. Seitdem war niemand herausgekommen oder hineingegangen.

Conroy zuckte mit den Achseln. »Das war also Pollard. Erinnerst du dich jetzt an ihn?«

Willows nickte. »Ja, klar. Ein Gesicht wie ein eingefallener Kürbis. Nur die Ähnlichkeit sehe ich nicht, Rick.«

»Nein?«

»Du bist doppelt so häßlich. Er hat keine Chance.«

Conroy grinste. Bis vor kurzem war er ein ausgezeichneter Cop bei der Sitte gewesen. Jetzt hatte er es dem Rotationsprinzip in der Abteilung zu verdanken, daß er plötzlich für die Öffentlichkeitsarbeit zuständig war. Damit waren die herrlichen Tage des Herumtobens aus Wut oder Angst und des Türeneintretens vorbei. Sein neuer Job verlangte vor allem die Fähigkeit, leise anzuklopfen und endlos zu warten. Bislang war ihm die Umstellung nicht leichtgefallen.

Willows sagte: »Was kann ich für dich tun, außer dich aus deinem Elend zu befreien?«

»Der Fall Joey Ngo. Jeder will die finsteren, blutigen Einzelheiten. War es Mord oder Selbstmord? Hat der Junge Emily und seinen Bruder abgeknipst? Sind alle drei Morde damit abgeschlossen, oder was? Sag mir die Wahrheit, Jack, nichts als die Wahrheit. Die Öffentlichkeit hat ein Recht darauf.«

Willows mußte lächeln. »Parker ist bei der Obduktion. Sie müßte jeden Augenblick mit dem vorläufigen Befund hier sein. Offiziell können wir nichts sagen, bis wir den Bericht des Gerichtsmediziners haben. Das kann leicht noch einen Monat oder länger dauern. Ich habe also keine Ahnung, wann wir die anderen Mordfälle abschließen werden. Wir wissen, daß Emily und Cherry mit derselben Waffe erschossen wurden. Sollte sich herausstellen, daß es dieselbe Waffe war, die wir bei Joey Ngo gefunden haben – und das wird der Fall sein –, dann schlage ich vor, alle drei Akten abzuschließen.«

»Gut, aber ihr habt noch keine eindeutige Übereinstimmung der Waffen, die bekommt ihr frühestens morgen. Ich habe vor ungefähr zehn Minuten mit Goldstein gesprochen. Er hat die drei Leute am Hals, die es heute morgen in einem Lagerhaus in Japantown erwischt hat, und dazu den armen Kerl, der in dem Waffengeschäft erschlagen wurde. Schon davon gehört?«

Willows schüttelte den Kopf, nein.

»Ein Mann namens Chapman, Barry Chapman. Wurde mit einer Handfeuerwaffe in die Kniescheibe geschossen, dann hat man ihm den Schädel mit einem Bolzenschneider zertrümmert.« Rick tat, als bisse er ein Stück aus Orwells Stuhllehne. »Weißt du, was Goldstein zu mir gesagt hat, als ich ihn fragte, wie er bei deinem Fall weiterkommt?«

»Was denn?«

»Er wollte wissen, wieso ich es so eilig hätte – schließlich seien alle Beteiligten mausetot, und daran würde sich vermutlich auch nichts ändern.«

Aus Bradleys Büro war erneut lautes Geschrei zu hören, bissig und voller Sarkasmus.

Willows zuckte mit den Achseln. »Du weißt, wie das läuft, Rick. Die Ermittlungen sind noch nicht abgeschlossen. Neue Informationen gibt es erst, wenn und falls sie vorliegen.«

»Du bist ein Naturtalent, Jack. Was hältst du von folgender phantastischer Idee – du übernimmst meinen Job.«

»Eher würde ich kündigen.« Willows meinte das nicht als Scherz und ließ es sich anmerken. Er war seit zwanzig Jahren Polizist und arbeitete als Detective im Morddezernat, solange er zurückdenken konnte. Als Polizist war er immer besser gewesen als in der Rolle des Ehemannes oder Familienvaters. Er war überzeugt, daß ihn die Aufopferung für die Arbeit seine Frau und seine Familie gekostet hatten. Es gab Zeiten, in denen ihn die Trauer über seinen Verlust in die Knie zwang. Aber er konnte nichts dagegen tun. Der Job hielt ihn gepackt. Er war unfähig, sich zu verändern, und er wußte und akzeptierte es.

Aber es gab Grenzen. Im Augenblick verbrachte er zuviel Zeit hinter dem Schreibtisch. Als Polizist wollte er Verbrecher jagen, sie aufspüren und hinter Gitter bringen. Sollte Bradley auf die Idee kommen, ihm zu sagen, er sei nicht mehr im Morddezernat, würde er noch am selben Tag seine Dienstmarke zurückgeben.

Conroy starrte ihn an. »Alles in Ordnung, Jack?«

»Ja, sicher.« Die lackierte Tür am anderen Ende des Bereitschaftsraumes schwang auf. Erst kam Orwell herein, dann Parker.

Conroy sagte: »Ich habe gehört, Eddys Ehe geht den Bach runter.«

»Judith ist ein Spätzünder«, meinte Spears hinter seinem Schreibtisch. »Aber sie macht Fortschritte.«

Orwell kam rasch näher, zeigte mit ausgestrecktem Finger auf Conroy. »Was machst du auf meinem Stuhl?«

Conroy sagte: »Vielleicht hat es dir noch niemand gesagt, aber in ungefähr zehn Minuten findet eine größere Pressekonferenz statt. Die Schießerei in Japantown. Wir erwarten fünfzig oder sechzig Leute. Das Fernsehen, die Zeitungen, Rundfunk. Der Chef meinte, ich sollte so viele Stühle wie möglich zusammensuchen.«

»Blödsinn.«

Conroy wandte sich an Parker. »Hast du etwas für die Presse?«

»Nie«, sagte Parker fest.

Conroy erhob sich, schob den Stuhl quer über den Teppich zur Tür des Bereitschaftsraumes. Eine der Rollen quietschte. »Ich bringe ihn dir in ein, zwei Stunden zurück. Das verspreche ich dir.«

»Ja, sicher. Und worauf soll ich bis dahin sitzen?«

Conroy öffnete die Tür des Bereitschaftsraumes und schob den Stuhl hindurch zum Aufzug.

»He, Augenblick mal!« rief Orwell. Sein wütender Blick war bis ans andere Ende des Raumes zu spüren. Conroy drehte sich um und winkte, während die Aufzugtüren aufglitten. Er schob den Stuhl hinein, drehte sich um und brüllte: »Hab' ich dich, Eddy!«

Orwell setzte ihm nach.

Die Aufzugtüren glitten zu.

Willows sagte: »Also, wie ist es gelaufen?«

Parker schmiß die Akte auf ihren Schreibtisch und setzte sich. »Ich will in meinem ganzen Leben keine einzige Autopsie mehr sehen.«

»Das scheint den größtmöglichen Zeitraum abzudecken.«

Parker grinste. »Der Gerichtsmediziner ist überzeugt, daß Joey an einer Wunde starb, die er sich selbst beigefügt hat. Er meinte, selbst wenn Joey wieder zum Leben erwachen, ihn am Kragen packen und ihm erzählen würde, wer es getan hat, würde er immer noch sagen, es sei Selbstmord.«

Farley Spears sagte: »Ich erinnere mich an einen Fall, bei dem ein Mann mit einem inoperablen Gehirntumor einen handgeschriebenen, dreiseitigen Brief hinterließ, in ein abgeschlossenes Zimmer ging und sich das Gehirn mit einer Kaliber 20 Schrotflinte herauspustete. Fünf Jahre später gestand seine Nachbarin, sie hätte ihn getötet, weil er ständig ihre Rosen geklaut hat. Der Detective, der damals den Fall bearbeitete – Ted Nolan war sein Name –, glaubte ihr kein Wort. Tatsächlich hat ihr niemand geglaubt, bis auf den Chefankläger und den Richter. Sie bekam lebenslänglich, ohne die Möglichkeit, Berufung einzulegen. Nolan fühlte sich so erniedrigt, daß er kündigte und nach Saltspring Island flüchtete, um Schafe zu züchten. Das geschah vor ungefähr dreißig Jahren. In meinem ersten Jahr.« Spears lächelte Parker mit seinen gelben Zähnen und wäßrig blauen Augen zu. »Halte nie etwas für selbstverständlich. Das ist die Lektion, die ich aus diesem Fall gelernt habe und die ich hoffentlich nie vergessen werde.«

»*Schafe* züchten?« sagte Willows.

Spears vertiefte sich mit finsterem Blick in sein Kreuzworträtsel. Er schrieb ein Wort in Blockbuchstaben hinein, dann drehte er seinen Bleistift um und radierte es mühselig wieder aus. Die Tür des Bereitschaftsraumes wurde geräuschvoll aufgestoßen, und Orwell, sein Gesicht rot wie ein brandneuer Einsatzwagen, kam hereingeplatzt und zerrte seinen Stuhl hinter sich her. Er knallte den Stuhl vor seinen Schreibtisch, daß die Farbe abblätterte. Spears sah zu ihm auf.

»Was, zum Teufel, willst du?« fuhr ihn Orwell an.

»Fünf Buchstaben. Barkeepers Dreigabe, Pizzabäckers Draufgabe.«

Orwell sagte: »Der Chef war im Aufzug. Er hat sich meinen Stuhl angesehen und meinte, wenn mein Hintern derart müde ist, sollte ich mich krank schreiben lassen und nach Hause gehen.«

Willows lachte. Orwell setzte sich an seinen Schreibtisch. Er riß eine Schublade heraus und holte einen Tennisball hervor. Er preßte den Ball in seiner Faust zusammen. Die Sehnen und Muskeln in seinem Handgelenk und Unterarm traten bedenklich hervor.

Parker und Farley Spears tauschten einen Blick aus. Niemand sprach ein Wort.

Orwell ächzte und stöhnte. Eine Naht riß, und der Ball fiel in sich zusammen. Er starrte ihn einen Augenblick an, dann warf er ihn auf seinen Schreibtisch.

Farley sagte: »Donnerwetter, das macht mehr Spaß als ein Tag am Strand.«

»Was soll das heißen?«

»Nicht schießen, Eddy. Es sollte ein Kompliment sein. Eigentlich müßtest du dich geschmeichelt fühlen.«

»Spar dir deine Witze, Mann.« Orwell schloß die Augen und begann seine Schläfen zu massieren.

Parker sagte: »Kaper.«

Spears nickte und beugte sich über sein Rätsel.

Mel Dutton schlenderte in den Bereitschaftsraum, das Jackett über der Schulter, Achseln und Brust seines hellblauen Hemdes dunkel vom Schweiß. Er ging zu Orwells Schreibtisch und tippte ihm auf die Schulter. »Hast du schon über das nachgedacht, was wir besprochen haben, Eddy?«

»Wie war das?« sagte Orwell.

»Wie die Erinnerungen nachlassen. Das Baby.«

»Judith und ich haben ausführlich darüber geredet«, sagte Orwell. »Wir haben beschlossen, uns einen Camcorder zu besorgen. Videos, Mel – das ist das Neueste. Judith hat recht. Warum sollten wir unser Baby von jemandem wie dir fotografieren lassen – damit es hübsch tot aussieht?«

Dutton warf einen flüchtigen Blick auf die zerquetschten Überreste des Tennisballes auf Orwells Schreibtisch. »Wenn der große Tag kommt, denk daran, den Kleinen nicht zu fest zu drücken, okay?«

»Vielen Dank für deinen Rat. Du bist ein echter Freund.« Orwell machte sich wieder daran, seine Schläfen zu massieren.

Die Tür zu Inspector Bradleys Büro ging auf. Ralph Kearns war als erster draußen. Sein Gesicht war blaß, er ließ die Schultern hängen. Oikawa war gleich hinter ihm. Die beiden Detectives sahen erschöpft aus, als hätten sie gerade einen Marathonlauf hinter sich. Oikawa schloß leise die Tür.

Dutton sagte: »Laß dich nie mit einem Zeitungsjungen ein. Die können richtig gemein werden.«

Kearns warf ihm einen säuerlichen Blick zu.

»Seid ihr zwei nun immer noch Polizisten, oder was?« wollte Dutton wissen.

Kearns meinte: »Sag du es ihm.« Er warf Oikawa einen raschen, warnenden Blick zu. »Ich brauche eine Zigarette, sonst gehe ich kaputt.«

Oikawa sagte: »Wie sich herausstellte, ist seine Mutter Anwältin. Ihrer Darstellung zufolge befindet sich der Kleine in einem fürchterlichen Zustand, verrückt vor Schuldgefühlen. Schock. Verlust des Selbstwertefühls. Möglicherweise erholt er sich davon nicht mehr. Man stelle sich vor, er mußte sogar seine Route beim Zeitungsaustragen aufgeben.«

»Und dann der Einkommensverlust«, sagte Dutton. »Da kommen leicht zwanzig, dreißig Dollar im Monat zusammen.«

Oikawa mußte gegen seinen Willen grinsen.

Spears sagte: »Was ist denn nun passiert? Worüber hat Bradley sich so aufgeregt?«

Oikawa nahm Orwells Tennisball in die Hand. »Mann, was für ein Leben.« Er schmiß den Ball in die Höhe und hätte ihn fast wieder gefangen. »Es war ja nicht so, daß wir den Jungen ohne jeden Grund aufgegriffen hätten – er hockte zwischen zwei Häusern am Rande des Blocks und glotzte jemandem ins Kellerfenster. Rannte los wie der Teufel, als er uns sah. Und er paßte auf Joey Ngos Beschreibung, mehr oder weniger.«

»Eher weniger«, sagte Willows.

»Ich gebe es zu, wir waren etwas voreilig. Ralph war ein wenig empfindlich, weil er während der Überwachung nachlässig gewesen war. Er wollte den Jungen unbedingt festnehmen. Ob er es noch einmal macht? Hoffentlich nicht, glaubt mir.« Oikawa riß die beiden Hälften des Tennisballes auseinander und sah hinein. Leer. »Dann geschah folgendes. Der Inspector machte ein paar Anrufe, fand heraus, daß der Knabe – er ist fünfzehn Jahre alt – ein Vorstrafenregister hat, das länger ist als mein...«

»Dein was?« sagte Parker.

»Arm«, fuhr Oikawa fort und wurde rot. »Der Junge ist ein geborener Dieb. Er klaut alles, was nicht niet- und nagelfest ist. Und wenn etwas nagelfest ist, besorgt er sich ein Brecheisen. Daddy kann es kaum erwarten, daß sein Sohn mündig wird und voll haftbar gemacht werden kann, damit ihn irgendein scharfer Hund von einem Richter für ein paar Jahre hinter Gitter sperrt.«

Spears sagte: »Und weswegen hat Bradley dann so gebrüllt?«

»Nun, vermutlich wollte er uns klarmachen, daß wir nicht wußten, daß der Knabe ein Dieb war, als wir ihn festnahmen.«

»Cop-Instinkt«, sagte Spears. »Deswegen habt ihr ihn festgenagelt. Cop-Instinkt.«

Oikawa lächelte. »Genau das hat Ralph gesagt, bevor der Inspector in die Luft ging.«

»Wie auch immer«, sagte Spears, »wichtig ist, daß die Mutter des Kleinen einen Rückzieher gemacht hat.«

Oikawa nickte. »Beide Seiten sind sich entgegengekommen. Wir mußten zu ihm nach Hause gehen und versprechen, ihn nicht mehr zu behelligen.«

»Von der Belästigung des Kindes Abstand nehmen«, sagte Spears. »Klingt fair.«

Oikawa senkte seine Stimme zu einem verschwörerischen Flüstern. »Ralph hatte die Hosen voll. Die Mutter hat ihm einen gehörigen Schrecken eingejagt. Wir fahren rüber, um alles wieder ins Lot zu bringen, und er zappelt ständig auf dem Sitz hin und her und kann nicht eine Minute still sitzen. Ich frage ihn, was los ist, und er erzählt mir, er könne sich nicht vernünftig hinsetzen – wegen dem Korken.«

»Dem Korken?« sagte Spears breit grinsend.

»Ja, sicher. Lacht nur. In all den Jahren, die Ralph und ich Partner sind, habe ich nie gehört, daß er einen Witz erzählt oder über einen gelacht hätte. Er wollte gar nicht komisch sein – trotzdem hielt ihn nur sein Anzug zusammen.«

Das Gelächter erstarb abrupt, als die Tür zu Inspector Bradleys Zimmer aufging. Bradley gab Willows und Parker einen knappen Wink.

Spears sagte: »Der dreifache Mord in Japantown. Sie hatten Sandy Wilkinson und Bob Kaplan darauf angesetzt, und jetzt wollen sie euch.«

Willows stieß sich von seinem Schreibtisch ab. Er ahnte, daß Frank recht haben könnte.

26. Kapitel

Die Stadt war voll von Jeep Cherokees, kastenförmigen, kleinen Autos mit Vierradantrieb, die vielleicht nicht so schnell wie ein Corvette waren, aber unauffällig – einfach weil es so viele von ihnen gab. Rikki nahm ein Taxi, fuhr über die Lions Gate Bridge und klaute ein anthrazitfarbenes Modell vom Parkplatz eines Händlers am Marine Drive. Als er in das Fahrzeug einbrach, knallten die den Stellplatz abgrenzenden Girlanden aus roten, weißen und blauen Plastikfähnchen im Wind, als wollten sie seinen Bemühungen Beifall spenden.

Rikki hatte nie einen Neuwagen gekauft, nicht einmal einen gebrauchten, wenn er sich es genau überlegte. Geklaut hatte er viele, aber das war vermutlich ein ganz anderes Vergnügen. *Der Stolz zeitweiligen Besitzertums* – wer hatte jemals so etwas gehört?

Die Maschine des Cherokee drehte ein paarmal und sprang an. Rikki trat vorsichtig einige Male aufs Gaspedal. Sechs Zylinder. Er testete die Scheinwerfer und Blinklichter, das Radio. Alles funktionierte. Er legte den ersten Gang ein und bretterte von dem Platz herunter, bog auf der Marine nach Westen ab, Richtung Brücke. Vor ein paar Jahren hatte eine Brennerei mehrere hunderttausend Dollar dafür ausgegeben, eine Lichterkette oben an der Brücke anzubringen. Die Lichter folgten der Form eines leicht abgeflachten ›M‹ und sahen aus wie eine abgeschlaffte McDonald's-Reklame. Die erleuchtete Brücke sah nachts wunderbar aus, in Rikkis Augen war ihre Pracht allerdings nicht ganz ohne Makel, da sie die gleiche geschmacklose Ausstrahlung hatte wie die grellbunten Plastikfähnchen um den Platz des Autohändlers. Andererseits gab es auf dem Marine Drive meilenweit Autohändler – vielleicht war also die Brücke der passende Einstieg.

Rikki passierte gemächlich ein Dennys-Restaurant, ein Motel, dann noch ein Restaurant – auf dessen Dach ein Schwarm riesiger Papageien aus Fiberglas hockte. Er bog auf die Brückenrampe und wurde von dem Strom der Mercedes und BMWs aus West-

Vancouver geschluckt. Weit unten und rechts von ihm befanden sich Reihen auf ewig unbeweglich gemachter Mobilheime, die von einem Wehr gebändigten Gewässer des Capilano River und die Lichter eines größeren Einkaufszentrums. Das meiste davon lag im Indianerreservat, obwohl man tagelang Ausschau halten konnte, ohne einen einzigen Indianer zu sehen.

Die Brücke war drei Fahrspuren breit. Über jeder Fahrspur hing eine Doppelreihe grüner und roter Lichter, die den Verkehrsfluß steuerten. PKWs, Lastwagen und Busse zischten mit hundert und mehr Meilen pro Stunde an Rikki vorbei, und das verschwommen vorbeirauschende Stahlgewirr schien manchmal nur Zentimeter entfernt. Die Fahrer schenkten der spektakulären Aussicht von der Brücke auf den Ozean und den Park mehr Aufmerksamkeit als der Straße. Rikki umklammerte das Steuer des Cherokee so fest, daß er das Gefühl bekam, seine Fingerabdrücke nie wieder abwischen zu können. Er erreichte den Scheitelpunkt der Brücke. Eine Möwe schoß kreischend an der Windschutzscheibe vorbei. Am Horizont schien eine massige Insel aus dem Meer zu steigen, und fast genau unter ihm wühlte ein riesiger Frachter das dunkelgrüne Wasser zu einem cremigen Weiß auf.

Fast gab es zuviel zu sehen. Rikki hatte einen hübschen Ausblick auf das Stanley-Park-Ufer, auf dem Menschen einzeln oder in Gruppen spazierengingen, Fahrrad fuhren und joggten. Für einen kurzen Augenblick sah er den Siwash Rock – einen düsteren Steinpfeiler, der der Legende nach einmal ein Mann gewesen war. Das schrille Sirren der auf jedem Gelände einsetzbaren Reifen des Cherokee veränderte seinen Klang, als er das Südende der Brücke erreichte, an dem dreizehn Tonnen schweren Löwenpaar aus Beton vorbeidonnerte und auf die Zementfahrbahn des Brückendamms gelangte. Der Verkehrslärm verdoppelte sich, als der Cherokee in eine Unterführung schoß. Rikki versuchte, sich vorzustellen, wie der Damm bei Regen oder Schnee aussah. Ein Alptraum – schlimmer als alles, was L. A. zu bieten hatte.

Die Straße stieg leicht an. Auf beiden Seiten war eine undurchdringliche grüne Wand, dann kam eine Ausfahrt zum Park. Er war versucht, einen Abstecher ins Grüne zu machen, sich Zeit zu lassen, wieder durchzuatmen. Er hätte gern eine von den fetten kanadischen Gänsen gefangen und zugesehen, wie das Lebenslicht in ihren Augen erlosch, wenn er ihnen den Hals umdrehte. Dann am Strand ein Lagerfeuer entfacht, den Vogel gebraten und mit den Händen auseinandergepflückt, sich die Finger abgeleckt und den Sonnenuntergang beobachtet. Aber er hatte eine wirklich wichtige Verabredung mit der schnuckeligen Polizistin, und es war wichtig, daß er sie nicht versetzte.

Newt hatte den größten Teil seines Geldes geerbt, gab aber jeden Pfennig aus, als wäre er es gewesen, der sich dafür krumm gelegt hatte. Die Minikühlbar im Hotel verlangte fünfundachtzig Dollar und fünfzig Cent für eine Flasche Charles Heidsieck. Er war durstig, aber nicht verrückt. In einem staatlichen Spirituosenladen – gleich auf der Alberni gab es einen, kaum einen halben Block entfernt – kostete der Champagner die Hälfte.

»Frank?«

»Was ist?«

»Wir brauchen etwas, um unseren Erfolg zu feiern. Warum gehst du nicht ein wenig Luft schnappen und besorgst uns ein paar Flaschen Dom.«

Frank sah Lulu an, die damit beschäftigt war, eine Aerobicsendung im Fernsehen zu verfolgen.

Newt sagte: »Sie kann hierbleiben und mir Gesellschaft leisten.«

»Ist zu warm.«

Newt runzelte die Stirn. »Wie kommst du denn darauf?«

»Ich spreche vom Champagner, nicht von Lulu. Wenn du ihn beim Zimmerservice bestellst, ist er eisgekühlt. Kaufe ich ihn im Laden, hat er Zimmertemperatur. Magst du warmen Champagner, Newt?«

»Ich bestelle etwas Eis. Eis ist billig. Bis Rikki wieder da ist, ist er kalt genug. Und jetzt mach, daß du rauskommst, Frank.« Newt lächelte, aber sein Lächeln war leer. »Und hör endlich auf, mir ständig zu widersprechen, kapiert?«

Frank sah zu Lulu herüber, in der Hoffnung, sie hätte eine Meinung zu dem Thema und könnte ihm aus der Patsche helfen. Sie lag seitlich auf dem Teppich, trug einen orangefarbenen Neonbody aus Lycra, der so eng war, daß man die Grübchen rechts und links am Ansatz ihrer Wirbelsäule sehen konnte. Sie fing seinen Blick auf, grätschte die Beine und streckte ihre rotlackierten Fußnägel gegen die Decke. Eine Strähne ihres platinblonden Haars rutschte über ihr gletscherblaues Auge. Das Geräusch, das der Lycrabody von sich gab, als ihre Beine sich berührten, klang flüsternd und feucht. Frank ging zur Tür. Lulus Bein schoß wieder in die Höhe. Sie machte einen Schmollmund und schickte ihm per Luftpost einen Abschiedskuß.

Newt machte sich auf dem Bett breit. Die zwei Kissen unter seinem Kopf erlaubten es ihm, Lulu im Spiegel zu beobachten. Sie hatte eine bessere Figur als all die sportlichen Zicken im Fernsehen, soviel stand fest.

Der Bildschirm flackerte. Werbefernsehen. Newt sagte: »Frank und du, versteht ihr euch gut? Ich meine, mir ist aufgefallen, daß ihr nicht viel miteinander redet.«

Lulu rollte auf den Bauch. Newts Herz schlug schneller. »Frank ist nicht gerade ein Meister, wenn es darum geht, nett zu plaudern, falls du das gemeint hast.«

Newt war nicht sicher, was genau er gemeint hatte. Oder sie. Er versuchte es noch einmal.

»Eine Frau in deinem Alter – Frank ist alt genug, dein Vater zu sein.«

»Ja, das war eines der Dinge, die mir an ihm gefallen haben, als ich ihn kennenlernte. Seine Reife.«

Newt ließ sich das durch den Kopf gehen, vor allem der Umstand, daß sie in der Vergangenheit gesprochen hatte. Hatte die Rose ihre Blüte bereits überschritten?

Die Werbefilmchen waren zu Ende. Lulu rollte wieder auf den Bauch, stützte sich auf Hände und Knie. Sie sah Newt mit einem Lächeln an, das einen Sekundenbruchteil länger dauerte, als er erwartet hatte, dann widmete sie ihre Aufmerksamkeit wieder dem Fernseher. Newt starrte sie gierig an, während sie ihr rechtes

Bein über den Kopf gerade nach hinten streckte und in dieser Stellung bis fünf zählte. Jetzt das linke Bein. Lycra, die Wunderfaser. Newts Lungen schmerzten. Er stellte fest, daß er den Atem angehalten hatte.

Lulu drehte sich um, so daß sie ihm den Rücken zukehrte. Hinten an ihrem Hals und auf ihren Schultern glänzte eine hauchdünne Schweißschicht. Sie fragte: »Ist mein Rücken gerade?«

Newt nickte blöde, dann sagte er: »Ja.« Seine Stimme klang trocken und gebrochen. Sie warf ihm einen Blick über die Schulter zu und lächelte. Newt leckte sich die Lippen.

Im Fernsehen wurden die Oberzicke und ihre drei identischen Mitturnerinnen wieder ruhiger und kühlten ab. Lulu sprang elegant auf die Beine, streckte sich geschmeidig und mühelos wie ein Astronaut – als hätte sie mit der Schwerkraft nichts am Hut. Sie stellte den Fernseher ab und lag, zu Newts großer Verwunderung, plötzlich neben ihm auf dem Bett.

Sie starrte ihn aus einer Entfernung von kaum mehr als zwanzig Zentimetern an, dann seufzte sie und schloß die Augen. Newt versuchte, nicht auf zu viele Stellen gleichzeitig zu schauen. Trotz ihres wilden Herumgeturnes roch sie frisch und sauber, der gesunde Duft ihrer Zahnpasta und ihres Shampoos vermischte sich mit der unterschwelligen Sinnlichkeit ihres Parfüms, das tausend Dollar die Unze kostete.

Newt legte ihr einen Arm um die winzige Taille. Das Lycra flüsterte, als sie ein wenig dichter an ihn heranrückte. Ihre Wimpern flatterten – Newt stand so unter Spannung, daß er sie tatsächlich hörte.

Lulu nahm sich ein Kopfkissen, schüttelte es auf und machte es sich bequem. Die Smith lag auf dem Laken, glänzend und groß wie die vordere Stoßstange eines Vorkriegscadillacs.

»Große Pistole«, sagte Lulu leise.

»Rikki hat zwei Stück davon besorgt«, sagte Newt, »eine für mich und eine für ihn.«

»Im Fernsehen kam etwas von einem Mann, der erst angeschossen und dann erschlagen worden war...«

Newts Gesicht erschlaffte vor Entsetzen. »Rikki ist ein Arschloch. Ich weiß nicht, ob ich ihm je beibringen kann, sich ein wenig zurückzuhalten. Für Typen wie ihn sollte es eine Art Benimmkurs geben, weißt du, was ich meine? Entweder, du kannst es ihnen eintrichtern, oder du mußt sie früher oder später fallenlassen.«

Lulu schloß die Augen und konzentrierte sich auf ihre Atmung, bekam sie unter Kontrolle. Ein Mann war ermordet worden, ein Typ mit Frau und drei Kindern. Verdammt noch mal, wie war doch gleich sein Name?

Newt sagte: »Möchtest du ihn mal in die Hand nehmen?«

Das Telefon läutete. Lulus Augen klappten auf. Sie sah entsetzt und erschrocken aus.

Newt mußte sich über sie beugen, um ans Telefon zu kommen. Seine Lippen streiften ihren Nacken – oder vielleicht war es auch nur seine fieberhafte Phantasie. Er hob ab.

Frank sagte: »Ich bin im Getränkeladen. Hier gibt's eine ganz gute Auswahl an Champagner, aber sie klingen alle gleich, und ich weiß nicht mehr, welchen ich mitbringen sollte.«

Newt sagte es ihm.

Frank sagte: »Augenblick mal, ich borge mir von der Verkäuferin eben einen Stift und notier' es mir.«

Newt wartete.

»Also los, aber langsam.«

Newt sah Lulu an und verdrehte die Augen. Er fragte sich, wieso er je vor Frank, der Killerschnecke, Angst gehabt hatte.

Lulu saß mit benommenem Blick auf der Bettkante.

Newt gab Frank die Informationen, die er benötigte. Frank wollte wissen, ob es in Ordnung sei, wenn er irgendwohin etwas essen ging. Kein Problem, meinte Newt, laß dir so viel Zeit, wie du brauchst. Frank sagte, er sei nicht absolut sicher, ob er nicht doch gleich vom Laden zurückkäme. Vielleicht würde er eine Kleinigkeit essen, vielleicht aber auch nicht. Er wollte das nur erst klären, das sei alles.

Newt hängte ein und sagte: »Das war Frank.« Er sah auf seine Uhr. »Er ist jeden Augenblick wieder hier, nehme ich an.«

»Hast du Angst vor ihm?«

»Keine Spur«, sagte Newt schnell, bevor er Zeit hatte, darüber nachzudenken.

»Aber ich.«

»Tatsächlich?«

»Er schreit mich an. Manchmal schlägt er mich.«

Newts Blick kroch ihren Körper mit der ziellosen Entschlossenheit von tausend Ameisen entlang.

Lulu sagte: »Hier und hier...«

»Wo man es nicht sieht?«

Sie nickte. Und faltete ihre blassen Hände im Schoß.

»Willst du, daß ich Rikki sage, er soll sich um ihn kümmern?«

»Dann würde Rikki glauben, ich würde zu ihm gehören, nicht wahr?«

»Ja, ja.« Newt hatte seit Jahren nicht an den Nägeln gekaut, aber jetzt war es wieder soweit.

»Könntest du ihn nicht einfach irgendwohin schicken? Irgendein Job. Hast du vielleicht irgendwelche Freunde in Colorado?«

»Niemanden, dem ich vertraue. Würde er denn ohne dich gehen?«

»Wenn genug Geld für ihn drin ist.«

Newt sagte: »Menschen kaufen funktioniert nicht. Willst du wissen, warum?«

»Erzähl es mir«, sagte Lulu. Sie schaute zu ihm auf und senkte dann schnell den Blick. Ihre Stimme klang süß wie Honig und sanft wie ein Daunenkissen. Sie hockte auf der Bettkante und wartete darauf, unterrichtet zu werden.

»Weil einem immer das Geld ausgeht, und dann wollen sie mehr, und am Ende ist es nie genug. Also muß man eine dauerhaftere Lösung finden, mit ihnen fertig zu werden – was man von Anfang an hätte tun sollen.«

»Menschen sind nun mal gierig.«

»Eben, genau. Und man kann sich immer darauf verlassen, daß sie den einfachsten Ausweg wählen. Weißt du, warum L. A. so gewalttätig ist?«

Lulu schüttelte mit weit aufgerissenen Aguen den Kopf.

»Ist es gar nicht.« Newt grinste. »Es sieht nur so aus, weil die Leute ständig Leichen finden. Der Grund dafür ist, die meisten größeren Städte in den USA liegen an einem Fluß. Wenn man einen Kerl loswerden will, braucht man ihm lediglich ein Paar Überschuhe aus Zement zu kaufen und mit ihm schwimmen zu gehen. Wenn du dir eine Karte von L. A. ansiehst, wirst du einen Fluß entdecken. Aber wie alles andere auch in dieser Stadt, ist er nicht echt. Schon mal in L. A. gewesen?«

»Nicht, daß ich wüßte.«

»Der ganze Fluß ist mit Beton ausgekleidet, Wände und Bett eingeschlossen. Die meiste Zeit führt er nicht genug Wasser, um eine Mücke darin zu ertränken.«

Lulus Augen weiteten sich vor Erstaunen.

»Das wußtest du nicht, oder?«

»Es gibt eine Menge Dinge, die ich nicht weiß«, sagte Lulu leise und sah ihn an, um dann sittsam den Blick zu senken.

Newt sagte: »Ich könnte dir einiges beibringen, wenn du willst...«

Frank entdeckte die Marke in einer Nische hinten im Laden. Neunundreißig Dollar und fünfundsiebzig Cent die Flasche. Er zahlte mit einem Hunderter. Die Verkäuferin war Anfang Zwanzig. Sie hatte rotes, langes Haar und trug einen sackartigen grünen Pullover und Jeans, die so eng waren, daß es Frank weh tat, hinzusehen. Er zählte die Sommersprossen auf ihrer süßen, kleinen Nase, während sie ihm das Wechselgeld gab, und erinnerte sich beim Umdrehen daran, sie zu bitten, ihm einen Dollar in Quarters zu wechseln.

Auf der anderen Straßenseite war eine Telefonzelle. Frank warf einen Vierteldollar ein, wählte die Auskunft und verlangte die Abteilung für Kapitalverbrechen bei der Polizei. Er wartete einen Augenblick, dann gab ihm ein Computer mit der Stimme eines erwachsen gewordenen Tin Man die Nummer. Er notierte sie auf der braunen Papiertüte aus dem Spirituosenladen. Frank bedankte sich und hängte ein. Sein Vierteldollar fiel in den Wechselgeldschacht. Er benutzte ihn, um in der Abteilung für Kapitalverbrechen anzurufen. Eine Frau kam an den Apparat. Frank fragte nach Parker. *Detective* Parker war nicht da. Wollte er eine Nachricht hinterlassen? Könnte er dann vielleicht *Detective* Jack Willows sprechen? Auch Willows war nicht da. Wann wurde er zurück erwartet? Die Frau fragte ihn geduldig noch einmal, ob er eine Nachricht hinterlassen wolle.

Frank hängte ein, wartete auf eine Lücke im Verkehr und trabte über die Straße. Im oberen Stockwerk des Gebäudes an der Ecke war ein Hamburgerrestaurant. Er ging hinein, stieg die Treppe hinauf, bekam einen Tisch am Fenster. Er bestellte sich einen Cheeseburger mit Zwiebelringen und eine Flasche Budweiser. Die Bedienung war flink, aber er ließ sich Zeit beim Essen, biß immer nur kleine Brocken ab und mahlte sie zwischen seinen Kiefern zu Brei.

Als er wieder in der Telefonzelle stand, war fast eine ganze Stunde verstrichen. Er fragte sich, wie es Lulu wohl gehen mochte. Die Situation, in der sie sich befanden, war mulmig, und sie konnte sich so oder so entscheiden, aber egal was sie tat, sie würde auf jeden Fall überreagieren.

Er ließ einen Vierteldollar in den Schacht fallen und wählte vorsichtig die Nummer der Polizei.

Die Detectives Willows und Parker waren noch immer nicht zu sprechen. Frank versuchte, sich zu einem Entschluß durchzuringen, was ihm aber mißlang.

Lulu legte ihre Hand sacht auf Newts Knie. »Was wirst du mit Frank machen?«

»Vergiß ihn. Willst du mit mir nach Kalifornien kommen?« Newt zermarterte sich das Gehirn, wie er ihr die Vorteile schildern konnte. Disneyland. Die Teergruben mit den alten Tierknochen. Hollywood.

»Klingt wunderbar. Aber...«

»Aber was?«

»Meine Haut verträgt die Sonne nicht.«

»Mach dir deswegen keine Sorgen. Du und ich, wir sind keine

Tagmenschen, wir sind...« Newt bemühte sich, die passenden Worte zu finden. Als er grinste, sah er aus wie ein Oktopus – seine Zähne schienen wild durcheinander vor seinem Mund zu stehen und sein Gesicht zu verschlingen.

»Geschöpfe der Nacht?«

Newt wollte gerade den Mund aufmachen und lauthals loslachen, als im selben Augenblick die Tür weit geöffnet wurde und ein Mann mit einer braunen Papiertüte vor dem Kopf das Zimmer betrat.

Lulu löste ihren Griff von Newts zitterndem Knie.

Frank setzte die Tüte auf dem Tisch am Fenster ab und sagte: »Das Eis ist noch nicht hier?«

»Kommt jeden Augenblick.« Newt griff zum Telefon. »Ich rufe noch mal an. Wenn ich mir's genau überlege, könnten wir drei doch irgendwo nett essen gehen.«

Frank tätschelte seinen Bauch. »Ich wäre bereit.«

Newt drehte sich zu Lulu. »Du kennst die Stadt besser als ich oder Frank. Gibt es in der Nähe ein vernünftiges Steak-und-Hummer-Restaurant?«

»Im Coal Harbour, die Ausfahrt zum Park hinunter. Nicht weit von da gibt es ein Restaurant gleich am Wasser. Wir könnten mit dem Auto fahren und wären in zehn Minuten da.«

»Gleich am Wasser?«

Lulu nickte lächelnd.

»Wunderbar.« Newt drehte sich zu Frank um. »Na, klingt das gut?«

»Ja, sicher.«

Newt sagte: »Das wäre dann also geklärt, oder?«

Das Telefon läutete. Frank ging dran, hörte einen Augenblick zu, dann gab er Newt den Hörer.

Rikki sagte: »Ich stehe in einer Telefonzelle. Ich hab' den Schlitten, alles ist bereit. Wie sieht es bei euch aus?«

»Prima«, sagte Newt.

Rikki hielt das Telefon auf die Straße, als ein riesiger Diesellaster vorbeidonnerte, dann hängte er ein, kletterte wieder in den Cherokee und fuhr die zwei Blocks bis zu Parkers Appartement.

Er hätte gern ein paar Kassetten gehabt, um das Tapedeck auszuprobieren. Er ließ den Suchlauf über die Skala laufen, spielte mit den Stationstasten herum, dann stellte er das Radio ab, kramte im Handschuhfach und studierte die Betriebsanleitung. Sie war auf englisch gedruckt, und noch einer zweiten Sprache, die Rikki, nach einer beträchtlichen Weile intensiven Grübelns als Französisch identifizierte. Lustlos fummelte er an den elektrischen Fensterhebern und Sitzhöhenverstellungen herum und zog den kräftigen, brandneuen Geruch der Lederpolsterung des Jeeps ein.

Wo, zum Teufel, blieb sie?

Mann, langweilte er sich.

Eine alte Frau mit einem grauen Sweatshirt und passenden Hosen kam aus ihrer Wohnung mit einer orangefarbenen Katze im Arm. Sie ging bis zur Straße, wo sie die Katze ins Gras setzte. Die Katze hing an einer goldenen Leine, die in einem mit Rheinkristallen besetzten Halsband endete. Vielleicht waren es sogar echte Diamanten, wer wollte das mit Sicherheit sagen? Rikki ließ sein Fenster herunter und beobachtete, wie die Frau ihrer Katze langsam zum fernen Ende des Blocks folgte.

Um neun Uhr ließ das Licht nach, und Rikki ebenfalls. Er hatte Hunger, mußte pinkeln, hatte keine Zigaretten mehr. Er fand den französchsprachigen CBC-Sender und anschließend, ganz am anderen Ende der Skala, einen auf hindustani und einen auf chinesisch. Aber keinen spanischen. Wahrscheinlich war er der einzige Mexikaner im Umkreis von dreitausend Meilen. Er bekam Heimweh und schlechte Laune. Um zwanzig nach neun hielt ein Witzbold in einem zerbeulten VW Golf neben dem Cherokee und fragte, ob er wegführe. Rikki knurrte ihn wütend an und spuckte ihm auf die Windschutzscheibe. Der Witzbold fuhr weiter.

Um neun Uhr dreißig ging in Parkers Küche ein Licht an. Rikki starrte zum Fenster. Er konnte drinnen weder Parker noch sonst jemanden sehen. Kein Anzeichen dafür, daß sich etwas bewegte. War sie zu Hause, oder hatte das Licht einen automatischen Timer? Rikki sah auf seine Uhr. Er war ziemlich sicher, daß das Licht genau um halb zehn angegangen war. Er stieg aus dem Cherokee, urinierte in den Rinnstein, zog den Reißverschluß hoch. Die alte Dame mit der Katze war nicht wieder aufgetaucht – oder wenn, hatte Rikki sie nicht gesehen.

Plötzlich fiel ihm ein, daß das Haus einen Hintereingang haben mußte, vielleicht sogar einen unterirdischen Einstellplatz. Was war bloß mit ihm los? Er steckte sich die Smith in den Bund seiner Hose, schloß die Tür des Jeeps und trabte über die Straße.

Parkers Appartement befand sich im dritten Stock. Er drückte auf den Aufzugknopf. Die Türen glitten auf, und er trat hinein und drückte auf *tres*.

Die Wohnungstür der Polizistin bestand aus beige gestrichenem Stahl. In Rikkis Kopfhöhe war ein Spion in das Metall eingelassen. Er stellte sich auf die Zehen, linste hinein und wurde mit einer Fischaugenperspektive belohnt, die vermutlich das Wohnzimmer darstellen sollte. In der Wohnung war es ruhig, nichts regte sich. Rikki klopfte dreimal und so fest, daß er sich fast die Knöchel aufschürfte.

Nada.

Rikki preßte sein Ohr gegen die Tür. Stille. Er sah rechts und links den leeren Flur hinunter, dann prüfte er die Schlösser. Er kam unmöglich hinein, ohne etwas kaputt zu machen und sichtbare Spuren zu hinterlassen.

Aber das Warten im Auto wurde ermüdend. Er klopfte noch einmal an die Tür, dann trat er zurück, zog den Smith und Wesson und zielte damit auf den Spion.

Keiner zu Hause.

Er fuhr mit dem Aufzug zurück ins Parterre und suchte sich die Wohnung des Hausverwalters aus dem Mieterverzeichnis heraus.

Der Verwalter hieß Bruno Grebinsky. Als er an die Tür kam, steckte eine Papierserviette im offenen Kragen seines dunkelbraunen Hemdes, und in der Hand hielt er eine leere Gabel.

Rikki sagte: »Mr. Grebinsky?«

Der Mann nickte, kaute und schluckte. Er war vermutlich in den Sechzigern. Oben dünn und dick um die Mitte. Eine Brille mit Goldrahmen. Rikki bohrte ihm den Lauf der Smith in den

Wanst und schob ihn zurück, bis er die Tür mit einem Tritt schließen konnte.

Am anderen Ende des Wohnzimmers gab es eine Eßecke. Eine Frau saß kerzengerade mit dem Rücken zu ihnen am Tisch und sagte: »Was ist denn, Bruno?«

Rikki sagte: »Ich brauche den Schlüssel für Appartement drei-eins-sieben.«

Wahrscheinlich weil sie seine Stimme nicht kannte, drehte die Frau sich auf ihrem Stuhl um. Rikki richtete die Waffe auf sie, dann schwenkte er sie wieder auf ihren Mann. Die Frau sagte: »Ich hab' dir doch gesagt, es ist ein Fehler, an eine von der Polizei zu vermieten.«

Bruno gab Rikki den Hauptschlüssel. Er sagte: »Ich hoffe, Sie wissen, was Sie tun, junger Mann.«

Rikki stellte die beiden Eßzimmerstühle mit dem Rücken gegeneinander, riß die Kabel vom Toaster und einer Mixmaschine ab und fesselte Bruno auf einen der Stühle, dann benutzte er die Telefonschnur, um seine quasselige Frau einzuwickeln. Bruno hatte elf Dollar in seiner Brieftasche. Er sah aus wie ein Typ, der seine gesamten Ersparnisse unter der Matratze aufbewahrte. Rikki ging ins Schlafzimmer und sah im Bett nach. Falsch getippt. Er durchsuchte die Kommode. Als Junge war er ständig irgendwo eingebrochen. Es hatte ihm ein prickelndes Gefühl verschafft, im Leben von anderen herumzukramen, seine Finger in ihre kleinen, albernen Geheimnisse zu stecken.

Versteckt in der untersten Schublade von Bruno Grebinskys Kommode fand er in einem Paar ungleicher Socken ein dickes Bündel Fünfzigdollarnoten. Er stopfte sich das Geld in die Hosentasche. Da war noch etwas Modeschmuck, aber den hätte wohl selbst die orangefarbene Katze nicht gewollt. Er ging zurück ins Wohnzimmer. Grebinskys Gesicht verfärbte sich dunkel, als er die Socken in Rikkis Händen baumeln sah.

Rikki sagte: »Klappe auf.« Er stopfte eine Socke Bruno in den Mund, die andere seiner Frau.

Dem Verwalter liefen die Tränen übers Gesicht. Seine Frau hatte immer schon gesagt, er solle nicht an die Polizei vermieten.

Und sie hatte ihn stundenlang angeschrien, er solle ihre Ersparnisse zur Bank bringen, wo sie sicher seien. Lieber Himmel, jetzt würde sie ihm ewig damit in den Ohren liegen.

Grebinsky spuckte die Socke aus, die Rikki ihm in den Mund gestopft hatte. Er beschimpfte Rikki und zerrte an dem Kabel, mit dem er festgebunden war.

Rikki sagte: »Paß auf, was du sagst.« Mit seinem Daumen spannte er den Hammer und versuchte, die Smith blitzschnell zu ziehen. Er hatte die Bewegung stundenlang vor dem Spiegel geübt und nie Probleme gehabt. Diesmal jedoch war es anders. Diesmal verhakte sich die flache Zielvorrichtung an seiner schikken, silbernen Gürtelschnalle.

Das Mündungsfeuer versengte Rikkis Schamhaar. Er spürte, wie etwas an seinen Bauchmuskeln zerrte und ihn innerlich zerriß. Er schlug hart auf den Hintern.

Mr. Grebinsky hatte aufgehört zu fluchen.

Rikki hatte die Smith fallen gelassen und fand sie nicht mehr. Er starrte Bruno Grebinsky hart an. »Was ist passiert, alter Junge?«

»Du hast dich angeschossen, du Idiot.«

Rikki nickte. Ja, das war tatsächlich sein Blut. Langsam rappelte er sich auf die Beine, wankte zum Sofa hinüber, stolperte und brach auf den weichen rosa Kissen zusammen.

Auf dem Teppich war Blut. Blut auf dem Sofa. Er war in Blut gebadet von der Hüfte bis zu den Knöcheln. Wieviel Blut mochte er verloren haben? Viel. Zuviel. Er zerrte sich das Hemd vom Leib. Das Einschußloch war gleich links unterhalb seines Nabels. Das Loch sah eigentlich gar nicht so groß aus, aber es gab jede Menge Blut, es sprudelte in einem dunklen, steten Strom, der seinen Schoß überschwemmte und sich dann über das Sofa verteilte.

Rikki fiel ein, wie er die Smith geladen hatte. Wie dick und schwer die Kaliber 40 Patronen sich angefühlt hatten, als er sie ins Magazin gedrückt hatte. Und jetzt steckte eine davon in ihm, tief in seinem Innern. Er räusperte sich und sagte: »Ihr müßt mir einen Krankenwagen holen.«

Bruno Grebinsky sagte: »Daran hättest du denken sollen, bevor du das Telefon aus der Wand gerissen hast, mein Junge.«

»Ich bin getroffen...«

»Komm und bind mich los, wenn ich dir helfen soll.«

Aus den Winkeln seiner vernebelt umherirrenden Augen sah Rikki ein Stück Messing blinken. Die ausgeworfene Hülse lag ein, anderthalb Meter von ihm entfernt auf dem Teppich, mitten im Weg eines sich langsam ausbreitenden Blutstromes.

Rikki bedeckte sich mit den Händen und mühte sich ab, den Strom einzudämmen. Er wollte die Hände auf die Wunde pressen, aber ihm fehlte die Kraft. Das Blut sickerte zwischen seinen Fingern hindurch. Er versuchte, um Hilfe zu schreien. Seine Schreie waren nur ein Flüstern.

Bruno Grebinsky sagte: »Du wolltest uns umbringen, stimmt's?«

Rikki schüttelte den Kopf, nein.

»Wieso hast du dann keine Maske aufgesetzt?«

Die Antwort war einfach – er hatte sich einfach nicht die Mühe gemacht, soweit vorauszudenken. Er war immer ein Typ gewesen, der gern eins nach dem anderen erledigte. All das versuchte er diesem dämlichen Verwalter zu erklären, aber als er sprechen wollte, versagte seine Stimme, und niemand hörte ihn.

Rikkis Kopf sackte auf die Schultern.

Mrs. Grebinsky schloß die Augen, aber Bruno saß auf seinem Stuhl, während sein Eintopf kalt und unansehnlich wurde, und sah zu, wie Rikki starb. Er fühlte nicht das geringste Mitleid mit dem Mann. Der eiskalte Blick in Rikkis Augen, als er ihm die große Pistole in den Bauch gedrückt hatte, hatte sämtliche Gefühle in ihm gelöscht, die er ansonsten vielleicht hätte aufbringen können.

Hinzu kam, daß die Pistole gleich dort neben dem Sofa lag, teils von einem Kissen verdeckt, dennoch leicht zu erreichen, sollte Rikkis Blick auf sie fallen.

Rikki verfolgte aus den Augenwinkeln, wie die schleimige Blutpfütze langsam auf die ausgeworfene Patronenhülse zukroch. Der Abzug der Pistole muß haarfein eingestellt gewesen sein, oder vielleicht war die Waffe nicht ganz in Ordnung gewesen, was erklären würde, warum sie in dem Waffengeschäft gelegen hatte. Die Kugel muß fürchterlichen Schaden angerichtet haben, so vollkommen ohne Gefühl und Leben, wie er jetzt war. Nach einer Weile schloß er erschöpft die Augen.

Als er sicher war, daß Rikki tot war, befreite Bruno Grebinsky eine Hand, band sich los, und ging dann steifbeinig und zitternd in die Küche, um ein Steakmesser aus der Schublade zu kramen, mit dem er die Fesseln seiner Frau vorsichtig durchtrennte. Rikki hatte die Schnüre ein wenig zu fest angezogen. Ihre Handgelenke kribbelten. Er nahm sie in die Arme und sprach leise und beruhigend auf sie ein. Das andere Telefon war im Schlafzimmer. Als sie sich wieder unter Kontrolle hatte, bat er sie, die Polizei zu rufen. Sofort nachdem sie den Raum verlassen hatte, holte er sich seine fünftausend hartverdienten Dollar aus Rikkis Hosentasche zurück. Einige der Scheine waren blutdurchtränkt. Er ging in die winzige Küche und wusch seine Hände und das Geld unter dem Wasserhahn ab.

Aus dem Schlafzimmer rief seine Frau, daß die Polizei auf dem Weg sei und daß sie am Apparat bleiben sollte, bis sie eingetroffen waren.

»Kann mir nur recht sein«, sagte Bruno kaum hörbar.

Bevor sie das Hotel verließen, hinterließ Newt Nachrichten am Empfang, in der Bar und in beiden Restaurants, so daß Rikki, sollte er noch rechtzeitig ins Hotel zurückkehren, wußte, wo er sie finden konnte. Während Newt mit dem Verteilen der Nachrichten beschäftigt war, erzählte Lulu Frank von der Waffe, die Newt unter seinem Kopfkissen aufbewahrte, und wie sie in seinen Besitz gelangt war. Frank lauschte ihrem hastig geflüsterten Wortschwall aufmerksam. Er wirkte ein wenig enttäuscht, aber alles andere als überrascht.

Das Restaurant lag direkt am Wasser, genau wie Lulu versprochen hatte. Es war ein großes Etablissement voller Balken und Pfosten, mit einer Menge dunklem Holz und Sitzplätzen für zweihundert oder mehr Personen. Das Problem war, es gab nicht allzu viele Fenster, und keines, von dem man auf das Wasser hätte blicken können.

Newt hielt während des Essens ungefähr alle zwei oder drei Minuten inne, sah Frank merkwürdig an und sagte: »Wo, zum Teufel, steckt Rikki?« oder: »Was hat dieser kleine mexikanische Bastard jetzt schon wieder angestellt?« oder etwas ähnliches. Frank variierte seine Antworten, so gut er konnte, aber nach einer Weile begann selbst er, sich zu wiederholen. Als dann die Hauptspeise serviert wurde, war es ihm mittlerweile zu dumm geworden, ständig »Keine Ahnung« oder »Wüßte ich auch gern« zu sagen, und er beschränkte seine Erwiderungen auf ein Hochziehen der Schulter, ein leeres Achselzucken.

Newt beäugte Frank voller Argwohn, während er sein Dessert hinunterschlang – ein monströser, unter Vanilleeis und importierten Erdbeeren begrabener Keil Schokoladentorte.

Eine neue Flasche Wein kam. Frank konnte sich nicht erinnern, sie bestellt zu haben, sagte aber nichts. Lulu langte ordentlich zu und versuchte, die Spannung hinwegzuspülen. Inzwischen fuhr Newt damit fort, seinen Nachtisch gnadenlos hinzumetzeln. Das Eis hatte sich in Matsch verwandelt, aber das schien ihm nichts auszumachen. Frank fiel auf, daß Newts Glas immer noch ausschließlich die Fingerabdrücke des Kellners trug. Er fragte Newt, ob mit dem Wein etwas nicht stimme. Newt antwortete mit hektischem Augenflattern, daß er Platz für den Champagner lassen wolle.

Frank war überzeugt, daß Newt noch einen anderen Grund hatte, nüchtern zu bleiben. Er fühlte sich schwermütig. Er war immer ein treuer und ergebener Diener gewesen. Seit er ins sonnige Kalifornien gegangen war, hatte er Newt in fast so vielen Jahren wie man an einer Hand abzählen konnte, nicht einmal enttäuscht. Und jetzt auf einmal hatte er drei schwere Fehler hintereinander begangen: er hatte die Geschichte mit dem Unfall vermasselt, die geborgte Kreditkarte ausgeblutet und eine Frau kennengelernt, die Newt ihm wegnehmen wollte. Er vermutete, der Mißbrauch von Newts Kreditkarte war das bei weitem schlimmste der drei Vergehen – nicht, daß das einen Unterschied gemacht hätte.

Unter dem Strich folgte daraus, daß Newt ihm an den Kragen wollte. Nach der Heftigkeit zu urteilen, mit der er die letzten Erdbeeren und den Rest Eis zu einem matschigen roten Brei verarbeitete, hatte er es ziemlich eilig, die Sache hinter sich zu bringen.

Frank trank einen Schluck Wasser. Das war eines der Dinge, die ihm an der Stadt gefielen – man konnte das Wasser direkt aus dem Hahn trinken, und obwohl es leicht gechlort war, schmeckte es ziemlich gut. Was man alles als selbstverständlich betrachtete! Er merkte, wie seine Gedanken abdrifteten. Jesus. Früher oder später würde es auf die drei reichlich abgedroschenen Worte hinauslaufen – *er oder ich.* Er sah Lulu an, bewunderte ihr Profil, wie sie auf ihrem Stuhl saß, aufrecht und beherrscht. Sie trug etwas aus hochglänzendem, hautengem Lycra mit senkrechten schwarz-weißen Streifen und hatte sich dazu passend die Haare eingefärbt. Sollten Zebras jemals auf die Idee kommen, sich Pornos anzusehen, das wäre etwas für sie. Er hatte eine Weile gebraucht, aber dann hatte Frank sich allmählich an das Aufsehen gewöhnt, das Lulu zielsicher überall erregte. Wenn die Leute sie das erste Mal ansahen, dann schlicht und einfach deswegen, weil sie ein Albino war. Aber danach, das wußte Frank, war es ihre umwerfende Schönheit und ihr skrupelloses Auftreten, das die Leute zum Stehenbleiben veranlaßte, damit sie heimlich einen zweiten Blick auf sie werfen konnten.

Sie war eine wunderbare Frau. Er machte Newt keinen Vorwurf, daß er sie für sich haben wollte und überlegte, wie er sie ihm wegnehmen konnte. Fast hätte er es Newt laut gesagt.

Der Kellner kam mit der Rechnung. Newt griff nach seiner Jacke, stieß sich vom Tisch ab und steuerte auf die Toiletten zu. Frank las die Rechnung durch, dann drehte er sich um und sah ihm nach. Newt stand am Telefon und drückte auf irgendwelche Tasten.

Frank fragte sich, ob Rikki wohl auf dem Parkplatz auf ihn wartete. Nein, der Parkplatz wäre zu riskant. Newt müßte befürchten, Lulu könnte anfangen zu schreien und Spektakel zu machen.

Die Rechnung belief sich auf zweihundertzehn Dollar und ein paar Cents. Das riß ein ganz nettes Loch in seine Kasse, vor allem wenn man berücksichtigte, daß der Wein allein fast hundert gekostet hatte, und schon Newts Kuchen knapp unter acht Dollar. Lulu half Frank beim Ausrechnen des Trinkgeldes. Da er Newts Kreditkarte in die roten Zahlen getrieben hatte, mußte er bar bezahlen. Newt kam zurück an den Tisch. Er machte einen ungeduldigen Eindruck. Frank ließ ein dickes Bündel aus Fünf- und Zehndollarnoten auf den Tisch fallen, legte Lulu den Arm um die Hüfte und gab ihr einen flüchtigen Kuß. Er wollte ihr sagen, daß sie sich keine Sorgen zu machen brauchte, daß alles in Ordnung kommen würde, aber er brachte die Worte nicht über die Lippen.

Newt sagte: »Ich geh' pinkeln. Wartet am Auto auf mich.«

Frank gefiel nicht, daß Newt ihn anstarrte, als würde er ihm die Schuld an seinen Blasenproblemen geben. Vielleicht war er auch wütend auf Rikki. Aber was sollte Frank denn tun? Sollte er mit seinem Taschentuch durch die Luft wedeln und darauf hoffen, daß Rikki herausfiel? Er konnte sein Glück kaum fassen, als Newt steifbeinig durch das gesamte Restaurant stakste und in einen schmalen Gang bog.

»Hast du ein paar Vierteldollar?«

Lulu kramte in ihrer Handtasche. Frank widerstand dem Drang, ihr zu sagen, sie solle sich beeilen, es sei eine Frage auf Leben und Tod.

In einer kleinen Ecke neben der Toilette gab es ein öffentliches Telefon. Frank rief im Hotel an. Keine Antwort. Wo immer Rikki steckte, dort war er nicht. Frank schaute über die Schulter, hängte ein und wählte schnell die Nummer des Morddezernats. Diesmal war ein Mann am Apparat, ein Kerl mit sanfter, vertrauenerweckender Stimme. Keine Parker. Kein Willows. Frank verstellte seine Stimme, so hoch es ging, und sagte: »Zeichnen Sie den Anruf auf?« Keine Antwort. Er gab dem Typen den Namen des Hotels und Newts Zimmernummer und sagte ihm, falls die Polizei immer noch nach dem Kerl suchte, der Barry Chapman erschossen hatte, wäre dies ein guter Ort, damit anzufangen. Natürlich fragte ihn der Einsatzleiter nach seinem Namen. Frank zögerte einen Augenblick, dann sagte er sich: Zum Teufel, wenn er sie schon verpfiff, dann auch richtig. Er gab dem Typen Newts vollen Namen, dann Rikkis, und dann eine kurze, wenn auch nicht ganz objektive Beschreibung der beiden. Dann sagte er: »Haben Sie's?« Der Einsatzleiter wollte wissen, wer angerufen hatte. Fast als wäre es ihm gerade noch eingefallen, erzählte Frank ihm von Rikkis Plan, Claire Parker zu erledigen.

Anschließend gingen er und Lulu auf den Parkplatz, um zu sehen, was sie dort erwartete.

Der Einsatzleiter verzeichnete gerade Mrs. Grebinskys Anruf, als Frank einhängte, und schickte einen Streifenwagen zum Tatort. Inzwischen hatten Parker und Willows ihren Job am Tatort in Japantown, so weit es möglich war, erledigt und befanden sich auf dem Rückweg zur 312 Main, um sich an die Berichte zu machen. Parker schlug ihre eigene Adresse aus dem Motorola-Sprechfunk des neutralen Wagens entgegen. Willows bog gegen jede Regel links ab, hielt neben dem nächsten Münzfernsprecher und rief in der Zentrale an. Die Zentrale unterrichtete ihn über die eingegangene Drohung, Parker solle ermordet werden. Ob Rikki sich aus Versehen erschossen oder Selbstmord begangen hatte, war zu diesem Zeitpunkt noch unklar. In jedem Fall hatte er sich selbst aus dem Bild entfernt. Newt dagegen war immer noch wohlauf und lebte, und das vermutlich im Hotel. Die Zentrale hatte bereits das Einsatzkommando alarmiert.

Willows teilte der Zentrale mit, daß sie die Absicht hätten, an der Party teilzunehmen.

Im Hotel gab es immer noch keine Spur von Rikki. Newt entschuldigte sich und verschwand in der Toilette, wo er mehrfach die Spülung betätigte, um das elende Geräusch seiner Kotzerei zu übertönen. Er spritzte sich kaltes Wasser ins Gesicht, gurgelte mit einem Mundwasser in der Farbe verdünnten Blutes und holte den Zwillingsbruder von Rikkis halbautomatischer Kaliber 40

Smith & Wesson aus ihrem neuen Versteck unter einem Stapel flauschiger Hotelhandtücher. Er zog das Magazin heraus, um sich zu vergewissern, daß die Kugeln nicht auf mysteriöse Weise verschwunden waren. Nein, sie waren alle noch da. Er rammte das Magazin zurück, lud durch, senkte den Abzughammer vorsichtig, dann steckte er die Waffe in seine Jackentasche, betrachtete sich kurz im Spiegel und fuhr sich mit den Fingern durchs Haar. Er sah verdammt gut aus. Aber was jetzt? Er hatte die ganze Zeit beim Dessert darüber nachgedacht. Es bestand nicht der geringste Zweifel, daß Frank dahintergekommen war, was Rikki mit ihm vorhatte, und ihm irgendwie zuvorgekommen war.

Newt bekam es mit der Angst zu tun. Rikki war schnell wie der Blitz, und Newt der darauf folgende Donner. Alles nichts als Lärm. Er machte sich keine Illusionen, was bei Frank als nächstes auf der Tagesordnung stand. Die Art, wie Lulu versucht hatte, ihn anzumachen, war ein todsicheres Zeichen.

Newt öffnete leise die Badezimmertür. Lulu und Frank unterbrachen ihre Unterhaltung, drehten sich um und sahen ihn an. Er zeigte ihnen ein mattes Lächeln und rückte seine Krawatte zurecht. »Ich muß wohl etwas gegessen haben, was mir nicht bekommen ist.«

Frank sagte: »Ich hab' am Empfang nachgefragt, in beiden Restaurants und an der Bar. Niemand hat ihn gesehen.«

Lulu sagte: »Hat jemand Lust, schwimmen zu gehen?«

Frank grinste. Er glaubte ziemlich sicher zu wissen, was sein Schatz im Schilde führte – sie wollte Newt den Schädel auf den Kacheln einschlagen, ihn ins tiefe Ende des Beckens ziehen und unter Wasser halten, bis keine Bläschen mehr kamen.

Lulu starrte Newt an. Er schüttelte den Kopf, nein. Wie sollte er in der Badehose eine so große Waffe verstecken?

Lulu sagte: »Frank, willst du mitkommen und mir Gesellschaft leisten?«

Newt sah den Blick, den die beiden austauschten. Was war eigentlich los, was hatten die beiden vor?

Plötzlich wußte er, wieso Frank so lange weggeblieben war,

als er unterwegs zum Spirituosenladen gewesen war. Er mußte Rikki irgendwie erledigt haben.

Newt zog den Smith. »Rikki ist tot, oder?«

Frank machte ein überraschtes Gesicht, Lulu dagegen nicht. Newt sagte: »Ich will nur hier raus. Sonst nichts. Raus. Ist das zuviel verlangt, Frank, nach allem, was wir durchgemacht haben?«

Frank nahm Lulus Arm und wollte zur Tür.

Newt sagte: »Stehenbleiben.«

Frank wartete.

»Ich brauche jemanden, der mich zum Flughafen fährt.«

»Kein Problem.«

»Du nicht, Frank. Sie macht das.« Newt zielte auf einen Punkt zwischen Lulus Brüsten. »Tu mir nur einen kleinen Gefallen, Frank. Stell dich neben den Fernseher und rühr dich nicht von der Stelle.«

Frank sagte: »Das ist doch Blödsinn, Newt.«

Newt wartete, bis Frank auf die Seite gegangen war, dann ging er zu Lulu und legte ihr den Arm um ihre winzige Taille. Er öffnete die Tür. Newt sagte: »Ich tue ihr nichts. Vergiß nur eins nicht, das Beste, was du jetzt tun kannst, ist stehenbleiben, wo du bist.«

Frank sagte: »Ich habe keine Ahnung, wo Rikki steckt oder was ihm zugestoßen ist.«

Newt schloß die Tür. Er vergrub seine Nase in Lulus Ohr und schnupperte tief. »Dein Parfüm macht mich ganz wahnsinnig.«

»Giorgio«, sagte Lulu und stieß ihn von sich. »Frank wird dich umbringen.«

»Das glaube ich nicht – warum sollte er?«

»Weil er mich liebt.«

»Ja, stimmt.«

Bis zu der Reihe von Aufzügen waren es nur fünfzehn Meter den Korridor entlang, aber als er dort ankam, war Newt schweißgebadet und außer Atem. Er drückte auf einen Knopf aus poliertem Messing. Es entstand ein schwaches Rumpeln, dann klaffte das Maul des nächstgelegenen Aufzuges langsam auf. Sie stiegen ein. Newt mußte Lulu den ganzen Weg hinter sich herziehen. Er sagte: »Rikki hat sich an Frank herangemacht, stimmt's?« Lulu verhielt sich still. »Ich kenne Frank. Er gehört nicht zu der Sorte, die gern als erster zuschlägt.« Die Tür aus poliertem Messing glitt zu. Newt drückte auf den Knopf für den Empfang. Der Aufzug zuckte ein paarmal krampfartig, als hätte man ihn aus tiefem Schlaf gerissen.

Lulu versuchte, sich von Newt loszueisen, aber er hielt sie fest und drückte ihr die Waffe unten am Kreuz gegen den Körper.

Konnte Frank sie einholen, wenn er die Treppe benutzte? Sie bezweifelte es.

Newt sagte: »Wenn du Ärger machst, blase ich dir das Gehirn aus dem Kopf.«

Um seiner Behauptung Nachdruck zu verleihen, tippte er ihr leicht mit dem Lauf der Pistole gegen den Kopf.

Lulu drehte sich zu Newt, als wollte sie ihn umarmen. Sie packte die Waffe und hielt sie fest. Ihre Absicht war rein defensiv, Newt jedoch dachte, sie wollte versuchen, ihm die Waffe wegzunehmen, und hielt dagegen. Sie trat ihm mit dem Knie in die Eier. Seine Beine knickten weg. Sie ächzte und zog das Knie noch einmal hoch. Seine Augen füllten sich mit Wasser. Diese ganze schweißtreibende Gymnastik hatte sie verdammt kräftig gemacht. Er versuchte, sie abzuschütteln, aber ebensogut hätte er versuchen können, die Rinde von einem Baum zu schütteln. Noch nie hatte ihn jemand so innig umarmt.

Lulu bohrte einen Finger in den Abzugring und versuchte, Newt noch einmal das Knie zu geben. Seine rechte Hüfte wurde taub. Ihre Fallgeschwindigkeit verlangsamte sich. Die Aufzugtür glitt auf.

Newt sah, daß der Empfang von Polizei wimmelte – sie waren zu Dutzenden – zu viele, als daß man sie hätte zählen können, Uniformierte und eine Einsatztruppe in Tarnanzügen, Detectives mit Dienstmarken an den Anzugaufschlägen. Die dichtgedrängte Menge stand da und wartete auf den Aufzug. Angespannte, leere Gesichter. Der Geruch nach Schweiß und Waffenschmiere. Er entdeckte Phil Estrada und Roger, die sich beide mit zusammengekniffenen Augen und leeren Händen im Hintergrund hielten. Sein Blick heftete sich in genau dem Moment auf Claire Parker, als Lulu beschloß, ihre Zähne in sein Handgelenk zu schlagen und gnadenlos zuzubeißen. Er kreischte und riß sich von ihr los. Der Hammer der Smith senkte sich in Zeitlupe, prallte auf und löste den Zünder aus. Das Hohlkopfgeschoß mit dem Kupfermantel durchfetzte Newts Fleisch mit einer Geschwindigkeit von 975 Fuß pro Sekunde.

Newts klaffender Mund füllte sich mit weißglühender Hitze. Seine geröteten Wangen blähten sich komisch auf. Er bekam Rauch in die Augen. Blut spritzte über die Kupferverkleidung des Aufzugs. Seine Augen schienen in seinem Schädel zu verschwinden. Sein zerschmetterter Schädel wurde nach hinten gerissen. Ein Goldzahn blinkte im Licht der Deckenbeleuchtung.

Lulu hielt ihn noch einen Augenblick lang fest – gerade lange genug, um den Anblick in Erinnerung zu behalten.

Dann ließ sie ihn fallen.

27. Kapitel

Inspector Homer Bradley klappte den Deckel des mit Haida-Schnitzereien verzierten Zedernhumidors auf, den ihm seine Ex-Frau vor so vielen Jahren auf den Stufen des Gerichtsgebäudes geschenkt hatte, als sie ihm den letzten Abschiedskuß gegeben hatte.

Der Humidor war leer. Es war praktisch vollkommen unvorstellbar, aber in der Nacht war jemand in sein Büro gelatscht und hatte die besten Zigarren, die Havanna herstellen konnte, im Gegenwert von über siebzig Dollar gestohlen.

Er schnippte den Deckel zu und klappte ihn rasch wieder auf. Verdammt. »Sie sind absolut sicher, daß Sie den Kerl vor gestern abend noch nie gesehen haben?«

Parker sagte: »Wie könnte ich jemanden mit diesem Namen vergessen? Rikki Acapulco. Inspector, wie könnte überhaupt jemand so einen Namen vergessen?«

Bradley war die ganze Nacht wach gewesen, und mittlerweile ging es gegen Mittag des nächsten Tages. Der Schlafmangel hatte ihn in einen etwas spitzen Gemütszustand versetzt. Aber er mußte zugeben, daß Parker nicht ganz unrecht hatte. Er sagte: »Sie haben Rikkis Fingerabdrücke und sein Foto nach L. A. gefaxt?«

Parker nickte und mußte ein Gähnen unterdrücken.

Willows sagte: »Und nach Acapulco und Mexico City wegen der Tätowierung.«

»Was für eine Tätowierung?«

Bradley griff nach Rikkis Akte. Im Augenblick war sie noch flacher als seine Brieftasche, aber er hatte so eine Ahnung, daß sie die Ausmaße eines Telefonbuches annehmen würde, sobald sie herausgefunden hatten, wer sich hinter Rikki Acapulco verbarg. Newt kannten sie natürlich.

»Er hatte eine Tätowierung an der Innenseite seines Oberschenkels«, sagte Willows.

Bradley konnte nicht anders, er warf Parker einen verstohlenen Blick zu.

Parker war vorbereitet. »Sie war nicht gerade sehr künstlerisch, ein dürftiges Gekrakel mit Nadel und Tinte.«

»Gut, aber was stand da?«

»Mexico City.«

»Auf englisch?«

Willows sagte: »Nein, es war auf spanisch.«

Bradley lehnte sich zurück. Er war ein wenig enttäuscht, wußte aber nicht sicher, weshalb. Er sagte: »Noch zu früh für eine Antwort, nehme ich an.«

Willows sagte: »Aus Mexico City schon.«

»Haben Sie etwas aus Los Angeles gehört?«

Parker sagte: »Rikki wurde dort gesucht. Alias Ricardo Montalban, alias Yves Montand, alias Thomas Gomez...«

»Augenblick mal«, sagte Bradley. »Montalban und Montand sind doch Filmschauspieler, oder?«

»Gomez ebenfalls. Am bekanntesten ist er wohl mit *Key Largo* und *Beneath the Planet of the Apes* geworden.«

»Großartig. Und was hat er in letzter Zeit gemacht?«

»Nicht viel«, sagte Parker. »Er ist neunzehnhunderteinundsiebzig gestorben.«

»Wie lautete denn Rikkis richtiger Name, oder weiß das niemand?«

»Sie nehmen an, er heißt Emilio Fernandez, aber genau wissen sie es nicht. Niemand, übrigens.«

Willows sagte: »Rikki gehörte zu den Typen, die ihren Namen häufiger wechseln als ihre Socken. Ein menschliches Chamäleon.«

»Weswegen wird er in L. A. gesucht?«

»Wegen allem möglichen, vom Klauen einer Rolle Klopapier bis hin zu kaltblütigem Mord. Kurz bevor er und Newt hierher geflogen sind, hat man die Leiche einer jungen Frau mit dem Namen Annette Mickleburgh auf einem Baugrundstück in Glendale gefunden. Newt hatte sich mit ihr verabredet, ein paar Tage bevor sie umgebracht wurde. Sie hat ihren Kolleginnen alles darüber erzählt – Newts Porsche, sein Haus am Strand...«

»Und wieso dann Rikki?«

»Er hat seine Fingerabdrücke auf ihrem Hals hinterlassen.«

Bradley wandte sich an Parker. »Und wenn man Frank Wright glauben kann, ist Rikki hierhergekommen, um Sie umzulegen.«

Parker nickte.

»Weil Sie Newt angeschossen haben.«

»Das ist Franks Version«, sagte Parker. »Bis jetzt bleibt er dabei.«

»Ein gutes Motiv, Rache.«

Parker schwieg.

Bradley sagte: »Glauben Sie das?«

Parker zuckte mit den Achseln. »Es gibt ein paar schwache Stellen. Aber nichts, was einen Staatsanwalt überzeugen könnte.«

»Sagen Sie mir, was Sie denken, Jack.«

»Ich glaube, Newt hat Frank angeheuert, um Claire zu beseitigen. Frank kann sich nicht erinnern, wo er die letzten Jahre verbracht hat, aber ich wäre nicht überrascht, wenn er in Kalifornien für Newt gearbeitet hätte. Vielleicht bekam Frank die Dinge nicht zu Newts Zufriedenheit geregelt, oder vielleicht ist er zu dem Schluß gekommen, daß ihm der Job doch nicht behagte. Wie auch immer, ich glaube, Newt und Rikki sind deswegen nach Vancouver gekommen.«

»Und Barry Chapman, der Besitzer des Waffengeschäftes?«

Willows sagte: »Chapman hatte eine Rundumvideoüberwachung – die gleiche Art Anlage, wie sie von Banken benutzt wird. Wir haben die ganze Geschichte auf Band, angefangen von dem Augenblick, als Rikki durch die Tür kam, bis hin zum Gemetzel, dem Waffendiebstahl, alles.«

Bradley lächelte. »Rikki hat Namen von Schauspielern angenommen, und dann wurde er selbst zum Star und hat es nicht einmal gemerkt.« Er sah noch einmal in den Humidor. Es war immer noch kein Wunder geschehen. »Und was ist mit der Albinofrau?«

»Lulu.«

»Ja.«

»Keine Vorstrafen, aber ich würde sagen, sie hat im Hotel als Nutte gearbeitet und Frank kennengelernt, kurz nachdem er sich im Hotel angemeldet hatte.«

»Liebe auf den ersten Blick«, sagte Bradley.

»So was kommt vor«, meinte Parker.

Bradley sagte: »Ja, das habe ich vor ein paar Wochen im Fernsehen gesehen.« Mit den Zeigefingern trommelte er eine kleine Melodie auf die Zigarettenkiste. »Die gerichtliche Untersuchung im Fall Cherry Ngo?«

»Ist für nächsten Dienstag angesetzt.«

»Bis auf ein bißchen Papierarbeit habt ihr zwei also alles hinter euch.« Er beugte sich vor. »Ihr seid arbeitslos!«

Parker warf Willows einen Blick zu und sah wieder weg.

Bradley sagte: »Die Morde in Japantown. Ganz unter uns, Kaplan und Wilson stecken bis über ihre Köpfe in der Sache, der Fall ist bereits vierundzwanzig Stunden alt, und wir haben immer noch nichts. Null. Ich möchte, daß Sie die Sache übernehmen und ihnen zeigen, wo's langgeht.«

Willows sagte: »Inspector, meine Kinder kommen morgen mittag mit dem Flugzeug aus Toronto.«

»Sean und Annie?«

Willows nickte. »Mein Urlaub sollte gestern nach Dienstende beginnen.«

Bradley hob eine Braue. »Sie lassen sie allein fliegen?«

»Nein, es ist außerdem noch ein Pilot an Bord.«

»Eddie ist hier der Komiker, Jack. Wie lange werden die Kinder bleiben?«

»Drei Wochen.«

»Drei Wochen! Sie gehen mit ihnen in den Zoo, und was dann?«

»Wir fahren rüber auf die Insel. Ich habe eine Hütte auf Long Beach gemietet.«

»Schön.« Bradley drehte sich zu Parker um. »Sie haben ebenfalls die nächsten paar Wochen frei, richtig?«

»Das ist richtig, Inspector.«

»Und wo werden *Sie* Ihren Sommerurlaub verbringen?«

Parker warf Willows einen Blick zu und sah rasch wieder weg.

Bradley grinste lüstern. »Sie werden mir alles erzählen müssen, sobald Sie wieder zurück sind.«

»Kommt nicht in Frage«, sagte Willows.

28. Kapitel

Das war Joey passiert.

Die Luft war warm und mild. In der Dunkelheit strich sie über seinen Körper, wie Emily ihn immer berührt hatte, so zart, so süß.

Er konnte es immer noch nicht fassen, daß er sie getötet hatte. Er wußte, daß er es getan hatte, aber irgendwie schien es unwirklich. Oder war es eher so, daß nichts sonst wirklich war?

Er hatte geglaubt, sein Bruder arbeitete als Koch, aber wie sich herausstellte, hatte das Restaurant, in dem Cherry sich mit ihm verabredet hatte, pleite gemacht. Cherry benutzte die Räume, um dort gestohlene Zigaretten zu lagern und zu verkaufen, und das war auch der Grund, warum er Joey dorthin gebeten hatte. Er sollte ihm helfen, ein paar hundert Stangen Camel Filters umzuräumen. Aber zuvor gingen sie die Straße hinauf, zum Gemüseladen, um eine Süßkartoffel zu kaufen. Als sie wieder im dicht gemachten Restaurant waren, hatte Cherry Joey gezeigt, wie sich die Süßkartoffel als Schalldämpfer verwenden ließ. Jetzt, da Joey allein mit seinem Bruder war, wollte er ihm gestehen, was er getan hatte, und seine Sünden beichten.

Während des Gesprächs stellte sich jedoch heraus, daß Cherry sich einen Dreck darum scherte, was Emily zugestoßen war. Er war überzeugt, die für Emily bestimmten Kugeln hätten ihm gegolten. Er hatte nur eine Sorge, er wollte herausfinden, wer geschossen hatte, und warum.

Joey konnte seinem Bruder nicht in die Augen sehen. Er starrte auf eine Fotografie eines Wasserbüffels in einem Reisfeld, das mit Reißzwecken an der Wand befestigt war.

Dann legte Cherry seinem Bruder die Hand auf die Schulter, blickte ihm lächelnd in die Augen und erzählte ihm dabei, daß er ihn in dem schwarzen Honda CRX gesehen und sich daraufhin alles zusammengereimt hätte. Joey hätte ihn umlegen wollen, und nicht Emily.

Danach hätte er bei der Polizei angerufen und mit Claire Parker gesprochen.

Joeys Scham verwandelte sich in Wut. Es kam zum Handgemenge, zu einem weiteren Unfall. Es war tatsächlich ein Unfall. Als er im Apfelbaum hockte, sagte er sich immer wieder, daß der Tod seines Bruders nichts anderes als ein Unfall gewesen sein konnte – etwas, was er nicht geplant oder erwartet hatte und das er nicht kontrollieren konnte – das einfach passiert war.

In den darauffolgenden Tagen rief er verschiedene Male Claire Parker an, war aber nie in der Verfassung, ein Wort hervorzubringen. In der Hoffnung, es sei leichter, wenn er direkt mit ihr sprechen könnte, war er eines Nachts quer durch die Stadt zu ihrer Wohnung gefahren. Aber als er dann auf dem Gehweg stand, war sie ans Fenster gekommen und hatte hinausgesehen, und er hatte den Mut verloren, sich davongeschlichen und war nie mehr wiedergekommen.

Jetzt, im Apfelbaum sitzend, umgeben von Dunkelheit, knöpfte er sich das Hemd auf und preßte sich die Hand auf die Brust.

Unter seiner Haut flatterte sein Herz.

Der Lauf der 45er war kalt. Zitternd zog er den Hammer zurück. Er hatte viel über diesen Augenblick nachgedacht. Er wußte, was er vorhatte, konnte aber nicht glauben, daß er es tatsächlich tun würde. Er strich mit dem Finger über den Abzug. Im Haus, in dem die alte Dame wohnte, ging ein Licht an. Er sah sie am Küchenfenster. Jeden Augenblick würde sie aufblicken und ihn sehen. Er hielt die Süßkartoffel in der linken Hand. Ihre Schale war glatt und fest. Er wollte, daß die alte Dame aus dem Fenster schaute. Sie brauchte nur nach oben zu blicken, dann würde sie ihn mit Sicherheit sehen.

Während er wartete, verstärkte er allmählich den Druck auf den Abzug.

GOLDMANN

Stuart Kaminsky

»Kaminsky schafft im besten Sinne Spannung, einerseits durch seine beeindruckenden Charaktere, andererseits durch die Glaubwürdigkeit der Gefahr. Er zeichnet ein authentisches Rußlandbild. Kaminsky ist ein phantastischer Autor.« Washington Post

Zwangsurlaub für Rostnikow 5801

Roter Regen 5089

Der Mann, der wie ein Bär ging 5157

Kalte Sonne 5111

Goldmann · Der Taschenbuch-Verlag